U0041929

鬥芳華

1

目次

壹之章　智鬥教習嬤嬤　05
貳之章　鑽研閨秀技藝　49
參之章　調香尋求翻身　99
肆之章　初試驚才絕豔　141
伍之章　乘機索討嫁妝　183
陸之章　花園掌摑結怨　221
柒之章　調教天兵丫鬟　251
捌之章　巧設連環詭計　291

壹之章 ● 智鬥教習嬤嬤

她渾身痠痛，渾渾噩噩地睜開眼，外面嘈雜混響成一團，婦人的尖嗓吵嚷、幼女的哽咽哭泣不時傳來。屋裡的氣味刺鼻，不是醫院的消毒水味，好似濃郁黏膩的百合花香。

林曉筠本就頭昏腦脹，聞到這股氣味，胃腹作嘔，更是難受，揉額半晌，撐起身子轉頭看去，身旁簾幔低垂，流蘇精緻，帳頂還吊著一個純銀鏤花的熏球。

這、這是哪裡？她猛然坐起身子，低頭看著被綢衣包裹的纖弱身形，這手、這腳都不是她的，到底是怎麼回事？

頭痛欲裂，整個腦袋好似要炸開一般，她抬手覆額，卻發現滾熱，喉嚨更是沙啞得吐不出完整的字句。

「大小姐，您醒了？」一旁十二三歲的小丫鬟連忙上前，手探其額頭，依舊發熱，臉上焦慮不安，「奴婢再去請夫人賞些藥，大小姐您安心躺好。」

她未等說話，便見小丫鬟急忙朝外跑去。

腦中渾濁一片，以往的記憶、另一人的記憶交錯不停，猶如一部電影在她腦中閃過，她心中大驚：這就算是穿越了？

未等將此事想明白，就見門口的簾子猛地被人扯開，濃香撲面而來的同時，一股尖銳刺耳的聲音傳來：「安府的大小姐，這會兒妳還躺在床上裝死？好心好意為妳的婚事操心費力，可妳呢？爛泥扶不上牆的東西，這會兒居然病了，妳讓我如何向老爺交代？」

她朝那聲音的方向看去，一個美豔婦人約三十出頭的年紀，亮紫色的褙子上繡紋花團錦簇，頭上金玉交錯插著眼花繚亂的髮釵，桃腮杏眼甚是妖豔，雖說這會兒橫眉豎目，看著卻也是個美人兒。

她罵了半晌不見林曉筠有反應，臉色越發不悅，「啞巴了？跟妳說話妳聽不見嗎？妳可是安府的嫡長女，為老爺鋪路也是應當應分的，妳在這兒裝什麼委屈？聽兩句丫鬟的閒言碎語就尋死覓活，妳可還有點兒出息？」

林曉筠皺著眉，抱著頭，這聲音在她耳邊嗡嗡作響，她無力回半句。丫鬟瞧她這副模樣，連忙跪地磕頭求道：「夫人，大小姐這會兒正發著高熱，等大小姐身子好了再……」

丫鬟話音未落，便被這美婦狠抽了兩記耳光，「給我閉嘴！妳算個什麼東西，旁日裡就妳在大小姐的身邊兒胡言亂語，就不知多說兩句正經的好話，只會挑撥離間，連幾個婆子的腌臢話也往大小姐耳朵裡傳，不打妳的嘴巴妳是不知道這府裡頭的規矩，更是不知好歹！」

劈啪劈啪的又是幾巴掌抽下，丫鬟的哭聲再次響起……

林曉筠欲反駁兩句，卻頭如炸裂，忽然間整個人呆滯不動，一旁的婆子連忙指著她，嚇得婦人也停了手，膽怯地邁步上前，伸出手一碰，林曉筠癱倒床上，昏了過去。

婦人驚嚎一嗓兒，婆子連忙上前去探鼻息，鬆了口氣道：「夫人，大小姐是昏過去了。」

「沒用的東西！」婦人拍著胸口，隨即吩咐婆子道：「再去找個大夫給她灌上幾碗藥，送到後面的小院子去冷她幾日！這事兒絕對疏忽不得，就算她想死，也不能在這個時候，老爺的官位還指望著她呢！」

林曉筠再次轉醒時已是深夜，看著自個兒的手依舊是稚嫩模樣，不由苦笑。

這是該說自己命好，還是命歹？

此時她腦中的記憶已經梳理清晰，她居然借屍還魂了！

雖說再得一條命是好事，但剛一睜眼就遇到這般紛亂的局面，老天爺是疼她還是耍她？

回過神來，她發覺自己被挪了住處。

身下的墊被十分單薄，床板硌得骨頭生疼，身上只蓋了一層薄被，老舊的木桌橫在屋子當中，幾個圓凳散亂擺放著，其中兩個上面還堆著些凌亂的衣物……

除此之外，四壁石牆，空空如也。

門口有個不大的爐子，上頭的藥吊子正咕嚕嚕滾沸著，之前挨打的小丫頭蹲在旁邊扇火，屋子裡沒了那嗆人的香味，而是瀰漫著湯藥微微苦澀的氣味，倒是叫她聞著舒坦了許多。

「青兒……」林曉筠起身靠在床頭，抬手招呼那丫鬟。

「大小姐，您醒了？嚇死奴婢了！您如今身子虛，還得躺著靜養才行，莫要隨意起身，有什麼事您吩咐奴婢就是！」青兒撲上來抹著眼淚，抬手又去探林曉筠的額頭，焦急地道：「您額頭還是滾熱的，夫人請了大夫來，已經開了方子抓好了藥，再稍等片刻，藥馬上就熬好了！」

林曉筠見青兒臉頰紅腫，一道道指痕交疊，想伸手去摸卻又怕弄疼了她，不由得擰眉道：「剛才她們又打妳了？」環顧屋裡的清冷，又嘆口氣道：「有沒有藥拿來擦擦？若是沒有，就弄個冷帕子敷一敷，留下疤痕怎麼是好？下回大夫再來診脈，記得要點兒傷藥擱在屋裡備著。」

青兒低頭遮掩著臉上的痕跡，轉了話題道：「奴婢無事，大小姐，奴婢可絕對沒信口胡說，真的是那郭婆子說的……」

林曉筠抬手阻止她，安慰道：「不必再說，我信妳。」

青兒感激得掉了半晌的淚，林曉筠心裡湧起了些許暖意。

這般處境，竟還有個真心的丫頭跟在身邊，至於以後……她心裡尚沒有成算，但她要活下去，可是怎麼活、活得怎麼樣，得自己去爭去拚，如今暫時只能休養生息，靜觀幾日再做打算。

青兒見林曉筠不再開口，乖巧地扶她躺下，「大小姐，您還是快歇著，奴婢熬好了藥叫您。」

林曉筠點了點頭，可躺在床上卻毫無睡意，想著這輩子的身世，無奈苦笑，竟是比她「上輩子」一孤兒還哀苦，這是什麼命？

雖說自己上輩子生下來就被父母拋棄，但在育幼院也算能吃飽穿暖，因愛花香草澀，而研習古籍，甚至通過考試，成為一名專業的調香師，生活富足安樂，誰知道造化弄人，自家的店鋪竟被隔壁的煤氣爆炸波及，得了個魂落異鄉的下場。

如今她這副皮囊名為安清悠，安家世代官宦，也算大梁國的世家大族，富貴顯赫。祖父安瀚池為都察院左都御史，父親安德佑是安家嫡長子，生母趙氏乃原吏部尚書趙靖元幼女。

安德佑是寵慣長大的，文不成武不就，藉著趙家的勢力謀了個禮部儀制司郎中的五品閒差。趙氏故去多年，安德佑便在這五品閒差上沒再動彈分毫。

膝下兩兒女，安清悠乃嫡長女，今年十六歲，斥罵她的美豔婦人是安德佑的繼室徐氏。

徐氏本是安德佑的姨娘，誕有二子一女，母憑子貴，如今扶正，家中內外都是她一手打理，但她終是姨娘出身，其上還有安清悠這正室夫人之女，她總覺得矮人一截，如鯁在喉，恨不得除之而後快。

安清悠生母故去，長年被徐氏拘在院中，養成了軟性子，徐氏並不把她放在眼裡，只牢牢地攏絡住安德佑的心。

選秀的日子臨近，徐氏尋門路想將安清悠帶給慶嬪娘娘看看，如若能得慶嬪娘娘垂青，將其許給慶嬪娘娘所出的皇子，便能輕鬆換得自家老爺再升一階。孰料，婆子們敘話閒聊說起慶嬪娘娘所出的皇子是個病秧子，娶親三次無一女能有所出，三位夫人甚至都死於非命，青兒聽到後立即回稟安清悠，安清悠一時氣血攻心，竟這般香消玉殞，之後便是林曉筠借其屍還己魂……

五日過後，便是入宮見慶嬪娘娘之時，她卻仍臥病在床，否則徐氏剛剛也不會那般氣急敗壞地斥罵。

安清悠……林曉筠默念這個名字，心中哀嘆，兩世為人，竟是這般狼狽的開頭，可上一世既然能從襁褓中活出個好日子，這輩子她還怕了誰不成？

第二天，安清悠的燒便退了，雖然身子仍虛弱，她依舊起床欲出門透透氣。

「大小姐，該喝藥了。」青兒端著藥碗上前來，輕輕吹著遞給安清悠，「還是趁熱喝了藥效才好，只可惜這裡沒有蜜餞，大小姐喝了藥，怕是會覺得嘴裡發苦了。」

苦？安清悠環顧四周，都這般境地了，還有什麼可講究的？不過是碗湯藥……

安清悠接過，一飲而盡，青兒有幾分驚愕，連忙道：「大小姐不怕苦了？」

安清悠將碗還給她，嘀咕道：「苦什麼？再苦也不如這日子苦。」

聽安清悠如此說，青兒無奈搖頭，端來洗漱的水侍奉安清悠淨面、更衣，安清悠才走出這破敗的小屋，到院子裡透氣。

陽光普照，晴空萬里，偶有清香飄來，四處找尋才看到遠處另一院子裡的丁香樹……而這院子裡，只有雜草，偶有幾朵野花。

安清悠起了興致，索性蹲在草叢中，挑揀著野菜婆婆丁挖出幾顆，青兒連忙道：「大小姐，您快屋中歇歇，這可不是您做的事！」

「這草去火，回頭洗洗，我要吃。」安清悠遞給青兒，又繼續挖。青兒阻攔不住便欲替她，可安清悠一為吃用，更為玩樂，哪會讓青兒攪亂？但這丫頭在一旁她又覺彆扭，只得吩咐道：「妳去尋點淨水，把這些洗乾淨，再去大廚房要一碗豆子搗成醬。」

青兒有些邁不動步，安清悠就這樣看她，反倒把青兒看得不自在，儘管心中擔憂，青兒也只能轉身離去。安清悠乾脆露胳膊挽袖子，放開了手，繼續挖草。

農曆四月的日子，正好是野菜萌生的時節，未用多久她便挖了整整一小盆，青兒此時也從大廚房歸來，可面色尷尬，碗內空空，為難道：「大小姐，廚娘不肯給……」

安清悠淡笑，「無所謂，打水將此洗淨，單品此物更有滋味！」

主僕二人將挖到的野菜洗好，外面也正好送了飯菜來，一碗硬糙米飯、一碟皮包骨頭的糊雞爪，青兒則是一窩頭、一碟鹹菜，送飯的婆子對青兒說道：「快用吧，這碟碗還得拿回去，少了一個我們就得賠銅子兒，如今連家裡頭的娃子都吃不飽，為大小姐填不起這銀子。」

青兒將這些東西端至安清悠面前，怕她委屈，結結巴巴道：「小姐，就……就這些菜了。」

瞧著面前寒酸的菜色，安清悠冷笑，如若這些東西不吃完，徐氏恐怕會向外人說燉了雞給她都不吃完，這大小姐實在是難伺候。

「去把洗好的菜拿來。」安清悠吩咐著，青兒連忙將挖出的野菜端來。

送飯的婆子一瞧便知此物是什麼，大小姐吃上了窮酸破落戶才用的野菜，這可怎麼得了？

安清悠一把一把往嘴裡塞，婆子嘴裡都跟著泛苦，「大小姐，這東西您怎麼能入口？」

「妳饞了？」安清悠看著她，婆子連忙擺手，後退半步。

「老奴可吃夠了這亂草根子，只是夫人知道了，定又要訓老奴們做事不妥貼，讓大小姐都吃上了爛草，這怎能成？您還是用夫人特意吩咐為您做的飯菜為好。」

「由儉入奢易，由奢入儉難，妳這是好日子過慣了！」安清悠朝青兒使了個眼色，又對婆子道：「我在這兒用飯，妳看著多不舒坦？夫人特意吩咐的東西就賞妳了！」

「這怎麼能吃……」婆子脫口而出，連忙閉嘴，安清悠道：「苦葉子我都嚼得，這燉得肥滿的雞，妳個奴才嚼不得？嗯？」

安清悠這會兒已想明白，徐氏的確想讓她沒好日子過，但過幾日要進宮見慶嬪娘娘，縱使徐氏有心要她死，也不會選這個時候。定是這幫婆子落井下石，吩咐燉雞，就給個糊雞爪子好去徐氏那裡邀功。

可憐之人必有可恨之處，安清悠上輩子見過太多這種人，如今自是不能放過。

婆子聽著安清悠的話，也知是她故意拿捏，雖說自己是個奴才，可這位大小姐也不被老爺和夫人賞識，她何必記掛著？

神色上帶點兒不屑，婆子出言道：「大小姐，這可是夫人賞了您的。」

「要不要我請夫人來，問問她賞的可是此物？」安清悠說完，面色冰冷，一字一重道：「妳今兒如若不把這物件嚼碎了嚥進肚子裡，我就與妳沒完！」

「大小姐總不能讓老奴吃用如此硬的骨頭。」婆子下意識還嘴，心中卻顫抖。這從不發脾氣的大小姐今兒是怎麼了？往日她縱使心中有怨，也不過會埋怨夫人，從不拿下人開刀，今兒……今兒難道吃錯了藥？

不對，這也不算吃錯，豈不是正對？

婆子心中雜亂，這糊雞爪子是前些天老爺殺雞待客時留下的，本是婆子們想借老爺的光吃用些，孰料下鍋的時候光顧著閒聊錯過了時間，將這雞爪子煮糊了。

今兒夫人吩咐送份雞湯給大小姐，讓她的病快點好，婆子便將新熬的雞湯自個兒留了，將這剩的糊雞爪子送來，可……可往常這位大小姐從來都不計較，頂多斥罵夫人幾句，她們討幾句好話便罷了，怎麼如今這般刁難？若被她鬧至夫人那裡，夫人定不會饒了她！

安清悠一直在看著她，婆子餘光偷掃正被瞧見，只好哆嗦著上前拿過碗，表情糾結得好似長歪的茄子般難看。

婆子拿起那糊焦的雞爪子便往嘴裡塞，咀嚼幾下便硌了牙，口中出了血，婆子「哎喲」一聲便將碗扔在地上，捂著嘴，疼得難受。

湯碗碎得清脆，安清悠冷哼斥罵：「妳自個兒打碎的碗可要妳自個兒賠，還有夫人賞的菜，妳也要賠！」

婆子連連應和，不敢再出言頂撞，急忙將那不能入眼的糊雞爪子撿起帶走，卻被青兒上前攔住，指了指地上道：「還有碎瓷碗呢！」

婆子慌忙撿起，倉皇離去，見她出門，青兒忍不住笑，揚眉吐氣般的道：「大小姐，您厲害了，這婆子她就是故意的！」

「她即便不是故意的，也不敢讓我鬧開了，否則挨打的還是她。」安清悠嚼著苦菜，讓青兒扔了乾巴的窩頭，用糙米飯鹹菜應付一頓……

婆子從安清悠那裡離開直接去跟徐氏回話，在聽到安清悠寧可吃野菜也不用大廚房送的飯食時，徐氏冷哼道：「妳今兒送的是什麼？」

「夫人吩咐的雞湯。」婆子捂著牙，徐氏眼睛一瞇，冷著臉道：「妳再敢說一遍？」

「老奴也是聽夫人的……」

徐氏一腳踹去，狠狠斥罵：「妳個不老死的，這時候對她拿喬？她一個病秧子起不了床，我怎麼帶她進宮？妳這到底是什麼腌臢爛心，這時候跑來攪和我的事，我看妳腦子也是和了泥巴，還不如掏出去餵狗！」

「老奴這不尋思夫人如若能將二小姐帶入宮，那才是二小姐的榮耀，老奴一片好心……」

未等婆子說完，徐氏身邊的柳嬤嬤上前便是幾巴掌，厲言道：「夫人做事，輪得到妳操心？」幾巴掌下去，婆子的臉就腫起來，牙疼得更是厲害，徐氏不耐煩地擺手讓她退下，柳嬤嬤斟酌片刻上前道：「都送了偏僻小院，大小姐還是沒服軟，那方可是要派人去盯著點兒？」

徐氏陰狠地點了頭，「請個嬤嬤去教教她規矩，這幾日得給我看好了，她的名字已經稟了慶嬪娘娘那裡，絕不能出差錯！」

翌日一早，安清悠洗漱後，就見青兒提了早飯的食籃進來。

百合粥、清粥、雞蛋羹，還有一花碗中的五樣小菜。

青兒一一拿出，驚喜地道：「大小姐，您瞧今兒的菜如此好，奴婢還納悶，去大廚房取飯時，奴婢都得了一碗粥和白麵饅頭！」

安清悠輕笑，昨兒如若不將那廚房的婆子打發一回，今兒恐怕也沒這待遇。

讓青兒一起坐下吃用，連帶著小菜也讓她同食，青兒不願意，只在一旁啃饅頭，偶爾被安清悠硬逼著才肯夾兩根鹹菜入碗。

安清悠也不多勸她，別看青兒年歲小，可心裡卻極知好歹，更遵禮卑，即便安清悠有心親近，也不可能這一時就讓她變了心性。

主僕二人用過餐後，門口有了響動，卻是徐氏跟前的柳嬤嬤，身後還帶著一個嬤嬤和丫鬟。

安清悠未動，聽著柳嬤嬤在門口道：「大小姐可在？老奴來向大小姐請安了。」

「進來吧。」安清悠知道這柳嬤嬤是徐氏的主心骨，旁日裡徐氏遇事也都是她出主意。

換句話說，如若徐氏沒有柳嬤嬤幫襯，她也不可能得安德佑專寵，爬上繼室的位置。這種老奸巨滑，滿臉掛著笑的人，最不好對付。

柳嬤嬤帶著人進了屋，先上前向安清悠行禮，隨即看著屋中四壁空蕩無物，連零落的掛件上都堆滿了灰……

「喲，這幫該死的奴才，就不知幫大小姐好生收拾收拾屋子，老奴定要稟明夫人，賞他們一頓板子！」

柳嬤嬤不過寒暄兩句，安清悠接話道：「原說在這地兒養病好，可惜旁人都當父親與夫人把我這安家的嫡長女給棄了，如若柳嬤嬤不來，這事兒可說不清楚了。」

柳嬤嬤一愣，連忙道：「大小姐莫聽他人胡言亂語，夫人可是請了道士特意為您卜的卦，您宜居西北方位，屋中不可有銀、橙、青、綠的物件，夫人才尋了此地讓大小姐養病……」

這種鬼話都扯得出來……

安清悠冷笑，「柳嬤嬤說的自然對，那些個整日信口胡說的、爛舌頭的、嘴裡頭沒邊兒的都該打死，讓我如此誤解夫人的心意，罪不可恕！」說完，安清悠一指柳嬤嬤身上，從上至下笑著念叨著：「不過……妳這髮簪是銀簪，耳墜子是翡翠，手腕上掛著銀鐲子，銀、綠、青色對我無益，這些個物件我見了無礙嗎？」

柳嬤嬤一怔，忙將此物都褪去，臉上擠出笑來道：「大小姐不提，可險些讓老奴誤了事，實在是老奴的過錯！」

安清悠瞧她輕輕抽著自個兒的臉，也不揪著此事沒完，只看向她身後的嬤嬤與丫鬟道：「柳嬤嬤，您帶這些人來作何？」

「再過三日，您要進宮陪慶嬪娘娘看戲，夫人特意讓老奴請來教習嬤嬤。大小姐乃安家大族出身，初次進宮總要知曉禮節規矩，以免出錯讓人笑話安家沒規矩。老爺最好這臉面事，夫人也不願大小姐受這份苦。」

柳嬤嬤說完，側身引見，「花嬤嬤。」

花嬤嬤走上前，擺手的幅度、邁步的距離都帶著禮數，手扶左側，微微屈膝，聲音不大，卻有幾分柔意：「見過安大小姐。」

安清悠起身，回以一禮。花嬤嬤目光一緊，立即糾正道：「雖是初次相見，但恕我多言。大小姐這一步一行可都不合規矩，目光不應斜視，步子不應邁大，速度不應過快，轉身不應……」

「停！」安清悠打斷，花嬤嬤道：「旁人未將話說完，大小姐不應擅自打斷，這不禮貌。」

安清悠側頭看她，繞其周身看了一圈。

見面便開始挑毛病，這是貪財之人會做的事，否則如何往兜裡揣銀子？

這花嬤嬤恐怕便是如此，但她怎麼教旁人安清悠不管，也管不著，可如今要教她，還是徐氏請來的，安清悠怎能這般順著？

繞著花嬤嬤走了兩圈，安清悠問道：「問上一句討您嫌的，您的品階有多高？」

花嬤嬤仰頭答道：「我乃宮中司儀監出身。」

「您教的禮都是宮女的禮？」安清悠數著手指，緩緩地道：「從命、節儉、卑遜、言語、女容、配飾、雅素、書史、勤勵……這些您都不提，單單就教一個行步走路？」

花嬤嬤怔住，「大小姐有意要學這些？」

「當然，我又不是進宮去當宮女，這些都是大家閨秀之禮，自是要懂。」安清悠加重了「進宮」二字，還特意看向柳嬤嬤，柳嬤嬤忙道：「大小姐心中焦急也是常理，但您過兩日便要進宮，總得先學規矩。如若您有所好，待陪慶嬪娘娘看戲歸來之後再學也來得及。」

安清悠看著柳嬤嬤，直言揭短諷刺：「柳嬤嬤說的是，但這些花嬤嬤好似都不會。」

柳嬤嬤看向花嬤嬤，見她臉上帶有一絲尷尬氣惱，但這花嬤嬤可是夫人挑選的人，她也不知如何說才好。

安清悠笑了，意有所指地道：「此事不急，就請花嬤嬤暫且住下，習學行步也要我病癒才可，如若折騰得累了、乏了，病再加重，進不了宮，會讓夫人失望的。」看向這院子周圍，安清悠一邊走一邊道：「花嬤嬤就住這裡吧，每日清早和晚間也可與我講一講宮中趣事，說一說聞嗅之香。我身邊就一個丫鬟，人手也不太夠用，您來了倒是正好……喲，這屋子好似不太合適，柳嬤嬤，您看如何辦？」

指著院中唯一的一間小雜屋，裡面灰土滿布，蜘蛛網快結成了門，聞著都有股嗆鼻味，屋內黑漆漆的，甚是駭人。

柳嬤嬤怔愣不知所措，原本只想帶花嬤嬤來教習規矩，每日定時來兩個時辰，其餘時間便讓丫鬟們看著，可現在卻被大小姐給制住，還要讓花嬤嬤住在這糟粕的地界？

花嬤嬤瞧此頓時氣惱，「柳嬤嬤，安夫人請我到此可不是這般說辭，你們這位大小姐，我伺候不起！」說罷，花嬤嬤轉身就走，她身後的丫鬟緊緊跟隨。

柳嬤嬤急忙追上去，哄道：「花嬤嬤，大小姐就這刁鑽的脾氣，不然也不用您來幫襯著教習！夫人已經吩咐過了，您所居的院子早已收拾妥當，甭聽大小姐胡言！」

「教習行步的，也教不了雅素、書史、勤儉……」花嬤嬤繼續賭氣，柳嬤嬤上前攔住她，「夫人可說了，您如若能教好大小姐，可比以往的教習嬤嬤多上二十兩銀子！」

花嬤嬤腳步停住，柳嬤嬤笑道：「您多多費心了。」

思忖著銀子，花嬤嬤似是不情願地道：「那就教著看吧。」回頭看那破院子，花嬤嬤不屑地嘴角輕撇，柳嬤嬤立即帶她去暫居之地。

看著這幾人離開，安清悠的心裡多了幾分陰鬱，徐氏請這宮嬤來教她規矩，可不是為了進宮陪慶嬪娘娘看戲那麼簡單，她的鬼算盤打得真是響，還不肯放棄把她塞進宮給病秧子當媳婦兒？

這就好比一竿子敲了棗樹，如若能敲下來甜棗自然好，為安德佑和她的兩個兒子鋪路，安家長房也算有了根基，如若未能得逞，她這位安家的嫡長女縱使為了顏面也不用再活。

安清悠冷笑，想讓她當這個棗？那是做白日夢！

晚間與青兒閒聊，安清悠多少知道了這安家到底怎麼回事。

不提安家大族，單說安德佑這一房，徐氏雖硬爬上繼室之位，她的二子一女卻都不爭氣。

其中一子安子良，比安清悠小一歲，今年十四，已靠安家族中關係得到童生之名，但「秀才」二字卻與這敗家子無緣；二子安子墨年幼，如今八歲，連百家姓的字都認不全，倒是能一二三四五的數銀子。另外還有一女安青雲，今年十三，除卻愛好衣著打扮之外，就喜與俊美的小白臉一起玩鬧。

徐氏屢屢被安德佑訓斥這三個孩子太不省心，更是丟嫡長房的臉，可徐氏憋著一肚子委屈也反駁不得半句，一門心思為子女的未來開始籌謀，否則她姨娘出身，更連兒女都不爭氣，豈不是要被人戳碎了脊樑骨？

安清悠聽著青兒說起這三個弟弟妹妹的糟粕事，憋屈的心倒是敞亮些許。

上樑不正下樑歪，就徐氏那副賊心爛腸，心思狹隘，能教出什麼好兒女？

似覺對府中另外幾位小主子說的太多，青兒忙安撫道：「大小姐是正經的嫡長女出身，奴婢幼時就聽婆子們說過，您最像前夫人。」

安清悠微微搖頭，她的記憶中對生母沒有絲毫印象，但不知外祖家是什麼樣子？但這話安清悠心中念叨，並未說出口，青兒畢竟年歲小，過往之事她恐怕也不清楚。

見安清悠不再說話，青兒想吹了燭火，坐在一旁守夜。

「到床上來一起睡。」安清悠瞧見她這小身子蜷在凳子上就不舒坦。

「奴婢一直都如此，大小姐快歇著。您雖不再燒了，可也不能再累著。」青兒催促，安清悠卻一把將她拽上來，隨意找了個藉口：「這屋子裡空蕩，妳來陪我，我也不必害怕。」

青兒遲疑，安清悠卻將被子蓋在她身上，「替我暖暖被。」

見安清悠這般說，青兒點了頭，窩在床角中悶頭睡下。

安清悠躺在床上卻睡意全無，又想到明日花嬤嬤指不定要如何折騰她，她不得不養足精神與其周旋。既來之，則安之。老天爺重新賞她一條命，她必須要活出個模樣，絕不能如死去的安清悠那般窩囊……

閉上眼，安清悠很快進入夢鄉，一覺醒來，已是第二日清晨。

還未等用早飯，便見花嬤嬤身邊的丫鬟過來，行禮回道：「大小姐，花嬤嬤請您暫勿用早飯，她到此時會教您宮中用膳的規矩。」

飯菜擺在面前不讓她吃？等她來，這粥菜豈不是都冷了？

丫鬟回稟完便在一旁候著，安清悠斟酌片刻，撂下筷子，青兒怕她胃腹不適，倒了一杯溫水放置桌上。

時間一點一點過去，花嬤嬤遲遲未來，安清悠越來越氣，終究沉不住氣，想拿筷子，花嬤嬤此時邁步進了屋。

「大小姐這會兒就忍不住了？」花嬤嬤站在門口，安清悠道：「您用過了？」

花嬤嬤知她心中所想，笑著道：「自當未用，大小姐莫以此來為難我，來此教習做不出個模樣，也不敢稱是宮中出來的。」

「宮中的日子那麼舒坦，您還出來做什麼？」安清悠將筷子撂下，語氣帶了一絲諷刺，「宮中可是有讓人等著飯菜涼了才用的規矩？」

花嬤嬤從門口行至屋內，規規矩矩坐下，手中拿起安清悠的筷子，一邊動，一邊教：「我這般做，大小姐在一旁看著便是。宮中用膳的規矩不少，這手不可舉過碗一拳遠，碗不可端高，也不可碰出聲響，飯菜入口不得嚼出聲，即便是吃粥，舀起的量也不能越過一匙的邊兒……」

絮絮叨叨說罷，花嬤嬤將這粥放至自己口中，一勺一勺地用，又拿起筷子吃著小菜。

嘴唇微動，那粥菜好似直接吞入腹中，安清悠在一旁看，不允她食，卻讓她看著，這明擺著是故意找彆扭，有理有據，如若是尋常人家，恐怕還得讚她兩句禮節得體。

花嬤嬤將粥菜全都用盡，隨即取帕子擦拭嘴角，言道：「大小姐莫要怪罪，宮中有規矩，粥菜不可剩，否則是大罪，故而我也養成這個習慣，讓大小姐見笑了。」

安清悠知她故意如此，並未氣惱，反而笑道：「花嬤嬤所教的確精湛，讓我佩服不已，可惜這粥菜是煮熟的，如若是生的，不知怎麼才能不嚼出聲？」

說到此，安清悠吩咐青兒，擺手道：「去將前日地裡挖的菜都拿來，讓花嬤嬤教我好好地學一學，可要洗乾淨了，不然泥土渣子沾上入了嘴，我不介意，旁人可受不得這罪。」

青兒有些發愣，都拿來？那可是好大一盆……

但青兒也不傻，花嬤嬤不允大小姐吃用，反而自個兒來了就將這粥菜一個渣都不剩地吃光了，這不明擺著欺辱人嗎？

行至一旁，青兒索性連盆都拿來，放至屋中的桌上道：「花嬤嬤請慢用。」

花嬤嬤怔愣，有意回絕，安清悠搶先開了口：「花嬤嬤，您可莫怪罪，我旁日裡最愛食此菜，每一頓少了它就覺得口中不舒坦。別看它苦味，神醫百草中可說了，此物去毒清火，乃一劑良藥，何況除此之外，我這兒也無他物，您不會厭棄它不可口吧？」

說至此，花嬤嬤有意推辭也不能出口，她來此地雖是徐氏所請，可終歸也不能丟了宮裡主子的臉面，不依仗慶嬪娘娘的名號，她也得不了這麼多的教習銀子。

筷子舉起，花嬤嬤有意只夾一根菜葉，可惜安清悠挖的時候甚是細心，連帶著根都沒損半分，這一筷子下去便是一株，花嬤嬤只得硬著頭皮塞入口中，不等咀嚼，口中苦味便湧上。

硬是緩緩嚥肚，花嬤嬤只覺從嗓子至腸子都泛著苦，未等順暢下去，胃裡就湧出苦水，她立即捂著嘴跑出了屋子。

小丫鬟擔憂，跟著跑出去看護，安清悠忍不住笑，下手抓了一把就塞入嘴中，念叨著：「這點苦都受不得，還想當本姑娘的教習嬤嬤？」

青兒笑了半晌，又去大廚房為安清悠取來一份粥菜，主僕二人用了飯，花嬤嬤仍沒歸來。

安清悠索性在院子裡曬曬太陽、看看野花，望著隔院子的丁香樹，她心中自嘲地嘀咕著：雞犬不寧窮苦女，何時才能再調香？

午間用了飯後，安清悠小憩半晌，剛剛大病一場，她的身子依舊虛弱。迷濛之中，就聽見青兒從外跑進來，似不願打擾，又不得不喊她起身。

青兒先是悄聲喚她，待她睜了眼才說道：「大小姐，花嬤嬤又來了！」

安清悠一想到花嬤嬤那張刻板的臉，立即睡意全無。

人為財死，鳥為食亡，這花嬤嬤還真有股貪銀子的韌勁兒。

起身淨了一把臉，安清悠緩了緩精神，花嬤嬤在屋門口站了半晌，見她走出來，先是與其見禮，隨即言道：「大小姐歇好了？」

安清悠沒回答，反問道：「嬤嬤有何教我？」

「進宮的第一件事要學什麼，大小姐可知道？」花嬤嬤故意賣關子，眼睛卻在她身上來回打量。安清悠未動，「花嬤嬤不妨直說，我對宮中之事一無所知，也無興趣打聽。」

花嬤嬤冷笑，帶著股拿捏的冷意，「進宮第一件事自然是要學跪，進宮叩拜娘娘怎麼跪？娘娘賞物件謝恩怎麼跪？娘娘問話，回答時該怎麼跪？旁人敘話，未被叫起時又該如何跪著等？」頓了頓，花嬤嬤繼續道：「這便是我今兒要教的，這跪法學不會，安家大小姐，您也就甭進宮了。」

學不好下跪不必進宮？安清悠巴不得如此，卻不可這般直說，以免傳出去被人記恨，「花嬤嬤言傳身教，不妨先示範兩遍，我看明白了，才能照著做。」

花嬤嬤不提，反而真的就跪在地上，規規矩矩行了叩拜之禮，起了身，便與安清悠道：「該妳了。」

安清悠遲疑，青兒上前來，插話道：「嬤嬤，大小姐的身子病弱。」

「病弱不也要進宮？」花嬤嬤絲毫不退讓，「這事兒可不是妳家大小姐說了算的，宮中的規矩半點兒馬虎不得。」

安清悠知她是故意的，便與青兒道：「尋個墊子來。」

「不可。」花嬤嬤當即阻攔，看著安清悠道：「宮裡磕頭謝恩，娘娘賞賜允妳用蒲團那是妳的福分，如若不賞賜，沙地、泥地、石地，即便是刀子地，妳一樣要跪。大小姐，甭耽擱時間了，這每日教習的時間，可都耗費著安家的銀子，妳們勤儉持家的夫人可不能容妳這樣糟蹋。」

安清悠知道花嬤嬤是不肯再退讓，心中想明，索性跪到地上。

花嬤嬤即刻開始要求屁股不可坐在腿上、行大禮的身子要直、手臂不可彎曲、跪著等候之時，低頭垂目、手扶腿上……零零散散的規矩一堆，只這一項大禮就讓安清悠跪了小半個時辰。

似知安清悠能承受多久，花嬤嬤教習這叩拜大禮之後並未繼續，只留話道：「還有兩日，我便專心教妳如何行步、如何跪拜。我雖只會這幾樣規矩，但教大小姐還是綽綽有餘……」

審度之色在安清悠臉上停留許久，花嬤嬤見青兒扶她起身，才放心離去。

安清悠只覺得自己的一雙腿麻木痠脹，軟得好似麵條。青兒連忙為她按摩，許久才緩過來。進屋坐在床上休歇，安清悠叨念著這宮中出來的嬤嬤的確夠陰夠狠。

上午花嬤嬤吃了虧，下午便伺機整治她，而且句句將入宮見慶嬪娘娘一事擺在面上，讓她想反駁都不能說嘴。

雖說花嬤嬤是出了宮的嬤嬤，可畢竟有幾分人脈在，成事不足敗事有餘是這種人最擅長的事，好話說不了，潑幾句髒水可是便宜。如若汙她不願進宮，不願學見貴人所需的大禮，這事兒以訛傳訛，傳入慶嬪娘娘耳中，可不知會有什麼後果。

安家宅內亂七八糟，可對外尚有幾分名聲在，自己的名譽須顧忌，只是如今病弱，除卻被禁在這宅子內，還能做什麼？

她不可得罪人，卻也不能被徐氏當貓狗養，這也是她老老實實跪地聽喝的原因。

怎麼辦？安清悠自個兒也沒了主意，看著膝蓋上的青紫，她嘆了口氣，眼下沒有解決的辦法，暫時只能用一個字：拖！

翌日清早，花嬤嬤未前來與安清悠一同用早飯，主僕二人吃用過後，青兒收攏物件送去大廚房，安清悠獨自一人等候花嬤嬤到來。等待的功夫，她又到雜草叢生的院子閒逛，想著如何拖延進宮見慶嬪娘娘一事。

遠處的丁香樹花團錦簇，微風拂過，芳香入鼻。安清悠前世是調香師，對花香極是熟悉。

對啊，為何不用丁香？

安清悠的腦中陡然蹦出一個念頭，丁香芳香宜人，花也美，可藥用，也可用作調香品，但都須調製才行，如若單純將花粉塗抹在身上，很容易因為過敏而讓皮膚出現微小的紅點。

雖然並非所有人都如此，但安清悠前世調香時，的確因丁香花粉過重而起過紅疹。

思及此，安清悠有意出院子採丁香花，卻正巧看到花嬤嬤往這方向而來。

安清悠停住腳步，索性在門口相候。花嬤嬤見她規規矩矩站著，心中不免生出幾分嘲諷。不過是跪半個時辰就怕了，這等大門大戶的小姐實在是嬌慣，跟她一個宮中混跡多年的人鬥心眼，還嫩得很呢！

安清悠不理會她的輕蔑，兩人見了禮，花嬤嬤繼續教她跪拜之禮。

安清悠不反駁，言聽計從，偶爾開口巴結兩句，花嬤嬤也知適可而止，未再對她過多刁難。

夜晚時分，星空閃耀，一彎弦月灑下銀色光芒，透過窗櫺映照屋內，而此時的安清悠卻起了身，穿好衣裳欲出門，青兒急忙阻攔，開口道：「大小姐，您要去何處？」

「妳乖乖在屋中候著，我去去就回。」

安清悠不願帶青兒，她一個人行動方便，青兒這小丫頭一來膽小，二來未做過這等事，容易有麻煩。

青兒有意跟著，卻被安清悠按在床上，叮囑道：「妳要記著，妳這一晚都在守著我，我因隨花嬤嬤學跪拜之禮，勞累疲乏，熟睡未醒，其餘的妳什麼都不知道！」

青兒似懂非懂地點頭，安清悠便溜出小院，看著月光下的丁香樹，心中道：能不能逃過這一劫，可都靠你了！

安府的側院是二公子安子良的讀書所在。

這位二公子倒真不愧是安德佑的種，與其一般文不成武不就，卻偏偏自命風雅，請來匠人在他的院子裡置了不少長廊樓臺，更在院中用土石堆起了一片高地，上面蓋了一間亭子叫做「四方月亭」，作為賞月之用。

安子良為了這些樓臺亭榭而亂花銀子先且不說，以安清悠如今在安家的地位，這也不是她能插上嘴的事情，可要命的是，安府裡唯一的一片丁香樹叢便在這四方月亭的邊上。

月不黑，風不高，這著實算不得什麼深夜潛行的好天氣……

安清悠一路躲著巡夜的小廝行來，幾經周折才溜進了安子良的院子，卻緊張得怦怦心跳。

夜已深，安子良的房中還亮著燈，時不時有談笑聲傳出來，讓安清悠頭疼不已。

自個兒不過是想偷採一些丁香花粉罷了，沒料想有這麼多困難。

月光下的丁香樹叢看著是那麼近，又像是那麼遠……

不過，事到眼前又臨陣退縮不是安清悠的性格，慶嬪娘娘的召見迫在眉睫，自己是無論如何都不願為徐氏的兩個兒子做鋪路的犧牲品。

看準了四下無人，安清悠一咬牙，奮力向四方月亭所在的高坡上爬了過去。

大梁國的女子衣飾繁複，安清悠雖換了一身方便行動的衣服，依舊感到行動不便。

她一邊靠近目標，一邊懷念前世的牛仔褲和運動鞋，好不容易來到花叢旁邊，見無人發現，她暗呼僥倖，開始飛快採集起丁香花粉。此刻無暇細想，多採些花粉，拖延計畫便多了幾分把握。

忽然間吱呀一聲，安子良的房門開了，一前一後走出兩個男人來。

安清悠心裡叫苦，眼看著採集丁香花粉的計畫就要大功告成，怎麼又來這麼一齣？

若是今天來這裡取花粉的事情被徐氏知道，她不知又要怎麼整治自己了。

半點兒遲疑不得，安清悠一閃身躲在了一片灌木後面，只求這房中出來的兩個男子不要往這邊來，自己能瞅個空隙溜了開去。

一個陌生男子的聲音道：「安賢弟，我看你這四方月亭修得頗為雅致，月朗風清之時獨坐靜思，真是再好不過了。」

安清悠大驚，不知這陌生男子是何人，聽這話裡話外的，竟是要往這四方月亭而來？

安子良哈哈大笑，笑聲裡卻盡是些顯擺賣弄之意，「沈兄過獎了，小弟這院子雖然比不得那些王侯子弟豪闊，布置上卻真是花了一番心思的！不止這四方月亭一處，前面那賞荷軒更是雅致，還有這風雨迴廊，九曲十八彎，可是小弟去年花了不少銀子請人建成……」

先前說話的白衣男子名喚沈雲衣，比安子良大了幾歲。

沈家與安家本是世交，沈雲衣的父親沈成越幾年前外放成了一方知府，是實打實的地方實缺。

此時科考臨近，沈雲衣赴京趕考便借宿在安家。徐氏有心巴結，刻意安排沈雲衣和兒子安子良住在同一個院子裡，盼著兒子能結交上這位沈家公子。

安子良話一出口，沈雲衣微微皺眉。

這安家二公子雖然自詡風流，卻只是個喜歡賣弄的料子，安家的另一個兒子安子墨年歲也還小，難道安家長房真是沒落了？

沈雲衣自幼跟隨父親歷練，行事上倒是頗為老道，僅微微一笑道：「今日與賢弟飲了不少酒，功課卻是斷不敢放下，不如你我再擺上一桌清茶，在這四方月亭飲茶談文如何？」

安子良一聽文章功課，登時覺得一個腦袋變成兩個大，忙不迭道：「沈兄才高八斗，這次進京是要奔著大功名來的，小弟不過是一個小小童生，連個秀才功名都沒能拿下，哪敢和沈兄談文論道？你隨意，你隨意……啊，我這酒喝多了，先睡去了……」說完，也不等沈雲衣答話，安子良兀自奔著自己的屋子落荒而逃。

沈雲衣心知安子良就是個紈絝公子哥兒，對他這般倉皇離去倒也不放在心上，何況他本是個好靜之人，獨自賞月也不失風雅，故而輕步慢行，往四方月亭行來。

安清悠的心此時提到了嗓子眼兒，沈雲衣往這邊走，她就只能拚命往花叢後縮著身子，可是這丁香花樹本來就不高大，距離四方月亭又近，哪裡是說藏就能藏得住的？

沈雲衣來到四方月亭，正準備獨坐靜思，好好思量這番上京赴考的一干事宜，忽然看到亭畔的丁香花叢一陣搖曳，樹枝晃動之間，隱隱約約竟是有個人影躲在了那裡。

有人！

沈雲衣極為驚訝，莫不是進了賊？剛要呼喊拿人，忽然發現花叢下露出一片女子的衣角來。是個女子？沈雲衣微微一怔。

什麼樣的女人會在半夜三更躲在安子良的院子裡？思來想去，沈雲衣忽然想起一個人來。

安府的三小姐安青雲，今年剛剛十三歲，身形還沒完全長開，心思卻淨是放在了些不著邊際的事情上。終日裡不是關心著打扮穿戴是否出色，便是念叨哪家的少年郎容貌俊俏，端莊賢淑是算不上了，煙視媚行卻有那麼幾分。

大梁國盛行早婚，莫說像安青雲這般春心早動，十三四歲的女子出嫁成家的也所在多有。

沈雲衣住進安府之後，安青雲便總是有意無意地找理由纏著他，當然，這裡面固然有徐氏刻意安排的成分在，安青雲最喜沈雲衣這種儒雅俊朗的男子，也是重要原因。

沈雲衣本就是個聰明人，哪裡看不出安青雲這小丫頭的心思？可是他終究不喜安家三小姐太過輕浮，更是纏人纏得令人生厭，此刻一想花叢後面的人很可能便是安青雲時，忍不住怒氣橫生。

「太沒規矩了，這安家的家教竟然低落如斯！好歹是一家的小姐，竟然三更半夜跑到男人的院子裡來纏著我！」

沈雲衣有心出聲斥責，卻又有些顧忌安沈兩家的臉面，真要是驚動了四下，這三小姐的名聲卻是毀定了。更何況，長房老爺安德佑一直碌碌無為，近年來一直在刻意巴結沈家，這事又豈是看不出來？若是安家趁機來個順水推舟，逼娶賴嫁，他還真未必說得清楚！

沈雲衣家學淵源，畢竟不同於安子良那般的紈絝，躊躇兩步，心下有了計較，索性朗聲吟道：

「月明空自遠，影暗總有穿。本該離別去，當歸淡漠前。」

這沈雲衣隨口吟的詩裡暗示得極是明白，意思是今兒晚上月明星稀，妳躲啊躲啊的，躲在花叢裡也被我看到了，咱倆沒戲，妳趕緊回去我也就淡漠一下，只當沒遇到這事了。

說起來，沈雲衣還真是高看了安青雲這位安家三小姐。

這麼一首五言，莫說是隔著花叢暗示，便是當著那安青雲的面前吟出來，她怕也只是不明所以地瞪著雙眼，只顧琢磨沈雲衣夠不夠俊俏了。

可是陰差陽錯，偏偏這花叢後面的恰恰不是安青雲，而是安清悠。

安清悠可不是安青雲，沈雲衣這首五言她略一琢磨，便明白其中的意思。

雖然不知道對方為什麼明明發現了她卻又視而不見，但是這種機會稍縱即逝，若是亭中這個白衣男子下一刻改變主意，那才是麻煩大了。

當機便要立斷！

安清悠沒有半分猶豫，轉過身來，直奔坡下而去，自始至終沒與沈雲衣打上半個照面。

沈雲衣原本背著花叢負手而立，聽得身後窸窸窣窣的腳步聲漸遠，知道亭畔女子走了，心中微嘆，忍不住回頭瞥上一眼，卻只見到安清悠悄然遠走的背影。

「這女子的身材是不是比安青雲高挑了些？」

沈雲衣心中一動，待要說些什麼，終究沒出口，就見那女子的身影不多時便消失在茫茫的夜色之中。

安清悠出得院來，喘出一大口長氣，無論如何，這丁香花粉是到了手中，拖延進宮去做鋪路石的計畫到底有了一些把握。

她不再多想，當下便把丁香花粉撒在衣內，手臂、脖子、面頰這些裸露在外面的部分，還特地多拍抹了些。自己前世便對此物過敏起疹，不知這一世是否也一樣？

撒完花粉，安清悠心放了肚子裡，只盼著身上發疹，卻在要回自己那偏僻小院時，竟怎麼也找不到回去的路了。

安府宅院占地頗大，身體原主更是個大門不出二門不邁的女子，從小到大沒走全過幾次安府的路徑。安清悠雖得了這身子的記憶，卻沒什麼用處。

「這時候做女人真是不易！」安清悠輕嘆，倒沒有因此而驚惶失措。耐下性子，一邊躲著巡夜的小廝，一邊慢慢尋找回去的路。

折騰了大半夜，總算回到偏僻破落的小院，府中的路徑也被她記住了不少。

卻說安清悠趁夜裡去採丁香花粉，只留了丫鬟青兒一個人在房內。這一夜，青兒心裡七上八下的，總是擔心大小姐不知道去了哪裡，不知道在做些什麼。如此輾轉反側了一夜，眼看著天將擦亮，青兒越發著急，便在此時，敲門聲忽然響起。

青兒懸了一夜的心總算放了下來，立即從凳子上蹦起來，小跑著去開門。門一打開，青兒立時嚇了個魂不附體。

安清悠站在青兒面前，臉上、脖子上已經泛起了一片一片的紅疹。更兼此時明月已落，太陽未起，正是黎明之前最為黑暗的時候，漆黑的光線配合上安清悠此刻的模樣，簡直就像個女鬼。

青兒兩眼發直地傻了幾秒鐘，張嘴便要尖叫。

安清悠眼疾手快，一把捂住青兒的嘴，悄聲道：「別叫，是我！」

如此僵持了一會兒，青兒漸漸緩了下來。

安清悠把手慢慢鬆開，青兒這才拍著胸脯，眼睛瞪得碩大無比，顫抖著聲音，連忙問道：「小姐，您這一夜是去哪了？怎麼變成了這副模樣？當真是嚇死奴婢了！」

安清悠苦笑道：「慶嬪娘娘召見之事迫在眉睫，我也是不得已才出此下策。青兒，妳可要記住，無論何人問起，妳都要說我跟花嬤嬤學規矩疲憊不堪，夜裡熟睡，房門半步也未曾出過，明白了嗎？」

青兒用力點頭，像她這種貼身丫鬟，做好做歹全在自家小姐身上，心下便打定了主意，無論誰來問自己，便照大小姐教的那般回答。

一轉念，青兒的心裡又有些興奮，小姐這般種種，難不成是暫緩召見的安排？

這小丫頭也是平常被徐氏欺負得苦了，一想到明日徐氏和她那群手下的樣子，便開心不已。

安清悠把所有的事情從頭到尾細細想了一遍，才洗淨身上殘存的丁香花粉，倒頭便睡。

這一睡卻也沒睡多久，天剛露出薄光，花嬤嬤便來到了院內，敲門叫道：「大小姐，時辰不早，該起床學規矩了！」

青兒開了門，小心翼翼地回答道：「花嬤嬤，小姐病了，今日這學規矩的事怕是不妥……」

花嬤嬤瞇著眼，昨兒還好好的，今兒就病了？這鬼話還拿來矇她？簡直就是可笑！

「不妥？有什麼不妥？宮裡規矩嚴得很，首要便是『黎明即起』這四個字，別說是妳家小姐，便是宮女、嬤嬤，乃至諸位嬪妃娘娘們都要講究的……病了？怕是嬌養得久了，找藉口偷懶才對！」

花嬤嬤冷笑，一把推開青兒，朝裡屋走去，口中兀自說道：「我的大小姐啊，這學規矩可是大事，您不用心學也就罷了，如今還搞出這等裝病的事情，實在是太過分……」

話說到一半，花嬤嬤忽然像被人踩了脖子的母雞一樣，嗷的一聲叫了出來。

其語色之驚駭，音調之恐慌，發聲之高亢，拐彎之變幻莫測，直令門外站著的其他下人齊刷刷打了個哆嗦，一層雞皮疙瘩如滔滔江水連綿不絕，從頭起到了腳。

此刻的安清悠仰著身子躺在床上，身上的小疹子不但比昨夜還多，更是大部分變成了猩紅色，配合上蒼白的膚色和一雙熬出來的大黑眼圈，那模樣活脫是得了怪症的重病患者。

「真……真的病了？」花嬤嬤下巴上的肥肉在發抖，顫悠悠地問向青兒。

「真病了……我跟您說您還不信，非得自己進來……」青兒可憐兮兮地點頭。

安清悠聽著兩人對答心中好笑，卻幽幽睜開了雙眼，裝作喘不上來氣的樣子，斷斷續續地道：

「青兒，妳……妳怎麼能讓花嬤嬤進來？我這病來得好怪，也不知道……也不知道會不會傳給旁人……」

花嬤嬤聽了這話，臉色巨變，忽然間大叫一聲，撒腿就跑。

安清悠和青兒主僕相顧愕然，本想是藉著裝病順便嚇那花嬤嬤一下，看著花嬤嬤和她帶過來的兩個僕婦一路遠去，兩人心裡不約而同轉過一個念頭：這花嬤嬤在宮中待了大把年月，怎麼會這般沉不住氣？

這事旁人卻是不知，雖然花嬤嬤平日裡十分高傲，骨子裡卻最是惜命怕死。一想到安清悠那一身一臉猩紅色的小疹子，她就忍不住打顫。再一想鬼才知道安清悠這「病」會不會傳染給自己，渾身上下就好像有無數隻螞蟻在亂爬，彷彿自己也會起那猩紅疹子，這一路上只想著趕緊找徐氏辭了這差事，躲得遠遠的。

這般念頭一出，花嬤嬤三步併作兩步，直奔徐氏院子，什麼教規矩，什麼掙銀子，此刻也顧不了那許多了。

跟著花嬤嬤的那兩個僕婦看她的樣子不對，便有人勸道：「花嬤嬤，大小姐這病的確是古怪，可是您也莫要太過擔心，終歸是領了安家的這份教規矩的差事，一會兒向夫人慢慢分說便是……」

誰料想不勸還好，這一勸，花嬤嬤差點蹦了起來，罵道：「慢慢分說？敢情剛才不是妳們進了安家小姐的屋子，她那怪病若是真傳給了我，我就是死也和安家沒完！什麼規矩差事，全是他娘的狗屁……」

花嬤嬤這一急，嘴裡便有些口不擇言地罵了出來。絮絮叨叨的話沒說完，身邊的兩個僕婦忽然面帶惶恐地行禮，花嬤嬤一怔，這才注意到自己不知不覺竟已走到了徐氏的院子前。

院門口處正有人魚貫而出，不光有徐氏帶著丫鬟僕婦，更有個白面長鬚的中年男人。

兩個僕婦誠惶誠恐地說道：「老爺萬福！夫人安！」

徐氏狠狠地閉了閉眼，腦子裡有一種昏眩的感覺。

這些年，徐氏年紀漸大，容貌姿色遠不如從前，更兼安家的長房老爺安德佑又納了幾房年輕貌美的姬妾，對她日漸疏遠。徐氏本就不是安分之人，自然要另使手段。拿安清悠為自己的兒子鋪路、為安德佑動動官位，便是她的打算。安德佑在仕途上多年來並無寸進，他自己也是很看重這事。

今日，安德佑一早便來到徐氏房中，主要便是商議此事。

徐氏精神抖擻，立意要表現出賢內助的樣子來，不料一切本都順利，偏偏送安德佑從院子裡出來的時候，竟迎頭撞上了個無頭蒼蠅般的花嬤嬤。

安德佑的臉登時陰了下來，沉聲道：「這是何人？如此大呼小叫地亂闖，成什麼樣子？成什麼體統？」

徐氏隱隱覺得大事不妙，可是安德佑問起，卻不敢不說實話，只好硬著頭皮答道：「這是新請來的嬤嬤，姓花。」

安德佑皺了眉道：「嬤嬤？從外面請的嬤嬤？」

徐氏小心翼翼地回答道：「老爺，這幾日慶嬪娘娘不是要召咱們家大小姐進宮去看看嗎？妾身便請從宮裡那邊請了個嬤嬤來，來教……教清悠規矩……」

徐氏越說聲音越小，越說越覺得今天這事極是彆扭，腦袋也跟著垂得越低，話語也是越發躊躇起來。

好不容易交代清楚了花嬤嬤的事，卻見安德佑臉上的肉一跳一跳，愕然道：「妳說什麼？這嬤嬤真是宮裡待了幾十年？她……她這是來我們安家教規矩的？」

後宅院口處，一時間鴉雀無聲。

花嬤嬤這邊搞出了狀況，那邊偏院裡安清悠卻正優哉游哉地躺在床上休息。

丁香花粉惹出來的紅疹雖然嚇人，卻一不疼、二不癢、三不鼓起包，對身體著實沒什麼妨礙。倒是青兒陪她說話之間左顧右盼，頗有些坐不住的樣子。

主僕二人這般有一搭沒一搭說著話，眼看著到了正午，居然沒一個人來這院裡，青兒便噘起了嘴，憤憤地道：「這些沒心肝的東西，大小姐都病成了這樣，居然連個探望的人都沒有，真不知道她們安的是什麼心思，老天爺早晚會給她們報應！」

「青兒別瞎說！」安清悠連忙制止。

青兒年紀還小，說話沒個輕重，萬一被人聽了去，便會惹出天大的麻煩。

不過，安清悠自己也是疑惑，按說這一早就和花嬤嬤照了面，這一身紅疹的「病」，早該傳到了徐氏耳裡，怎麼從早晨到了中午，不光是徐氏和花嬤嬤沒動靜，便是平時送午飯的僕婦都不見了，不會打算就這般把她餓死吧？

安清悠有些忐忑，自己才來沒幾天，對於在安家後宅的行事還真沒什麼把握。

她按照前世掌握的知識營造了個小小的局勢，可這「病」究竟能不能瞞得住徐氏等人，她們究竟會有什麼反應，實是難以預料。

這一刻，面上雖然鎮定，可安清悠的心裡卻有些不安起來。

忽然聽得門外人聲響動，接著有人說道：「大小姐這身子骨還真是孱弱，昨日還好端端的，怎麼說病就病了？」

話到人到，正是徐氏來了。

安清悠連忙躺好，向著來人看去，只見徐氏身後跟著丫鬟婆子僕婦之類的一干人等，卻獨獨少了花嬤嬤，一顆心登時落了地，這一輪丁香花粉的事情，她十有八九是賭對了。

猛然見到安清悠一身紅疹，徐氏也是嚇了一大跳。

徐氏本是想著這大小姐剛死去活來一番，若是再鬧出個好歹，見慶嬪娘娘的事情便要泡湯。有心再看看安清悠的病情虛實，卻又怕被傳染，委實不敢靠近她的床前，尷尬之餘，徐氏破天荒的面上居然擠出了笑臉來，開口道：「今日聽下面人說大小姐病了，我就趕著來看看，誰料想竟是這般嚇人，這卻是怎麼了？難道生活起居，用的吃的，可是有什麼不妥？」

徐氏一邊說，一邊打量安清悠的面色神情和屋子裡的諸般事物，想找出什麼不對的物事。青兒在心中腹誹，大小姐的病情一早就有人知道了，徐氏過了正午才來，還好意思說是趕著來看望？

安清悠看著徐氏東瞧西瞧地作態，心裡暗暗好笑，面上卻裝作大病在身的樣子，連說話聲音也虛了幾分：「有勞夫人關心，我也不知道怎麼了，今日一早便覺得身上沒了力氣，頭也昏昏的……還起了好多的小紅點，您瞧！」說著，安清悠便把手從被中移出，向徐氏伸過去。

雖說距離尚遠，徐氏卻嚇得變了臉色，直往後退了幾步，結果一不小心重重踩在了她那親信柳嬤嬤的腳上。

柳嬤嬤腳上劇痛，卻礙著在眾人面前不能壞了規矩，強撐著沒慘叫出來，兩片腮幫子高高鼓起，硬是憋住了一口氣，下身卻不知怎麼的，不聲不響放出了一個屁來。

徐氏心下煩躁，倒也沒注意到柳嬤嬤那一個蔫屁。

今日花嬤嬤那般失態被自家老爺撞了個正著，安德佑氣得吹鬍子瞪眼不說，她也跟著被罵。先前費盡心思才營造出來的形象蕩然無存，還落了一頓辦事糊塗的數落。

按照安德佑的意思，乾脆就將這花嬤嬤轟出去了事。

徐氏卻是頗有心思的，那花嬤嬤怎麼說也是宮裡出來的人，更與慶嬪娘娘有關，若是就這麼轟了出去，難免她不對別人說些安家拿個身有怪病的女兒去糊弄慶嬪娘娘這類話。

好事傳不遠，壞事傳得可是快，於是她好話說了半天，總算讓老爺答應此事交由她處理。

誰知花嬤嬤是個沒擔待的，原本仗著宮裡出來的身分，欲忽悠安家幾兩銀子，卻見安清悠生了「怪病」，便一門心思想撂挑子走人。

徐氏好說歹說，又許出了多加銀子的承諾，才把花嬤嬤的折騰暫時壓了下來。

如此鬧了半日，直讓徐氏焦頭爛額，好不容易處理完這些事，這才趕來瞧安清悠，只是看到安清悠這副模樣，怎麼進宮見慶嬪娘娘？

話裡話外扯了幾句，徐氏只盼能瞧出什麼端倪來，可是安清悠好不容易做了這麼個局面出來，豈會被她輕易套了話去？自然是回答得滴水不漏。

再問青兒時，這小丫頭恨不得徐氏越煩心越好，便按著之前安清悠的吩咐，一口咬定小姐學了一天規矩，睡醒後便成了這模樣，根本問不出什麼有用的話來，徐氏有心賞她幾個巴掌，可這手癢卻還尋不到理由。

徐氏頭大如斗，倒是柳嬤嬤在放出了一個蔫屁後鎮定下來，在她耳邊低聲道：「大小姐這病來得蹊蹺，夫人這般問話，怕是也沒什麼用處，何不找個大夫過來瞧瞧？無論如何，心裡總該有個底才好！」

一語點醒夢中人，徐氏即刻點頭道：「快，快去請大夫來，一定要快，大小姐若有個好歹，我絕對饒不了妳們！」

下人們連忙跑出去請人。

安清悠好歹也是安府的大小姐，看病是不能拋頭露面的，婆子僕婦等人在這屋裡被徐氏使喚得腳不沾地，放帳子、準備物件。安府本有相熟的大夫，不多時便來了人，隔著紗帳問病診脈。

那大夫初見安清悠那一手的紅疹，也是一驚，好在他醫術不差，隔著紗帳診了脈，又細細問了一番症狀病情。安清悠也不亂說，只將這紅疹不疼不癢的情況照實說了，沒有半點添油加醋。

大夫思忖半晌，站起身來拱手向徐氏言道：「夫人且放寬心，大小姐這病雖然看著嚇人，卻不是什麼大病，亦不會傳染給旁人，只要調養得當，不出幾日便可好了。」

徐氏大喜，可又納罕此病為何，不由得問道：「這可怎麼說？」

大夫細細言道：「這病乃是外染邪毒所致，從脈象上看，大小姐身子本就虛弱，邪毒由外侵入，內虛而體虧，自然在肌膚之處有所反應……」

徐氏不懂醫術，這話聽得雲裡霧裡，但又心急，便截住了大夫的話頭道：「請問大夫，這病該如何治療才是？」

大夫似乎對徐氏打斷自己的話頗為不滿，但他涵養甚好，只微微皺眉便道：「在下開幾副清毒補氣的方子，先吃幾日看看，另外，大小姐這外染邪毒的緣由尚難斷定，最好換間屋子住，養病期間切忌勞神動氣，尤其不能操勞，如此將養個五天十日的，應該就好了。」

大夫如此說辭，安清悠聽得暗暗心驚。

那丁香花粉刺激性強烈，自己這「病」，說穿了，其實不過是丁香花粉引起的過敏反應罷了，又兼著這身體比較虛弱，自然是反應大了點。

這大夫開出的藥方如何且先不說，所謂「外染邪毒」換屋子，其實就是隔離過敏原。至於安養精神、避免勞累，無不與自己前世所知的調養身體常識一致。古人的智慧果真不可小看，自己日後行事也更要小心一些才是正理。

不過，大夫的這些話放在徐氏耳中，可就不是那麼個味了。

這話裡話外的，怎麼聽怎麼像是在譏諷這屋子院子的安排。安清悠身為安家嫡出的大小姐，卻被安排住在這種院子裡，的確是容易授人話柄。徐氏本就有些心虛，此時更是想得多了，彷彿那大夫出門之後和人去講她徐氏如何薄待嫡女的樣子便在眼前，即便有心給安清悠再換個院子，卻又擔心如此一來，會不會反倒坐實了安清悠生病全是因為自己的緣故？

安清悠看著徐氏臉色陰晴不定，心裡暗暗冷笑，這徐氏到底是妾室扶正的出身，再怎麼有些思慮算計的本事，卻少了幾分開闊坦蕩的胸懷。

那大夫能夠為安府服務十餘載，又豈是出去亂嚼舌根之人？不過，今日既然達成了延緩進宮去見慶嬪娘娘的目的，左右這麼僵著不是個事情，索性給徐氏個借坡下驢的話頭，她自個兒也好早日離開這破舊的小院。

安清悠便輕聲道：「大夫所言有理。我素來喜靜，原以為這偏院少了幾分吵鬧，卻沒想到環境變了，身體卻未必適應，倒是讓家裡人擔心了。既如此，不如搬回我從前住的院子，夫人，您看可好？」

這話說得恰到好處，不但把責任攬在自己身上，也給徐氏一個臺階下。

徐氏聽得安清悠沒在外人面前數落家裡的不是，反而把這些事情輕輕巧巧帶了過去，不禁鬆了一口氣，連忙說道：「不錯不錯，既是養病，倒還是妳之前住的那院子更好！我這就安排下人們去收拾，盡快搬回去便是了！」

徐氏當即吩咐諸般遷屋之事，下人們忙前跑後，直至送走大夫，才舒口長氣，倒是那柳嬤嬤心細，反覆想了一番這幾日安清悠的表現，隱隱覺得有哪裡不對。

這大小姐之前一直是任徐氏隨意捏圓搓扁的，可是近日的所作所為，哪裡有半點之前的委屈窩囊？連說話也變得周密老練了，難道真是死了一次活了一次，這人就開了竅？

◉ ◉ ◉

「春天不是讀書天，夏日炎炎正好眠。秋涼百日宜打盹，冬睡三月堪過年。」

安府中的某間書房內，安子良搖頭晃腦地哼出幾句打油詩，隨即伸了一個懶腰，不多時便趴在書案上進入了夢鄉。

沈雲衣有些無奈地苦笑，這位安家二公子還真是吃得飽睡得著，難怪讀了這麼長時間的書，也只不過是靠著家裡花錢捐了一個童生而已。

不過，這樣也好，少了他在耳邊聒噪賣弄那些假風雅，自己倒是可以靜下心來好好溫習功課，大考在即，這正經事可萬萬馬虎不得。

正要拿起書來，忽然看見自家的貼身書僮侍墨在門外朝他擠眉弄眼。

沈雲衣心下奇怪，從書房裡走出來，卻見到侍墨神秘兮兮地低聲說道：「少爺，大事不好，這安家住不得了，咱們趕緊另尋個地方落腳才是！」

「何事如此驚惶？」沈雲衣皺了眉。

侍墨連忙道：「少爺，可不得了啦！這安家的大小姐得了疫病，渾身上下從毛孔裡往外冒血啊！據說已經傳染了好多人，那死屍一天抬出去十七八具……」

「停停停！這是哪聽來的小道消息？沒得在我這裡嚼舌根！」沈雲衣揮手打斷侍墨的絮叨。

安府裡若是真傳開了疫病，別人暫且不說，屋子裡的二公子安子良頭一個便會拔腳就溜。再說自己在安府借住，雖然恪守禮節不曾亂走，但若真有抬出去十七八具屍首這般大的事情，也斷沒有見不到、聽不到之理。

侍墨這書僮別的都好，就是滿嘴胡沁的毛病始終改不過來。

倒是侍墨陪伴沈雲衣久了，知道自家這位公子好脾氣，當下做了個鬼臉，笑嘻嘻地道：「少爺英明，小的也就那麼聽人一說。不過安家的大小姐好像真是得了怪病，聽說渾身上下都起了血紅色的疹子！少爺，您說這會不會是疫病？咱們要不要先離開安府……」

侍墨兀自絮絮叨叨，沈雲衣又好氣又好笑，忽然間心裡一動，想起那個丁香花叢後悄然離去的高挑女子來。難不成那晚並非三小姐安青雲，而是另有其人？

說起來，在自己借住的這段時間裡，安府上上下下都認識了個大概，唯獨少了這位大小姐安清悠，不知道是怎麼一個狀況。

沈雲衣好奇心一起，吩咐侍墨道：「這事料來也不是什麼大事，不過是人家女眷得了些病症而已。你若有心，不妨私下裡打聽打聽，這安大小姐到底是個什麼樣的人，年齡幾許、長得什麼模樣，尤其她是不是有一副高挑身材，弄清楚了回稟我便是！」

侍墨聽得目瞪口呆，打聽人家病症，問這年齡做甚？還有相貌、身材？琢磨良久，忽然眼珠一轉，嘿嘿笑道：「我明白了，公子可是要與安家聯姻？我可聽說安家也是這個打算……嗯，我早看那三小姐太過輕浮孟浪，怎麼能配得上少爺這樣的才子？原來您是相中了安府的大小姐，可是那大小姐是個病人，就算是嫡長女，難保身子骨不好……」

「這都什麼亂七八糟的！」沈雲衣即刻打斷，哭笑不得。

他不過是一時好奇，想知道哪夜花叢後面的女子是誰，怎麼平白無故生出這許多事來？

正要喝斥，那侍墨腿腳倒快，早已遠遠跑了開去，口中兀自說道：「少爺，您放心，莫說是大小姐的年齡相貌身材，就算您想知道這大小姐愛吃甜愛吃酸、用什麼胭脂水粉，小的也給您打聽得妥妥的，赴湯蹈火，在所不辭……」

沈雲衣忍無可忍地大喝道：「閉嘴！」

安子良迷迷糊糊驚醒，昏頭轉向地道：「閉嘴？閉什麼嘴？沈兄，我說夢話了不成？」

「沒你的事，我不是說你！」沈雲衣沒好氣地答道。

「不是說我？那我去打聽事兒啦！為了少爺的終身幸福，上刀山下油鍋……」這次接話的卻是侍墨，這小書僮口中叨念著，人已三兩下消失在迴廊深處。

沈雲衣狠狠一拍腦門，這……這都什麼跟什麼啊！

某間書房門口纏來纏去糾結不清的時候，安清悠剛剛搬回了自己的院子。

費盡心力地爭取到了這麼個小小局面，總算延緩了進宮去見慶嬪娘娘的事情。無論如何，安清悠是絕不願意去為徐氏的兩個兒子當鋪路石的。

只是回到了原本的院子，眼前的情形卻令人大吃了一驚。

安清悠被趕到偏院學規矩的這段時間裡，徐氏早遣人把安清悠的院子上上下下抄了一遍。如今雖然草木依舊，房間裡的東西卻被搬了個七七八八，空空蕩蕩的，只剩下一些不值錢的家具擺件。

「小姐，咱們房裡的胭脂匣子不見了！」

「小姐，大夫人留給您的松樹鏡臺被她們拿走了！」

「小姐，您最喜歡的那個玉如意也……」

「夫人也太過分了，連小姐您的家什物事都拿走這許多！」青兒噘起了嘴，憤憤不平地說道：「這可都是大夫人留給您的啊！」

青兒口中的「大夫人」便是安清悠的生母趙氏。

趙家也是大梁國中的豪門大族，外祖乃前任吏部尚書，家世比之安家只高不低，只可惜如今外祖過世，趙家幾位舅舅遠在外地，實在難以幫襯到安清悠什麼。

安清悠屋內原本物件多為生母趙氏所留，雖然舊了些，卻不乏貴重之物，這才離開幾日，竟被徐氏一掃而空。

安清悠搖頭苦笑，昔日生母在時，早將自己未來的嫁妝準備周全，那價值可比這些物事高出了不知多少倍，還不是一樣被徐氏扣在了手裡？以徐氏那性子，能做出捲屋子的事情一點也不稀奇。

安清悠向青兒招了招手，輕聲道：「青兒，把咱們屋裡還有的物事好好清點一下，這是咱們的家底，不管還剩多少，總得數清楚。」

主僕兩人一個做筆錄一個點東西，可是這屋裡空蕩蕩的，竟是沒什麼太多的東西可清點。忙活了沒幾下，青兒終究沒按捺住心裡的苦悶，哇的一聲哭了出來。

安清悠輕輕拍著青兒的後背，心裡也是苦澀。莫名其妙來到這裡，誰料想活得竟如此艱辛，青兒一哭，她的眼圈也不禁有些泛紅，一時間，真有想要大哭一場的衝動。

「我不哭！我不哭！我偏不讓她們稱心如意！」安清悠在心裡拚命安撫自己。

雖說哭是女人的專利，可從小到大，安清悠便是個外柔內剛性子。即便是前世在育幼院時舉目無親，伶仃孤苦，也沒能讓她認命低頭。

青兒哭哭啼啼地道：「小姐，我們去找夫人說說，讓她把妳的東西還給妳好不好？」

安清悠搖了搖頭，反問道：「夫人是什麼樣子妳又不是不知道，妳說她會還給我們什麼？母親留給我的嫁妝被她扣了這麼多年，可曾見她還給過我一星半點？這大處還沒要回來，更別說這些小件。我們去找她要，不過是平白無故又被她羞辱一頓罷了。」

青兒一怔，苦著臉道：「那……那怎麼辦？」

安清悠話語雖輕，卻透著一股韌勁，慢慢地道：「只要好好地活著，總有活出頭來的那一天。

到時候大處小件，今朝昨日，讓她給我連本帶利全都吐出來！」

說話間，門外有人敲門道：「小姐，老奴領來夫人加派的伺候人等，不知小姐有什麼吩咐？」

卻是徐氏新派來的僕婦婆子到了。

安清悠躺回床上，依舊是那副有病在身的樣子，青兒起身去引人進來。

門外進來的幾個人，領頭的倒也不陌生，這人姓方，正是之前負責打理安清悠所在的這處院子的管事婆子。

方嬤嬤領著幾個婆子僕婦走進屋內，也不等安清悠問話，便率先說道：「夫人知道大小姐身上有病，特地加派了些伺候的人手來，也是體恤大小姐，老奴特地領來給大小姐看看，不知道大小姐有什麼吩咐？」

安清悠微微皺眉，這方嬤嬤也算是安府中的老人，今日怎麼說話如此沒規矩，連自己的問話都不等，便在那裡自說自話起來了？

安清悠不動聲色，只點點頭道：「有勞方嬤嬤了，我身上有病需要休養，屋子裡院子裡也更是要注意清潔，各處該打掃的打掃，我這身邊的衣裳、被褥也須多加換洗，吃食上不求多麼美味，只求各位用心便罷，辛苦諸位了。」

方嬤嬤一躬身，領著幾個僕婦婆子齊齊道了聲「是」，可話語答完，卻是沒一個人挪動腳步，幾雙眼睛直勾勾地向著安清悠看來。

安清悠詫異地皺了眉，這是做什麼？

正有些不明白間，忽然見到青兒在偷偷向自己做了個銀錢的手勢，心下登時反應了過來。

自己這一「病」，事關到進宮去見慶嬪娘娘的事情，就是徐氏也不敢太過托大，還加派人手來看緊了自己。哪知道這方嬤嬤卻是奴大欺主慣了，居然藉著新人來院子裡的機會，領著一干僕婦婆子們來強討賞錢了。

安清悠本不是小氣之人，只是發賞錢可以，卻不是這般賞法，這不是賞，而是搶！

看著方嬤嬤那般嘴臉，安清悠便有了些怒氣，當下便道：「方嬤嬤和諸位可還有事情稟報？若是沒有的話，我身子尚在病中，這卻是要休息了，妳們都下去吧。」

話說到這分上，已經是明明白白趕人了，誰知方嬤嬤反倒邁上前一步，腆著臉笑道：「大小姐說的是，只是我們這些做下人的也是不易，冬天裡要為小姐起火生炭，夏日裡要預備冰盆涼水。白天要小心伺候，晚上還要下夜守房……辛辛苦苦一年也掙不了幾個花銷，又趕上大小姐您病了，這活計便越發累人不是？旁人都知道大小姐您體恤下人，看看是不是賞些個什麼？」

安清悠大怒，賞錢哪裡有這般強討的？話語中，連「老奴」二字都不用，與她自稱上「我」，這等勢利小人也太過猖狂了！

喚過了青兒扶著自己坐直了身子，安清悠慢慢地道：「既是這麼說，方嬤嬤且請過來，我這裡卻是有些賞賜要給妳了。」

方嬤嬤眼中閃過一絲得意之色，她是徐氏從娘家帶過來的僕婦之一，仗著自己是徐氏娘家的老人，之前常給安清悠下絆子使彆扭慣了，此刻院子裡徐氏加派了幾個人手，自然而然便是以她資格最老。

今日帶著婆子僕婦們強討賞錢，一方面是花著安清悠的銀錢給自己買個好，另一方面也是想讓新人們知道，別看安清悠是安家長房的大小姐，可是在這院子裡說話算數的，還得看她姓方的說話。

眼看著這大小姐服了軟，方嬤嬤滿心歡喜地湊了上去。

原以為會有銀錢什麼的賞些下來，冷不防安清悠手一揮，啪的一聲脆響，一記耳光結結實實打在了方嬤嬤的臉上。

這一記耳光打得極是用力，方嬤嬤的一張老臉上登時起了五個鮮紅的指印。

方嬤嬤捂著臉又驚又怒，指著安清悠顫聲道：「妳……妳敢打我？」

安清悠道：「這一耳光便是賞妳的物事！似妳這般這強討賞錢的勢利奴才，難道打不得嗎？」

方嬤嬤一張老臉漲得通紅，卻兀自強辯道：「我……我哪裡有強討賞錢？按規矩，新人到了院子裡，本該有賞賜才是……」

安清悠毫不客氣地打斷了方嬤嬤的話，沉聲道：「規矩？妳居然還跟我提規矩？好啊，我倒要問問這是哪門子的規矩，誰定的規矩！妳們若是到了二少爺、四少爺的院子裡，可敢這樣強討賞錢？若是到了太太的房裡聽差伺候，可敢這樣強討賞錢？若是到了老爺的眼前，又可敢這樣強討賞錢？妳倒是說啊？」

這一番話，安清悠說得又急又快，就好像連珠炮一般。

下面站著的幾個新來僕婦婆子聽得心裡暗暗發慌，都說大小姐性子懦弱可欺，可是今日看來，哪有半分懦弱可欺的樣子？

自己幾個也是犯了傻，怎麼就聽那方嬤嬤攛掇，跟著搞出了這強討賞錢的事情？

方嬤嬤驟然挨了這一記大嘴巴子，又被這一連串的話語劈頭蓋臉砸過來，有些發昏，昏頭昏腦之間，不知怎麼便叫了出來：「妳……我……我是夫人的人，妳不能就這麼打我！」

安清悠臉色一沉，冷聲道：「夫人？妳還好意思提夫人？罷了，青兒去請夫人吧！若是夫人不肯駕臨，我便自己去請！我倒要看看，今日之事，夫人究竟給我個什麼說法！」

青兒答應一聲，抬腳便要出門。

那方嬤嬤總算醒悟了過來，這強討賞錢的事情無論說到哪裡總是她一個下人的不是，若是捅到了徐氏那裡又如何？只會對她處罰更重，打上一頓趕出府去也不是不可能。

越想越怕之下，方嬤嬤噗通一聲跪倒在了安清悠面前，帶著哭腔說道：「大小姐，老奴知錯了，老奴真是豬油蒙了心，竟然做出如此不知輕重的事來！大小姐，您發發慈悲，千萬不要把這事情報到夫人那裡去啊！」

安清悠冷哼，臉上猶如罩上了一層寒霜，「這會兒知道妳是個奴才了？」

方嬤嬤接話道：「老奴有錯，老奴豬油蒙了心！」

安清悠看著她，話語雖緩，卻帶著一股冷漠：「我身上有病，夫人加派了人手前來伺候，難道反是妳搞事的機會不成？現在知道錯了，早先做什麼去了？平日裡我每月的月例銀子不過二兩，這麼多年來未曾給自己添過半點物事，就是拜妳這等惡奴所賜！」

方嬤嬤嚇得肝膽俱裂，看到正要邁步出門的青兒，她顧不得什麼臉面，膝行幾步，抱住了青兒的腿，哭喊道：「青兒姑娘，且慢去啊！咱們一同在這院子裡待了這麼多年，求青兒姑娘看在老奴這一把年紀的分上，跟大小姐說上幾句好話吧！」

青兒終究沒能出得門去，她看方嬤嬤說得淒慘，不由得有些躊躇，站在那裡直往安清悠瞧去，目光中有了幾分懇求之色。

安清悠心裡暗嘆，青兒這小妮子雖然嘴上常不饒人，骨子裡卻是個口硬心軟的主兒。

不過，這時候能替方嬤嬤求情，足見她心地良善……

說到底，方嬤嬤不過是徐氏的一個眼線，在這院子裡盯著自己而已，今日若真將她轟了出去，徐氏豈不是會再派人來？那時卻不知又會弄個什麼樣的人物過來盯梢了，左右這方嬤嬤的情況自己還算熟悉，倒不如藉著這個事情開始慢慢將她收拾老實了。

如此一想，安清悠面色稍霽，那方嬤嬤眼尖，見她這神色，頓時猶如溺水之人抓到一根救命稻草般爬了過來，跪在安清悠面前連連磕頭，又開始抽自己的嘴巴。

「大小姐，老奴知錯了！老奴這是瞎了狗眼，腦子進了水，才做出這等糊塗事來！」

「大小姐，老奴在這院子這麼些年，好歹還比換個人熟悉些情況不是？用熟不用生，今後我一定伺候得小姐您舒舒服服……」

「大小姐，您是知道老奴的，我那一家子貧苦，全靠老奴在府裡當個婆子補貼家用，若是沒了差事……您……您就全當老奴是個屁，把我放了吧！」

方嬤嬤一邊說，一邊便開始抽起自己的耳光來，只是這力氣卻要比剛才安清悠抽的那一記耳光大多了。只見她左右開弓，不一會兒面頰便一片通紅，配合腮幫子腫起之勢，一張胖臉倒是和豬頭頗有幾分相似。

青兒瞧著不忍心，開口勸道：「小姐，方嬤嬤也是知道錯了，念在她一大把年紀，您不如就放她一馬吧。」

安清悠正要說話，方嬤嬤卻搶著道：「無妨無妨，都是老奴的錯，只要小姐您不生氣，老奴再多抽幾下又何妨？」說著又衝自己臉上來了幾下狠的，劈啪之聲甚是鏗鏘有力，清脆無比。

安清悠嘆了口氣，說道：「念妳也是我這院子的老人，這一次就罷了。把我這院子小廚房的鑰匙交給青兒，以後我的飲食由她親自過手！方嬤嬤，妳可想清楚了，再給我弄這般搞東搞西的，就多想想妳今日這張臉！」

方嬤嬤如蒙大赦，連忙上前繳了鑰匙。

安清悠頓了一頓，又向那些新來的婆子僕婦們道：「我本不是小氣之人，今日罰方嬤嬤，只是教妳們不能做這等沒規矩的事情，以後小心做事，自然有妳們的好處！話就說到這裡，大家各自該忙什麼忙各自的吧！」

幾個婆子僕婦見方清悠並沒有遷怒她們，不約而同鬆了一口氣，更有人心想，都說這大小姐軟弱，今日看來，只怕是多有誤傳。

這位主子躺在病床上尚且如此，身體好的時候還不知有多少精明會使出來呢！那方嬤嬤雖然是夫人帶過來的人，自己卻也不能跟得太緊了……

如此折騰了一番，安清悠有些倦了，吩咐各人散去。眾人出得房來，卻見那方嬤嬤腫著一張豬臉，低聲喝道：「誰都不許走，都隨我來！」

眾人不明所以，但方嬤嬤畢竟是這間院子的管事，便都隨了她去。

方嬤嬤將眾人領到一間小屋，關了門，轉過身來已是一副狠戾的神色，挨個的看了一眼，隨即狠狠地道：「各位，今兒本來想為大家討上幾個賞錢，不料大小姐待人如此刻薄，我這裡挨了整治也就罷了，連帶著大家也落了一身不是，諸位新到這院子便遭了這樣的事，大小姐實在是太不通人情了！」

眾人見她翻臉如此之快，全然不似剛才一把鼻涕一把淚的哀求模樣，不禁有些愕然呆滯。

有人心裡不忿，暗道：明明是妳想一邊拿大小姐的賞錢，一邊向我們這些新來的立威，誰料想自己打了自己的臉，在大夥兒面前丟了個大醜，現在卻又說這些話做什麼？

更有人聽她話裡盡是挑撥之意，心下不禁暗暗防備。

夫人那邊自不必說了，這大小姐看來也不是個好對付的主兒，左右挨折騰的都是我們這些下人，便打定兩不相幫埋頭做事的主意。

當然也有那見風使舵溜鬚拍馬的，一個婆子湊上去笑道：「方嬤嬤說的是，誰不知道方嬤嬤是夫人帶過來的老人，又是如今這院子的管事，俗話說縣官還不如現管呢！那大小姐既然如此不通人情，我們也甭管她怎麼說怎麼做，只管聽方嬤嬤的便是了！」

有人起了頭，自然就有人附和，其他人也想，方嬤嬤剛才在大小姐面前被抽成了豬頭，此時若說別的，定然遭她記恨，便也紛紛稱是。

方嬤嬤冷笑道：「明白就好，大小姐再怎麼管這院子，終究是要出嫁的人，這安府還不是夫人說了算？更何況這大小姐若真是強勢了，咱們的日子又豈能好過得去？我說諸位啊，莫要忘了這院子固然是大小姐的院子，又何嘗不是咱們的院子？」

方嬤嬤在那邊忙活著攏絡人找臉面的時候，安清悠正躺在床上擔心著另一件事情。

那日利用丁香花粉裝病，嚇得花嬤嬤大呼小叫驚著跑了出去，結果一連數日沒見到她人影。

雖說是自己因「病」而暫時不用去學規矩，可是這一連數日沒了她的消息也太不正常，卻不知徐氏那邊又有什麼打算？

安清悠卻是不知，徐氏那邊同樣在為了這位花嬤嬤頭疼。

貳之章 鑽研閨秀技藝

自從目睹了安清悠因「病」而起的一身紅疹後，花嬤嬤就吵鬧著要卸了這差事離開安府。

徐氏想著花嬤嬤是宮裡出來的人，擔心她出去亂講安清悠生病的事情，好話安撫外加多許銀子，讓她暫且留下，誰知這花嬤嬤人老成精，一來二去之間，很快就想明白了徐氏到底在擔心什麼。

既然知道徐氏不敢拿她真的如何，花嬤嬤索性還真就不走了，反過來拿捏了安家一把。今日說頭疼腦熱的需要進補，明天說家裡有事需要用錢，總之是變法子地勒索，直讓徐氏頭大如斗。

一邊是花嬤嬤在折騰，一邊還得應付宮裡，原定進宮去陪慶嬪娘娘看戲的日子，說話間便已經到了，可是安清悠這渾身紅疹的樣子是絕對不能讓她出去見人的，急得徐氏猶如熱鍋上的螞蟻般難受。

最後老爺安德佑只好向禮部告了假，說是身體不適在家養病，並找藉口說安清悠因父親病重不敢擅離，結果又是一筆人情打點的銀子花了出去。

宮裡頭那位倒是一笑置之，不過是一個禮部五品官的閨女罷了，還是那種有職無權的閒散官員家裡出來的，像這等小女子，慶嬪本就沒放在心上。徐氏託人向她提起這事的時候，連她自己都幾乎忘了還有這檔事。

慶嬪沒放在心上，徐氏可把這事看得緊要無比。眼看著安清悠搬回院子養病，身體上的疹子漸漸退了，心裡便又想著怎麼拿安清悠做籌碼往宮裡送，便叫了管安清悠院子的方嬤嬤來問話。

方嬤嬤日前向安清悠強討賞錢未果，反而在眾人面前栽了一個大跟頭，如今聽到自家主子問話，心中想著機會來了，便將前日的事情加油添醋，絮絮叨叨說了一遍。話裡話外將安清悠說得狠戾無比，恨不得將最不堪的言辭都堆在這位大小姐身上。

說到最後，方嬤嬤還不忘挑撥幾下，哭哭啼啼地道：「夫人啊，這打條狗還得看主人不是？大小姐明知老奴是夫人的人，依舊張口就罵，抬手就打啊，還說什麼莫說夫人的人，闔府上下，沒有一個下人是她管教不得的，我看再不給她點顏色瞧瞧，大小姐怕是連您也不放在眼裡了！」

方嬤嬤說得興起，冷不防一個聲音插話道：「大小姐最近倒是頗有脾氣了，不過我怎麼聽說妳那日打起自己的嘴巴來比大小姐還賣力？這件事情，好似是妳領著夫人新派去的婆子僕婦先強討賞錢引起的吧？」

方嬤嬤大驚，一時間衝口而出：「妳怎麼知道……」

話沒說完，方嬤嬤知道自己說漏了嘴，再抬眼偷瞧徐氏的時候，只見她端坐在那裡，臉上卻早已陰沉得如黑鍋底一般了。

插話之人正是徐氏的乳母柳嬤嬤，徐氏的頭號心腹。

柳嬤嬤揭了方嬤嬤的老底，卻是一臉平靜，冷冷地道：「妳把那天的事情原原本本再重新稟報一遍，既不得加油添醋，也不得有半點隱瞞，尤其是大小姐那天說過的話，一字一句都不得改動，夫人想聽的是原話！」

方嬤嬤旁日裡在僕婦面前裝蠻橫，可見了柳嬤嬤，卻是連大氣都不敢喘的。看著徐氏陰沉的臉色，連忙趴在地上一邊磕頭一邊把當日的事情老老實實說了一遍，就連她自個兒把自個兒抽成豬頭這般糗事，都也照實說了。

徐氏聽完之後，原本陰沉的臉色越發陰沉了。不過，她畢竟掌管安府多年，駕馭下人的手段熟練無比，狠狠地訓斥了方嬤嬤一番，又賞了她兩串銅錢，這才冷冷地道：「總算妳還知道誰是妳的主子，這頓打也算挨得不冤！日後給我盯緊那院子，做好妳的事情，早晚有妳的好處！」

方嬤嬤領了賞錢，千恩萬謝地去了，徐氏卻是皺起了眉頭，緩緩地道：「柳嬤嬤，妳說這大小姐的脾氣手段，怎麼就漸長了呢？以前是敲一槓子都不吭聲的，如今說變就變了。」

柳嬤嬤和徐氏相處日久，知道她的心思，當下輕聲道：「夫人可是擔心大小姐人大心大，不再像從前那般容易彈壓得住了？」

徐氏點點頭道：「這大小姐如今的行事，和早先確是大有不同。現在我還真有些擔心，若是把這小妮子送到宮裡那位貴人眼前，她會說什麼做什麼，那可不能保證。」

柳嬤嬤本是心思細密之人，日前安清悠「發病」時，她便隱隱覺得有些不妥。安清悠這段日子來的行止處事，不像之前那般懦弱窩囊，不是說一聽一、說二聽二的了，徐氏心裡頭的擔心極為重要。

柳嬤嬤一直在仔細觀察，想要找出其中的緣由，可是借屍還魂這種事情萬中無一，又豈是「仔細觀察」這四個字便能搞得明白的？

徐氏和柳嬤嬤商議了半晌，也只得出一個結論，安清悠那日「死去活來」之後，行事便和以往大相徑庭了。

雖然沒能搞清楚箇中原因，柳嬤嬤卻敏銳地掌握住了事情的關鍵，對徐氏道：「夫人，依老奴之見，如今當務之急倒不是去訓斥那大小姐，而是抓緊時間，再尋一位教規矩的嬤嬤。」

「再尋一位嬤嬤？」徐氏吃了一驚，一個花嬤嬤已經攪得她焦頭爛額，怎麼還要再尋一個來？

柳嬤嬤堅持道：「日前那花嬤嬤衝撞了老爺和夫人，雖說是因大小姐的病而受了驚嚇，但老奴見她遇到這麼點事就沉不住氣，顯然先前在宮裡的時候也算不得是什麼人物，十有八九只是個粗使婆子罷了！若是新請個真有本事的，讓她去拾掇大小姐，不但省了您的心，說不準還能藉此多搭上幾條宮裡的線呢！」

徐氏思忖了半晌，越想越覺得柳嬤嬤的話很有道理。

那花嬤嬤是不能再用了，再多尋一個教規矩的嬤嬤未嘗不可。自己畢竟是安府的夫人，整日和大小姐較勁也有些太過。更何況安清悠終究是要往外送的，真把她逼得太狠，保不齊她被送出去之後心中怨毒太深，會做出什麼出格的事情來。

若有個能鎮住大小姐的嬤嬤，省了自己麻煩不說，也許真的還能再多搭上幾條宮裡的線。

話是有道理，事情卻未必是那麼好辦。有真本事的嬤嬤原本就難尋，更何況還得是宮裡當過差的，徐氏便有些猶豫道：「柳嬤嬤說的不錯，只是這在宮裡出來的厲害嬤嬤，又到哪裡找去？」

柳嬤嬤卻是一笑，沉聲吐出兩個字：「花錢！」

「花錢？」

「宮裡出來的嬤嬤也是人，把錢花到了地方，該請的人又怎麼會請不到？」

這種話雖然說著俗氣，但越俗氣的做法往往越有效。

徐氏這邊大價錢開了出去，果然不久便有了回音。

有一位宮裡出來的嬤嬤姓彭，昔日也是在宮裡司儀監當過差的，對宮裡的各類規矩禮數熟悉無比，表示可以接這差事，只是要先看看安府和大小姐如何，再做定奪。

徐氏正嫌這大把的銀子花出去肉疼，聽得這彭嬤嬤還要驗看安府，心中更是不忿，「不過是司儀監出來的嬤嬤，銀子比花嬤嬤用的多，還要先看看安府和大小姐，這是哪來的規矩？」

柳嬤嬤思忖半晌，說道：「司儀監裡的嬤嬤也是有等級的，何況有本事的人必然就有脾氣，老奴倒覺得這位彭嬤嬤比花嬤嬤要多幾個檔次，謀定而後動，這般做法精細周到，老奴可聽說了，尋她談銀子的時候，她可一點喜色都沒有，好似……好似毫不在意。」

徐氏斟酌一番後，開口道：「嬤嬤的意思是？」

「不妨先見一見，您親眼瞧見了，還能不知她是個什麼樣的人？若真是個有本事的，也能將大小姐拿捏住，夫人能省多少的心？」

柳嬤嬤如此說，徐氏立即點頭答應，也生出一分期待，「既然如此，那就都聽嬤嬤的……」

見面這日，彭嬤嬤進了安府，徐氏格外細細看她。

這彭嬤嬤不像花嬤嬤那般能說會道，沒等旁人介紹，便一眼看出徐氏就是府中的夫人。一個大禮行下去，挑不出半點毛病，動作之優美嫻熟，讓人瞧著就有一種舒服的感覺，在場的婆子僕婦們無不看得服氣不已。

柳嬤嬤暗暗點頭，果然是內宮裡做事做得時間久的，這彭嬤嬤當真有些門道。

徐氏也是十分歡喜，暗嘆果真一分錢一分貨，還是柳嬤嬤說的對，又盤算起彭嬤嬤在宮內當差多年，不知道能不能夠幫自己搭上哪位貴人的線來。

眾人見了面，那彭嬤嬤便要去看看大小姐究竟是個什麼樣子。

徐氏正想著彭嬤嬤不知道在宮裡有什麼關係，欲套話，便笑道：「彭嬤嬤初次來我安府，卻這麼急著忙活差事，傳了出去，別人還道我這做夫人的太狠心呢！不如先吃了飯，下午再去看看大小姐不遲。」

彭嬤嬤見她盛情，倒也不客氣，直言自己不過是教習嬤嬤，不敢和主家夫人一個桌子吃飯。徐氏見她明白事理，更是開心，交代廚房備下一桌好飯菜，由柳嬤嬤親自作陪。

用飯之時，柳嬤嬤見彭嬤嬤在飯桌上的一言一行、用餐飲茶，無不透著一股莊重勁兒。柳嬤嬤與她閒談了幾句，彭嬤嬤回答得滴水不漏，言語中對宮中的諸位嬪妃貴人瞭若指掌，卻又似乎並非是跟從任何一位貴人，直讓柳嬤嬤暗呼此人果真厲害。

吃過飯，彭嬤嬤未讓柳嬤嬤引見大小姐，而是跟著一個僕婦悄悄來到安清悠的院子。

說起來，安清悠這幾日並不平靜。自從裝病爭取到延緩進宮的局面之後，安清悠一直在思考著如何打破眼前的僵局。拖延時間這種手段，管得了一時管不了一世，指望徐氏大發慈悲不拿自己去做墊腳石是不可能的。

徐氏最近雖對自己有所緩和，但不過是因為要把自己送出去，不想壞了她的全盤計畫而已。真到了該拿自己做籌碼的時候，怕是她連眉頭都不會皺一下。更何況，徐氏掌管了安府上下這麼多年，與她硬頂，自己無論如何沒有勝算。

不過，徐氏也有懼怕之人，那就是自己的父親，安府的長房老爺安德佑。

安德佑身為安府的長房嫡子，原本被老太爺安瀚池寄予厚望，可惜安德佑安大老爺天資實在有限，做官的能力又平庸，所以雖然在宦海朝堂之上浮沉幾十年，卻終究沒有什麼進益。

以如此的家世背景，混到頭來不過是個禮部的五品散官，還經常被老太爺斥責無用。

人憋得久了，難免窮極思變，安德佑便同意了徐氏把安清悠送進宮去的主意，巴望著安清悠能嫁個皇室宗親，自己也好跟著占些便宜。只是，說到底，他畢竟是安清悠的親生父親，比之徐氏，多少還有那麼一點父女之情。雖說他腦子裡全是官位權職，但不像徐氏對待安清悠那般刻薄。

當然，在這種大家族中，女子常被作為聯姻的籌碼，安德佑對待安清悠仍是遠遠不如徐氏所生的那兩個兒子般親厚。

想要面見安德佑，倒不是那麼容易的事情，昔日徐氏對於安清悠拘束極多，生活幾乎與囚禁無異。這段時間裡，因為打算將安清悠送進宮，徐氏下手便緩和了些，更兼安清悠這一「病」，讓徐氏猝不及防，卻硬生生出了個機會來。

此刻的安清悠早已不是原本那個懦弱的安清悠，幾日將養，身上的紅疹漸漸退了，便準備去向父親請安。

安清悠帶著青兒出了房門，早有管院的方嬤嬤迎上前來，堆起笑臉道：「小姐安！今兒個看小姐氣色不錯，可是身子大好了？」

安清悠見方嬤嬤雖然滿臉堆歡，卻頗有皮笑肉不笑的味道。更兼一雙眼睛骨碌碌地亂看，心中知道她雖然在自己手中挨了教訓，但畢竟還是徐氏的人，眼下這張笑臉做戲的成分居多，骨子裡還是要替徐氏看著自己的。

當下，安清悠也不說破自己的意圖，只淡淡道：「將養了幾日，身子好多了。我看今兒天氣不錯，便生了貪暖的心，出來走走曬曬太陽，方嬤嬤不必伺候，只管忙自己的去吧。」

方嬤嬤想起徐氏要求自己盯緊大小姐的事情來，轉了轉眼珠，笑道：「小姐，夫人可是吩咐過，您這身子需要好生調理。今兒雖然說見好，但是您這病剛有氣色，怕是力氣還虛，若是散步散出了事情來，那夫人還不要了我們這些下人的命？要不，還是老奴陪著您走走？」

安清悠見她死皮賴臉非要貼著，不由得臉色一沉，厲聲道：「站住，妳跟著我做甚？這是護著還是看著？」

「老奴哪裡敢？老奴是擔憂大小姐的身子。」方嬤嬤連忙道。

安清悠冷哼瞪她，「那妳就在這兒老老實實看著，不許動半步！」

話語說著，安清悠不忘指了指她的臉，方嬤嬤想起那日自己被打成豬頭的模樣，不禁打了個哆嗦，再不敢強跟，卻是遠遠跟著慢慢散步的安清悠，緊緊盯著。可看到安清悠帶著青兒哪裡是散步，隨便走了幾步便奔小院門外而去。

這一下，方嬤嬤慌了神，連忙向前跑去，高喊著：「大小姐，這可使不得！夫人吩咐過，您這病須靜養，院外面人多事雜，又髒又亂，萬萬出去不得……」

安清悠也不理她，逕自向門外走去，眼看著要走出門口，迎面來了兩個婦人。其中一個僕婦走在前面，明顯是領路之人，見到安清悠，連忙行禮，「大小姐安。」而尾隨其後的婦人動作雖然比前面的婦人優雅，但動作明顯慢了些，似乎是不認識自己。

安清悠見來人臉生，不禁有些疑惑。

就這麼一耽擱，後面的方嬤嬤已經趕了上來。

「大小姐，您出去不得！」方嬤嬤慌忙趕來，也不顧是否能喘得過氣，當即站了安清悠的面前，不允她出去。

安清悠皺眉，「剛剛不是讓妳在那裡站著？妳是這院子的管事婆子，管的是差事，而不是我，妳這活兒是不是幹得膩歪了？」

方嬤嬤苦著臉，「大小姐，老奴這也是為了您的身子。」

「為了我的身子？那成，我就來問問妳。」安清悠站了原地，看著方嬤嬤道：「今兒廚房裡做的是什麼菜？」

方嬤嬤怔愣，「老奴還沒去看……」

「今兒是誰燒熱水為我沏茶？裡面放的是什麼茶葉？」安清悠再問，方嬤嬤依舊搖頭，「老奴不知……」

「晚間是誰守夜？屋中是誰清掃？衣裳可是都拿去洗曬過？」安清悠句句出口，方嬤嬤的臉就像是蔫兒了的苦瓜一般，不敢再回半句。

安清悠冷哼，「這些事都不做，妳在我這兒湊合個什麼勁兒？還不快去！」

「老奴得護著您的身子！」方嬤嬤依舊這般一句，可她話語卻沒了底氣。

安清悠不再回答，只這般瞪著方嬤嬤。方嬤嬤不敢再停留，下意識摸了摸自個兒的臉，腳步躊躇地往回走……

被方嬤嬤這一攪和，安清悠也沒了去見安德佑的心。

即便她走出這院子，方嬤嬤也會立即派人去向徐氏稟告，她的打算自是泡湯。

這般思忖，安清悠便帶著青兒往回走。

彭嬤嬤在一旁默不作聲，心下卻是暗暗稱奇。

眼前這位安大小姐說話聲音不高，但每出一句，必是凌厲狠辣到那方嬤嬤的最難受處，同時反應敏捷，行止每每直指要害，顯見是個聰慧精明的女子，可如此悟性奇佳的女子，卻又似乎與安府的一切格格不入。

彭嬤嬤在皇宮大內活了一輩子，那司禮監又是專管諸般規矩的地方，什麼樣的女子沒見過，偏偏這位安大小姐，第一眼看到就給了她一種特立獨行之感，彷彿此人本不應該存在於這世間，卻又活生生便在眼前。

一旁的僕婦看向彭嬤嬤道：「嬤嬤，剛剛這位便是大小姐。」

彭嬤嬤點了頭，「咱們回吧。」

徐氏聽得彭嬤嬤來，連忙叫人搬了一把椅子看座，隨即問道：「彭嬤嬤，今日可是去見了大小姐？覺得這孩子怎麼樣？可堪一教嗎？」

彭嬤嬤閉口不答，先謝禮，再側身坐在椅子上，才慢慢地道：「夫人，您府上這趟教規矩的差事，我接了！」

徐氏大喜，這一日裡見了彭嬤嬤的諸般舉止，又聽柳嬤嬤說此人對宮中的嬪妃貴人瞭若指掌，早在心裡想著如何能夠留她下來，見彭嬤嬤肯為自己效力，便熱情地說道：「小女頑劣，有勞彭嬤嬤費心了。所有銀錢酬勞，一切從優。」

彭嬤嬤站起身來，再次向徐氏行禮，「多謝夫人抬愛。不過，若是讓我教安大小姐規矩，有三件事夫人得依我，若是不依，我只好跟夫人叩頭謝罪，這差事是萬萬不敢接的！」

徐氏起了好奇之心，笑道：「彭嬤嬤但說無妨，只要有理，莫說三件事，便是三十件、三百件我都依了。」

彭嬤嬤躬身道：「既如此，我就斗膽說了，有什麼到與不到的地方，還請夫人海涵。第一，大小姐的規矩由我教，但是教什麼、怎麼教，卻是由我說了算，旁人不得干涉。」

徐氏聽後，笑著點頭，「這個自然，我們安府請嬤嬤來，可不就是做這個的？嬤嬤久在宮中，那是真正知道規矩禮數的人，怕是我們安府的規矩還入不得嬤嬤的眼呢！若是有人敢胡亂指手畫腳，我頭一個收拾他，便是我自己，也不會對嬤嬤多加干涉。」

彭嬤嬤聽得徐氏刻意賣好，倒也不多說，只繼續說道：「如此便多謝夫人了。第二件事，從明日起，大小姐的衣食起居、穿戴用度，皆由我來安排調遣，大小姐院子裡的僕婦下人，也皆由我一人調遣，這其中或有需要花錢破費之處，還請夫人不要心疼才是。」

「這……」徐氏一聽要花錢，有些躊躇。

彭嬤嬤見狀說道：「夫人，宮裡不比別的地方，一言一行、一舉一動都有講究。若是真要學宮裡的規矩，許多該有的東西便都要有。夫人只管放心，這其間便只花該花的，絕不花半文錢在那胡亂浪費的地方。更何況，買了什麼花了什麼，置辦的東西還不是都在府裡？」

徐氏聽彭嬤嬤如此說，心道這也是，不過是教安清悠那丫頭規矩而已，不論買了些什麼，教完規矩之後，自己把東西一收，依舊是左手放到了右手，錢還是花到了自己身上，便答應道：「如此便也依了嬤嬤，還請嬤嬤多加留心，莫要太過浪費了，往來的花銷用度記得讓帳房記詳細些。至於大小姐院子裡的下人，便都聽嬤嬤調遣吧。」

彭嬤嬤眼中的不屑之色一閃而過，似乎是覺得徐氏太過小家子氣。

不過，她不以為忤，又說道：「這第三件事，還請夫人答應，大小姐學規矩期間，我可以帶著她在府內走動，不只局限於那小小院子裡。」

「這……這不行！」徐氏萬萬沒有想到彭嬤嬤提出的第三個要求竟是這樣。她原本已是擔心安清悠不知如何好像換了個人一般，正琢磨著怎麼看緊這位大小姐，誰料想彭嬤嬤竟要把她從那院子裡放出來，一急之下，衝口而出。

彭嬤嬤緩緩搖頭道：「若是如此，我實在不敢教大小姐規矩，夫人另請高明吧。」

話說到此，居然說得僵了，柳嬤嬤趕緊出來打圓場，咳嗽一聲，插話問道：「這倒是奇了，自古教女子規矩，不外乎大門不出二門不邁，穩於閨房之中才是正道，怎麼彭嬤嬤卻要帶大小姐到府內遊逛？難道那皇宮大內之中嬤嬤宮女便是可以隨意走動不成？怕是嬪妃貴人也不能四路亂走吧？嬤嬤又說不敢教，這不敢教卻又是什麼意思？」

徐氏自知剛才有些失態，急欲找回面子，又不想讓彭嬤嬤就這麼走了，聽柳嬤嬤這話正合她的心意，連忙緊跟著道：「柳嬤嬤說的極有道理，這帶著大小姐在府中走動卻又是什麼道理？還請彭嬤嬤解說一二，若是真有道理，我豈會不依？」

彭嬤嬤嘆了口氣，「夫人，世人只知宮裡面規矩大禮數多，又有誰想到皇宮內院也是一個世界。外面有的人和事宮裡頭都有，外面沒有的人和事宮裡頭更有。女子入了宮中，遇到什麼人什麼事，該如何應對處理？有什麼話語不當說，當說的話語卻又怎麼說？這才是最大的規矩！真若是大門不出二門不邁，平時連如何與人相處都缺少歷練，又怎麼能學明白這些東西？」

頓了一頓，彭嬤嬤又道：「說句不當講的話，老婆子在宮裡待了這許多年月，見過不知多少人因為說錯了一句話而遭飛來橫禍，便是那些嬪妃貴人卻又如何？打板子充官奴賜白綾子砍腦袋，這些都還是輕的，累及家人株連九族又有什麼稀奇？若是不學這些，大小姐就算入得宮去，又焉知對於夫人和安家是福是禍？這可不是不敢教嗎？」

屋內靜寂一片。所謂宮闈之爭，謀算相鬥，她們不是沒聽說過，只是從未像彭嬤嬤這般有如此深刻的體會。她這一席話慢慢道來，波瀾不驚，卻又似感嘆了無數皇宮內院之中的生死一線般，直說得眾人悚然而驚，就連謀算最深的柳嬤嬤也不禁陷入了深思，默然不語。

徐氏低頭想了許久，竟覺得左右都拿不定主意起來，抬頭間，見到那柳嬤嬤向著她緩緩點了點頭，便狠狠咬了咬牙道：「既是如此，依了嬤嬤便是！」

彭嬤嬤道：「如此便多謝夫人了，不知夫人還有什麼吩咐？」

徐氏終於忍不住問道：「三件事都依了彭嬤嬤，卻不知彭嬤嬤打算用多少時間把大小姐教出個樣兒來？」

彭嬤嬤傲然道：「一月之內，定然給夫人一個在宮中能在諸位貴人面前爭臉的大小姐，若是做不到，自當分文不取。」

彭嬤嬤算是正式成了安府的教習嬤嬤，轉過天來，自有人將她引薦給了安清悠。

眼見新來的教習嬤嬤居然就是那日在院門口見到之人，安清悠不禁有些驚訝，剛要說些什麼，卻見彭嬤嬤二話不說，行禮道：「小婦人乃是新來的教習嬤嬤彭氏，專門為小姐教授宮內各類規矩，大小姐安好。」

安清悠微微吃了一驚，徐氏派來的人之中，但凡有些權力位置的，若不是像方嬤嬤那般陽奉陰違地下絆子，便是像之前那花嬤嬤般冷眼冷面外帶趾高氣揚。這般上來就請安的倒是第一次見，這彭嬤嬤面沉如水，說話不卑不亢，怕還真是個厲害的角色了。

見到彭嬤嬤如此有規矩，安清悠也不願失了禮數，上前兩步扶起彭嬤嬤道：「嬤嬤客氣了，您來我們府上教我規矩，說起來算是清悠的師傅了，哪有師傅向徒弟行禮的道理？再說我與彭嬤嬤也非第一次見面，上次在院門口不是遇見過一次？也算是熟人了，您這般講究，倒讓清悠覺得太過生分了。」

彭嬤嬤卻搖了搖頭，正色道：「大小姐是安府長房的嫡長女，我雖是教大小姐宮內規矩，但至多也就是府裡雇來的客座嬤嬤而已。主僕之禮不可偏廢，行禮是我分內之事，這一點大小姐是萬萬不可忘記。」

這話一說，倒是讓安清悠有些難接下文了，心想這彭嬤嬤倒是有點意思，來了先行禮請安，自己剛想示好，卻又給了自己一個釘子碰。

安清悠臉色不定，在一旁的青兒見她這般，心裡覺得不忿，插口道：「妳這嬤嬤好生奇怪，小姐對妳親近妳還不樂意了不成？真是不識好人心！」

彭嬤嬤面色一變，看都不看青兒一眼，只盯著安清悠道：「昨日老婆子進府之時，蒙夫人准了幾件事情，其中之一便是小姐這院子裡的所有僕從下人皆歸老婆子調遣，包括您身邊這位青兒姑娘在內。」

安清悠尚未說話，彭嬤嬤又轉頭看向青兒道：「適才小姐尚未說話，妳一個小丫鬟竟然任意插嘴，實在是太沒規矩。若是在宮中，只怕早拖了出去。以前如何我不知道，但從今日起，規矩便是規矩。掌嘴十記！」

青兒本是被欺負慣了的，這幾日那些婆子僕婦卻對青兒客氣了許多，一口一個青兒姑娘地捧著，弄得她頗有些飄飄然，連平日行事也略略帶上了點招搖意味。此刻聽彭嬤嬤上任第一件是便是掌自己的嘴，不由得驚恐得說不出話來。

安清悠暗叫不好，青兒這幾日的確是有些得意，不過自己卻沒當回事，畢竟這麼多年來只有青兒死心塌地跟著自己。這打的雖是青兒，但做的卻是給自己看，當下攔著道：「彭嬤嬤，青兒服侍我多年，和我情同姊妹，說話也就有些隨便了。念她年紀還小，這一次就算了吧！」

彭嬤嬤搖了搖頭，沉聲說道：「大小姐，我活了大半輩子，宮裡宮外的諸般女子不知見過多少，也知道這貼身丫鬟往往是小姐最為貼心之人，可是，您莫忘了，主僕之間的親厚，未必是一味縱容，那忠心耿耿卻又給自家小姐惹了麻煩禍事的丫鬟難道還少了不成？今日您對青兒嚴了幾分，焉知他日又不是給了青兒一份福氣造化？」

這番話是持平之論，並不像之前那樣只是針對安清悠。

安清心裡一震，雖說自己來自未來，但論及對這時代後宅院深處的了解，還真是比不上彭嬤嬤這等在宮裡打滾了一輩子的老人。

一時間想不出怎麼接話才是，便在此時，彭嬤嬤已對青兒道：「怎麼？是妳自己動手，還是我喚外面的僕婦婆子進來？」

「我……我自己來吧！」青兒見安清悠亦是接不上話來，知道今天這掌嘴是躲不過去了，只得老老實實地認了下來。只是這十記耳刮子打得卻輕之又輕，說是打，倒不如說是在自己臉上輕輕一拂便過。

彭嬤嬤看著青兒連摸帶糊弄地打完了耳刮子，倒也不說她什麼，卻對安清悠說道：「上次在院子門口見了大小姐，我隱藏了身分沒有當即相認，雖說因為是當時尚未定下來是否到府中接這教規矩的差事而做的觀察，但無論如何隱瞞了大小姐便是不對，我在這裡向大小姐認錯，自行掌嘴二十記，算是處罰自己了。」

「別……」安清悠阻攔的話還沒出口，彭嬤嬤已經左右開弓，給自己扇上了大嘴巴子。

這一動手又快又急，胳膊揮動之時竟似隱隱帶有風聲，只聽劈里啪啦清脆之聲不絕，二十記耳刮子片刻便已打完，端的是又準又狠，乾淨俐落。

青兒看得目瞪口呆，只想著彭嬤嬤是不是瘋了？讓她掌嘴也就罷了，怎麼連自己都打？還打得這麼狠？

安清悠在一邊觀察得卻細，彭嬤嬤這二十記耳刮子看似勢大力沉，劈啪作響，實際上彭嬤嬤卻並沒有受什麼傷害，兩邊面頰連紅都沒紅，心中知道這彭嬤嬤確是有真材實料，這等功夫不是一時三刻能夠練出來的。

再一想青兒這幾日頗有些不知輕重的樣子，安清悠便索性揶揄了她幾句道：「青兒，妳可瞧仔細了？掌嘴這事雖然說起來不好聽，卻也是有大學問的，日後若是真遇上危急場面，或許這一輪掌嘴便毀了妳的容，也或許這一輪掌嘴便讓妳多交下了一份人情不是？」

青兒在一旁臊得滿臉通紅，同樣是弄虛作假，這彭嬤嬤可比自己高明得太多了。

彭嬤嬤看著安清悠，眼中的嘉許之色一閃而過，口中道：「宮裡的各類規矩頗多，不知大小姐想從哪種規矩學起？」

安清悠忽然起了想看這彭嬤嬤如何辦的的念頭，便道：「我……想先去向父親請安，不知道彭嬤嬤意下如何？」

彭嬤嬤立時讓開到一邊道：「子女之道以孝為先，小姐，請！」

安清悠微感訝異，這彭嬤嬤到底是不是徐氏派來拾掇自己之人？

自己上次費盡心力而沒能成功去見父親，這次竟然如此容易便成了？

既然得了機會，安清悠也不遲疑，抬腳便走出了屋子。彭嬤嬤也不說話，便這麼緊跟其後。

院子裡方嬤嬤等人早得了徐氏吩咐，此刻也不敢阻攔，就這麼眼睜睜看著安清悠出了院門。

自從來到這裡之後，安清悠還是第一次大白天光明正大地走出自己的院子。雖然只是在府中行走，卻覺得陽光格外明媚，深吸一口氣，心中陰霾去了不少。

如此行到了前院，來到父親安德佑的書房所在，迎面兩個小廝站在門外左右，她遣了青兒上前道：「老爺可是在書房之中，勞煩兩位稟告一聲，說是大小姐向老爺請安來了。」

兩個小廝互相看了一眼，露出驚訝之色，這大小姐向來是住在內府後宅的院子裡，多少年沒聽說過要跟老爺請安，今日卻是怎麼了？雖是好奇，可小廝們不敢耽擱，當下便進去通報。

卻說安清悠因「病」而見不得慶嬪娘娘，安德佑不得不出來打圓場，向禮部告病請假才把這事遮掩了過去，這兩天正窩在家裡心煩氣悶，忽然聽小廝說大小姐前來請安，便想也不想道：「免了免了，讓她自己歇著去，不見！」

那小廝答應後轉身便要離去，安德佑忽然覺得不對，又叫住小廝道：「你剛才說誰來請安？」

「回老爺話，是大小姐前來請安。」

「清悠？怎麼會是她？」安德佑一怔，自前妻亡故後，安清悠獨居在後宅院內，頂多是逢年過節上桌吃飯的時候見上一面，今日怎麼忽然來請安了？

想到近日送女兒進宮之事，安德佑忽然生出了想見見這個女兒的念頭，略一沉吟，便道：「罷了，讓她進來吧。」

小廝出了書房門回報，安清悠大喜，心道總算有了見父親的機會，當下慢慢走進書房，行禮道：「父親萬福！」

安德佑點頭，「聽夫人說，前幾日妳得了怪病，渾身起了紅疹，這幾日身子可是大好了？」

安清悠連忙道：「勞煩父親掛懷，些許小恙，好得差不多了。父親請寬心，當是不礙事的。」

安德佑上下打量一番，隨即道：「既不礙事便好，眼下大內選秀之日臨近，這是宮裡頭的大事，也是我安家的大事。聽說妳母親花重金為妳請了司儀監的嬤嬤，妳可要好生學習各式禮數，莫要進得宮去讓人笑話我安家的女子不懂規矩。古人云：觀一童之言而知其父，視一女之行可見其家……」

大梁國的六部之中，禮部最是書呆子雲集的地方，安德佑十幾年的禮部閒官做下來，別的沒學會，倒熏出了一身言必稱古人，話必有出典的清談闊論習氣。

「父親放心，女兒知曉。」安清悠嘴上應承，一顆心卻冷了下來。雖然早知自己這位父親是不著調的人，可如今他開口便是選秀、母親，著實讓安清悠心寒。

徐氏也算母親？安清悠心中冷笑，何況時至今日，安清悠已非昔日安清悠，早沒有再稱徐氏「母親」二字。

安清悠並非顧忌親生或繼母，只是徐氏將她當仇人，她若不同等視之，豈不成了傻子？

不想再與這位父親有何說辭，便聽安德佑長篇大論敘說下去，原本只是父女之間的請安閒話，竟被安德佑引經據典地足足講了大半個時辰。

安清悠心中焦躁，初時還能假扮恭敬溫順，不多時便對其「之乎者也」目瞪口呆。等到這大半個時辰過去的時候，只覺得雲裡霧裡，渾不知安德佑在講什麼了。

安清悠大感氣悶，站得久了腿腳有些痠麻，便趁著安德佑說得興起之時悄悄挪動了一下，誰知這個小動作偏偏落入了安德佑眼裡，他登時重重一拍桌子，大怒道：「妳是安家長房的嫡出大小姐，父親這一點訓話便耐不住性子了嗎？多年來，我安氏一門禮教傳家，妳這樣子若是進得宮去……」

自徐氏扶正後，安德佑本就待這女兒很是一般，此刻越說越怒，忽然又想起安清悠生病累得自己裝病在家的事情來。一想到萬一被人知道自己是怕女兒送不進宮去才裝病，便怎麼看安清悠怎麼就橫豎不順眼，這一來訓斥更甚，前前後後又足足批了安清悠一頓，才將她轟出了書房。

安清悠雖是早對這位父親的冷漠存有預想，可再如何想都比不得見這一面，吃一塹長一智，安清悠因此絕了對安德佑抱有父女之情的念想。出了書房，就見青兒和彭嬤嬤在那裡等她。

這一個多時辰等下來，青兒早已不耐煩，但在老爺院中不敢造次，只是臉色頗有躁動，伸長了脖子看了許久，見安清悠從書房裡出來，立時便要上來說話，忽然想到什麼似的，看了旁邊的彭嬤嬤一眼，終究沒敢邁步吭聲。

彭嬤嬤同樣等了一個多時辰，卻是紋絲不動地垂手侍立，臉上看不出一絲一毫的表情波動，見了安清悠也不問什麼，只低聲道：「大小姐這是向老爺請安完畢了？可還有其他想做的事情？若是沒有，便回院子學規矩吧！」

安清悠想說我要離開安府，可是這話如何能說？只好無奈地跟著彭嬤嬤回了院子。

等到回了院子，卻見一個美婦人正坐在屋內，見到安清悠便悠悠地道：「大小姐，聽說妳這一早就去了老爺書房請安，不知道這安請得如何？和老爺又說了些什麼呢？」

安府之中能夠如此說話的，除了徐氏，還有何人？

徐氏執掌安府多年，府裡面上上下下早就有的是人向她報信，聽得安清悠一早便去跟老爺請安，心裡大為惶恐，不知道這大小姐出了院子究竟會搞出什麼名堂來，可是偏偏她又許了彭嬤嬤帶安清悠在府內行走，此時倒是不好反悔了。

這一個上午，急得徐氏猶如熱鍋上的螞蟻一般團團亂轉，沒想到過了一陣子，卻傳來安清悠被老爺大加訓斥的事情，徐氏不由得心花怒放，興沖沖來安清悠的院子裡等著……

安清悠看徐氏這副幸災樂禍的模樣，心中對安德佑這位父親更無好感。

「夫人安，我與父親只是請安，再得其教導，夫人可是有所介懷？」

「只是請安？不是被老爺罵了一頓嗎？」徐氏不客氣地揭穿，冷冷地道：「前幾日讓妳好好學規矩，妳卻推三阻四，如今被老爺罵了一頓，妳才舒坦了？我看妳既有力氣去跟老爺請安，想來這身子是大好了，這幾日老老實實地跟著彭嬤嬤學規矩吧！」

安清悠回道：「夫人花重金請來的嬤嬤，我自要踏踏實實地學，勞您費心掛念了。」

徐氏不願多說，昂著下巴，走出了房門，只留下彭嬤嬤和安清悠主僕二人。

行至門口，徐氏的聲音響起，顯是放大了聲音說給屋內人聽的：「這彭嬤嬤不愧是司儀監出來的，只一個上午便教人大開眼界了！清悠這孩子就是不懂規矩，終日裡不思在院子裡好好學規矩，反而一門心思亂闖，非得挨了老爺斥責才覺得舒服嗎？也不知道會不會長記性？叫人去跟彭嬤嬤說，給我嚴加管教，要打要罵隨她便是了……」

安清悠眉頭緊皺，父親這一條路是走不通了，讓徐氏幸災樂禍，實是無奈。

青兒在一旁瞧得心中生怨，暗道這彭嬤嬤果然是夫人弄來欺負大小姐的。彭嬤嬤甚是精明，焉知早上請安這件事不是她精心算計過的？大小姐上午挨的這頓罵，說不定便是夫人和彭嬤嬤挖的坑給小姐跳呢！

如此想著，青兒便向著安清悠和彭嬤嬤看去，卻見安清悠皺著眉頭，苦苦思索了許久。

彭嬤嬤淡淡道：「目光要放遠一點，安家可不止這一個院子。」

安清悠驚詫，隨即思忖，忽然站起身來，走到彭嬤嬤面前深深施禮，輕聲道：「清悠之前太過心急了，今日之事，卻讓我知曉了自己的短處，以後還請嬤嬤多多指點，清悠在此拜謝了！」

這一次，彭嬤嬤不再提那些主僕之分，就這麼受了她一禮，似笑非笑地看著安清悠道：「妳可是想通了？」

安清悠肅然道：「多謝嬤嬤提點，清悠想通了！」

狠狠地栽了個跟頭，安清悠想明白了兩件事。

其一，這彭嬤嬤雖然是徐氏由府外請來的，卻未必就那麼聽徐氏的話，恐怕是個有主見的。以她這等身分氣度、算計智慧，決計不是那種為了幾兩銀子便會甘心做奴才的人。

其二，自己來自另一個時空，有著不同於大梁國人的見識，對於這等古時大家族的生活缺少應對經驗，而彭嬤嬤卻是這方面的高手，可以給自己足夠的指點。

如果要想在這個世界按照自己的意志活著，前世的那些東西固然有諸多幫助，更重要的卻是對這個世界的了解與適應。

今日挨了安德佑一頓訓斥，安清悠卻也醒悟過來，如今的日子便是踏踏實實地學，把這一大家子的事釐清之後再做其他打算。

青兒在一邊看得不明所以，剛剛似乎是這彭嬤嬤給小姐挖了個坑，怎麼小姐反倒謝她？還有，這個嬤嬤不是來教規矩的嗎？怎麼反而是小姐向她行禮？她還就這麼大方地受了？

這彭嬤嬤進府不過一日有餘，竟然是夫人和小姐兩個水火不容之人都聽了她的話，當真是好生厲害。

彭嬤嬤受了這一禮，微微點了點頭，算是認可了安清悠。門口人影攢動，時不時朝這方看來。

安清悠不再多言，準備專心學習規矩。

彭嬤嬤換了之前那和藹面容，多了幾分嚴肅，淡淡道：「方才夫人說了，大小姐的身子既是大好了，那便留在這院子裡多學學規矩。我還是早上那句話，這宮裡的規矩多了，不知道大小姐想先學哪一樣？」

安清悠立時便道：「單憑嬤嬤吩咐，嬤嬤先教什麼，清悠就先學什麼。」

彭嬤嬤嗯了一聲，「今日上午老爺責罵妳無禮，似乎是妳聽老爺訓話時亂動了腳步所致？」

安清悠未有隱瞞，直言道：「站得久了，腳確是有些痠疼……」

彭嬤嬤點點頭，「不論宮內宮外，站、坐、行、跪這四項最是基礎功夫，妳把方才在老爺書房內的站姿擺給我看。」

安清悠細細回想了一下之前在安德佑書房內聽訓的情景，依言將那時的站姿擺了一下。

彭嬤嬤皺眉，「不妥不妥，妳這般站法僵硬無比，禮數上雖挑不出毛病來，卻讓人看著不舒心，更何況，這般站法極是耗體力，妳在書房中聽訓約莫有一個半時辰，腿腳不痠痛才怪。宮裡面有要站規矩的地方更多，時候更長，像是妳這般站法，說不準什麼時候就犯個毛病，便似妳在老爺書房中一樣。」

「來，妳跟著我做……」

「腳要能立得住，膝蓋要繃緊，腳踝和腳弓卻要適度放鬆……」

「右腳向前半個腳趾……是半個腳趾，不是半個腳掌，伸出來太多會讓人覺得妳雙腿併得不齊。把身體的重量全放在這向前微探出一點的腳掌上……嗯，這樣便顯得挺拔而又不累，也更有規矩……」

彭嬤嬤雖然教得嚴厲，但教得極細緻，安清悠識教認學，做得極為用心。

青兒在一邊看著，只覺得經過彭嬤嬤這一點一點的細緻調整，小姐還是那個小姐，站姿還是那個站姿，卻顯得優雅大方，更給人一種說不出的舒服之感。

彭嬤嬤為安清悠修正了一陣站姿，又盯著安清悠站了一會兒，這才道：「站相便是如此了，這種東西易學難精，全靠一個練字。今日便全練這站姿，以後每天睡覺之前站半個時辰，站得不對，不許睡覺。」

安清悠點頭，彭嬤嬤便轉身出了門，不知去了何處。

青兒悄悄看著那彭嬤嬤出了門，連忙回來告訴安清悠道：「小姐，那彭嬤嬤出了院子，您倒不用擺這勞什子站立姿勢了，鬆快一下身子，歇歇吧。」

安清悠卻是搖了搖頭道：「彭嬤嬤說得在理，不管入宮還是在府內，姿勢行得優雅舒服，終歸是自己不吃虧。那等別人一走便偷懶的事情，固然糊弄了別人，焉知不是糊弄了自己？青兒，妳來陪我一起站著，順便看看我這姿勢可還有什麼不對。」

青兒吐了吐舌頭，心裡想著小姐大病初癒便不顧身子虛弱練這規矩，更是不敢言語，過來乖乖陪著安清悠練習站姿。

安清悠幫著青兒指出了幾處站姿上的錯誤，才道：「青兒，妳是我的貼身丫鬟，且不說妳的一言一行是不是關係著我的臉面，如今這府內的情形妳也明白，那些下人們若想找我的毛病或許不易，畢竟我是大小姐，是主子，除了老爺和夫人之外，真想罰我也難，可找妳的毛病卻是容易得緊，若是妳自己還是這般不留心，再往下走卻是大有危險了。」

青兒只是年紀小，遇的事少，腦子倒是聰明的，今日被彭嬤嬤收拾了一頓，又聽安清悠這麼說，心裡一下子想起這幾日院子裡的諸多婆子僕婦們突然對自己恭敬吹捧的事情來，越想越是覺得不對，暗暗心驚之餘，越發收斂心緒，認真練起站姿來。

主僕二人便這般練習到晚上，彭嬤嬤不知忙些什麼，直錯過了用餐時辰才回來。見安清悠帶著青兒認認真真練著站姿，頗為欣慰，能夠在別人不在的時候還做得如此慎獨扎實，這大小姐果然是可教之才，自己沒有看走眼。

幾人用了些晚飯，彭嬤嬤又教了一些吃飯用餐的規矩和講究，安清悠依舊一板一眼地照做，學得極為用心。這一天的規矩學下來，倒是把人累得不淺。

夜晚安清悠躺在床上，只覺得渾身上下各處的肌肉骨骼無一不痛，心想著這身體的確太弱了一些，明天起定要多多鍛鍊才是。

如此沉沉睡去，第二日醒來，又是如此跟著彭嬤嬤學規矩、學站立。幾日下來，安清悠覺得自個兒的身子也強健些許，不再似之前那般軟弱無力，心情也歡快多了。

一連幾日過去，想等著看安清悠鬧笑話的人撲了一場空。徐氏觀察幾日，更放心了，唯獨有一人心思不爽，便是花嬤嬤。

安清悠留在院子裡隨彭嬤嬤學規矩，徐氏及安府眾人見她深居簡出，漸漸又恢復到了之前的狀態。這種狀況卻是急壞了一個人，那便是之前一直留在安家的花嬤嬤。

這花嬤嬤進了安家本是教安清悠規矩，誰料規矩沒教成，反倒衝撞了老爺安德佑。徐氏怕她將安清悠出疹子的事情捅到慶嬪娘娘那裡，一邊說服了老爺，一邊重金將她留了下來，誰知道這花嬤嬤琢磨出了徐氏的心思，索性賴上了安家，隔三差五地勒索起錢財來。

等到彭嬤嬤進府，安清悠又有了新的教習嬤嬤，身上的疹子也褪去，花嬤嬤自然沒有之前那般吃得開了。不只是徐氏等人對她沒那般陪笑，更有人私下說她德行處事比新來的彭嬤嬤差得太遠。

花嬤嬤又是不忿，又是驚懼，卻打定了主意要見見這位新來的彭嬤嬤，順便再把大小姐如今的情況摸一摸底。故而，這日一早，花嬤嬤便來到了安清悠的院子裡。

花嬤嬤進了院子，抬腳便要進安清悠的屋子，卻見一個僕婦不知道從哪裡冒了出來說道：「喲，這不是花嬤嬤嗎？您今日怎麼得空來大小姐的院子了？」

花嬤嬤哼了一聲，「我本就是大小姐的教習嬤嬤，這院子又有什麼來不得？」說著便拔腳要向安清悠屋內走去。

那僕婦卻是攔著陪笑道：「花嬤嬤，這院子和往時不同了，如今是那位新來的彭嬤嬤做主，我們這些下面人等都歸彭嬤嬤調遣。彭嬤嬤說了，她教大小姐規矩的時候不許旁人插手，更是不得打擾。花嬤嬤是宮裡出來的，行事自有分寸，莫要為難我們這些下面做事的了。」

花嬤嬤不禁愕然，想到當初自己教安清悠規矩的時候，徐氏可沒如此放權，不禁甚是妒忌，只覺得那彭嬤嬤也忒是命好。再說得幾句，那僕婦卻只是陪笑，堅決不讓花嬤嬤進入安清悠的房中。

花嬤嬤怒從心頭起，大聲道：「難道我不是大小姐的教習嬤嬤？那彭嬤嬤教得，我偏偏教不得？今日我倒要看看，都是教規矩的，到底有什麼不同！」

安清悠正在房中練習寫字，聽得房外一陣喧鬧，有些分神，略微動了動，這下筆便有些歪了。

彭嬤嬤在旁邊瞧得真切，沉聲道：「收肩、低頷、直頸、抬腕。這一張不算，重新寫過。」

安清悠苦笑，之前由於徐氏的壓制，曾經的那個「安清悠」只讀過《女誡》、《女訓》等少數啟蒙書，上一世自己雖受過教育，但是對於這書法一道卻是涉獵甚少。這幾日，彭嬤嬤提醒她，大家閨秀「落筆」的本領極為重要，她便學得甚是用心。

彭嬤嬤道：「書法本是細水長流的水墨功夫，妳之前基礎不好，想在選秀之前寫出一手好字是不可能的事，不過這練字並非只是練手，更重要的便是練心、練情。在宮裡，妳寫字的規矩姿勢舉止神態落在別人眼中，自會對妳另有一番品評。莫說外面有些吵雜喧鬧，便是有人敲鑼打鼓放鞭炮，妳仍能平心靜氣地寫一手好字，那才算是練成了。」

安清悠點頭稱是，換了一張紙重新來過，心神全沉浸到了那一紙一筆之間，雖是外面不時有喧鬧之聲，卻是漸漸充耳不聞了。

如此練到午飯時分才停手，物我兩忘之境，讓彭嬤嬤極為滿意，卻未曾想外面已經有人氣得臉都綠了。

花嬤嬤來安清悠這院子本是想探探虛實，誰料想連大小姐的房門都沒進去。她本是在安家勒索慣了的，縱然徐氏等人近日對她疏遠，但終究念她是慶嬪娘娘的人，不願得罪她，何曾被下人僕婦們如此攔著？

更何況，花嬤嬤本是善妒之人，彭嬤嬤得到安府放權，她的心裡自是不平衡。

安清悠和彭嬤嬤都不欲理睬這等事，索性將她晾著，誰知這花嬤嬤一看對方居然敢晾著自己，便來了性子，氣哼哼地弄了把涼椅，坐在這裡不走了。期間要茶要水，把安清悠院子裡的一干僕婦婆子折騰得夠嗆，眾人知道連徐氏都不願招惹她，只得敢怒不敢言。

待到晌午用飯的時候，安清悠和彭嬤嬤練了半天規矩總算從屋子裡出來，卻見花嬤嬤從斜刺裡直走過來，阻住了二人的去路。

花嬤嬤冷笑道：「這位想來便是最近新入府的彭嬤嬤了？當真是好大的氣派，教個規矩還搞得如此關門閉戶，不知若是老爺、夫人來了，這房門卻是讓進不讓進？」

彭嬤嬤瞧了花嬤嬤一眼，沒有接她這譏諷的話頭，只是轉頭對方嬤嬤一干人等道：「時辰已是正午，妳們都在這裡待著做什麼？該做什麼做什麼去！我教大小姐規矩，難道妳們便如此偷懶了不成？」

掌管院子的方嬤嬤等人見花嬤嬤鬧了一上午，此刻總算和正主對上，本是存了看好戲的心態，沒想到彭嬤嬤上來第一個先趕走的居然是自己等人，連忙陪著笑臉，悻悻去忙了各自的事。

彭嬤嬤見這些僕婦婆子走遠，這才對花嬤嬤道：「這位嬤嬤想來便是前任的教習花嬤嬤了，不知道有什麼指教？」

花嬤嬤冷哼一聲，「指教我可不敢，誰不知道您彭嬤嬤現在成了安府的紅人，連夫人也讓著您三分。只是，彭嬤嬤莫要忘了，規矩教得再好，到底也只是規矩，終究還是要宮裡選秀才見真章的。到時候慶嬪娘娘一句話，今日下的功夫全都白費，卻也說不得準啊！」

彭嬤嬤微一皺眉，慢慢地道：「花嬤嬤是慶嬪娘娘的人？」

花嬤嬤下巴抬得老高，傲然道：「不敢，我在宮中司儀監待了大半輩子，承蒙宮中貴人恩典，總算有了這麼個伺候慶嬪娘娘的福氣，倒也算是說得上幾句話。聽說這大小姐入宮選秀便是想走慶嬪娘娘的路子，卻不知彭嬤嬤又是跟的哪位貴人？」

彭嬤嬤微微一笑道：「我亦是出身司儀監，慶嬪娘娘正蒙聖眷，這般貴人我卻是沒那福分跟的，不過，我聽說慶嬪娘娘身邊的兩位管事嬤嬤一位姓黃，一位姓鄭，往下還有三位嬤嬤做日常的伺候侍應，分別是姓馮、姓陳、姓蔣……」

說話間，彭嬤嬤竟如數家珍般把慶嬪身邊的一干伺候人等挨個不落地說了一遍，臨了才道：「我在司儀監職卑位賤，不過在宮裡待得年頭久了，對於慶嬪娘娘身邊之人也算有幾個相識，卻不知道為什麼，偏偏沒有一個是姓花的。」

花嬤嬤臉色大變，真要論及出身，她不過是司儀監下面的一個粗使嬤嬤而已，平日裡莫說跟慶嬪娘娘遞話，便是見上慶嬪一面也是不大可能。仗著在宮裡待過些年頭，便出來教所謂的規矩。

當時本是聽安家要請嬤嬤教規矩，便靠著求一個慶嬪的身邊之人謀了這個差事，此刻聽到彭嬤嬤對慶嬪身邊的伺候人等如此熟悉，早不由得心驚膽戰起來。

這豈不是撞到了明白人手裡？彭嬤嬤對慶嬪宮中人事如此明晰，定不是簡單的人！

彭嬤嬤看她這樣子，不禁搖了搖頭，悠悠地道：「夫人想送大小姐入宮，的確是得慶嬪娘娘照應，不過慶嬪娘娘身邊伺候的人甚多，我未能見過花嬤嬤倒興許也有可能……夫人既然留了花嬤嬤在府裡好吃好住又給銀子，花嬤嬤不妨便給自己尋個清靜，拿多少銀子做多少事，沒得自尋煩惱，您說是嗎？」

花嬤嬤聽得臉上一陣紅一陣白，猛地一跺腳，轉身便走，幾有惶惶之感。

彭嬤嬤輕嘆一聲，卻是不再理睬那花嬤嬤之事，逕自用飯去了。

安清悠在旁邊瞧得真切聽得明白，猛然間心裡一動。依著彭嬤嬤所言，花嬤嬤好似不是慶嬪娘娘跟前得力的人？這倒未嘗不是個一箭雙鵰的機會，就看這事兒能不能成了。

安清悠將此事仔仔細細思忖過後，抬手便道：「青兒，妳過來！」

花嬤嬤又是惱火又是害怕地離開了院子，安清悠卻是叫了青兒低聲囑咐，又把院子裡那些婆子僕婦們都叫進了屋裡。

眾人見花嬤嬤雷聲大雨點小，折騰了半日卻灰溜溜地走了，正不知怎麼回事，又聽安清悠朗聲道：「老爺、夫人要送我入宮之事，想來妳們也是知道，這選秀是我安家的大事，我這幾日要專心跟著彭嬤嬤學規矩，妳們把門看好，以後閒雜人等就莫要多打擾我，散了吧。」

這本是應該的，此刻再說出來也沒什麼意思，眾人當下便一齊稱是，領頭的方嬤嬤等了半天卻沒什麼好戲瞧，不禁感到無趣，正與眾人散了時，忽然看到安清悠與青兒低聲說著些什麼，倒有幾句隻言片語飄了過來。

「聽彭嬤嬤說，她根本就不是慶嬪娘娘身邊得力的人……」

「花嬤嬤打著幌子……宮裡出來的名頭……」

「那豈不是個騙銀子的？噓……」

安清悠與青兒這幾句話說的聲音甚小，方嬤嬤聽得隻言片語，雖不甚清楚，但其中一些關鍵字眼卻上了心。

待得用過午飯，安清悠在房裡跟著彭嬤嬤學規矩，青兒在屋外忙活些旁的事，方嬤嬤瞅準機會湊上前去道：「青兒姑娘，這花嬤嬤來咱們院子折騰了半日，卻又灰溜溜地走了，到底是出了什麼事？」

青兒看了她一眼，皺眉道：「方嬤嬤，您也是院子裡的老人了，這事情小姐和彭嬤嬤都囑咐過，不能亂說的。」

方嬤嬤暗道有戲，青兒顯然還是太嫩，越是這般越是可以見她知道些什麼，於是湊近了青兒低聲道：「我方才在房內湊巧聽了一耳朵，似乎在說那花嬤嬤並不是什麼慶嬪娘娘身邊得力的人物，只是打著宮裡的幌子來我們安家忽悠……」

青兒一聽這話，大驚失色，連忙道：「妳這些閒話是聽誰說來？方才小姐不過是跟我閒聊兩句罷了，我……我可什麼都沒說！」

望著青兒神色有異地匆匆離去，方嬤嬤暗暗冷笑，必是那花嬤嬤有什麼問題被彭嬤嬤戳穿了底細。這等事情既然知道了，又何必等旁人去說，自己先向夫人報告，自是大功一件。

這般思忖，方嬤嬤亟不可待，也不再做手邊活計，找了個藉口，溜去了徐氏的院子。

閨房之中，安清悠正在繼續習著字。雖然對於這毛筆書法實在生疏，字寫得遠遠算不上清雅秀美，不過收肩、低頷、直頸、抬腕，這些姿勢做得一絲不苟，聚精會神之下，漸漸顯露出了一種大家閨秀的端莊氣質。

彭嬤嬤此刻卻不像前幾日那般只教她專心，反倒是變著法子分她的神，兀自說道：「以宮中規矩論，當如何行走？」

安清悠目不轉睛地看著手中筆墨，姿勢不變地慢慢落下一筆才道：「宮中行走規矩有三：一曰靜，落地不可有腳步聲起，手臂揮動之時不可擦衣襟出動靜或帶起風聲；二曰穩，不可快步疾行，不可行走跳脫，步伐大小一致，當以尺半為限。三曰形宜，行走時雙目不可亂視，頭頸挺直而不昂舉，雙腿前行而不搖擺。」

彭嬤嬤點點頭又道：「以宮中規矩論，與上位者奉茶之時又當如何？」

安清悠一邊寫字，一邊輕聲答道：「內宮之中奉茶，不可正面而行，不可直視上位之人，當側身行福禮，舉茶過眉……」

兩人一問一答，彭嬤嬤不斷挑起話頭來分安清悠的心思，安清悠卻是手中執筆，口中和彭嬤嬤談著些許話題，姿勢依舊規整，這便又是彭嬤嬤給安清悠的另一種訓練了。

如此邊練規矩邊說事，時間倒也過得極快。

過了半天，青兒興奮地回來，頗有些剛做完什麼得意事的勁頭，只是看了一眼彭嬤嬤，想說什麼又嗤了回去，青兒輕聲道：「小姐，您讓我做的事情都已經辦好了，不知小姐還有什麼吩咐？」

安清悠寫字的姿勢不改，口中卻回道：「青兒，我教了妳多少次，妳雖是丫鬟，平日裡也要再穩重些才好。眼下練規矩的雖是我，妳也當多在旁邊跟著學些才是。彭嬤嬤，您看，我這篇小楷寫得如何？」

彭嬤嬤接過字來一看，一手細細的小楷安清悠寫得四平八穩，卻是規規矩矩地抄完了一份院子裡這段日子進出消耗的往來錢物單子。

安清悠這邊練著規矩，那邊方嬤嬤卻唯恐有人搶了這告密的功勞，急著趕到了徐氏的院子。幾番通傳進得屋來，噗通一聲便跪倒在地，口中直呼：「夫人，老奴有重要的事情稟告！」

徐氏問起何事，方嬤嬤便將連聽帶猜的消息說了一遍，期間自己如何遵從夫人囑咐盯著大小姐，如何費心費力終於查探到花嬤嬤很有可能只是打著慶嬪娘娘的名頭忽悠安家等等，大加渲染了一番，好顯得自己忠心耿耿，臨到最後，當然還要加上幾句憤憤地道：「夫人，老奴早覺得那花嬤嬤不是好東西，如今看來，她十有八九是個混子貨……」

徐氏聽得眉頭緊皺，方嬤嬤說話加油添醋，顯然是多有模糊不實的地方，不過細細想來，這花嬤嬤的所作所為，倒還真不像是宮裡大嬤嬤出來的樣子。

這等事情終究不能靠這般含糊的消息下定論，徐氏揮了揮手，那邊卻早有柳嬤嬤知她心意。拎過了方嬤嬤細細盤問，那方嬤嬤還待吹牛表功，被柳嬤嬤幾個大嘴巴抽了上去，登時老實許多，原原本本地將事情經過說了。

徐氏一聽是花嬤嬤在彭嬤嬤那裡被戳了底，不由得更是留了心，立時便讓柳嬤嬤帶著方嬤嬤去找花嬤嬤過來問話。

徐氏這裡懷疑越來越重，那花嬤嬤卻是白天被人叫破了身分，回去之後越想越怕。她不過是司儀監下面的一個粗使嬤嬤而已，真要是被揭穿了老底，莫說安家和她沒完，傳了出去，慶嬪娘娘身邊的人也饒不了她。心驚膽戰之下，開始收拾東西，腦子裡只想著遠遠離開了這安家才好，可是她來了安家日子雖然不多，吃拿勒取的諸般物事卻當真不少。

花嬤嬤心想著這一去就再不回安府，竟是什麼也捨不得放下，收拾了半天，越收拾越是猶疑不定，忽然間有人敲門道：「花嬤嬤可在？夫人請您過去敘話。」

花嬤嬤本就作賊心虛，這一驚更是非同小可，一時間忘了去開門。

門外卻有方嬤嬤急著搶功，聽得屋內響動，一把推開了房門。

徐氏派來的婆子僕婦在柳嬤嬤的帶領下魚貫而入，入眼的卻是大包小包的凌亂樣子……

花嬤嬤抱著一個包袱張開了嘴，似乎是想說幾句場面話，可這一時之間竟是腦內一片空白，渾不知說些什麼才好。

柳嬤嬤見到她這副模樣，心裡早已明白了八九分，嘆了口氣道：「花嬤嬤，到了如今，妳還要強撐嗎？跟我去見夫人吧！」

花嬤嬤只覺得兩腿發軟，天旋地轉之下，噗通一聲，坐在了地上。

「混子！」

「不過是個粗使婆子罷了，莫說如今出了宮，就是在宮裡，經年累月也未必能見到慶嬪娘娘一面，卻糊弄到我安家來了！」

「根本是個頂著宮裡名頭騙吃騙喝騙銀子的賊婆娘！」

安府後宅裡，徐氏早已經一把無名火騰騰地衝上了腦門。她花了大把的心思和銀子，還為此被老爺狠批了一頓，到頭來這花嬤嬤居然不過是一個在司儀監裡待過些時日的粗使婆子，如何能不氣得七竅生煙。

依照徐氏的意思，便是要將這花嬤嬤送官查辦，還是被柳嬤嬤勸住，說那花嬤嬤在司儀監做過事不假，這等事情說是行騙也說得，說不是行騙也很難講，再加上牽扯到宮裡，便是送官，十有八九也只是一筆爛糊塗帳，根本判不出什麼來。反倒是一旦事情鬧大了，傷了宮裡的人情不說，夫人在老爺眼中落得一個「識人不明，辦事糊塗」的結果卻是一定的了。

家醜不可外揚，尤其是會得落不是的家醜。

徐氏掌管安府多年，這個道理還是懂的。她自是不肯吃這啞巴虧，命幾個健壯僕婦將花嬤嬤狠狠責打了一頓，這才將她轟出了府去，臨了卻放下一句話：「吃了我什麼，給我吐出來，拿了我什麼，給我送回來！」

應承這差事的卻是那前來告密的方嬤嬤，只見她精神抖擻地帶人抄東西，把花嬤嬤這段時間裡從安府勒索的東西盡數扣了下來，另有些花嬤嬤原本的物事，卻被她收歸了自己的囊中。

花嬤嬤狼狽萬分地被轟出了安府，自知理虧，卻不敢聲張這等自己打著慶嬪娘娘名號招搖撞騙的事情，只是心裡暗暗記恨，定要伺機報復安府。

這一夜，最為得意的是那前來告密的方嬤嬤，她此番有功勞有實惠，徐氏還賞了她。一路上越想越是得意，等回了自己所在的院子，迫不及待地便要找其他婆子僕婦們炫耀一番。

孰料進了院子，只見各房間燈火通明，原有的僕婦婆子們沒了人影。

偌大一個院子，婆子僕婦們卻不知到了哪去，方嬤嬤正疑神疑鬼間，忽然見到安清悠的房間打開了門，一個僕婦招手道：「方嬤嬤，小姐喚妳來。」

方嬤嬤探頭探腦地進了屋，卻見邊上整整齊齊，原有的婆子僕婦一個不差地都在場，有個聲音說道：「跪下！」

說話之人正是安清悠。方嬤嬤見她穿戴整齊，面沉如水，婆子僕婦們在兩旁一言不發，不禁有些忐忑，連忙跪下道：「小姐安……」

安清悠沉聲道：「來人，給我打！」

說到底，安清悠再怎麼沒地位，畢竟還是大小姐，是這院子的主子。即便做不了安家的主，但是要處罰自己這院子裡的奴才，任何人都挑不出錯兒來。

兩個僕婦過來按住方嬤嬤，那動作卻是有所遲疑，這方嬤嬤說來還是她們的頂頭上司，更是夫人的人，小姐不知為什麼要打她，可又豈是說打便打的？

好在僕婦們倒也有些心眼，既然大小姐要打，那便對這方嬤嬤打是打了，疼卻未必，做做樣子那是好辦得緊。

方嬤嬤今晚本就有些趾高氣揚，因為剛告了密，自覺有徐氏撐腰，此刻見按著自己的僕婦一番假打，心裡更是有數，索性大聲嚷道：「大小姐，老奴所犯何事？大小姐既然罰老奴，還請給個明白！」

安清悠卻是只看著那兩個動手的僕婦，抬手高，下手輕，這假打如何看不出來？

安清悠也不理方嬤嬤，指著動手的僕婦道：「這手揚得雖高，落得卻慢，待打到人時已沒什麼力氣，不疼不癢。說起來，我跟著彭嬤嬤習了這許久規矩，那邊倒也有些收拾人的手段正要我學，今日妳們既是糊弄我，明日修習這些手段的時候，我便拿妳們兩個來練練！」

動手的僕婦頓時臉色大變，民間眾說紛紜，早把宮裡那些整人的手段傳得玄之又玄，聽到大小姐要拿自己當靶子練手，連忙說著：「大小姐的吩咐不敢不遵，怎敢下手輕了？」

「就是，老奴用些力氣就是！」

話語說著，這倆僕婦便狠狠打在了方嬤嬤身上，好似打得若是輕了，這疼的便是他們自己。

「大小姐……莫要打了！莫要打了！」

這等實在的巴掌下去，方嬤嬤才真的吃了痛，剛剛那老神在在的模樣早不知道扔到了哪裡，張口便是一通呼天搶地的求饒。

旁日裡方嬤嬤手下跑腿兒巴結的那些人這會兒也有些驚詫，這一頓打可實在來得蹊蹺，到底是為了何事？

眾人面面相覷，自也起了偷偷去找徐氏搬救兵的念頭，可是安清悠把所有人都叫到了屋子裡，眾目睽睽之下，實在想不出恰當的理由跑出去報信……

這猜度疑惑的心思轉得慢，挨打的人可是疼得快，這沒多大會兒功夫，方嬤嬤已被狠抽了一頓，兀自在那裡哭爹喊娘，頗有喘不過氣的架勢。

安清悠終於叫了停，隨即緩緩攤開一張紙，看著眾人而後盯了方嬤嬤青腫的臉，輕聲念道：「別嚷我打冤了妳，今兒妳擅自出了院子，耽擱了的事不提，出去傳了的話不提，我先跟妳算算舊帳！」

說罷，安清悠將紙張拿到眼前，朗聲念道。

「三月二十九，府裡撥來米十二斗、油五升，可是用到院子裡的不足一半。」

「四月初一，府裡撥來錦緞兩匹，可每匹少上五尺……」

「四月初五清明，府裡撥來檀香一枚、棉布兩匹、銀兩菜肉若干……」

安清悠每念一句，方嬤嬤的臉色就是一變，這張紙上寫的盡是她掌管安清悠院子期間剋扣貪墨之事。以前的安清悠懦弱，方嬤嬤等人剋扣成了習慣，便似財物過手雁過拔毛，好似天經地義一般。

安清悠早就懷疑方嬤嬤貪污，這段日子裡練字期間抄的是自己這院子的財物往來，細查之下，更是發現了諸多破綻。

花嬤嬤這一番事情鬧了出來，倒是給安清悠提供了一個收拾自己院子的絕佳良機。

一干僕婦平日不覺，這其中有不少事她們亦是有份，此刻見安清悠一筆一筆念出來，各個頓時心裡七上八下，不停打鼓，望向安清悠的眼神一點一點由敷衍轉為敬畏。更有幾個平日和方嬤嬤走得近的，好處沾得最多的，都發起抖來。

方嬤嬤聽得滿臉煞白，幾欲暈厥。

剛剛花嬤嬤因不是這安府的下人不好送官，她這些事情可是好辦得緊，攆出府去那是最輕的，若是送交官府，一個貪占財物偷取自盜的罪名便會穩穩落在頭上，而且她本是徐氏從娘家帶來簽過死契的家奴，若是安清悠真把事情捅出來，依照徐氏那容不得事卻又怕露醜的脾氣，十有八九是一頓板子打死，一張破蓆子捲出去草草埋了的下場。

安清悠讀畢，把手裡的紙張一收，慢慢地對著那些婆子僕婦道：「妳們之中既有在我這院子裡待了多年的老人，又有前不久夫人新派來伺候的，真若是追究起來，怕是沒誰能脫得了干係！妳們自個兒說吧，這事兒該怎麼辦？」

此話一出，那些婆子僕婦們登時跪了一地，求饒的、哀求的、自扇耳光賭咒發誓的都有。

一片紛亂聲中，方嬤嬤一馬當先，撲過去牢牢抱住了安清悠的小腿，哭嚷著叫道：「大小姐啊，老奴混蛋，老奴不是人，老奴的心肝都讓狗吃了去！既然這事情大小姐都知道了，今兒要怎麼辦，都由大小姐您說了算，就是要了老奴這條狗命，也就是全憑大小姐您一句話了！」

這話乍聽是求饒服軟，實際上卻大有學問。

事情若是捅到了徐氏那裡去，涉事的一干人等不死也得掉層皮，倒是安清悠雖然精明漸顯，卻未曾真正做出過什麼下狠手的事情。與其落到徐氏手裡，不如落到這位大小姐手裡處置了好。

方嬤嬤這一下急中生智，倒是提醒了許多人，安清悠的身邊瞬間圍上了一圈婆子僕婦們。

「全憑大小姐責罰！」

「大小姐，您要打要罰，我們就都聽您的了！」

「大小姐，發發慈悲啊，家裡全靠著奴才在安府做這差事養活……」

安清悠心中冷笑，來到這個世界這麼久，她更多是在觀察與適應，如今藉著花嬤嬤的事，這才算是第一次真正動手小小布了個局。

眼前這局面正是自己盼的，無論站在安府還是自己的角度，能把那花嬤嬤趕走都是大有益處，另一方面她必須要好好梳理一下自己的院子了。

掃視了一圈周圍，卻見眾人無論出於什麼樣的動機，第一次眼中都有了發自內心的敬畏。

安清悠輕輕嘆了一口氣，「妳們的所作所為，我這裡的確是記了不少。說起來有不少事，或是夠將妳們趕出安府，或是夠將妳們送官查辦，興許一頓板子把誰打死了也說不定，可是妳們好歹也算是我院子裡的人……這樣吧，誰之前還做過什麼不好的事情，今日便都說了出來，誰還知道別人做過什麼提不上檯面的事，也一併招了吧，哪一個說得最老實，說不定我便網開一面放她一馬。」

這話一說，四下裡登時安靜一片。

屋子裡著實沒有什麼乾淨人，要竹筒倒豆子說個清楚，人人心裡各有各的帳，誰敢張口主動說出來？這個空檔便是看誰沉不住氣。有兩個僕婦新來不久，縱有貪些油水好處亦不過是被方嬤嬤等人脅裹，琢磨著自家事情較少，便搶先招了，還連帶著說出些別人的事情來。

有人開了頭，被牽扯出來的其他人自然也坐不住，忙不迭將自己的事情往小了說，卻為了減輕罪責，又咬出了更多的人。如此連鎖反應之下，一時間七嘴八舌，竟形成了搶著要招供的局面，更有平時關係不好的隨口攀咬，或是捕風捉影的胡亂舉報，很快的眾人便互相指責了起來，什麼好聽的不好聽的話都吐露了出來。

這些人雖是僕婦婆子，但罵街說損話的功夫卻是惡毒狠辣，饒是安清悠，此時也聽得目瞪口呆，直覺得語言的藝術博大精深，古人誠不我欺。

聽歸聽，安清悠手上卻是不停，將這些僕婦婆子們所犯之事盡數記錄了下來。

待眾人說完，安清悠將紙張攤在她們面前，直言道：「別光耍嘴皮子求饒，既是認了罪，那就在這紙上留個手印，誰若不留，那便去尋夫人說事，是攆出府也好，是送官也罷，我也半句情面都不會求。」

求饒不成，還得按手印畫押？

眾人驚愕得嘴裡幾能吞下兩個雞蛋，可誰敢不按？無論是送官還是攆出府，這都不是她們能承受得了的苦啊！

有了第一個帶頭，自然有人忍不住獻出巴掌按了手印。

這一張張證據被安清悠握在手中，卻並無瀟灑的痛快，反倒暗嘆這人性千百年都是一樣。

正感慨之際，方嬤嬤滿臉堆笑地湊到了安清悠跟前，巴結地道：「大小姐，她們哪一個有事哪一個貪了，老奴全知道，老奴全說！沒給您交代的，老奴都能補上，只求大小姐能饒了老奴這一次，您看我算不算那最老實的？」

這一夜，安清悠將院子裡的諸般人等盡數梳理了一遍。期間更有那像方嬤嬤般的油滑之輩，知道這認罪的文書一個手印按了下去，從此自家的生死捏在了大小姐手裡，索性調轉了風向，把安清悠奉為主子起來。

這院子若總是由別人把持盯梢總是不妥，這番出手總算暫時可以安心。

安清悠卻更明白自己不過是眼下占了上風，若真要收服眾人，還需那細水長流的水磨工夫。一時之間，倒也沒對下面的人逼得太緊，做錯了固然有罰，做好了也溫言嘉勉，賞賜照發。

幾日下來，眾人覺得這位大小姐手腕自是有的，卻並非那麼刻薄，心裡漸漸生了跟著大小姐也不算太差的念頭。

安清悠一步一步地開始掰順著自家的院子，倒也沒忘記另一件事情。日子一天天過去，身上的小疹子早已褪了多日，徐氏那邊送自己入宮的事情顯然沒有半點放鬆，請了彭嬤嬤嚴教規矩，便是最好的證明。

將花嬤嬤之事揭開了蓋子，盼的便是她和徐氏之間的衝突越大越好，若是能鬧出些事情來，才可能出現某些不用去入宮的變數。

安清悠這邊在思忖著花嬤嬤，花嬤嬤這段日子也不好過。

偷雞不著蝕把米，那日自徐氏以下的眾人將她往狠裡收拾得死去活來，花嬤嬤自知理虧不敢聲張，私下卻將安家上下一干人等恨得咬牙切齒，滿心怨毒。

過得幾日，見安家果然沒有鬧開，花嬤嬤那報復之心又活動起來。她畢竟是宮中出來的人，貴人身邊掛不上號，可灑掃粗使的婆子總能攀上兩個。於是，與往日熟人走動之間，逢人便說安家的大小姐安清悠不但缺了規矩家教不說，更是身染怪病，安家想送這樣的女兒入宮，根本就是不安好心。

負面消息在這等嬤嬤之間傳得最快，一來二去，傳到了慶嬪娘娘身邊的幾個大嬤嬤耳朵裡。其中有人是和安府有關係的，連忙傳了花嬤嬤去問話。

這時候還能有什麼好話出來？花嬤嬤自然是將安家說得十分不堪，尤其是把安清悠的病情描繪得離奇古怪，恐怖駭人。

這等入宮選秀的事情，過程中自是有些不成文的講究。一聽說誰家的閨女有奇怪病症，任憑花容月貌，才貌雙全，也沒人敢往主子面前推介，且不說是不是有這傳染之類的事情，單是因某個女子身體有病鬧得旁人不高興，那便是天大的麻煩。

慶嬪娘娘身邊的管事嬤嬤雖覺得花嬤嬤這話有誇大之嫌，卻是無論如何不敢嘗試著把安清悠往慶嬪娘娘面前引了。

再說安府這邊，徐氏瞅著安清悠身上的紅疹已然痊癒，彭嬤嬤這邊教規矩也是越來越有了模樣，更惦記起送她入宮的事情來。

大梁國的皇帝在位多年，已是個年過花甲的糟老頭子，此番宮裡面選秀，更多的是諸位嬪妃貴人們為宗室子弟們選擇妻妾。

之前徐氏等人一通忙碌，便是想走慶嬪娘娘的路子，可是這時再向慶嬪身邊的人花錢遞帖子，都如石沉大海一般沒了消息。再過幾日，連帖子帶禮物，全被退了回來。

徐氏覺得有蹊蹺，託了人左拐右彎地相約，總算約了一位慶嬪身邊的朱公公見面。

「安家夫人，咱家說句不當講的，現在慶嬪娘娘身邊哪個不知道您府上的小姐得了怪病？這宮裡做事的講究您也知道，雖說是您家小姐現在痊癒了，可誰能保證沒個復發之類的事情？就算是不復發，這些事情若有一天傳到慶嬪娘娘那裡，誰能保證這位主子心裡有什麼想法？更別說您家大小姐若真是將來出了什麼狀況被慶嬪主子見了，那才是要人命的。」

「說句實實在在的話，安家大小姐這帖子，就沒人敢往慶嬪娘娘那裡遞，咱家勸您死了這條心，早日為大小姐尋個好人家嫁了吧！」

徐氏好不容易見了朱公公探聽虛實，卻得了這麼一番說辭，便如一盆冰水從頭到腳直潑下來，澆得她心裡涼颼颼的。回到府中，免不了狠發了一通脾氣，把那花嬤嬤恨到骨子裡去不提，更是拿當日與此事有關的一干人等狠狠撒了一番火。

倒是柳嬤嬤年紀大了，比徐氏更沉得住氣，見徐氏這樣子，便勸道：「左右這事情已是如此，夫人再生氣也是無用，莫要氣壞了自己身子。老奴尋思著，那慶嬪娘娘的路子雖然走不通，但偌大一個宮裡，誕下過皇子的嬪妃貴人，豈是只有慶嬪娘娘一個？」

這話說得正當時，徐氏忽然間覺得猶如溺水之人抓住了一根救命稻草，沉吟道：「嬤嬤說的意思是……」

柳嬤嬤道：「眼下選秀之日臨近，慶嬪娘娘固然想為她那位久病纏身的兒子尋個一妻半妾，宮裡的其他嬪妃娘娘們不都如此心思？皇上兒孫眾多，這龍種血脈，何必只盯著那一個？」

徐氏點點頭，卻又覺得有些不妥，「這宮裡的路子，又哪裡是說搭上便搭上的？眼下選秀的日子越發臨近，一時半刻間，如何能這麼快便向其他娘娘遞帖子過去？」

柳嬤嬤笑道：「夫人怎麼忘了，有一條路子便在手邊，那彭嬤嬤能對宮裡面諸位貴人情況瞭若指掌，昔日在司儀監的身分又能差到哪去？當初花大錢請了她來，可不是單為了教大小姐規矩，這時候不是用上了嗎？」

這話一說，徐氏豁然開朗，救命稻草轉瞬之間變成了一根溺水之時的大木材，登時便道：「對對對，那彭嬤嬤在哪裡，快去尋她過來說話！」

有僕婦便要去尋人，徐氏卻叫了停，略一思索道：「妳們莫要去了，還是我親自去請！」

此時，安清悠正陪著彭嬤嬤學規矩。

「穿著之道，首在不失其分。」

「這世上許多女子腦子裡想的是梳妝打扮要光鮮亮麗，殊不知愛美之心人皆有之這句話雖然不錯，但若只是想著打扮漂亮，卻不免落了下乘。」

「好比在宮裡，妳打扮得花枝招展，固然容易奪人眼目，又曾想到有多少眼睛會瞧著妳？一時出了風頭，說不定哪位貴人覺得妳是個威脅，反手一個打壓，就弄得人永世不得翻身了。」

「所以妳看那宮中的嬪妃貴人，若非皇上下令，又有誰整天打扮得花姿招展？所謂『不失其分』，最重要的便是讓人覺得舒服，至於顯眼漂亮，倒是在其次了。」

「若從根子上講，宮中府中沒什麼不同，這道理說起來容易，其中的奧妙還要妳身體力行，扎扎實實做出來……」

這穿著之道彭嬤嬤教得極細，安清悠學得更是用心，各細節問得極為仔細，經常一件衣服穿上身，自己先演練整理十數次才論其他。

彭嬤嬤是行家，自然知道如此學法最是辛苦不過，但見安清悠始終如一的專注，饒是她這等一絲不苟之人，心裡也多了些讚許。

兩人一教一學正練得專心，有人進了屋子，卻是徐氏。

徐氏瞧了一下安清悠和彭嬤嬤練習穿著用具所需的衣服物件，對這些高價買來的練習品頗有肉疼之感，不過抬頭再看彭嬤嬤的時候，卻是笑著道：「嬤嬤這規矩教得越來越妥貼了，我這邊有些事情想和嬤嬤商議，不知嬤嬤有沒有空？」

彭嬤嬤忙道：「夫人這話是折殺我了，夫人有事相商，自然何時都有空。」

徐氏將彭嬤嬤尋走，安清悠獨自一人留在房中，卻是未曾懈怠，逕自將白天學得的穿戴方面的諸般講究規矩又多練習了幾遍，眼看到了晚上彭嬤嬤並未歸來，那管院子的方嬤嬤卻是堆著一臉笑送了飯菜來。

方嬤嬤送了飯食卻又賴著不走，腆著一張老臉神神祕祕地道：「大小姐可曾聽說，夫人今日請來了一位朱公公，說那花嬤嬤被轟出去以後到處傳閒話，現在無人敢把您的帖子遞到慶嬪娘娘那裡了！」

安清悠聞言一怔，繼而大喜。

布局了許久，日前做的這一番動作，到底是起了作用。

花嬤嬤去向慶嬪娘娘身邊的人搬弄是非，弄得徐氏窩火無比，對於打定主意不想進宮的安清悠來說，卻正是一件天大的喜事。

高興歸高興，安清悠卻沒被沖昏了頭，這幾日她依舊專心在院子裡學規矩，對外面的事情所知不多，當下叫了方嬤嬤來細細問了情形。

徐氏那邊被朱公公那番一說，回到府裡當日，與花嬤嬤的相關人等自然成了她的出氣筒，方嬤嬤這「首告之功」的首當其衝，劈頭蓋臉被狠狠訓斥了一番。

方嬤嬤當著徐氏不敢言語，但心裡不平衡得緊，何況她有貪污挪用財物這等大把柄捏在安清悠手裡，思來想去，索性把徐氏給賣了，把消息遞到了大小姐這邊。

此刻眼見安清悠關注，方嬤嬤自是抖擻精神，把事情盡數道來。

她在安清悠手下連著吃了幾次癟，自知大小姐看似不顯山露水，實則是個精明的主兒，那些口沫橫飛式的胡言少了許多，倒把事情講了個八九不離十。

安清悠越聽心裡越是高興，面上卻是不動聲色，細細詢問了不少細節，知道事情果是如此，便隨手賞了方嬤嬤些物件，打發她下去了。

方嬤嬤算是頭一次在安清悠這邊領了賞，自是歡天喜地，出得門來，心中卻想：大小姐便是抵不過夫人，終究是安府的長房嫡長女，此番既不進宮去，將來嫁個門當戶對的丈夫那也是一府的夫人。此後說不得還要長個心眼兒，怎麼說我也是大小姐未出閣時的院裡人，天知道這跟著大小姐會不會比跟著夫人更有前途……

方嬤嬤開始幻想將來的打算，安清悠則繼續練那些穿戴規矩，這好消息讓人心中痛快，這興奮勁兒一上來，竟是一掃這段日子以來學禮法的疲勞倦意。索性拋開那些累贅的規矩講究，把手邊的衣服飾物盡數穿戴了個遍，在自己屋內這小小天地裡盡情恣意了一番，這才開心睡去。

這一覺睡得當真香甜，到了半夜，忽然聽到耳邊有人輕聲喚道：「小姐！小姐……」

叫醒安清悠的人是彭嬤嬤。

安清悠看清楚來人的容顏，拍了拍胸口，問道：「嬤嬤，您有何事？」

彭嬤嬤也不多解釋，只輕聲道：「莫要作聲，穿上衣服且隨我來。」

安清悠大奇，彭嬤嬤行事出人意表，這半夜裡潛入自己房中叫醒自己，卻又是為了什麼？

不過，看彭嬤嬤言行，對自己倒是沒什麼惡意，即便她用其對付花嬤嬤，將自己入宮之事攪亂，她也沒多加責備。

安清悠當下也不多話，悄無聲息穿上了衣服，掃了一眼旁邊，青兒這小妮子睡得死沉的，再看彭嬤嬤，她已走向房門外，安清悠立即跟上，卻見她一言不發地向院外走去。七拐八繞地帶著自己行了一路，竟是往安子良的院子行去，就見四方月亭所在的土坡上，那片曾經幫了自己大忙的丁香花叢便在眼前。

彭嬤嬤沒有帶安清悠進安子良的院子，而是拐了兩個彎行到一處偏僻所在才停住腳步，像是對著安清悠說話，又像是自言自語地道：「這丁香花，大小姐可曾喜愛？」

安清悠納罕，大半夜尋她來此，就為了問兩句丁香花？

「我自是喜歡的，旁日也曾居附近小院，遠遠便可看到這丁香樹。」安清悠口中說著，心裡卻在想那日來此偷丁香花的情景，還有那白衣男子……

彭嬤嬤手中擺弄，似是隨意言道：「昔日太醫院的醫正林大人曾言，這丁香花雖然有諸多藥用之效，但有些人卻是對其花粉極為敏感，若是用花粉塗抹皮膚，便會起得紅疹，看著雖然嚇人，危害卻並不激烈，不痛不癢亦不起皰，若是拿來裝病，倒算得上是一味好東西。我原以為林老大人逝去多年，這丁香花粉的妙用已是少有人知，沒想到這輩子還能碰上一次。」

安清悠大驚，彭嬤嬤來時，自己身上的小疹子早已經褪得七七八八，這丁香花粉的事情更是自己的祕密，她是如何得知的？

看安清悠臉色大變，彭嬤嬤知道自己所料不錯，當下微微一笑道：「妳之前起的小疹子，是否因丁香花開，花香隨風吹至小院兒，正巧被妳染上了？」

「嬤嬤所知甚深，我自愧不如。若是依照嬤嬤所言，旁人因它起疹，那我倒也興許是被它的花香所迷了。」安清悠抬頭看著丁香樹，說道：「人與人謀利，連花兒都要看它的銀錢了，這疹子也著實不白起。」

彭嬤嬤道：「皇宮中榮華富貴，妳好似不願入宮？」

安清悠未想到她忽然轉了話題，說起入宮之事，心中略有斟酌，淡淡道：「宮門一入深似海，進宮去的大部分女子不過淒涼孤老一生罷了，相比選秀，我更盼生母能在。如今的夫人那邊不過是想拿我做籌碼，清悠所求不過是能好好活著，按自己所願活著，難道這也過分嗎？」

「按自己所願活著……」彭嬤嬤抬頭望著星空，似是被安清悠這一句話觸動，良久，方才輕嘆，「宮門一入深似海，這話卻是不錯，可是按照眼下安家這般情勢，妳如何能按自己所願活這一世？便是妳躲得了這入宮卻又如何？他日安家再有別的利益糾葛，妳仍然不過是一個拿來送出去與人的籌碼而已。」

這幾句話，就像幾記重錘一樣狠狠敲在了安清悠的心上，砸得人心裡難受不已。

不過，安清悠卻不是個認命的性子，彭嬤嬤既是選這夜半無人之時叫自己到這僻靜地方，就絕不是陪自己感嘆幾聲命運那麼簡單，當下正色道：「世事便是如此，豈能盡如人意？清悠雖是一柔弱女子，卻也不甘心如此認了命，便是有再多的艱難險阻，說不得也要爭它一爭！」

安清悠微微頷首，輕聲道：「不知嬤嬤可有以教我？」

彭嬤嬤瞧出安清悠面帶疑惑，卻是淡淡道：「眼下安府中的局勢，妳雖是嫡長女，卻並非夫人親生。她就算是為了三個親生的孩子，也必不能容妳。妳即便攪和了尋慶嬪娘娘這一件事，可此後還有十件、百件，妳能一一攪和得成？」

安清悠自知自己這法子瞞不過這老嬤嬤的雙眼，乾脆地點了點頭，「當時只想走一步看一步，的確是狹隘了。」

彭嬤嬤又道：「我之前曾與妳說起，眼光放長遠些，妳這一動，的確有些沉不住氣，謀定而後動，要穩得住。」

「嬤嬤有何指點？」安清悠福了福身，「我願聽嬤嬤細談。」

彭嬤嬤當即指出：「別忘了妳那位官居二品，現任左都御史的祖父安老太爺。」

「我並非未曾想過，可惜一直尋不到時機。父親本就不被祖父看好，何況我一生母故去的丫頭？」安清悠略微自嘲，彭嬤嬤卻道出二字：「選秀。」

安清悠有了頭緒，可不敢確定，只是認認真真看著彭嬤嬤，彭嬤嬤也未再賣關子，「妳如今要做的便是等。」

安清悠追問：「等到何時？」

「等到妳能將女紅中的某一樣聲名遠揚，無論琴棋書畫，還是詩酒品茶，有一樣能在安府中無人能比，即便其他都不會，妳都能邁出這大房的宅門，否則便聽之任之，免得心比天高，命比紙薄。」

安清悠陡然想起了調香，可她又不願將此事全盤托出，便繼續等彭嬤嬤的後話。

彭嬤嬤不再就此事說個沒完，反倒講起了宮中之事。譬如某娘娘天生好容貌豔慣後宮，有人嫉妒她天生麗質，煽動她吃了某些菜品，結果渾身起了皰疹，一張花容月貌的臉生生毀了。譬如某貴人費盡心力，終於得了皇上臨幸，更兼肚子爭氣總算有了身孕，卻被人買通了伺候她的宮女，為她按摩之時腰上捏了兩把，孩子就保不住了。還有選秀時送入宮中之人，自此杳無音訊……

彭嬤嬤說起這些事情來如數家珍，安清悠卻聽得心驚不已。世事無常，便是在幾天前若說會來個宮裡的教習嬤嬤跟自己講這些陰損詭異的東西，怕是自己都不會相信。

彭嬤嬤說了一會兒，感慨道：「今日告訴妳這般事，便是要妳心中有所認知，妳既無心於宮裡的富貴，那入宮選秀最要緊的便是六個字：進得去，出得來！」

這一夜，兩人談得不多，內容卻極不尋常。

安清悠回到房中後，思潮起伏，久久難以入眠。

打從來到這截然不同的世界，自己就在與天鬥，與人鬥，與這重重壓向自己的命運鬥。

彭嬤嬤能夠向自己說這些話，顯見不是徐氏的人，可她是成了精的老江湖，說話間句句切中要害，卻為什麼要跟自己說這些？

這謎一般的彭嬤嬤，她有如此的眼光手段，便是在司儀監中也應該是個人物才對，又為什麼要來安府，為什麼接了這教自己規矩的事情？安清悠思慮良久，仍是全無頭緒。

如此輾轉反側，忽見一道光線滑入，雖不甚光亮，卻清晰地傳遞給人一個信號：天亮了。

「水落必然石出，夜過自有亮天，我自以本心當之，自己若有了閃光之處，又何必因為這些紛亂局面而庸人自擾？」

安清悠若有所悟，自嘲地一笑，翻個身，悄然睡去。

不多時，便又到了彭嬤嬤來教規矩的時辰，安清悠並不多言，依舊跟著一板一眼地照做。那邊彭嬤嬤依舊該教什麼教什麼，兩人之間渾似沒有昨夜的事情一樣。

到了傍晚，一天的教習即將結束，安清悠率先打破了這個局面：「嬤嬤曾言，無論宮中府中，必要有一所長，方可進退自如，清悠想了許久，的確頗有道理。」

彭嬤嬤點頭道：「琴棋書畫、詩酒茶花，此乃才藝八要，大小姐今日既然提起這事，當是有所打算了，卻不知想練些什麼？」

安清悠卻是微微搖頭，「琴棋書畫、詩酒茶花，這自然是女子才藝之道，不過，清悠想練的卻是調香。」

彭嬤嬤皺眉，「調香？」

安清悠摸出一張紙，輕聲道：「清悠對於調香之事頗為喜愛，聽聞在清悠學規矩期間，所需的諸般物事俱須聽嬤嬤派遣，些微原料，還請嬤嬤幫忙協調。」

彭嬤嬤接過紙來一看，上面寫的都是些白檀、麝香、甲香、藿香、龍腦等常見香料，不禁搖頭道：「調香之道，我雖不太精通，倒也知道些許。妳這單子上淨是普通之物，便是搭配調製，怕也難得什麼好香，妳確定要練這個？」

提起調香，安清悠自信這大梁國上下再找不出一個比自己更加精通的人來。不說另一個世界帶來的手法，單是上一世中關於調香的種種用處和諸般見識，相信這個世界上便無人能及。

安清悠淡笑道：「嬤嬤在宮裡待得久了，自是見過無數好原料，只是調香之道雖是生僻，其中的奧妙卻是別有洞天。我這方子上諸般原料雖然普通，但摻用比例、相互搭配，以及配製過程中的炮製混釀手段，千變萬化，未必不能做出上品來。」

彭嬤嬤深深地看了安清悠一眼，嘆了口氣道：「罷了，按妳這性子，多半也是想弄個與眾不同的才藝。左右也不是什麼要緊物事，妳若實在想練這個，我便替妳討了來。只是妳要記住，練這調香不許耽誤學別的規矩，且若妳這調香練來練去還是無甚起色，便還是回頭練那些普遍的才藝才是。」

安清悠也不解釋，嫣然一笑道：「多謝嬤嬤成全。」

轉過日來，彭嬤嬤兌現了承諾，各色材料一樣不缺，都給安清悠備了齊全，卻絕口不再提那調香之事。

安清悠也不多言，一邊學習規矩，一邊練習調香。這個世界的原料和環境條件與另一個世界有太大的不同，上一世的手藝生疏與否尚且不論，卻是要多練習的。

安清悠這邊又學規矩又練調香，那邊則有掌管院子的方嬤嬤一直在暗中打探府中的消息，她既存了向安清悠討好的心，便一直留意進宮選秀的消息，可是那一日徐氏和彭嬤嬤不知道談了些什麼，回去以後居然偃旗息鼓，一連數日沒了這些送女入宮的消息來。

方嬤嬤大感失望，不過這一番打探之下，倒意外從府內下人們的談話中得到了另一個消息，登時忙不迭回了院子，一進房間便急不可耐地對著安清悠道：「小姐，老爺病了，這一次是真病了！」

安清悠有些詫異，自己「生病」之時，安德佑裝病在家，既說是裝病，那也不便外出，可是安德佑一向交遊廣闊，連著一段日子不出門，憋來憋去，竟真憋出了一個不舒服來。渾身上下總覺得不得勁，卻又說不出到底是哪裡不舒服，頭也是經常疼痛發暈，近幾日脾氣不好，身邊的僕役下人沒少為此遭到他的無名火波及。

再往細節上問，方嬤嬤也不過是聽下人們說起，講得有些含糊起來。

安德佑真是病了？還是心煩意亂鬧出來的不舒服？這中間又會不會給自己帶來什麼機會？

安清悠思慮良久，決定親自去探探虛實，便找到彭嬤嬤道：「嬤嬤，清悠聞得父親這幾日身體偶有不適，心中頗為牽掛，明日一早想去父親房中請安。」

彭嬤嬤看了一眼安清悠，「父女天倫乃是大道，我自不會攔著妳。不過，我看妳這幾日除了學規矩，倒是越發專注起調香之事，眼下老爺身體不適，妳可是想在請安之時進奉一些香料？」

安清悠暗道這老嬤嬤好生厲害，只是此事本就是無法瞞得了人，便直言不諱：「嬤嬤說的是，清悠這幾日練習調香，頗有心得，左右做了幾種香，父親既然不適，便當進些孝心才是。」

彭嬤嬤微微皺眉，若說行止規矩，這大小姐連日裡勤學苦練還真是有了些成果，只這調香之道見她不過練了數日，哪裡又得來什麼成果？安大小姐畢竟歲數還小，此番操之過急，莫要弄巧成拙了才好。

看著安清悠自信滿滿的樣子，彭嬤嬤有心敲打她，便面無表情地道：「昔日我在宮中之時，也曾對各類香物略有見聞，大小姐不妨將妳所調之香拿來，讓老婆子也參詳參詳如何？」

這是考校自己了！安清悠派青兒去取香盒過來，前世她雖是調香師，但自己所調之香這個世界的人究竟認不認、反應如何，卻還真是有些讓人不安。

這彭嬤嬤見多識廣，無論她覺得妥與不妥，都相當於為自己把關了。

不一會兒，青兒拿了香盒過來。彭嬤嬤想起之前白檀、麝香、甲香、藿香、龍腦等尋常原料，不禁微微一笑，料定這些東西哪裡能調得出什麼多好的香物來，左右大小姐在此道上頗為用心，一會兒不批得她太狠也就是了。

說話間，拿起香盒打開，只見一堆淡青色的香粉在裡面，彭嬤嬤搖了搖頭。

昔日宮裡的上等香料，哪個不是甫一開瓶，便是香滿四溢的？見其色而不聞其香，這香粉更談不上上品了。隨手用指甲略略挑了一些放在鼻子上一聞，忽然間一股清香直衝腦海。

這清香淡雅而不刺鼻，偏偏又有提神醒腦之感，一聞之下，只覺得通體舒泰，精神一振。

饒是彭嬤嬤在宮中多年，見過無數金貴香料，這等雅致卻又入鼻不散的醒腦香，卻是頭一次見到，忍不住讚了一句：「好香！」

安清悠見狀，微微一笑，「嬤嬤請看，清悠所調之香可還使得嗎？」

彭嬤嬤兩眼微閉，似是還在回味那清韻留香之感，過了一會兒才答道：「妳隨我學了多日的規矩，也不妨在正經事上用上一用，該見老爺的時候……那便見吧！」

安清悠嘻嘻一笑，第一次露出了些小女孩撒嬌的模樣，自又去調香練規矩了。

彭嬤嬤初次見她這副模樣，微微一怔，看著手中的香盒，越發覺得這安家大小姐有些讓人捉摸不透了……

轉過天來，安德佑接到了下人的傳報，說是大小姐又來請安了。

參之章 調香尋求翻身

安德佑這幾日在家裡待得著實憋悶，這位安府的長房老爺無論才學權謀俱不過中人之資，卻偏偏有著循規蹈矩的教條脾氣，這幾日裝病原本已是覺得不夠正氣，又怕出府被別人撞見面子上不好看，自己跟自己較勁，弄得彆扭無比。

心裡憋得不痛快，連著身體也就跟著折騰，頭疼的老毛病犯了一陣又一陣，連身體都不舒服起來。聞得下人傳報時，安德佑正是身心俱亂的時刻，當下便有些不耐煩地道：「她這幾日不在院子裡好好學規矩，又來我這裡請安做什麼？罷了，好歹還算有那麼兩分孝心，讓她進來吧。」

書房的僕從心裡替大小姐捏了一把汗，這幾日老爺心裡和身上都不舒服，沒事的時候還會發火訓一頓下人，此刻這勁頭正是煩躁的時候，大小姐您前幾日挨了罵還不夠，今兒還要上趕著來當出氣筒不成？

安清悠看了眼書房僕從的神色，心裡卻是平靜如水，進得屋來，穩穩行了個福禮，輕聲道：「父親大人康泰，女兒來向您請安了。」

安德佑微一皺眉，下意識便想罵些安清悠的不是，可是定睛一看，自己這女兒行走做派、說話行禮，竟是挑不出半點毛病，只好點頭道：「起來吧！」

頓了一頓，安德佑又道：「聽說夫人說請了人在院子裡教妳，入宮選秀的事情準備得如何了？都學了哪些宮中規矩？」

安清悠連忙道：「女兒近日跟著彭嬤嬤學習規矩禮法，不敢有半點懈怠。那宮內大小規矩九款二十六項，共計一百二十二條。若是拆得細了，又可分為內三款、中三款、外三款……」

既然把學規矩當作了解這個世界的另一個視角，依著安清悠的性子，便學得當真扎實。這時候將近日所學一一說來，竟是如行雲流水般詳實。

安德佑聽著安清悠這般娓娓道來，口齒清晰，條理分明，顯是真下過一番苦功的，饒是他一向待人嚴苛，卻也忍不住心裡暗暗點了點頭。忽然又想起徐氏所生的那三個兒女來，一個比一個不著調，這些年來又何曾見到他們用功的模樣？

待安清悠揀精要的說完，安德佑便道：「看妳這番表述，近日來倒還真是用了些心思。不過，要知這禮教之法博大精深，宮中更是規矩森嚴，妳既身為我安府長房的嫡長女，便須戒驕戒躁，精益求精……」

雖是認同了安清悠所學，安德佑依舊改不了那死板的說教習氣。這一番訓話下來，亦不外乎宮裡如何、安府如何云云，引經據典，偏還沒什麼營養。

只是安清悠的表現與上一次大相徑庭，隨隨便便往那裡一站，光是這站姿便讓人覺得舒服無比，神態舉止更是無一不給人妥貼之感。

安德佑說了一陣，覺得女兒如此有規矩，自己倒無須再如此說個不停了，便道：「嗯，便這樣了，妳若無事，回院子去好好學規矩便是……」

卻見安清悠拿出一個小小的香囊道：「女兒聽聞父親近日身體略有不適，便親手調了些醒腦的香粉，特來奉給父親。」

安德佑落下了臉，沉聲道：「我安家禮教傳家，既是讓妳進宮選秀，那也是盼著天家能頒下些恩典，妳還當好好練些大規矩才是，這調香本是小道……咦？」

說話間，安德佑接過了安清悠遞來的香囊隨手一聞，一陣香氣透過香囊漫了出來。雖不十分濃郁，清香卻好似有雙看不見的小手輕輕在鼻內做著按摩，聞之清新入腦，讓人精神一振。

「父親，那些大規矩女兒一直是勤練不輟，可是父親身體不舒服，女兒也想出一份力。父親，您什麼都明白，就不要再為這事訓斥女兒了嘛！」

見安德佑明顯被自己所製的香囊吸引，安清悠立刻將話跟了上去，言語之間更多的，卻是小女兒一般的撒嬌了。

女兒對父親撒嬌，古往今來的父親們再嚴肅，也拉不下臉來發火訓斥。

安清悠自上一次被責罵後，便一直在想如何能破解這等說教的場面，此刻使出撒嬌這招，果然見效。

「哎……我安家的長房嫡女，本就該是行止有度的大家閨秀，妳這般嬉笑模樣實在不妥，實在不妥……嗯，知錯了就好……那個，妳上次的病聽說來得不善，如今可是大好了？院子裡可還缺些什麼東西？」

安德佑說得幾句故作嚴肅的話，心裡也有些軟了。想著女兒為自己操心調香，有些感動，說話間不知不覺轉入了另一個話題。

安清悠因這身體的關係，本就對安德佑尚有幾分親近之感，如今聽得安德佑破天荒關心起自己，竟是前後兩世第一次有父親對自己說這等關切的話，一時間也有些觸動。

這次請安與上次的挨訓相隔不久，亦是一個多時辰，只是內容卻大相徑庭。

父女兩人你一言我一語，那原本疏遠的距離，在時間的流轉中悄然拉近了許多。

不多時，安德佑與安清悠一起從書房走了出來，對著太陽瞇了瞇眼，活動了一下身子，這精神反倒見旺，低頭又看了眼女兒送的提神香囊，心道這還真是個好東西。

安清悠笑道：「女兒近日學這些規矩，覺得孝道二字重要無比，以後想時時多來向父親請安，另有些許新調之香也想奉給父親，不知父親覺得可好？」

安德佑不置可否地點點頭，含含糊糊地道：「嗯……嗯……甚好！」

門邊的下人們看得目瞪口呆，老爺近日脾氣不好，大小姐明明撞到槍口上，怎麼一沒挨罵二沒受罰，還這麼笑語盈盈地出來了？

雖然老爺依舊板著臉，可任誰都看得出來，這父女二人之間實在是……難得一見的融洽！

安清悠去向安德佑請安的事情，第一時間便傳到了徐氏的耳裡。

由妾室扶正，徐氏始終有一種難以名狀的心思，縱使掌管安府內院多年，縱使為安德佑誕下了兩子一女，曾經的卑微仍是她揮不去的心病，也正是因為這心病，使得她這麼多年來一直對安德佑的其他妾室強力打壓，更對作為長房嫡女的安清悠格外忌憚。

安清悠若是真時時去向老爺請安，天知道會不會因此得到安德佑的賞識和關愛？長此以往，這長房嫡女的身分很可能塑造出一個任誰也打壓不了的安府大小姐來。

徐氏多年來將安府內院管得死死的，一人獨大慣了，自是無論如何也不想看到這個局面。一想起安清悠向老爺請安，父女間相處融洽的樣子，徐氏便忍不住氣惱，當下帶著幾個身邊的婆子僕婦，直奔安清悠的院子而來。

「聽說大小姐今日去向老爺請安，氣氛倒是不錯啊！」見了安清悠，徐氏沉下了臉，冷冰冰地放下了一句話。

「清悠聞得父親身體不適，自然要前去請安，盡一盡孝道，父親正好有關心女兒之意，便多聊了幾句。」安清悠不卑不亢地回答，不理會徐氏話中的諷刺之意，幾句話說得滴水不漏，穩穩當當地回了過去。

徐氏碰了個軟釘子，她那狹隘的心胸如何受得，當下雙眉倒豎，發作了起來，「不適？妳還知道老爺身體不適？這一個安請了一個多時辰，妳可知道老爺需要安心靜養，受不得煩躁？這般滋擾，難道便是孝順之道？妳這些日子學的規矩都學到狗身上去了！」

徐氏這氣惱話一出，身邊的柳嬤嬤便知事情要壞，訓大小姐便訓大小姐，扯到學規矩的事情上做什麼？這不是把教規矩的彭嬤嬤也罵進去了嗎？現在本就有事求彭嬤嬤，又何苦多生枝節？

果見安清悠身邊的彭嬤嬤輕聲道：「夫人，大小姐去向老爺請安，也是為人子女應盡的本分。夫人若是真讓大小姐參加選秀，這請安立規矩必是常有的事。如今在府裡向老爺請安，算是多加歷練，況且老爺那邊今日見見女兒聊聊天，精神見旺，夫人無須多慮了。」

徐氏語塞，教規矩該如何教，安清悠在安府內如何行走，本就是她昔日答應由彭嬤嬤做主，旁邊柳嬤嬤輕輕拽她的衣角，提醒她有些說偏了。

徐氏能夠從侍妾扶正，又掌管安府內院多年，本就是個心裡有些機巧的人，此刻經柳嬤嬤一提醒，瞬間醒悟自己說偏了話。

自那花嬤嬤出事之後，慶嬪娘娘這條線便算是斷了，送安清悠入宮選秀的事情大半還要著落在彭嬤嬤身上。徐氏暗罵自己糊塗，只是若要就此罷手那是萬萬不能，眼珠一轉，調轉話題，又挑起別的毛病來：「我聽說妳近日除了學規矩，還對這調香之事頗下功夫，只是這調香不過是小事，當不得大用處，以後這些事情能免則免，安心學妳的規矩吧！」

這大小姐給老爺進了個香囊，討喜得緊，若能把這事斷了，那自然也是好的。

徐氏這般打算，不料安清悠卻答道：「學規矩的事情，清悠自是一刻也不敢放鬆，不過，昔日彭嬤嬤曾教導，入宮選秀的眾女皆為專心修習規矩之人，若想出人頭地，除了那些大家都會的物事之外，更需有些與眾不同的能耐。調香之技雖小，可用之途並不狹隘。事關安家臉面，清悠卻是不敢不有一技之長傍身了。」

徐氏怔愣，心中氣惱，這大小姐果真與以往不同了，短短幾日，便抓住了自己不肯招惹彭嬤嬤說事，言必稱彭嬤嬤所教，語必提入宮選秀之事，這讓自己怎麼訓她？

再看那邊的彭嬤嬤，見安清悠如此說辭，還微微點頭，竟似對她的話甚感認同。

說一個話頭被掐死一個話頭，這話……這話真是沒法說了！

徐氏尷尬地憋住了話，再想挑別的毛病時，就見安清悠站立行止、說話儀態，竟是挑不出半點問題來。屋裡一時間冷了場，柳嬤嬤大急，本是要尋大小姐晦氣，卻鬧出了這麼個場面，理都在人家那邊，這叫夫人怎麼下得了台？

反倒是安清悠，經歷了幾番事情，對安府中的人情世故越發明白了許多。見場面如此，心知自己一時間占了上風，卻沒必要把徐氏逼得太緊了，便從袖中又拿出一個小小香囊，輕聲道：「清悠這些日子練習調香，不敢忘了夫人。此香提神醒腦，最是能夠去疲勞除煩頓，夫人操勞府內大小事情甚是辛苦，今日特獻此香，也盼著能為您去去乏解解悶了。」

眾人見安清悠如此，都暗想大小姐會做人，柳嬤嬤更是鬆了一口氣，夫人總算有了臺階下。徐氏不是傻子，知道今日討不了好，借坡下驢，冷冷甩下幾句「以後這規矩還要常練，不得偷懶」之類沒營養的場面話，便帶著一干人等逕自離去了。只是看著安清悠送給自己的小香囊，越看越氣，越看越礙眼，出了院子沒幾步猛一揮手，狠狠地拋了開去。

柳嬤嬤見徐氏竟然如此失態，連忙又是提醒又是勸解，心裡卻覺得大小姐果是人大心大，幾日不見，這手段竟成長了起來，看她今日行事進退自如的樣子，得想個法子打壓一下才好。

這邊柳嬤嬤和徐氏一路走，一路開始琢磨著怎麼收拾安清悠。那邊安府的某間院子裡，有一人手捧書，面前一張白紙無半點筆墨落上，面目呆滯，兩眼望天，口中兀自念念有詞。

此人正是安子良。

這位少爺做為安府新一代的長房男丁，被安德佑和徐氏寄予厚望，可是他一門心思壓根兒不在讀書上，每每捧起書本，便覺得頭大無比，恨不得世上沒有科舉功名這類事情。

安氏夫婦拿他沒轍，正好來了個有才的沈雲衣到安府借住備考，便讓他與沈雲衣一同讀書，盼著能讓他學點什麼，誰知沈雲衣嫌他浮躁聒噪，經常弄些難題遠遠地支開了他。

這一日又是如此，沈雲衣做了首七言，卻是只告訴他開頭三句，留下第四句讓他自己去想，偏生這老爺安德佑查驗功課也知道了此事，等著明日看他這第四句詩。這一下可苦了這位少爺，他一個人在院子裡抱頭苦思了半天，死活想不出第四句詩來。

他看著天上片片白雲，呆滯了一個多時辰，忍不住大聲吼道：「蒼天啊，想不到我安子良一代風流雅士，竟然要被這句破詩憋死於此，你若有眼，便賜我些萬古流芳的妙言佳句吧！」

喊了半天，卻沒什麼天降靈感出現，安子良惱怒，憤憤地指天罵道：「你這賊老天……」

剛罵出了半句，忽然間一塊黑黝黝的物事從天而降，劃出一道力道十足的弧線，砸在了安子良的鼻子上。

這突如其來的一下，安子良只覺得自己的鼻子又痲又痛，外帶著一股酸脹直衝腦子。大怒之餘，剛要喝罵，卻聞得一股淡淡的清香，一時之間那酸脹感減輕了許多。

安子良低頭看去，見腳邊有一物靜靜地躺在那裡，卻是個小小的香囊。拿過來一聞，那股清香不溫不火，讓人極為舒服。忽然福至心靈，提筆蘸墨，在面前白紙上一揮而就，將那第四句詩的答案寫了出來。

詩的前三句云：「風吹蒼穹雲如火，雨打江湖浪似多。地下行得萬般路……」第四句則是：「天上飛來一大坨。」

前三句乃沈雲衣所作，本是一首四平八穩的普通七言，安子良邊寫邊念，覺得自己這句「天上飛來一大坨」押了韻，對仗工整，實是不可多得的畫龍點睛之筆。一經題上，整首詩立時猶如神仙放屁，端的是不同凡響，便把紙一抄，奔向書房，高呼道：「沈兄，你那第四句詩小弟對上來啦……」

沈雲衣正在屋內溫習文章，他的水準自是高出安子良不知多少，此時正在研讀經史子集的正經學問，忽聽得安子良大呼小叫地跑了進來，興奮地道：「沈兄，你那第四句詩，小弟我對上來了！」

沈雲衣答道：「哦？不知安賢弟有何佳作？」

安子良眨巴眨巴眼睛，「佳作自然是有的，沈兄可準備好聽了？」

沈雲衣道：「洗耳恭聽。」

安子良又道：「沈兄真的準備好聽了？」

沈雲衣嘆了口氣，拿過一杯茶道：「安賢弟，你便說吧，為兄這裡正襟危坐，手捧香茗，便是專等你這一句妙言了。」

安子良嘿嘿一笑，「沈兄的前三句是『風吹蒼穹雲如火，雨打江湖浪似多。地下行得萬般路……』小弟說的對也不對？」

沈雲衣點頭，「正是如此。」

安子良搖了搖頭，腦袋卻是晃了半個圈子，猶如品評詩詞文章的老學究一般，「沈兄這三句詩文辭工整，卻略嫌四平八穩，不過小弟將這第四句加上之後，卻又是大大的不同了。」

沈雲衣見他說得鄭重，略感疑惑，古來有大才者，言行往往出人意表，這位安公子平時看著傻缺了點，難道是大智若愚之輩？

安子良道：「天上飛來一大坨！」

沈雲衣不明所以，皺眉道：「一大坨什麼？」

安子良搖頭晃腦地道：「『風吹蒼穹雲如火，雨打江湖浪似多。地下行得萬般路……』，小弟這第四句便是『天上飛來一大坨』，沈兄以為如何？」

沈雲衣剛嚥下去半口茶，一時嗆在了嗓子裡。

安子良愕然道：「如何？沈兄可是覺得小弟這詩句作得有什麼不妥？」

沈雲衣強忍著笑意，咳嗽道：「沒有不妥……咳咳……沒有不妥，著實是沒有不妥！賢弟這句詩文辭工整，合乎格律，立意上更是大有……那個新意，敢想先賢者所不敢想，發古今未有之長嘆。愚兄這詩經過賢弟一改，果然是……果然是……咳咳……果然是猶如畫龍而得點睛……這個、這個大大的不同了！」

安子良大喜道：「沈兄這話當真？」

沈雲衣正色道：「唐詩三百首，宋詞八百句，再找不出一句這般驚才絕豔之作，便是李杜復生，面對賢弟這一大坨……詩句，怕也是要痛感其繞屋三日，餘味不絕了。」

安子良洋洋得意，一看手邊那小小的香囊，只覺此物是天上飛來的妙物件，湊到面前又嗅上了一嗅。清香撲鼻，更覺得神清氣爽，心曠神怡。

沈雲衣笑道：「賢弟這東西嗅來嗅去，卻又是何物？」

安子良立刻來了顯擺精神，卻又不說這東西是自己撿的，只道：「此乃我請了高手匠人，費經年累月之功，窮搜天下難得的香料調製而成的香囊，最是能提神醒腦，小弟能夠作出如此佳句，全賴此物相助，沈兄要不要試試？」

沈雲衣本對這類小物件沒什麼興趣，奈何安子良正興奮著自己這一大坨的佳句，盛情之下，倒是難以推辭。

順勢拿過來一嗅，一股清香悄無聲息地沁入心脾。這香氣並不濃烈，卻讓人舒暢無比。一時間，只覺得適才讀書的疲勞盡去，精神為之一振下脫口而出：「好香！」

安子良更加來了勁頭，大聲顯擺道：「自然是好香！小弟那日得見西域來的調香宗師花布拉吉大師，這老頭子手藝實乃西域一絕，堪稱西域四百年來不世出的大宗師……」

沈雲衣見那香囊做得小巧秀雅，顯是女子之物，便知安子良什麼西域大宗師老者的話十有八九又是在胡謅，正想不談此事之時，忽然感覺身邊的書僮侍墨在後邊使勁揪著自己的衣角。

一轉身，卻聽侍墨低聲道：「上次公子讓小的打聽安家大小姐的事情，聽說這大小姐頗善調香，今日早上奉了個香囊給安老爺，很得讚賞。」

沈雲衣心裡一動，又想起那日在丁香花前那個窈窕的身影來。

安子良卻是笑罵道：「侍墨，又在那裡與你家公子嘀咕些什麼？少爺我這香囊乃是寶貝，自是不能給你們的……」

談笑了一陣，下人來報，說是大小姐帶著丫鬟，要來少爺的院子裡採花製香。

安子良聞言一愣，安清悠一直被徐氏拘在院子裡，大門不出二門不邁，他們雖是姊弟，卻老死不相往來。如今忽然聽得大小姐登門，不禁有些愕然，安子良隨口便道：「大姊？她來做什麼？沒看見二爺我這正忙著，讓她別來添亂，採花到別的院子裡採去！」

門口的下人領命去了，不一會兒卻又來報，說大小姐這採花製香也是在練進宮選秀的規矩，之前老爺和夫人都許了在府中自由行走，還請二少爺准了。

安子良登時來了脾氣，嚷嚷著道：「喲，怎麼著？今兒是非要進我這院子不可了？老爺和夫人許了，讓她找老爺夫人去，二爺我今兒還就不讓她來了！」

沈雲衣心中倒是有些好奇這安家大小姐的模樣，便在一邊勸道：「賢弟這又是何必？都是自家人，行個方便又有什麼？何況這既然是為了練進宮選秀的事情，老爺和夫人都是許了的，回頭鬧得不愉快，怕是又要說你不懂事了！」

安子良不過是嘴上說得硬氣，既然爹娘都許了，他還真沒這膽子硬扛，想起父親那張嚴肅刻板的臉，不禁打了個哆嗦，順水推舟地道：「沈兄說的是，我和我大姊叫個什麼勁啊？得，讓她想採花便採去吧！咱們也去瞅瞅，這大姊練了許久規矩，到底練出個什麼來！」

說話間，安子良招呼著眾人吵吵嚷嚷地出了書房，卻見院門處，一個高挑的女子帶著丫鬟慢慢地走了進來，不是安清悠，卻又是何人？

按著安清悠的意思，既是剛剛與徐氏頂撞了一次，便安心在院子裡沉寂幾日再做打算，沒想到彭嬤嬤經了這一番事，卻不知動了什麼念頭，堅持要她立時到府中各處多採些花草之物來調香，越快越好，越多越好。

安清悠不明所以，卻也只能答應下來。

徐氏前腳走開，後腳她便出了院子，尋思著安府裡面花草最多之處便是這二弟安子良的院子，一路便尋到了此處。

進得院來，卻見除了身材肥胖的安子良外，另有一個白衣男子站在他身旁，正是昔日丁香花叢間所見之人。

安子良與這大姊幾無往來，此刻談不上什麼親近，也談不上什麼嫌惡，只淡淡地引見道：「沈兄，這便是我大姊。大姊，這位乃是咱們安家的世交沈家大公子，沈雲衣，沈大才子！」

如今的安清悠早已不像昔日般懵懵懂懂，且不說昔日曾私下知道了沈雲衣的存在，便是近來院子裡的下人們也早被梳理得妥貼，早有方嬤嬤之流將院內的諸般事情消息傳遞了過來。

此時見了沈雲衣，安清悠面色不變，優雅地向沈雲衣行了個福禮，輕聲道：「小女子安氏，見過沈家公子。」

這一福身，便是安子良看上去也覺得舒服無比，殊不知身邊的沈雲衣見到安清悠，心裡猛然一震：是她！果然是她！

那日一見，只是背影，今日再見，沈雲衣不免露了幾分驚愕激動，可他畢竟年長幾歲，又多幾分城府，神色自是不會太過表露出來。

安子良對沈雲衣的異狀全然無覺，反倒笑嘻嘻地道：「大姊今日來採花製香，也是巧了，我最近得了一件好香，乃是西域大師所製，便是剛才沈兄也極讚大師的手筆。聽說大姊妳在調香上頗有精通獨到的地方，不妨也來瞧瞧？」

安清悠本就對調香情有獨鍾，聞得安子良這邊竟有好香，自然是見獵心喜。

無論什麼時代，大師作品都是少見之物，更是可以見識這時代的水準，當下謙虛道：「我對於調香也不過涉獵一二，哪裡談得上什麼精通獨到？二弟若是有大師作品，大姊少不得沾了你的光，好好見識一番。」

安子良洋洋得意，這等顯擺炫耀的事情正是他的最愛。

旁邊的沈雲衣卻是愕然，原本是先入為主，料想這香是大小姐安清悠所製，現在看來，倒是另有其人，可是這香囊確是女子之物無疑，難道這安子良小小年紀，卻是有什麼手藝卓絕的紅顏知己不成？

眾人都看著安子良，這位少爺最是享受這般時光，一亮袖底，拿出了香囊，大喊道：「大姊，妳瞧瞧！」

這香囊拿了出來，安子良這邊眾人還沒怎樣，安清悠那邊帶著的幾個丫鬟婆子卻是眼睛瞪得溜圓，眾目睽睽之下，誰不知道這香囊便是先前大小姐送給夫人的，哪裡又跑出什麼西域大師來？

青兒本就是個繃不住的，噗哧一聲，率先笑了出來。

安清悠抽了抽嘴角，望著沈雲衣，心想不過自己隨手做的一個小香囊，這二弟不學無術又好顯擺，出了糗也是必然，這沈公子卻是在一旁附和什麼大師手筆，料想也是個逢高踩低的人物了。

沈雲衣自是不知因這二公子隨口亂吹的一句話，讓他身上添了欲加之罪了。

倒是安子良見青兒發笑，摸了摸腦袋道：「妳這丫鬟笑什麼？是了，香囊本是拿來嗅的，我卻讓大姊掌眼，這不是搭錯了橋兒嗎？大姊，您掌鼻子！」

安子良這一句話道出，連安清悠都不禁莞爾，不知如何說辭。青兒是個嘴快的，樂著道：「這哪是什麼西域大師，分明是我們小姐新做的香囊，上午才送給夫人的。」

安子良一怔，隨即看向安清悠那邊的幾個丫鬟、僕婦，人人都端著「的確如此」的表情，頓時張大了嘴，又看了看天，實是想不通大姊送給娘親的香囊怎麼會從天而降砸到自己臉上，愣了半天，張了半天的嘴，半晌才說上一句：「這個……這個真是奇哉怪也！」

安清悠對於此中來龍去脈倒是猜出了個八九分。她繼承了身體原主的記憶，近日裡又多聽了不少消息，倒是知道這個弟弟傻缺了點，不過是被父母慣壞了的孩子而已。除卻紈絝敗家、愛好風雅之外，沒什麼陰毒心思，說白了，倒真是自己那位便宜老爹的兒子。

適才青兒插話，若是換了府中旁人，怕早是一頓駁斥下來。此時見他一副憨態，便有心替他解了這個圍，當下安清悠笑道：「許久不見，二弟還是這麼愛搞玩笑事，想是夫人把這香囊給了你是不是？以後你若是要香囊，大姊親手幫你做了便是，可不許再這麼胡鬧了。」

這話看似姊姊教訓弟弟，卻是幫對方解了圍，把安子良的吹噓當玩笑了事。

安子良雖愛玩鬧，但對安清悠的說辭自當承情，連忙道：「對對對，就是開個玩笑而已，大姊您說的是，弟弟我以後這種玩笑一定少開，少開玩笑才是正經八百的大老爺們兒！」

沈雲衣冷眼旁觀，以他的聰慧，不難看出這不過是安子良在尋個臺階下，這事沈雲衣並不介懷，只是這位大小姐進退有據，顯見是個頗有城府的女子，與其之前所見的安家之人倒是有所不同。一時之間，忍不住多看了安清悠幾眼。

安子良又是一拍腦門道：「淨顧著開玩笑，正經的事情卻是差點忘了！來來來，大姊看著我這院子裡有什麼鮮花材料儘管採去，以後做了香囊可是要多分給弟弟我，不然我可不依！」

安清悠抿嘴笑道：「那是自然，少了誰的，都不能少了二弟的。」

姊弟兩人談笑幾句，便進了書房飲茶說話。安清悠這次本就帶了婆子僕婦前來，自有人根據她所寫的調香方子前去採集材料。

卻說安清悠和安子良進了書房，說沒幾句，安子良想起了什麼似的道：「大姊，今日我和沈兄合作了一首七言，父親明日要考校我的功課，結果弟弟我靈光那麼一閃，結果您猜怎麼著？」

安清悠微笑道：「怎麼著？難不成是得了什麼佳句？」

安子良一拍大腿道：「正是如此！弟弟我所作的那句詩，便是沈兄這等高手也覺得驚才絕豔，按他的話說，便是李杜復生，也是難敵了！」

這話一說，沈雲衣登時有些尷尬起來，原本只是一時起意捉弄安子良，誰想到他竟會向這安大小姐顯擺。還說「合作」了一首詩，這詩要真是傳了出去，說是兩人合作，怕是自己先要買塊豆腐一頭撞死了去。

安清悠那邊卻是另有一番想頭，自己這弟弟別的不說，提到文采學問，到底是個什麼貨色，府裡誰不知道？還李杜難敵？恐怕這沈雲衣如自己剛才的想法一般，是個貌似有度實則油滑之輩了。

這二人轉著念頭間，安子良已將之前的大作拿了過來，大聲道：「大姊，妳看，這便是我和沈兄合作之詩！」

安清悠接過來一看，前幾句尚可，待看到那句「天上飛來一大坨」時，噗哧一聲便笑了出來。

沈雲衣漲紅了臉，此刻唯一的念頭，便是趕緊找一個地縫鑽進去再說……

笑也笑了，樂也樂了，自個兒這二弟犯了傻，安清悠卻不能這般算了。

安清悠放下詩文，看著沈雲衣，與安子良正色道：「二弟，這詩文尋個樂子便也罷了，你可知若是真將這首七律送到父親那裡，結果會是如何？」

安子良見這場面詭異，沈雲衣更是臉上漲紅漲紫像個茄子，心裡不由得惴惴不安，試探著問道：「莫不是作得不好，會挨父親訓斥？」

「若是訓斥便罷了，你這首七律若是真送到父親手裡，怕是罰你抄書思過是輕的，打板子都有可能！」安清悠哼了一聲，眼睛卻往沈雲衣看去。

到了這個時候，沈雲衣再想保持沉默也不可能，便站起來向安清悠和安子良作揖道：「大小姐、安賢弟，此事是在下的不是，原想跟賢弟開個玩笑而已，卻是做得有些過了，在下在這裡告罪了。」

安子良就算再傻，此刻也知道了自己的那一坨詩句絕非什麼李杜難敵的傳世佳句，只是他本就被沈雲衣捉弄慣了，又被徐氏告誡了多次要對這位沈公子巴結著來，只好嚷嚷叫道：「沈兄騙得我好苦！」

除卻這一句，安子良便是一臉無可奈何的苦笑了。

安清悠卻是另一番感受，安府之中和徐氏鬥來鬥去，終究是安家人自己的事情，但看著沈雲衣一個借住之人如此捉弄自家弟弟，心裡卻極是不喜。再加上先前對沈雲衣本就另有看法，此時便忍不住言道：「沈公子才華橫溢，詩詞上的功夫更是一般常人所不及，舍弟天資駑鈍，與公子同室共讀，倒是擾了公子的功課了。不過，既是有緣相聚，還望公子莫要嫌嫌，若實在覺得文道不同，那便別捉弄於他也就是了。」

這一席話聽在安子良耳裡，深以為然。他本就不愛讀書，和沈雲衣一起讀書實在是苦差事，更別提讓沈雲衣提點他功課。若是兩人能夠互不搭界，那才真是好上加好，妙上加妙。一時間，安子良真覺得生我者父母，知我者大姊也。

可是，沈雲衣畢竟不是安子良那等粗線條之人，這話中隱有批評之意，他如何聽不出來？說起來，沈雲衣少年成名，此番進京趕考也是諸多人看好的。一路走得順了，免不了就有些恃才傲物的性子。如今肯當面賠禮，是因之前所為確是有些過分才做此舉，放在他身上，已是少有之事，再被安清悠出言批駁，哪能不介懷？

沈雲衣看了一眼安清悠，更是不忿，心道：我便錯了，適才告罪也便罷了，縱是有什麼不是，妳安大小姐終究是個女子，又豈是妳該站出來說這話的？

雖是起了怨氣，但沈雲衣在沈家的培養下，總還是有些養氣功夫，面上自不願與安清悠一個女子說些什麼。不過隨口挖苦兩句卻是免不了，當下微微一笑，輕聲吟道：「無心失，狹隘事。不見昔時丁香樹下小女子，卻看今朝書房堂中人。多說亦是費唇舌，少講自是有教化，談否？談否？有小姐於此，當是閉口不言。」

這幾句小詞出來，意思是我本無心開個玩笑，妳一個曾站在丁香樹下的人，今天卻在這裡指責我，太狹隘了！女人來到書房這種地方還是多閉上嘴才對，這才算是有教養規矩。

然而，安清悠骨子裡壓根兒就是現代人，雖聽得沈雲衣叫破了丁香樹的事情，但這種事一來事情早已過去，二來也成了一樁查無實據的無頭公案，她可不認為身為女子便是生來低人一等，莫名來到這古代，雖是無奈學了些規矩，但最不爽的就是女子須閉嘴之類的事情。沈雲衣這幾句本是點她身為女子要知本分，卻激起了她心中最不願掀起的一片逆鱗。

當下略一思忖，安清悠應聲答道：「真坦蕩，假面子。可知如今聖賢書上大丈夫，但求明日功名朝側臣。有理怎須弄文章，無過何必強說詞？該罵！該罵！見公子在前，不妨多批幾句。」

這幾句對得更是明白，說的是你要是真問心無愧，又在這裡弄小詞掰扯個什麼勁？裝什麼裝？

這樣子就是該罵的，還該多罵幾句。

沈雲衣愣然，自他到安家暫住以來，所見的自老爺安德佑以下皆是些無甚才華之人，免不了對這安家也就起了輕視之心，沒料到今日第一次得見這安家大小姐，竟被她接下了許多招。

沈雲衣本就自負，當然不肯就這樣被一個女子比下去，當即又道：「安得清白幾如許，大有糾結總難分。小處有過若無妨，姊弟何須太認真。」

這首並非七言，而是藏頭詩，意思是如今我算是說不清楚了，總之不過這麼點兒小事，妳一個女孩兒家幫弟弟說話罷了，何苦又太認真呢？各句開頭更是暗藏了「安大小姐」這四個字，卻是有考校之意了。

安清悠接口道：「沈腰潘鬢有朝暮，小事大理貫古今。男兒自該擔當事，人言在口明在心。」同樣吟了一首七字藏頭詩，答得更是尖銳，事小理不小，挺大個老爺們兒一點擔當都沒有，你自己心裡明白，廢什麼話啊！

藏頭之字直接回了一個「沈小男人」，安清悠輕輕扁了扁嘴，心說沈雲衣啊沈雲衣，就衝你這沒完沒了的樣子，還真是個小男人。

兩人的詞句裡夾槍帶棒，鬥來鬥去，卻苦了在一邊旁觀的安子良。

原本這事情因他而起，本該是最為相關的當事人，可是他肚子裡的墨水少得可憐，目瞪口呆地看著兩人文縐縐地說來說去，愣是半句沒搞懂。雖然聽不懂，卻不妨礙他在這裡適時地表述一下自己的意見。

有時沈雲衣說了幾句，他想起徐氏交代過他要巴結沈雲衣，便時不時一挑大拇指，讚上一句「沈兄這句說得妙啊」，可是想想覺得不對，這在幫著自己說話的應該是大姊安清悠才對，便又衝著安清悠一伸大拇指，說了句「大姊說得更是妙啊」。

如此這般左說一句，右說一句，過了一會兒，安子良連自己都不知道自己算是哪頭的了。

沈雲衣和安清悠之間唇槍舌戰，說得著實激烈精彩。安子良本就好熱鬧，這時候雖然聽得雲裡霧裡，夾在當中左一句妙啊，右一句更是妙啊，倒是自娛自樂起來。

安子良只顧自己樂，卻不知他這左一句右一句的，不啻是給雙方的鬥法火上澆油。

安清悠和沈雲衣二人你來我往，書房外忽然響起了一個甜得發膩的聲音：「沈家哥哥，你可是在書房裡？小妹來看你啦！」

人未到，聲先至，卻是安家的三小姐安青雲來了。

安家的三小姐安青雲，年方十三，卻是很有幾分煙視媚行的味道。

安府的老人們私下多有言語，說這三小姐最像年輕時的徐氏，年紀不大，那份花枝招展的妖氣倒是生在骨子裡的。

安三小姐平日最愛俊美的才子，沈雲衣赴京趕考來到安家借住，她便終日黏著沈雲衣不放。

若說安子良不過是給沈雲衣添了些煩躁，那安青雲便是實實在在讓人一個頭變成兩個大，偏偏安子良是個好熱鬧的，一聽安青雲來了，登時放開喉嚨大叫道：「三妹，沈兄便在書房之中，正和大姊鬥嘴啦！」

「鬥嘴？鬥什麼嘴？誰敢跟沈家哥哥鬥嘴？」話語聲傳來，沈青雲已是進了書房之中，卻是既不與安清悠見禮，也不和安子良招呼，直奔沈雲衣而去。

安清悠看著安青雲，只見她臉上抹脂粉，口唇塗胭脂，眉梢鬢角，無不是用上等貨打扮修飾過，雖然看起來華麗，但放在一個十三歲的孩子身上，卻將少女本應有的清麗純美壓了下去，著實讓人有一種過猶不及的感覺。

「豔俗……」安清悠腦海裡不自覺閃過這個形容詞。

安子良道：「總之，是大姊和沈兄在鬥嘴，至於鬥的內容是什麼，這個這個……他們說得太文，我也沒搞明白，光顧著叫好了。」

「哦？」安青雲彷彿此刻才注意到書房裡有這麼一位大姊存在，卻是插著腰道：「你們在鬥嘴？嗯……既然是和沈大哥鬥嘴，那定然是妳的不對了。」

安清悠眉頭一皺，不和自己見禮也就罷了，這安青雲講起話來竟是這般無禮。如果說安子良不過是被父母慣壞，這安青雲卻是有些不知好歹了。

安清悠對其不喜，當下也不理她，只是安青雲見安清悠不理自己，便跳著腳道：「跟妳說話呢，聽見沒有？妳和沈大哥鬥嘴，還不趕快過來賠禮認錯？」

這話一說，連安子良的臉面也掛不住了，插言道：「三妹，休得對大姊如此說話，還不過去見禮？」

安青雲上上下下打量了安清悠一番，這才說道：「啊，對了，妳便是那個母親要送到宮裡去的大姊！讓我向妳見禮也行，妳先過來跟沈大哥賠罪，我便過去見禮了。」

安清悠見她這副模樣，暗嘆之前的那個自己實在是被徐氏拘得狠了，和弟弟妹妹們竟也生疏成這個樣子。心裡又對徐氏有些鄙視，莫說安府這樣的世家大族，便是普通的尋常百姓家，養出的女兒也不會這般沒規矩。

這是要怎麼縱容孩子，才會把安青雲養成這個樣子？

那邊沈雲衣卻更是臉上燒得可以烙餅了，這安青雲輕浮無禮，舉止驕縱也就罷了，終是他們安家的女兒，可偏偏又是一口一個沈大哥如何如何的，似與自己有什麼親密關係一般。

這些天，安府的下人們已經對安青雲黏著自己的事情風言風語，再在人家女眷面前弄成這樣，一旦傳出去，自己可都成了什麼人了！

沈雲衣心中大急，連忙轉移話題道：「三小姐，適才不是鬥嘴，不過是我和大小姐談論些文章詩詞而已。安賢弟沒說清楚，倒是讓三小姐誤會了。我前幾日新見了一副古聯，頗為有趣，今兒不如寫下來，大家一起參詳參詳？」

說罷也不等其他人言語，逕自讓侍墨拿出了筆墨紙硯，在上面寫起字來。他這一下急中生智，卻正是用藥對症，無論是安子良還是安青雲，提起這些東西，除了瞠目結舌，就是結舌瞠目，書房裡一下子安靜了不少。

轉瞬間，沈雲衣將那對聯中的上聯寫完，紙上乃是：「心也可以清，也可以清心，可以清心也，以清心可也，清心也可以。」

這本是前朝的名士與高僧飲茶時的一段佳話，後人亦有不少以此刻在茶壺上的。沈雲衣此時出個難題，化作了五字句對，也是想盡早了結這局面，抽身而退，便道：「這本是前朝名士的一段佳話，上聯在此，不知諸位有何見教？」

安子良和安青雲兄妹大眼瞪小眼，一時間接不出話來。

沈雲衣微微一笑，對著安清悠道：「安大小姐才學甚高，不知有什麼佳對可讓人欣賞？」

安清悠心裡估量著青兒她們採花時候也差不多了，看看安青雲那副作態的樣子，心裡也不願在此久留，再一瞧沈雲衣寫下的句子，心裡一樂，後世的語法家們早就對這句對研究了個通透，當下借勢道：「沈公子卻是難為人了，既是古人名士的佳話，我又哪裡是一時半刻能有什麼好下文來？」

說話間，提筆蘸墨，輕輕寫了「不能夠」三個字，卻在前面畫了一個圈，後面打了一個叉，悠悠地道：「小女子才疏學淺，這古人的意境無論如何也趕不上，心與清二字極妙，我想不出更好的詞，只能畫個圈打個叉代替。倒是中間這『也可以』三字，想來是這副上聯的關鍵所在，便用『不能夠』三字對之，想來前面一字為某物之名，後面一字為形容其意，也就是了！」

沈雲衣心中猛地一震，這「心也可以清」的古對，確如安清悠所說，關鍵便在這「也可以」三字上。前面放個字，後面放個字，可以說添上什麼都對，好比「懷也可以開」、「目也可以明」等等。

安清悠所對的「不能夠」三字正是最核心的題眼，口上說對不出來，可是這畫上一個圈打上一個叉，有何止相當於對上了無數的下聯？怕是之所以用「不能夠」這三字，還是自謙了。

沈雲衣心中明白，可安青雲卻稀裡糊塗，瞧著安清悠沒把完整對聯寫出，便拍手笑道：「果然沈家哥哥才是最棒的，知道沈家哥哥的厲害了吧！」

安清悠要的便是有人說這句話，當下便道：「沈公子當然厲害，小女子自愧不如，想來那採花調香的材料已收集了不少，這便不在此獻醜了。」說話間邁步出門，逕自飄然而去。

安青雲哼了一聲，「什麼大姊，不自量力還想和沈家哥哥談文？誰不知沈家哥哥是才子……」話沒說完，卻看到沈雲衣目不轉睛地瞧著安清悠遠去的背影，良久才執筆輕嘆道：「想不到安家竟然有女如此，沈某自愧不如，這一場談文，輸矣！輸了個體無完膚矣！」

沈雲衣說著，又對安青雲一揖到底，正色道：「三小姐，沈某趕考之日臨近，這段日子裡正需要埋頭苦讀，三小姐若是無事，我等相見倒不如不見。我看三小姐年紀還小，不妨多學學妳那大姊，在規矩行止上多下些功夫，當對三小姐大有益處。」

說完，看了看案上那「不能夠」三個字，又是一聲長嘆，黯然地回自己房間去了。

原本熱鬧的書房頓時冷清了下來，安子良見熱鬧竟是這般散了，登時便跳腳罵道：「本是好好的，三妹妳這又是攪的什麼局？大姊和沈兄都走了不說，妳剛才那作態舉止，怕是連我的面子，連安家人的面子也在沈兄面前丟了！」

安青雲本就氣悶，沈雲衣那番話裡不願理她之意已是明明白白，此刻又被安子良一說，登時鬧了起來，「本就是那個什麼大姊先和沈家哥哥鬥嘴的，你們怎麼都說我？怎麼不去說她？現在倒好，沈家哥哥說我，連你這不成器的二哥也說我，我……我告訴母親去！」

安青雲鬧著去找徐氏告狀，安子良卻沒好氣地衝她翻了個白眼：「我怎麼就不成器了？」

百無聊賴之間，又想起了剛才沈雲衣和安清悠之間的一番談文較量，心道：這大姊還真是厲害，能夠對上沈兄這許久還不落下風，雖是最後輸了，但好像輸也輸得挺有水準。不對不對，究竟是大姊輸了，還是沈兄輸了？

安子良便拿起了剛才安清悠寫的下聯，仔細研究著念道：「圈不能夠叉？不能夠叉圈？能夠叉圈不？夠叉圈不能？叉圈不能夠？」

安子良在屋中念得舒暢，門外的僕人聽得心驚膽戰。

公子是身體出毛病了，還是怎麼著？這是念叨什麼呢？

安子良研究圈與叉問題的時候，安青雲一路去尋徐氏哭訴，心裡卻是越想越恨。

那個大小姐安清悠這麼多年來始終沒怎麼踏出院子，安府的上下人等幾乎都忘了還有這麼個人存在，怎麼好不容易出一次院子，偏偏就遇到了沈雲衣？

安青雲自幼驕縱成性，自來只有她要的，沒有別人拒絕的。自打沈雲衣來安家借住之日起，安青雲早就把這俊朗才子看成自己的禁臠，至於沈雲衣是如何想的，她安三小姐可是不管。

一想到沈雲衣終於挑明了不願見自己，這氣性可就發作大了。

「都是那個什麼大姊不好，最早出的上聯『心也可以清』裡面不是有一個『清』字嗎？說的不就是她安清悠？是了，定是她勾引沈家哥哥，看她走的時候，沈家哥哥不是盯著她發呆嗎？都是她不好，都是她不好！」

安青雲這刁蠻任性的小姐脾氣發作起來，也不去想自己這番想法有沒有道理，是不是對的。看安清悠不爽，便把所有的錯處都歸到了她身上，便想著怎麼對母親徐氏好好說道一番。待得到了徐氏院子，僕婦婆子們皆知這小姐的脾氣，也是無人敢攔她。

安青雲二話不說，推門就進，連哭帶叫地道：「母親，您要為女兒做主啊……」

卻聽一個嚴厲的男子聲音響起：「怎麼這副模樣？入門不通報，進屋這般沒規矩哭喊，哪有半點我安家女兒的樣子，成何體統？成何體統？」

原來是老爺安德佑正在徐氏房中商議家事，正擺著架子，安青雲卻不管不顧地鬧了進來，登時大怒。

徐氏這一下也慌了神，連忙斥道：「鬧什麼鬧？沒看見老爺在此，恁地沒規矩！」

安青雲雖在府中驕縱橫行，到底不敢在安德佑面前胡攪蠻纏，戰戰兢兢地跪下道：「女兒見過父親，父親萬安！」

「妳教的好女兒！」安德佑批了一句徐氏，這才對安青雲道：「妳今年也十三了，還這麼沒大沒小。有空多學學妳大姊，好好練練規矩，也省得將來讓人瞧見，說我們安家缺了管教！」

徐氏見說到了自己頭上，連忙跟著跪下道：「老爺說的是，妾身平日裡對這孩子管教得少了，以後定好好地教她規矩，還請老爺息怒！」

安德佑板著臉，重重哼了一句才道：「罷了，青雲妳說說，什麼事情鬧成這般模樣？」

安青雲本是憋了一肚子氣跑來，迎頭挨了安德佑一頓數落，聽著安德佑居然讓她去學安清悠，心裡更是不忿。見安德佑追問此事，心道父親在這裡正好，索性狠狠說她一頓，到時候爹娘這一輪大脾氣壓下來，讓妳這大小姐吃不了兜著走！

鬧是不敢鬧了，安青雲使勁擠眼睛，沒等開口，抽抽泣泣小聲哭了起來，「父親明鑒，女兒下午去二哥院子裡玩耍，卻看見大姊在那書房裡糾纏沈家哥哥……來我家借住的沈雲衣沈公子。沈公子被糾纏不過便要離去，大姊卻還是只顧纏著人家不放手。女兒看不過去，勸了兩句，卻被大姊好一頓毒罵，連著父親和母親也都罵進去了……」

邊哭邊講邊編造，安青雲把事情描繪成了安清悠不守婦道勾引沈雲衣，沈雲衣不堪其擾，自己剛巧撞見，卻被安清悠惡罵欺負云云。

安青雲哭哭啼啼地說完，徐氏一拍桌子，怒道：「反了反了，這還有家法嗎？這還有半點女孩兒家的樣子嗎？這個大小姐，需要好好收拾收拾才是！」

只是安青雲哭訴，徐氏發火，這屋子裡面卻沒有人回應，尤其是最能做主的大老爺安德佑，只是皺著眉頭道：「妳說清悠勾引沈家的大公子？」

安青雲連忙道：「正是！大姊她打扮得妖豔，跑到人家面前媚眼亂飛，還拉拉扯扯的，沈公子想躲都躲不開，她還……唉，我一個女兒家真是說不出口。」

屋內人人臉上都露出了奇怪的神色，大小姐深居簡出，平日出個小院兒的門都屬罕見，這時聽到她居然會出現在二公子院子裡已是不易，還大膽地去糾纏沈家公子？這事太過詭異，何況三小姐適才所言的「打扮得妖豔，跑到人家面前媚眼亂飛，還拉拉扯扯的」，怎麼看都像是說她自己。

安德佑也覺得此事匪夷所思，皺著眉頭問道：「今日在子良院中的人，除了妳，沈家公子和清悠，還有誰在場？」

這一下安青雲頓時語塞，安子良那書房是有下人伺候的，便是安子良自己也在場，知道事情真相的，確是有那麼幾個。

看著安德佑那意思，明顯是要訊問眾人了，她如何敢說？

安德佑見她默然不語，心下更是覺得可疑，當下一拍桌子道：「把今天下午二公子院子裡當值的僕從、書僮、婆子通通傳來，還有子良，讓他也速速過來！」

安德佑讓人去傳喚人的時候，安清悠自己正在靜坐沉思。

下午去了安子良的院子，回來後彭嬤嬤追問，安清悠自知這種事情想瞞也瞞不住，便不加隱瞞，原原本本將事情說了一遍。彭嬤嬤起初聽得眉頭緊皺，待聽到安清悠和沈雲衣詩句相對的時候，又不免驚詫。

待聽安清悠講完，彭嬤嬤慢慢地道：「那沈家這兩年情勢正盛，聽說這沈雲衣更是他家的嫡傳大公子，妳能在文句上不輸他，倒是出乎老婆子意料，妳既不願入宮，可是因為中意於他？」

安清悠白天對沈雲衣可是半點好感也沒有，萬萬沒想到彭嬤嬤會如此詢問，一急之下，脫口而出：「就憑他？」

彭嬤嬤一雙眼睛清楚得很，見安清悠這般說話神態，明白兩人的確是沒什麼瓜葛，不由得鬆了一口氣，口中卻是繼續說起安清悠今日的行事來：「妳既無心那沈家的公子，今日之事雖談不上好，卻也談不上壞。我讓妳去二公子的院子裡採花調香，一來是想看看妳這調香的手藝上到底還有什麼我不知道的，二來也是覺得二公子人雖不著調了些，卻不是什麼心胸狹隘之輩。讓妳練練與人相處之道，從他開始最是合適不過。」

「只是天地萬物，唯有這『人』最為難測。妳這站立坐走練得甚為扎實，打今兒起每晚練半個時辰站姿的功課可以免了，改為每天靜坐凝神，時間由妳自己定，好好想想自己每天與人相處之時有什麼是非功過。等妳有所悟了，我再與妳細細分說。」

安清悠垂手而立，輕聲道：「清悠必當修習不輟，有勞嬤嬤教誨了。」

靜坐凝神這等事情做來最易，卻也最難。安清悠獨自練習了一會兒，無數心事如潮水般湧來，怎麼也平靜不下來，忽然想起前世裡一個安神的法子來。

一縷細細的青煙成線狀升起，卻是一枚不久前剛製好的木香被點燃。

安清悠坐在這縷青煙之前，輕輕地吐著氣，不許自己把飄起的青煙吹亂了半點。

這等事比之繡花更要謹小慎微，卻是最能鍛鍊心性。

安清悠初時一呼一吸間，把這縷青煙帶亂，幸好她心智堅決，下了決心，反覆練習。很快的，細煙繚繞，滿屋飄香，再沒有一絲一毫的紊亂。

安清悠的心終於漸漸靜了下來……

安清悠在屋中靜坐，徐氏的院子裡卻正在處置今兒在安子良院子裡的事。

其院中的丫鬟婆子全都被叫到此處，未等問一聲好，安德佑張口便問：「妳們倒是說說，今天下午在二公子院子裡究竟發生了什麼事？」

安德佑疾言厲色地質問，一干丫鬟婆子並未太過恐懼，反而在思忖此事如何回答。

說起來安德佑做了幾十年散官，這手腕上卻著實沒什麼進展，而且徐氏和三小姐安青雲就在現場，雖有大概知道經過的人，又有哪個敢多言半句？

「回老爺話，小的只是在二公子房外伺候，這書房裡發生了什麼事，小的實不清楚……」

「回老爺話，小的雖是在二公子房內聽差，可是事發之時，小的正奉二公子之命出門去取東西……」

「回……回……咳咳……回老爺話，老奴從老太爺那時候就一直跟著老爺，老爺您是知道老奴的，雖然是在二公子書房內伺候，可是這年紀大了，耳朵也聾，眼睛也花，實是沒看明白當時發生了什麼……」

如是種種，一幫人說來說去，竟是一個比一個含糊，一個比一個說得沒營養。

安德佑氣得七竅生煙，大罵眾人飯桶之際，有丫鬟撩了簾子，安子良從外進來。

安子良單膝跪地，拱手道：「見過父親大人！見過母親大人！」

安德佑正氣得鬍子顫抖，當即問道：「子良，你來得正好，你來說說，今天下午你大姊和那沈家公子之間到底發生了什麼事？」

安子良聽得父親召喚，原以為是要考校自己功課，一路上忐忑不安地全是在想這事，聽得居然是問安清悠和沈雲衣的事情，一顆心驟然放了下來，也沒怎麼過大腦，脫口而出道：「大姊？大姊沒怎麼啊！哦，下午她來我院子裡採花做原料調香，遇見了沈公子，兩人話不投機，鬥嘴吵架來著。」

這話一說，徐氏和安青雲母女登時知道要糟，一前一後地使勁給安子良打著眼色，可安子良本就不機靈，又是一見安德佑便渾身發僵，對母女二人的眼色竟是全沒留意。

倒是安德佑眼角餘光看到了兩人，便罵道：「妳們這是得了眼病？沒事亂擠什麼眼睛？」徐氏母女有些犯傻，可是看著安德佑在此，又不能交代安子良什麼，焦急之意溢於言表。

安德佑看在眼裡，更覺得事有蹊蹺，緊追著安子良問道：「鬥嘴吵架？為了什麼鬥嘴吵架？你且從頭到尾，詳詳細細地說上一遍！」

安子良壓根兒就是個粗線條的人，見父親相問，便把下午的事情照實說了一遍，只是略去了自己做功課被沈雲衣戲弄的那一節。他可記牢了安清悠的提點，那「天上飛來一大坨」若是真說出來，那可大大不妙。

「這麼說，你大姊沒有濃妝豔抹的去勾引沈家公子了？」安德佑臉色黑得像是鍋底，話雖是問安子良，目光卻早已經看向了徐氏與安青雲母女。

「大姊勾引沈家公子？怎麼會？」安子良渾然沒有覺出此時的情勢，愣愣地說道：「我和沈公子日夜住在一個院子裡，大姊不過是來尋些調香的原料，和那沈公子卻是頭一次相見……哎，父親，您還別說，大姊沒勾引沈公子，沈公子倒是好像對大姊有那麼一點想法，臨走的時候還說自己的文句比不過大姊，頗有欣賞之意……」

安子良兀自喋喋不休，徐氏早已拉著安青雲噗通一聲跪倒在地。

安青雲嚇得六神無主，說不出話來，倒是徐氏神志還清明，搶先叩頭道：「老爺明鑒，青雲這孩子不懂事，偶爾犯點糊塗也是難免的，求老爺看在她年紀還小的分上，從輕責罰……」

「從輕從輕，都是妳從輕給慣的！」安德佑狠狠一拍桌子，大吼道：「小小年紀，就知道造謠誹謗中傷長姊，如此心術不正之輩，再長大點還得了？來人，給我打！」

老爺發話了，哪個又敢猶豫？自有兩個僕婦戰戰兢兢地過來，一個架住了安青雲的肩膀，另一個抬手便將巴掌抽在了她臉上。

說起來，這掌嘴的僕婦是徐氏的人，哪個又敢真打？不過是高高抬起，輕輕落下，可是安青雲被寵慣了，頭一次遇到這種事，沒打幾下，那哭聲已震天價響了起來，臉上胭脂水粉被眼淚打了個濕透，與花貓相似。

徐氏那邊亦是哭得要死要活，抱著安德佑的腿道：「老爺，青雲不過是不懂事，求老爺看在妾身的分上，就放過她這一回吧！」

安德佑此刻正在氣頭上，依他這種刻板的性子，哪能這麼輕易便停了處罰。徐氏也知如此，便轉向了安子良哭罵道：「你這個腦子糊塗的東西，平日不著調也就罷了，如今你妹妹挨了罰，連個情都不懂得求嗎？白生了你這個沒心肝的東西！」

安子良如夢初醒，連忙跟著求情，可是求來求去卻說不到點子上。

他雖是個渾人，卻有幾分血性，情急之下，索性跑到安青雲旁邊，一把推開那掌嘴的僕婦道：「父親，兒子雖不知道妹妹犯了什麼錯，但兒子既然是做哥哥的，求父親開恩，讓我替她挨了這罰吧！」

這一下女人哭男人叫，屋子裡登時亂成一團，安德佑狠狠拍了拍桌，無奈道：「爾等這般成什麼樣子？青雲，妳給我待在院子裡好生反省，夫人，妳也給她找個管教嬤嬤，給我在院子裡老老實實學規矩，今日之事便這樣了！」

徐氏這才收了眼淚，直呼：「多謝老爺，妾身一定好好管教雲兒，定不叫老爺失望。」

安德佑瞪著徐氏，狠狠地哼了一聲，忽然想起一件事來，轉頭向安子良問道：「你說那沈家公子對你大姊有意？」

安子良剛才說了一番實話，卻惹得這麼一個混亂局面出來，此刻安德佑再問，便有些不敢再說什麼肯定的事情了。腦子裡想著，嘴裡含含糊糊地道：「兒子也就是那麼一說，沈公子畢竟和大姊只是第一次見面，想是見大姊文采厲害，便有些好感而已。至於這有沒有什麼心意……兒子卻是不敢妄言了。」

「嗯……你說清悠的文采極佳？」安德佑微微沉吟，卻惹來徐氏和安青雲齊齊瞪向安子良。

這一次，安子良瞧見了這母女倆瞪過來的殺人眼色，連忙繼續含糊道：「是不是很厲害……這個兒子學問不夠，倒也說不太清楚，她不過是和沈公子對了好一陣詩句而已，至於是好是壞，那就不得而知了。」

徐氏聽得安子良說的話，氣得直欲昏過去。

安家與沈家本就是世交，彼此的情況互相都清楚得很，沈雲衣素有才名，更是被沈家重點培養的下一代。你說安清悠和沈雲衣對了半天詩句還旗鼓相當，這不比誇她還誇她？自己怎麼就生了這麼個憨兒子！

果然見安德佑踱了兩步，對安子良道：「那沈雲衣少年之時便有才子之名，更是沈家老太爺最疼愛的孫子，此次他赴京趕考，不少人看好他，便是你祖父也認為他大有前途，說要擇日見一見他。文句詩詞本是小道，聽說治經史習社論才是他的長項。你大姊能夠和他對上許久而不落下風，足見平時也是下了功夫的。你身為我安家長房的男丁，以後要多學學你大姊，勤加用功才是。」

徐氏母女在旁邊聽到安德佑又提起安清悠來，心裡極為不自在，極為不爽快，什麼叫羨慕嫉妒恨，這時候的徐氏母女就是羨慕嫉妒恨的活樣板。

提起功課，安子良登時又唯唯諾諾起來，忽見安德佑走了兩步，口中彷彿自言自語地輕聲道：「若是那沈公子真對清悠有意，倒也不錯……」

安德佑這句話一說出來，徐氏母女猶如五雷轟頂，真真被劈了個外焦裡嫩。

沈家這兩年勢頭極旺，對於安德佑而言，若是能讓沈雲衣變成自己的女婿，那在仕途上自是大有裨益。他雖然知道安青雲惦記沈雲衣許久，但左右都是女兒，安清悠和安青雲哪一個嫁到沈家去，對他而言還真沒有什麼不同。

關鍵是能嫁，而不是誰去嫁。

可是，做老爺的無所謂，做夫人的，尤其是繼室，可大有所謂了。

送走了安德佑，徐氏便如受驚了的兔子般衝了出來，點了一班自己的心腹僕婦婆子，馬不停蹄地殺往安清悠的院子而去。

讓人安神靜心的清香環繞之中，安清悠正沉下心思索之前的事情。

自己與沈雲衣對了些詩句，固是一時痛快了些，可事後這沈雲衣會如何想？

縱使他不是安家人，最多不過有些驚詫，但這等事情自然是瞞不過人的，像彭嬤嬤這般眼光辛辣之人已經有些懷疑……

說到底，自己不過是前世研究調香的古方時，對一些古書文籍生了興趣，和朋友在網路上談些詩詞對聯，沒事用搜索引擎，泡泡論壇什麼的……

今日能驚那沈雲衣一次，也是仗了此人借住安府後沒遇到什麼有文才之人的輕視之心。要講起這個年代所認同的「真才實學」來，自己怕是比沈雲衣這般從小泡在書山經海中的科舉專業戶差得太遠，以後這方面還需惡補一番才是。

今日院也出了，事也弄了出來，以後應該低調些。除了向父親請安外，還是繼續在院子裡跟著彭嬤嬤這等高手多學點東西才是正經，厚積薄發方是王道。

正思忖間，有人在門外急喚道：「大小姐，不好了，夫人那邊怒氣騰騰地殺過來了！」

安清悠開門一瞧，前來通風報信的居然是那管理院子的方嬤嬤。

這方嬤嬤幾番事經歷下來，既沒在安清悠這邊占上什麼便宜，也沒在徐氏那邊弄上什麼功勞，兩不討好之下，居然憋出了些活泛心思：徐氏那邊下人眾多，多她一個方嬤嬤少她一個方嬤嬤實是無所謂的事情，倒大小姐這邊沒人手，將來大小姐出嫁，便是夫人待她不喜，依著安家長房嫡女的地位，少不得也是一府的夫人，若是趁此時在大小姐旁邊謀個位子，將來隨大小姐出去的話……

每次看到那柳嬤嬤在夫人身邊的地位待遇，方嬤嬤就豔羨不已，同樣是夫人從娘家帶過來的，這人與人之間的差距怎麼就這麼大呢？

光羨慕眼紅無用，下注須趁早！

腦子裡有了這般念頭，這段日子，她對安清悠越發服貼起來。

這一日聽聞夫人房中出了事情，此刻正奔著大小姐院子而來，連忙搶著頭一個來通風報信，可是大小姐臉上卻瞧不出任何異狀，只波瀾不驚地道：「知道了，有勞方嬤嬤前來知會，多謝了。」

不過平平常常的一句謝，卻讓方嬤嬤又驚又喜，暗道這大小姐果然是個行事有章法的，自己只要盡心為她做事，跟著出府還真可能有門兒。

只是偷眼再瞧安清悠那從容的神色，又不禁暗自揣測，大小姐和沈家公子到底有事否？

不一會兒，徐氏帶了一干人等來到，甫進院子便怒吼道：「大小姐呢？讓她出來見我！」

安清悠不緊不慢地出了房，神色不變地向徐氏行了禮，輕聲道：「不知夫人駕臨，迎接來遲，還請夫人恕罪了。」

「哼，還知道來見禮？」徐氏哼了一聲，逕自帶人走進屋裡，在主位上坐下，二話不說便向安清悠道：「大小姐，今兒聽說妳威風得緊啊，妳可知錯？」

安清悠平淡地回道：「清悠不知有何過錯，引得夫人如此動怒？」

徐氏見她居然不服軟，心下怒氣更盛，恨恨道：「我就好生說道說道，也叫妳弄個明白！」

「大家閨秀，本應大門不出，二門不邁，在自己閨房中規矩生活。今日妳卻偏偏到了二公子院子去，如何不是錯？身為女子，當謹小慎微，嚴守婦道，妳不僅擅離院子，更在二公子院中勾引沈家公子，視我安家的聲名清譽為無物，如何又不是錯？」

雖聽方嬤嬤報信，有了些心理準備，但聽到徐氏這番話時，安清悠仍是微感訝異，哪裡又來了一齣自己勾引什麼沈家公子的話來？

猛地想起安青雲糾纏沈雲衣的事，心中暗暗好笑。

十有八九是那位三小姐既吃了飛醋又吃了憋，徐氏這是為親生女兒找場子來了。

再一想今天這事的種種，私底下又不禁替徐氏母女嘆息一聲。

自己本就不喜這種文士書生，對那沈雲衣又是全無好感，兩人根本就沒什麼瓜葛。倒是那安青雲小小年紀卻如此輕佻，不得沈雲衣喜歡，徐氏母女這讓安青雲嫁入沈家的念頭，怕是一廂情願了。

只是想歸想，依著安清悠的性子，自是無須去幫徐氏梳理種種。眼下對方殺上門來，顯是要給自己安上些無妄罪名，這卻是必要講個明白：「夫人明鑒，今日清悠到二弟院中，本就是彭嬤嬤指點採些花做調香的材料。彭嬤嬤曾言，說是進府受職之時，夫人答應過她，清悠在府中各處行走，皆由她所定。且她亦有言，若要入宮選秀，應多習與人相處之道，不知夫人今日又提起此事，清悠卻是錯在何處？難不成夫人是要反悔了不成？」

這話一說，徐氏登時語塞，可是她今日本就是為了找安清悠的麻煩而來，哪能輕易甘休？正待發作，忽然聽安清悠又道：「說起那沈家公子……」

這卻是重頭戲了，徐氏不由得把要發作的念頭嚥回了肚裡，等待安清悠的後話。

安清悠道：「說起那沈家公子，清悠謹守婦道，這段日子裡更是在自己院子裡盡心學規矩，與那沈家公子不過第一次見面，說了兩句文章詞句罷了，素昧平生，何來勾引一說？」

徐氏心知安清悠這話十有八九是真的，只是此時哪裡肯收手，兀自冷笑道：「好一個素昧平生，可這只是妳的一面之辭，若是誰做了什麼便說自己未曾做過，那還要家規何用？要這世上的諸般禮法何用？」

安清悠登時起了怒氣，聽徐氏這意思，倒似是要將這勾引沈雲衣的帽子硬扣在自己頭上。安清悠也不是吃素的，當下毫不客氣地冷聲道：「夫人這話說得重了，清悠問心無愧，有什麼不合禮法的地方了？我再怎麼說也是安家的長房嫡女，選秀之日臨近，若是因這些子虛烏有的事情壞了清譽，傳出去又置安家於何地？便是我那三妹，若是家人有了這般名聲，將來焉能嫁個好人家？卻不知是誰傳了這等話來，在夫人面前搬弄了是非，嘴巴都應該抽爛了她！」

這話一針見血，更是對安青雲意有所指。徐氏心裡咯噔一下，無論如何，安清悠都是安家的長房嫡女，若真是硬扣個不守婦道的罪名在她頭上，安家如何自處？自己的兒子女兒又要如何自處？尤其是選秀之事，宮裡又會怎麼看？

先前先入為主，聽得安青雲編造這勾引沈雲衣之事，便急欲將其坐實，可若真是栽贓成了，鬧出大事來，怕是老爺頭一個就饒不了自己，一個「治家無方」的罪名怎麼也逃不掉，更別說老爺這兩年又納了幾房妾室，天知道會不會有人藉此機會鬧出事來。

這話說到這裡，卻是有些左說左不是，右說右不是，一時間居然冷了場。

眾人沒了言語，大眼瞪小眼之間，徐氏忽然抬手給了站在旁邊的一個婆子一記耳光，口中罵道：「以後這般沒影的事情，少在我面前亂嚼舌根！若是有人敢再犯，小心我撕了她的嘴！」

說完轉頭便走，眾人連忙跟著魚貫而出。那婆子捂著臉，一頭霧水，自己這是招誰惹誰了？

安清悠知道這是徐氏隨手找了一個由頭好尋個臺階下，當下也不說破，只是中規中矩地行了個福禮，淡淡道：「恭送夫人。」

徐氏氣勢洶洶而來，卻是雷聲大雨點小，一番造作，被安清悠三言兩語化作了無形。

安清悠院子裡的一干婆子僕婦見夫人也對大小姐無可奈何，不由得對安清悠越發服貼起來。其中更有像方嬤嬤這般自認腦子活泛的，認為這事佐證了跟著大小姐果然大有前途，覺得自己眼光獨到，大有不凡之處。

徐氏回到自己屋中，怎麼想怎麼覺得這事太過棘手。

這安清悠人大心大，越發有了脾氣不說，原本是自己想將她送入宮為兒子做墊腳石，可是現在看來，這入宮選秀之事反倒成了對方的一件兵器，被安清悠用得潑水不進，密不透風，處處成了抵擋自己的擋箭牌。

「要不然，這入宮選秀的事情便算了，早些給她尋個人家嫁了便是！」彆扭了兩天，徐氏在自家房裡猛地憋出這麼一句話來。

旁邊的柳嬤嬤聽了大驚，連忙勸道：「夫人切莫意氣用事！這入宮選秀的事情已是早早就放了話出去，如今若是爭一時之氣說撤便撤，如何跟老爺交代？如何跟宮裡交代？又要如何跟這方方面面交代！」

柳嬤嬤說一句「如何交代」，徐氏這邊便氣餒了一分，心下煩躁道：「這也不是，那也不成，那妳說這麼辦？難道便看著那小妮子一天天脫了掌控不成？她可是我們長房的嫡女！」

柳嬤嬤這幾日也一直在想這些事，此刻聽徐氏問起，另有一番計較，「夫人，這大小姐固然是咱們長房的嫡女，夫人又何嘗不是安家的掌家人？說來說去，大小姐這幾日有了脾氣，歸根究柢還不是兩個香囊得了老爺的嘉許？還不是學得規矩對得文討了老爺的歡心？」

「以夫人的身分，總是這般和大小姐一個晚輩鬥，也是沒什麼意思。老爺的孩子又非大小姐一個，若是夫人的親生骨肉在老爺眼裡更有分量的話，大小姐又算得了什麼？還不是夫人要搓圓便圓，要捏扁便扁？到時候是入宮選秀，還是送出去嫁人，不就是夫人您的一句話嗎？」

這話確是切中要害，徐氏眼睛一亮道：「那妳的意思是說……青雲？」

柳嬤嬤點頭道：「夫人說的正是，這一次三小姐雖是挨了老爺責罵，圈在自己房裡學規矩，可也未嘗不是一個機會。若是能把三小姐調教得更加出色，還怕得不到老爺歡心？到時候莫說什麼沈家公子，依著安家的門第，便是尋一門更好的親事又有何難？此事對三小姐亦是好事，如此一石二鳥，夫人還有什麼可煩心的呢？」

一席話直說得徐氏豁然開朗，她畢竟是這安府的掌家夫人，所有銀錢調撥、事物置辦，俱由她決斷。安清悠有什麼，自己便給女兒備上什麼更好的，安清悠沒有的，自己調動安府種種，同樣可以為女兒備上。

如是這般下來，不怕拿不出一個比大小姐更強的三小姐。到時候，老爺高興，女兒提氣，自己舒坦，至於這安清悠，依舊不過是個給自己兒女鋪路的墊腳石的命。

既定了推安青雲出來和安清悠打擂臺，徐氏說動便動，一邊派人去尋一個比彭嬤嬤更有本事的教習嬤嬤，一邊開始增加安青雲院子裡的諸般物事，雷厲風行之下，倒是沒有半點拖泥帶水。

只是，這學習之道，未必是花錢堆資源就一定有好結果的。

安青雲本就浮躁輕佻，要她靜下心來學規矩習禮法，談何容易？

終日不是弄出這事便是弄出那事，直讓徐氏脾氣越發暴躁，安德佑遇了也是心中不喜，反倒有事沒事往那幾房侍妾房裡多跑了幾趟。

徐氏也是發了狠，拿出自己當年從侍妾熬成繼室的勁頭，誓要拿出一個更好的女兒來，狠狠操練之下，直讓這位驕縱成性的安青雲叫苦萬分。

徐氏那邊折騰，安清悠這段日子裡卻是頗為清靜。

自從彭嬤嬤提點了「凝神靜坐」，安清悠便開始練習這收斂心神之道。

每日練習不輟，慢慢的不僅能夠迅速集中注意力，養氣的功夫更是提升了許多。如今的氣質越發沉穩端莊，隨隨便便往那裡一站，自有渾然天成的世家閨秀之感。

彭嬤嬤對此極為滿意，可是安清悠並不滿足，知這古時女子「知書達理」中的「書」可不全是自己前世所好的那一點詩詞小文句，便開始在四書五經上狠狠地下功夫。

安清悠本是現代人，前世雖然不像古代的書生們整日泡在文章典籍裡，但生平所受的教育，生長所處的環境，卻比古人多了不知道多少年的不同見識。此刻與經義之學的種種論點相互驗證，已不是彭嬤嬤所能教得了的。偶爾提出一些古人未曾聞過的新奇之論，倒讓彭嬤嬤覺得這大小姐高深莫測，甚至眼界大開。

而對父親安德佑那邊，安清悠知道眼下正是微妙時刻，反而低調了許多，只是隔些時日去到安德佑的書房換香，也不多打擾，請個安便走。她所用的材料雖然普通，但調香的手藝揉合現代的技巧，放在大梁國這時候，便是高明之作。

安德佑每日有各類香物養著，舒舒服服地養成了習慣，若是幾天不熏安清悠調製之香，反倒覺得渾身上下不自在，對於安清悠多有讚許起來。

這一日，安清悠又為父親換了香，正要告退時，下人來報，說是四老爺安德峰來了。

「四弟？他來做什麼？」安德佑微微皺眉，似乎對這位四弟的來訪並沒有什麼高興之意。不過人既是來了，卻還是請了相見。

說話間，四老爺安德峰已經來到了書房。

四老爺安德峰是安老太爺最小的兒子，雖是庶出，但無論是學問文采，還是做官的本事，都比安德佑好多了。

這兩年，安德峰更是做了戶部鹽運司的郎中副司官，雖然和安德佑同是五品，但那鹽運司平日裡過手銀子鹽引無數，和安德佑這等禮部散官自然是大大的不同，乃是一等一的實缺。在安老太爺的眼裡，安德峰的地位越發重要起來。

「幾日不見，大哥的精神依舊是這麼好，弟弟給大哥請安了！」安德峰中氣極足地長笑，他畢竟是庶子，雖然混得比安德佑強上不少，但見了長房嫡兄，這禮還是要行的。

安清悠留了神，這位四叔父進房後的一言一行，熟練得沒有半點不自然，顯然是個經常在場面上行走的精明人，卻不知來自家有什麼事情。

只是長輩交談，自己一個女孩兒家不便留著，向父親和四叔父行完禮，便向外走去。才走到書房門外，安德峰的半句話語斷斷續續飄進了耳朵：「父親他老人家說了……讓大哥你……」

模模糊糊之間，安清悠只聽到了這麼隻字片語，似乎和安家的老太爺安瀚池有關，卻是不敢停留，快步走回了自己院子。

「四弟是說，父親想見一見沈家大公子？」書房之中，安德佑聽了安德峰的話，問道。

「大哥說的不錯，父親正是這個意思。」安德峰繼續說道：「那沈家大公子素有才名，家世背景更是厚實，此次上京赴考有不少人看好，我們安家本就與沈家是世交，父親近日欲見那沈雲衣，也是有提點之意，到時候不論沈雲衣中與不中，中個什麼名次……有這一次提點，這份人情沈家都算是欠下了！」

安德峰說起安老太爺來，言語中的嚮往溢於言表，顯是十分欽佩父親隨手一撥便握住了全局的手段，可是這些話聽在安德佑心裡，卻是另一番滋味。

沈雲衣住在自己家，若說有什麼安排，也當先通知自己才是，怎麼反倒是老四來告訴自己？難不成老爺子準備讓老四主持這與沈家打交道的事情？老太爺既然已經發下話來，那便是無可更改，他這做兒子的也只有聽著的份。

安德佑無奈道：「父親這般定了，回頭我便向沈家公子說說便是了，卻不知父親想在何時何地見那沈家公子？我倒想帶著子良、子墨這兩個兒子同去，他們也不小了，能得父親指點一二，也是他們的造化。」

安德峰聞言一愣，隨即笑道：「父親原定著下個月初一，我那邊新起了一處園子，風景雅致，便向父親討了這個事兒來。只是，大哥，您那兩個兒子……呵呵，不是四弟我多嘴，您要是真帶了他們去，不怕被老太爺考校功課嗎？」

安德佑說要帶兩個兒子同去，本是沒話找話充個過場，沒料想安德峰順著話頭接上來，言下之意卻是再清楚不過——老太爺要見的是沈家公子，你那兩個兒子文不成武不就，就算去了，也是丟人現眼的找罵！

安德峰這幾年官運亨通，家裡也是頗為爭氣，兒子安子基從小便因功課好而時常得老太爺的賞，年僅十二，卻已是有了秀才功名。

安德峰每每與人提起，無不得意洋洋，此刻偏又說起安德佑的兩個兒子不成器的事情來，那瞧不起的意思，再明顯不過。

安德佑心裡的火騰一下就冒了起來，心說這與沈家來往本是我長房的事，你安德峰這兩年混得好了，想在仕途上竄一竄，我又何嘗不想在仕途上竄一竄？明擺著見沈家勢頭好了想搶這人脈也就罷了，居然還擠兌我兩個兒子！

安德佑本就與這庶出的四弟關係普通，這兩年見他混得好了，心裡更是不平衡。此刻越想越是氣忿，下意識把安清悠送的香囊在鼻子前面一嗅，一股清香撲鼻而來之際，靈機一動，突然冒出一句話來：「四弟，你這麼一提，我倒想起來有多時未在父親面前盡孝，說起來真是我這做大哥的不是，慚愧慚愧！這樣吧，你那邊也別忙活了，到時候大哥弄上一桌席面，將父親請來好好喝點酒，看上兩齣戲，連著那沈家公子也見了，這不是兩全其美？你這做弟弟的，可不許和大哥搶啊！」

安德峰聽他如此說辭，暗自後悔，心想就這位大哥那兩個不成器的兒子，他要帶著丟人是他的事情，我提起這事做什麼？那沈雲衣本就在他府上借住，偏這一下還惹得安德佑擺出了長子長房的架子，硬要請老太爺到他府上來，這可如何是好？

安德峰這番舉動固然是想結交沈家，更多是想在老太爺面前展現他的水準，好讓安家給他更大的支持。聽得安德佑說出這話來，知道硬爭還真爭不過他，微一沉吟，又想出了另一番說辭來：「大哥說笑了，大哥既要盡孝，我這做弟弟的如何敢爭？只是，我想咱們各房兄弟也有些日子沒走動了，趁著這個機會，索性將各房的兄弟們找來，聚在一起樂呵樂呵，豈非更好？」

安德佑神色一變，沒想到這四弟打蛇隨棍上，臉皮如此之厚，只是先前的姿態已然做足，此時若是退了，反倒顯得自己小氣。他本是死要面子之人，此時只得硬著頭皮道：「如此甚好，甚好，說起來咱們兄弟幾個也是多時沒聚了……」

安德峰心裡冷笑，你安德佑既然要出這個頭，我便索性讓你出個夠！到時候你那兩個兒子在眾人面前丟人現眼，我看你這長房大哥怎麼收這個場？回頭與沈家來往也好，得安家支持也罷，還不是落在我這四房身上？

他盤算既定，當下也再爭誰來主事的虛頭，與安德佑聊了些沒營養的話兒，過不多時，便起身告辭。安德佑送走了這位四弟，自己卻頭疼起來。

長房這幾年本已是空架子，要搞這各房齊聚的事徒增花銷不說，要是老太爺真考校起自家兩個兒子的功課，豈不成了自己花錢在眾人面前打自己的臉？

頭疼歸頭疼，還是得派人去叫了徐氏來，將適才與安德峰商議的事情說了，讓她趕快把諸般採買籌辦的事情安排下去。而徐氏一聽居然是這等事，也是頭腦發脹，別的不說，老爺想要搞得風光體面，便要花一大筆銀子。

安德佑可是沒功夫為銀子操心，話既然已經發了出去，自然得去跟父親說上一番。

安老太爺雖然年事已高，但是薑桂之性，老而彌辣，若只是打發個下人去請，不惹得他大發一頓脾氣才怪。

安德佑草草交代幾句，一拍屁股出了門。

徐氏一時心疼銀子，一時又想著各家各房齊聚府上，自己那兩個兒子怎麼拿得出手？一個人嘟囔了半天，這該做的還是得做，正要支銀子打發下人幹活，卻又想起另外一樁事來，便喚過一個安德佑書房中的下人問道：「剛才老爺和四老爺說話之時，可有旁人在場？」

那下人見徐氏問起，卻也不敢謊報，想了一想才道：「老爺和四老爺說話之時，小的們不敢亂聽，皆在堂下伺候著，倒是四老爺剛來的時候，大小姐正在為老爺換香料。不過也沒待多久，四老爺前腳進屋，大小姐後腳就走了。」

這下人說得肯定，徐氏心裡卻是驚疑不已。

真是怕什麼來什麼，難不成安清悠又摻和了進來？這位大小姐人大心大，成長的速度更是驚人，近日越發讓徐氏覺得棘手。讓她得了老爺的歡心已是失策，眼瞅著老太爺不日就要來府上，若她再在老太爺或是別的什麼人面前討了喜，那可越是難以收拾了。

左思右想一番，徐氏狠心拿定了主意：管妳這大小姐聽得些什麼，總之，老太爺來府裡的日子，不讓妳在眾人面前露臉便是！

肆之章 ● 初試驚才絕豔

安德佑要辦各房齊聚的宴席瞞不住人，諸般採買的瑣事讓下人們忙碌起來，安清悠卻是早早就從方嬤嬤那裡聽到不少消息。

這段日子裡練習靜坐沉思，安清悠分析後宅之事的心思又長進了幾分。將各類消息串聯起來一琢磨，不免有些為父親嘆息，這所謂的各房聚宴，十有八九是要長房掏錢買力氣，最終還不一定討得好。

不過，以安清悠如今的地位，說不上話也插不上手，她自己也不願意摻和，倒是徐氏那邊對她極為防範，當日定了這事，隔天徐氏便來她的院子裡走了一遭。

徐氏前來的目的只有一個，便是在各房齊聚之日，不讓安清悠在眾人面前出現。於是，硬生生編出個理由來，說下個月初二宮裡有人來談選秀之事，要考校安清悠的規矩，讓她候著不得走動，便在後宅那小小院子裡禁足了。

安清悠見徐氏緊張兮兮地故作姿態，心裡暗暗好笑。

什麼宮裡有人來？擺明了是徐氏怕自己又得了安家別的什麼人稱讚而編出的藉口罷了，到時候自己禁足一日，她這位當家夫人輕飄飄一句宮裡的人又改了日子，便能不著痕跡地隔離自己。

不過，安清悠本不愛逢迎邀寵，徐氏不想讓她見安家其他人，她也懶得在這種事情上鑽營。當下也不說破，乾脆地應了徐氏的話，留在院子裡勤練規矩，苦讀詩書。說到底，自己掌握的本事夠多才是王道。

徐氏見安清悠並無異狀，總算鬆了一口氣，一方面加派人手去盯著安清悠的院子，一方面緊鑼密鼓地操辦起宴席的事來。

眾人忙碌之間，不知不覺到了開宴之日。

這一天，安府的長房宅子極是熱鬧，安家四房齊聚於此，長房老爺安德佑身為禮部制司郎中，對這場面之事最為講究。此刻，他一身錦緞團繡袍，於正廳主位正襟危坐，兩旁僕從齊齊排列，中門大開，等著各房親戚上門。

最先到來的是三房老爺安德成，這位三老爺學問一般，卻也是正正經經科舉出身，當年更是因機緣巧合得到了皇帝的賞識，外放過一任學道，現任刑部議訟司的正印堂官。

那是正四品的實授，雖說安德成對仕途不似其他兄弟那般狂熱，但是幾個兄弟之中，倒是他品級最高。

安德成和安德佑是一母所生，關係最為親密。安德佑親至中門迎接，安德成那邊亦是隔得老遠就抱拳行禮，高聲道：「大哥，三弟向你請安來啦！」

兄弟相見，自是一番親熱，忽聽得門房又是一番通傳，卻是二房老爺安德經與四房老爺安德峰連袂而至。

二老爺安德經人如其名，一門心思埋頭作學問，如今雖然成了翰林院的翰林，但是這五品官做得比安德佑還要清水衙門。

各房的男人們碰到了一起，各自行禮不提。等了許久，才又聽得門口鼓樂齊響，安家如今的現任族長，大梁國的左都御史安瀚池安老太爺終於露面。

安瀚池如今年近七旬，精神卻是極好，今日見四個兒子齊聚，他亦是滿臉喜氣，笑咪咪地看著四個兒子。多年的官宦生涯讓他自有城府，但此刻卻表現得像與兒子們歡聚的普通老頭兒。

安德佑、安德經、安德成和安德峰齊齊行禮，拱手道：「兒子見過父親，父親萬安！」

安老太爺哈哈大笑，揮了揮手道：「免了免了，你們幾個也都是幾十歲的人了，今日既是家宴，便不講那麼多禮數，大夥兒舒服就好！」

眾人進得廳來，早有長房設下的若干席面備就。

四房老爺攜了各自的夫人，在首桌落座，安老太爺居於首席。院中備了戲臺和雜耍班子，吹鼓手奏起樂來。

眾人難得相聚，桌上聊些朝堂軼事、各房家務，吃酒看戲之間，其樂融融。酒過三巡，安老太爺問起了沈家的大公子沈雲衣。

這一日，名義上是安府家宴，沈雲衣雖知安老太爺要見他，但未得通傳不得登這花廳，此刻安老太爺問起，便有人帶他過來。

沈雲衣掃了一眼廳內各桌，見安子良、安青雲等人皆在座，獨獨少了安清悠，心裡不知怎地，有些莫名的失落感。

不過，沈雲衣心裡雖有些異動，面上禮數卻是絲毫不差，深深作揖，朗聲道：「晚輩沈雲衣，見過安老太爺，見過各位伯父叔父！」

安老太爺見這沈雲衣舉止有度，一表人才，當下便有幾分喜歡，呵呵笑道：「免了免了，老夫與你祖父是同年進士，又是多年至交，你在老夫眼裡便像自家的侄孫。來人，給沈家公子在我這桌添個位子。」

沈雲衣連忙道：「承蒙老太爺厚愛，這首桌本是長輩所在，雲衣再狂妄，也不敢行那逾矩之事，晚輩在下首桌落座也就是了。」

安老太爺見他行止有禮，心中更是喜歡，堅持要他坐在首桌。沈雲衣推辭不過，只得在首桌的末座坐下。

眾人又吃得幾杯酒，安老太爺提起科考的事情來，逕自向沈雲衣問道：「你少年成名，這次赴考各方看好你，都說你是近年難得一見的俊傑，卻不知你自己的志向又是如何？」

這本是題中應有之意，沈雲衣早有準備，連忙答道：「老太爺過譽了，您是經論學之大家，晚輩哪裡敢在您的面前自專？又哪裡敢稱什麼俊傑？區區虛名不過浮雲，多半還是借了家裡的庇蔭。此次赴京趕考，強手如雲，成與不成皆是皇上恩典，晚輩必將竭盡全力，至不濟也須搏個傳臚之身，方才不負家中教導，不負長輩們的提攜。」

按大梁國制，這參加科舉之人若是中了功名，又分三甲各等。一甲三人，即是俗稱的狀元、榜眼、探花；二甲九十九人，其中二甲的頭名叫做「傳臚」，稱「進士出身」，三甲其餘考中者，稱「同進士出身」。

沈雲衣言中所謂的「傳臚」，按照彼時讀書人的話說，就是自己的目標起碼要中個進士之意，這種回答既不顯得狂妄自大，又不顯得缺乏信心，規規矩矩的中庸之道。

沈雲衣擅長的正是經論之道，與安老太爺頗為相合，言語中又捎帶著捧了一下安老太爺在這方面的學問名聲，正是穩中而求進取的應對了。

安老太爺的經論之學，在大梁國中數一數二，生平最是以此自傲，沈雲衣這一捧，恰到好處。安老太爺笑了一下，又故作漫不經心般的隨口道：「有朋自遠方來，不亦說乎？何解？」

沈雲衣微微一怔，雖然知道今天安府的聚宴必然會出題考自己，卻沒想到出了這麼簡單的題目。「有朋自遠方來，不亦說乎？」乃是《論語》之中最簡單入門的幾句之一，莫說自己是志在金榜之人，便是那剛剛入學啟蒙的童生也能解得出來，這又是什麼意思？

心中雖然疑惑，沈雲衣卻不敢掉以輕心，畢竟這位安老太爺治經之名垂譽三十年，眼前這考校雖是再簡單不過，又豈能視作兒戲？當下恭恭敬敬地站起身來道：「此言出自《論語》的《學而》，聖人所言之意乃是，有志同道合的朋友從遠方來，豈不是很快樂嗎？」

「那麼，如果從遠方來的不是朋友，又當如何呢？」安老太爺漸漸嚴肅起來，盯著沈雲衣，慢慢地問道。

沈雲衣心中一凜，知道這才是正題之所在。從遠方來的不是朋友，那又是什麼人？再看一眼坐在上首的安老太爺，見他面色肅然，正襟危坐之間，自有一股在上位者的氣勢散發出來，讓人不敢直視。

這才是那個在朝堂上代天子查驗百官，總掌朝綱整肅的左都御史！原本的老眼昏花，眼神一變，剎那間竟已鋒銳如刀。

這一場聚宴中的首桌眾人不約而同停了杯中酒餐上箸，齊齊向沈雲衣看來。

卻見沈雲衣思忖半晌，沉聲道：「聖人之道，以禮為先。來的若不是朋友，便各色人等皆有可能。我當省自家之禮，再修自家之力。隨後聽其言，觀其行，看這從遠方所來之人是否以禮待我，若是與禮相合，自是『力能救則救之』，若是與禮不合，則是『力能討則討之』，如此方合聖人之道。」

坐在首桌的安家各房老爺皆是科舉場上的過來人，知道這「力能救則救之，力能討則討之」亦是聖人之言。沈雲衣以聖人之言對答論語，短短兩句話裡便包含了禮、省、修、視、拯、伐等諸般儒家之言，又先顧自身禮法和力量，暗喻「修身齊家治國平天下」之道的意思，不禁皆暗暗喝采。

安老太爺不知什麼時候又變成了那個笑咪咪的小老頭兒，樂呵呵地道：「好！不愧是我那沈賢兄的嫡孫！這等詩書教化，哪是那些北疆的胡虜們可比的？若參加此次秋闈的士子們都是這般，我大梁何愁不興？便是當今皇上也能多睡幾個好覺了。」

這幾句話看似全無關聯，沈雲衣卻登時心中雪亮。

大梁國近百餘年來，邊疆不靖，北方更有北胡諸部時常劫掠，九年前更是叩關直逼千里，逼得大梁不得不送了皇帝最寵愛的雲秀公主出去和親。

近年來，皇帝勵精圖治，大梁國力多提升，北疆用兵一事在朝堂中爭論頗多，適才沈雲衣如此作答，心中已經隱隱想到，安老太爺如此說，那更是明明白白提點他本輪秋闈的出題方向與此有關了。

這平平淡淡的一句論語，卻含著如此深意，沈雲衣佩服，當下一揖到底，由衷謝道：「承蒙老太爺指點迷津，晚輩銘感五內！」

安老太爺笑呵呵地道：「罷了罷了，家宴上閒扯兩句，又談得上是什麼指點？倒是你這年輕人處事進退有據，我安家的小輩要向你多學學才是！」

沈雲衣連稱不敢，安家的各房老爺們兒卻各自品著心思，雖不是準確的考題，但這樣一個事關科舉的大方向出來，卻是天大的消息。

仕途財途，朝廷官場，能夠如何把這消息用得好，那是各人的本事了。

四房老爺安德峰腦子轉得最快，眼見正經事情做完，便想著將自家孩子功課拿出來顯擺，也在眾人面前踩一踩老大的兩個兒子，在老太爺面前出出風頭，當下便笑道：「父親在學問上的造詣，兒子們自是拍馬也趕不上，只是沈世伯家的晚輩今日得了指點，咱們安家的子孫也還得父親多點撥幾下才是，不然這些娃娃們可要埋怨我們這幾個當爹的不給他們機會了！」

安老太爺笑罵道：「好你個老四，你們哥兒幾個之中，偏你是最不肯吃虧的！罷了，今兒既是高興，便查查孩子們的功課，都過來吧，也省得說我這做爺爺的偏心！」

這話一說，下首桌安家各房的小輩立刻跑過來跪了一地，紛紛言道：「孫兒請祖父指點。」

四老爺安德峰的夫人藍氏眼睛刁得很，看看長房的晚輩們裡面少了人，立時夫唱婦隨地挑起了事兒道：「長房的孩子們似缺了誰？是了，可是清悠那閨女不在？怎麼今兒老太爺來了，也不出來見個面請個安？」

徐氏早有準備，陪著笑說道：「這些日子府中商議著要把大小姐送去選秀，宮裡的規矩大，清悠年紀小又不懂事，要緊著練些規矩。她身子弱，前些日子練得辛苦，索性就讓她歇著了。她一個女孩子家的，今兒上什麼檯面？」

藍氏卻是嘴裡不饒人，輕笑道：「大小姐怎麼說也是趙尚書家姊姊的骨肉，正經夫人生的嫡長女反倒少了規矩，這倒是個奇事了。我看青雲那孩子年紀更小，怎麼反而在這廳上坐著？大嫂這是有心了，只可惜我那清悠侄女啊，怎麼就成了個上不得檯面的？」

徐氏侍妾出身，雖是爬到了繼室，但在安家這等規矩等級極嚴的大家族場合時，終究沒什麼地位。本是長子長房夫人，卻不得不坐在女眷一側排名最後的椅子上。

那藍氏母家亦是大族，與安家門當戶對，此刻話裡直指徐氏打壓嫡女，讓徐氏尷尬不已。女眷們礙於大老爺們兒在場，只敢竊竊私語。

安老太爺也沒在意，掃視了一眼第三代的孫子輩們，見功名最高的只是兩個秀才，竟連一個舉人也沒有。此次秋闈之試自己指點沈家後代，安家卻連個有參加資格的也無，不由得有些意興闌珊，隨口道：「今日闔家歡聚，是我安家的天倫樂事，爾等已入府試以上者，便以這『樂』字為題，作些詩文來聽聽。年紀小，沒入功名的，各自寫一幅字，讓祖父看看你們的書法。」

這話一說，沒入功名的孩子們便開始提筆寫起字來。那邊已入府試的幾個，卻都看向安子良，他是長房長孫，按長幼次序，他不應題，別人亦不好開口。安子良卻是苦思冥想，就是作不出半句詩文來。

安德佑極為尷尬，他在出頭辦這席面之時早已交代安子良多做準備，徐氏更是找槍手給他弄了些詩詞文章背了應急，可安老太爺是即興出題，誰能押得那麼準？先前準備的幾份槍稿竟是一份也沒用上。

安德峰在那裡看著安德佑父子的窘態，越看越是開心。他讓出了置辦家宴的主辦身分，等的便是這一刻。當下給自家兒子打了個眼色，要他出頭應題。

安德峰的兒子安子基年方十二，卻是個有點墨水的，見父親示意，便搶著應道：「祖父大人，孫兒適才斟酌這樂字，略有所想，不知可答否？」

安老太爺最重長幼之道，可是長房長孫安子良實在答不出來，不能讓這一大家子這麼憋著，心下惱怒，看了神色尷尬的安德佑一眼，終是言道：「罷了，你既已有腹稿，便先說也就是了！」

安子基抖擻精神道：「祖孫逢盛世，父子聚正堂。吉兆有欣喜，祥事共歡暢。」

這一首五言做得四平八穩，每句頭一字更是暗合「祖父吉祥」。眾人紛紛捧場說好，安老太爺點了點頭，賞！

安德峰洋洋得意，自家兒子果是中了個頭彩，又在老太爺面前把長房比了下去。此後亦有幾房晚輩作了些詩文來，也各自得了老太爺的賞。待得更小一些的孩子也將寫好的字交了上去領了賞後，沒應題的只剩下安子良一個了。

安德峰越發高興，口中更是擠兌道：「子良大侄子既是沉吟斟酌了這許久，想來所作詩文自是極佳的，只是，天色已晚，可別讓我們這些做長輩的等得太過心焦啊！」

自從知道老太爺要到府上，安子良就沒睡過一晚踏實覺。雖是硬背了幾篇槍手作的文，卻也知道這押題之事全憑天數。去找沈雲衣請教有沒有什麼訣竅，這位沈家公子卻只告訴他多下苦功，可是這詩書文章的功夫，又哪裡是短短幾天能長起來的？

忐忑之間，忽然想起大姊安清悠與沈雲衣對文多時卻不落下風，忙去尋些救命招數。

安清悠架不住他一口一個大姊救命的求情，到底是教了他一個小法子：「若實在答不出，就使勁地誇讚朝廷，頌揚皇上。不管那題目是什麼，只要掌握住這兩條，便是受罰也是輕的！」

這古時現世，說當權者的好話向來是明哲保身的不二法門。安子良聞得此言，原也沒什麼感覺，事到臨頭，憋得滿頭大汗，倒想起了安清悠所教的法子來。

罷罷罷！是福不是禍，是禍躲不過，左右作不出東西來，不如試試大姊教的法子！

安子良一咬牙，朝著安老太爺磕了個響頭，發狠道：「各位長輩且莫催促，孫兒這就應題！」

聽得安子良要應題，安德峰撫掌大笑道：「子良賢侄乃是我安家第三代中的後起之秀，學問上自是深得大哥真傳，想來所作詩文必是佳句！快快道來，也讓叔父們一同品評品評！」

安子良當真算不上什麼後起之秀，安德峰這一下卻是連安德佑和長房一起擠兌了進去。

安德佑偷眼瞧了瞧安老太爺，只見父親臉上陰沉得像是黑鍋底，又聽安德峰還要讓各房老爺們兒品評安子良的詩文，不禁暗暗長嘆，長房這次怕是要在眾人面前栽跟頭了。

卻見安子良思忖一會兒，緩緩張口說道：「朝廷恩典特別多。」

這話一出，廳裡頓時一片寂靜。

這也叫詩句？用詞白得像說話一般，倒和打油詩有幾分相似。只是，讚美朝廷恩典特別多，誰又敢站出來說不對？

安德峰的笑意驟然凝滯在臉上，要眾人品評這話是他說的，可這句要怎麼評？

偏生那邊安子良是個粗線條死腦筋的，說了一句便不往下講，愣愣地望著安德峰問道：「四叔父，您看侄兒這開頭還使得否？」

安德佑心裡大樂，兒子這開頭固然白得像是打油詩，好歹湊齊了七個字，倒是有些七言開頭的味兒，總比交了白卷強一點。

你安德峰不是要品評嗎？且看你怎麼評這「朝廷恩典特別多」？

安德峰僵在了那裡，這麼一句讓自己評……這要怎麼品？怎麼評？

所幸安德峰為官多年，應變的本事快，直接轉移視線，把事情推給身邊的三弟安德成道：「三哥，你看大侄子這句如何？」

安德成是個實誠人，卻不會像安德峰一般搞些移花接木的名堂。他在刑部做了多年的衙門官，一套大梁律法卻是滾瓜爛熟全在腦子裡。

大梁國對讀書人管得極嚴，朝廷恩典特別多這麼一句，誰敢講不對？那立時便坐實了說朝廷寡恩的口實，成了私下妄議朝政誹謗朝廷之罪？那是要革去功名，永不錄用的！

再一看安老太爺這臉色越發黑了，心說咱家老太爺是左都御史，幹的便是代天子查驗百官的差事，我若說這句開頭哪裡不好，此時人多口雜，一旦傳了出去，是說咱們安家家門不靖，還是讓咱爹老子參兒子一本？

你老四想壓大哥一頭是你的事情，拉上我做什麼？你……你評不出來，難道我就評得出來？

當下安德成含含糊糊地道：「嗯……嗯……這子良年紀還小，這開頭一句嘛……這個、這個……尚可……尚可！」

安德成這兒沒話找話地趕緊描補，不說好也不說壞，就說一句尚可，又緊著說安子良年紀還小，反正是年紀小了，做些什麼也是小孩子的事嘛！

安子良聽得三叔父說自己尚可，猛地精神一振，暗道大姊所教的法子果然有用，可是他肚子裡墨水有限，第二句作不上來了，轉念一想，你們不是說我這第一句朝廷恩典特別多尚可嗎？我接著用！

「朝廷恩典特別多，就是多！就是多！就是就是就是多！」

這第二句直接不是七個字了，連打油詩都算不上。

安子良說完趕緊再琢磨下一句，眼睛卻是直勾勾地看著四叔父，那意思是您接著評？

安德峰心裡氣啊，心說你弄出一句朝廷恩典特別多也就罷了，別多個沒完啊，這讓我怎麼評？

怎麼評我都落得不是，還得接著往外推。抬頭看向安德經，堆著笑道：「二哥，您說呢？」

安德經是個書呆子，翰林做久了，腦子有點不靈光，一聽安子良這兩句，心說這都什麼亂七八糟，直接便講：「大侄子這兩句，自是大大的不……」

他本想說大大的不妥，其夫人劉氏卻是學問之家出來的精細人，一聽到二老爺要說不妥，登時急了，心說你這呆子，沒看著人家三老爺都尚可了，給自家添什麼麻煩？這一急之下，也管不得什麼婦道人家插話缺了禮數，搶著道：「老爺這話說得甚是，大侄子這兩句，大大的不錯！」

安德經猶自不覺，口中仍道：「不是，我不是說不錯，我是說……」

劉氏大急，這攔著還攔不住了？又沒法說得太明白，只好使勁兒給旁邊的三老爺打眼色。

安德成一想，咱都是安家人，二哥要是弄出來個妄言朝政、誹謗朝廷的罪過來，誰都不好看，當下拽住安德經的袖子道：「來來來，二哥喝酒！這大梁律法嚴明，才有了如今的太平盛世，喝喝喝……」

安德經不過讀書讀得呆了點，到底不是傻子，一聽三弟這「律法嚴明」四個字，瞬間反應過來。連忙道：「我不是說不錯，是說不……不妨聽大侄子的下句，這一句亦是……亦是尚可！尚可！」

又是尚可，敢情這麼幹真的行？

安子良精神大振，腦子彷彿也轉得快了許多，直接蹦出幾句來：「天子聖明一大車，一大車！一大車！一車一車又一車！」

這麼一說，首席上的人再次大眼瞪小眼。

這一次，安子良不說朝廷了，改說皇上了。

若要挑毛病，連個才入學的童生都知道有毛病，可大家都在朝堂上打滾的人，誰敢說皇上不聖明？這是罵皇上是昏君不成？這叫大不敬！往輕裡，說直接流放三千里，往重裡說，直接砍頭都沒二話！

安子良這兩句一說完，又是直勾勾地看著安德峰，等著他品評。

安德峰氣得嘴都歪了。

行！大侄子，你跟四叔卯上了是不是？怎麼就盯著我一個人看？這時候他倒沒想讓眾人品評是他出的主意，腦子裡轉來轉去，這評什麼評啊，您當這是我那鹽運司運鹽啊？一車一車又一車都上來了！

他當然不敢說皇上不聖明，還得往外推，這次索性推到你爹頭上，於是，安德峰瞅著安德佑陪笑道：「大哥，這……這大侄子是您的公子，您覺得如何？」

安德佑初聽安子良這幾句，也是天旋地轉，這……這都是些什麼玩意兒啊！

可是，安德峰把事往他這一推，他的脾氣就上來了。

心說怎麼著，老二和老三都推過了，你就往我這推，我敢說皇上不聖明嗎？我還要腦袋啊！今兒反正我這房丟人也是丟了，二房、三房的兄弟們也沒落好，這各房兄弟品評的主意可是你出的，這時候你想躲，門都沒有！咱哥兒四個，誰都跑不了！

安德佑當下一擺大哥的架子，擺擺手道：「四弟此言差矣，子良是我的兒子，品評之事我自當避嫌，倒是你這出主意的一句話都還沒說，也該輪到你了。」

安德佑破罐破摔，把事情又踢了回去。

二老爺、三老爺也是看著安德峰，心說老四你明知道大侄子是個不著調的，還讓我們品評他的詩文，這都什麼爛主意？這次你也別推了，就你來！

安德峰臉都綠了……

大哥把事情踢回來，二哥、三哥眼神也是不善，安德峰偷眼一瞧安老太爺，只見老爺子正襟危坐，眼觀鼻，鼻觀心，那意思明白得很，你們做兒子的要評自己評去，這裡頭沒我老太爺什麼事。

「這兩句……亦是尚可！尚可！」

安德峰苦著一張臉，最後還是憋出了一句尚可。

安德佑那邊卻是不幹了，心說你擠兌我半天了，老二和老三說尚可尚可，你也說尚可尚可，那怎麼行？

安德佑當下便道：「哎，四弟，你的學問我是知道的，好不容易來我府上，怎麼著？不肯多指點你大侄子幾句？我這做大哥的可是不依啊！」

安德峰的面色由白轉青，由青變紅，由紅泛紫。

這等句子還評哪門子評啊，可是長兄如父，安德佑當著老太爺的面用大哥的身分壓下來，不接也是不成，可是要說皇上不聖明，誰又有這個膽子？這不是只能說好，不能說壞嗎？

安德峰只得咬著後槽牙，恨恨道：「這兩句豈止是……尚可，那卻是好詩……好詞了！」

這話說得，讓安德峰連後槽牙都咬疼了，可偏偏還得為安子良找補，這兩句連七個字都沒湊齊，不能說是詩，只能硬說是詞了。

安子良一聽這個好字，登時歡天喜地，幾房老爺一致肯定，放在自己身上，那是從未有過之事。大姊這誇朝廷讚皇上的法子硬是使得！

於是，安子良精神越來越足，後四句一氣呵成道：「皇上大福有長壽，萬歲萬歲萬萬歲！大梁江山盛世傳，萬年萬年萬萬年！」

這四句說出來，各房老爺連評的心思都沒了。

這又不是皇上壽辰，講什麼長壽萬歲啊！根本和那「樂」字的主題風馬牛不相及嘛！

可是，誰敢說這幾句有錯？說皇上不長壽了要死？說大梁江山不是盛世傳不下去？這是要造反還是怎麼著？而那萬歲萬歲萬萬歲、萬年萬年萬萬年，那可是萬萬要堅持到底的！

安德峰看著安子良作完了這首「詞」，又睜著眼睛看向自己，只覺得頭都大了，心說小祖宗您別看我，您這兩句實在是沒法評了，有老太爺在這，咱們一起聽老太爺的吧！

安德峰當下往老太爺那方看去，哥兒幾個也一起轉頭，瞅著老太爺不說話。

安老太爺氣啊，心說你們幾個不孝子，自己沒法評就推到老夫這裡，我……我也沒法評啊！

倒是安子良看著眾人都直勾勾地盯著老太爺，便一個響頭磕在了地上，歡歡喜喜地問道：「爺爺，您看孫兒這題答得如何？可有賞錢否？」

「這……」

安老太爺見大大小小的一干人等都望了過來，也是頭大不已。

說句好給賞錢？傳了出去，安家的長房長孫做了這麼不倫不類的玩意兒，居然還能得了賞，那安家的臉可就丟盡了。可若是說作得不好不給賞，也要說出毛病來，否則老太爺在一干孫子輩面前，何以服眾？

國家大事有謀斷，四書五經堪研考，可是這家裡的事情卻未必能輕鬆處理。

左想左不對，右想右不行，糾結來糾結去，越想越是煩躁，忽然腦袋嗡的一響，疼痛襲來。

安老太爺年紀大了，本就有頭疼的問題，今日多飲了幾杯酒，又讓這不著調的事情鬧了一番，頭疼竟是又犯了。而且，這頭疼不犯是不犯，一犯起來，當真難受。

安老太爺頭暈目眩之際，有人叫了一聲：「老太爺犯了頭疼！」

眾人見狀大驚，一時間，喊老太爺的、跑過來揉胸口的、慌忙喊著要去請大夫的，亂烘烘鬧成了一鍋粥，倒是安子良一個人跪在那裡，有些呆滯。

徐氏記掛兒子，趁機假意訓斥道：「你這孩子好不曉事，沒看到長輩們都在忙著，跪在這裡裹什麼亂，快快下去！」

安子良看看這個，看看那個，不明所以，心道：你們忙你們的，我跪我的，兩不相干，怎麼又成裹亂了？

不過，母親發了話，他不敢忤逆，只好委屈地坐回自己的位置，心中大呼可惜。

從小到大，無數次考校功課中，總算有這麼一次連各房叔父都說尚可尚可，老太爺居然沒給賞錢就犯了頭疼，難道這題答得太過精彩，老天妒忌我安公子的才華不成？

安德佑離老太爺最近，更是第一個察覺父親頭疼病發的，他想起自己前些日子頭疼時，大女兒安清悠送的香囊讓自己緩解了不少，連忙摸向袖口，將那香囊尋了出來，往老太爺鼻子底下湊去。

這香囊本是用各種醒腦材料，根據現代的調香手法所製，用來治老年人的頭疼再對症不過。

安老太爺這頭疼說到底不過是心煩意亂，陡然聞得一股清香之氣，不由得渾身上下為之鬆快，精神不再緊張，咳出一口痰來後，頭疼症狀舒緩了許多。

安老太爺本就要強，此刻又有沈雲衣這等外人在場，不願落了形象，便強打精神坐直了起來，訓斥道：「慌什麼？為父身子硬朗著，區區頭疼何足掛齒？瞧你們一個個手忙腳亂的樣子，成何體統？」

眾人見老太爺沒事，無不長出了一口氣，連忙各回各位地坐好。

安老太爺強打精神扯了幾句閒話，想起剛才那一股清香來，便問向安德佑道：「適才我似乎聞得清香之氣，是你放了什麼東西過來嗎？」

安德佑答道：「回父親話，兒子不久前得了一個香囊，頗具安神醒腦之效。剛才見父親略有不適，一時慌亂，便用上了此物，兒子自作主張，還請父親責罰！」說著，拿出安清悠製的香囊，恭恭敬敬地遞了過去。

安老太爺拿過來一聞，果然是剛才那股味道，再嗅兩下，極是好聞，越嗅越舒坦，當下便道：「你也是一片孝心，無妨。倒是這等香味未曾聞過，果真如你所說，具有安神醒腦之效。」

安德佑心中一喜，今日這般鬧場，正不知該用什麼法子討父親歡心，沒料到女兒做的香囊，剛好對症，當即說道：「父親既是覺得合用，兒子便將此物孝敬給父親，兒子手中這類物事甚多，日後向父親請安時會多備一些，也是兒子的一份心意。」

「嗯，難得你有這孝心。」安老太爺點點頭，兀自把玩那香囊，言下之意是收了。

安子良回了座位，也樂得轉移話題，不再提那品評賞賜的糊塗事，而各房之人見了老太爺鬧頭疼的樣子，又有哪一個不開眼的敢去提？

四老爺安德峰眼見自家兒子穩穩壓了長房一頭，卻稀裡糊塗地被攪了局，讓這事情莫名其妙的不了了之，而大哥隨便拿了個香囊出來，竟正對父親的頭疼之症，弄來弄去，一場算計，怎麼反倒讓長房討了喜去？

安德峰心裡不甘，卻又不好說話，便打了個眼色，卻是給夫人藍氏。

藍氏口才本就不錯，跟安德峰做夫妻那麼久，自知丈夫心意。見那香囊做得頗為精緻，顯是女子手筆，便打趣道：「說起來，大哥弄這些玩物真是拿手，沒料想連這香囊之物也頗有造詣，卻不知是哪裡得來的，也讓我們這些婦道人家跟著學學？」

安老太爺聞言，臉色一沉，正要數落兩句切莫玩物喪志之類的話，卻見安德佑打個哈哈，搖頭晃腦地道：「弟妹這是哪裡來的話？大哥得父親教導，每日不是專心學問，便是忙於禮部的政務，哪裡有時間搞這些玩物？這香囊是小女清悠所製，弟妹若有興趣，我讓她多做幾個也送四弟一份。」

藍氏登時語塞，安德佑言下之意，倒似她這做嬸子的反要向侄女去學調香之類的事情一般，一時間，訕訕不已。

倒是安老太爺聽這麼一說，反而想起長房的這個嫡孫女起來，又見下首孫兒輩中並無安清悠的身影，不由得問道：「清悠那孩子呢？怎麼不在？今兒各房聚宴，怎麼也不露個面見見我這做祖父的？」

別人要見安清悠能擋，老太爺要見嫡孫女，如何能擋得？

徐氏暗叫一聲苦，自己千安排萬算計，這大小姐不露面，竟都能討了老太爺的喜去！她只好一邊找話陪笑，一邊急忙遣人去帶安清悠過來。

卻說這安府各房在前廳歡聚，自有一番熱鬧，後院裡安清悠則正埋頭做著自己的事情。

香氣撲鼻，一樣一樣的調香材料正被分門別類，規規矩矩地拾掇齊整。

裡面有許多這個時代調香不曾用到之物，安清悠一邊整理，一邊隨口解釋各種調香之法，不單是幫忙幹活的青兒得以從旁學習，就連彭嬤嬤這等見多識廣的人也開了眼界。

前院熱熱鬧鬧，時不時有鑼鼓之聲傳來，青兒按捺不住，為替安清悠抱屈道：「他們都在前面飲酒作樂，偏是讓小姐這般冷清，老太爺都來了，竟連面都不讓見上一見，真是不公平！」

安清悠搖了搖頭道：「青兒，切莫亂說，老太爺想要見的，是那沈家公子。咱們把該做的事情做到了，把該學的東西學好了，那才是比什麼都強。」

旁邊的彭嬤嬤聽了，讚許地點點頭道：「大小姐所言甚是！有些事不是能強求的，不妨順其自然，認真做好自己，方是正理。大小姐這知止有定的功夫，越發有分寸了。」

安清悠微微一笑，不再言語，反而是青兒轉不過彎來，兀自憤憤道：「分寸分寸，哪來那麼多分寸？還不是夫人怕小姐在老太爺面前討了喜，才找了個藉口不讓小姐出門！若說分寸，她倒是頭一個缺了分寸的！」

話正說著，外面忽然傳來急促的敲門聲，青兒過去把門一開，嚇了一大跳，竟是徐氏手下的頭號心腹柳嬤嬤來了。

「大小姐可是在房裡？」柳嬤嬤一張老臉笑成了一朵花，進得屋來看見安清悠，忙不迭地說道：「大小姐啊，今兒老太爺來了，正傳您去見一見呢！」

◉ ◉ ◉

「孫女拜見祖父，祖父萬安。」安清悠婦婦婷婷行了個福禮，動作如行雲流水般自然，自有大家閨秀的嫻雅風範。

眾人暗暗點頭，這長房嫡女便是長房嫡女，請安的禮數做得毫無隔閡，讓人備感親近。

安老太爺得了那香囊，對安清悠已先有三分好感，此時便對安德佑笑道：「老了老了，一晃眼，連你的閨女都這麼大了！當初我看小清悠還那麼小，不知不覺間都出落成大姑娘了！」說著，又對安清悠道：「祖父好不容易來吃頓飯，怎麼也不出來露個臉？可是見祖父這幾年到妳家裡來得太少，心中鬧了小脾氣？」

安清悠福身答道：「祖父哪裡來的話？您老人家什麼時候來，孫女心裡只有歡喜得緊，只不過近日父親欲送清悠進宮選秀，這些日子孫女正在院子裡勤練諸般規矩，身子有些倦了，便在房中偷了些懶兒。既然被祖父抓到了，那……那怎麼受罰，您說了算！」

「免了免了！」安老太爺大手一揮，見安清悠舉止得體，心中更是喜歡，轉頭又向安德佑道：「你這閨女教得不錯，看著就像咱們安家的孩子！」

安德佑大喜，今日雖然兒子應對功課出了糗，但是後來不著調的一番鬧場，讓老四那房也沒得著什麼好去，再加上女兒一來，便討了老爺子的歡心，說起來，自己這房倒是占了一點優勢。

藍氏眼見今天自家沒討得好，又見侄女安清悠入了老太爺的眼，心裡更是嫉妒。偶然看了眼坐在下首的徐氏，見她眼神冰冷，瞧著安清悠的目光中竟頗為不善，心中一動：都說這繼母裡不親的居多，那徐氏本就是侍妾出身，縱使後來扶正，對嫡長女又焉有寵著的道理？今兒侄女沒在宴上，難道和繼母作梗有關？

有了這般念頭，藍氏便故作隨口說道：「到底是趙尚書家的姊姊所生，不僅長得標致，言行也是如此有規矩。適才看長房的三侄女，還道這大小姐也是這般，沒想到這會兒見了人，才知是大大的不同。到底嫡長女就是嫡長女，我要是有這麼個孩子，那可就是天大的福氣了！」

藍氏把那「嫡長」二字咬得極重，又強調了安清悠生母乃是趙家的人，比徐氏這繼室強得太多。不提旁的，只看安清悠與安青雲便瞧得出。

這話明著褒獎，卻既踩了徐氏的出身，又挑撥了長房各人的關係，甚是陰損。

徐氏生平最恨的便是別人提起她的出身，此刻氣得臉色發白，卻又拿藍氏沒轍。再看看親生女兒安青雲，雖是練了幾日規矩，但她本就浮躁，與安清悠一比，的確差太多了。

徐氏不想自己沒管好女兒，卻是越看安清悠越礙眼，直將所有的怨恨全算到了她身上。

安清悠聽了藍氏的話，心中大為防備，對著藍氏福了福福，這才輕聲說道：「四嬸這話言重了，長房裡不管是哪個孩子，都是一般的規矩。青雲妹妹年紀還小，性子活潑些也是有的。過兩年及笄，禮數樣貌當更有進境，想來會勝清悠許多。」

藍氏原本見徐氏變了臉色，心裡正高興，忽聽安清悠如此自謙，不由得愕然，心道難不成自己所想的全然不對？

安德佑聽了此話卻是大為高興，徐氏這些年冷待大女兒，他雖是撒手不管，但日子久了，多少有點風聲傳進耳朵，此刻見安清悠居然為妹妹說話，心中大讚這女兒識大體。

長房的家事便是長房的家事，自家人再怎麼鬧，哪裡輪得到四房來指手畫腳？

安德佑正自得意間，又起了一個念頭來，以前是不是對大女兒太過冷落了？今後應該要厚待一些才是。

安清悠不爭一時口舌上的便宜，更著眼於行動帶來的後續效應，果然，這一言之善，在安德佑的心裡發揮了四兩撥千斤的效果。

可惜徐氏本性難移，未曾想到安清悠為長房說話也是顧全她的顏面，把臉一板道：「長輩們談家事，有妳這小輩說話的份？回去好好練規矩，早日落定了進宮選秀的事情才是正理！」

安清悠暗暗嘆氣，徐氏一門心思只盯著自己這嫡長女成長起來會不會威脅她的權威，完全看不到全局。眼前各房都在，更有老太爺看著，哪個不是眼睛雪亮的？徐氏這眼界窄、心胸狹的毛病再不改，早晚會吃虧。當下她不再多言，默默地坐在一旁。

倒是藍氏聽到徐氏的話，心中大樂，暗忖這長房果真是有機可乘，我就挑得你們自家人鬧騰起來，當即又笑吟吟地道：「科考在即，這陣子各府之間的走動頻繁了許多。前些日子吏部馮侍郎家的夫人還說要邀請京裡各府的女眷們好好聚聚，楊老學士家的老太太那邊也是連著好幾個飯局……我正嫌膝下無女，若是一個人去未免有些孤單，今兒見了清悠這孩子甚是合眼緣，這便向大伯討個人情，帶著大侄女一同去了。」

男人們不方便在檯面上做的事情，往往需要由女眷們私下接觸，這「夫人外交」是官場上極為重要的路子。老爺們兒都是精明的主兒，聽藍氏這般說起，都是心中一動。

藍氏提起的馮侍郎也好，楊老學士也罷，都是如今皇上頗得聖寵之人，安德佑雖然明白她是有意炫耀四房的人脈，但是這鑽營之心怎麼也壓不下去，總想著多搭一條線也是好的，張口便欲答應。

徐氏卻搶著說道：「四弟妹這是提攜我家清悠了，只是這宮裡選秀才是大事，清悠這孩子規矩還學得不行，怕到時候給四弟妹添了累贅。若是失了禮數，反倒讓人看輕我安家了。」

徐氏以為用安家臉面這頂大帽子扣下來，便可輕輕鬆鬆回了此事，可藍氏既是存了挑撥之意，哪裡會輕易放手，壓根兒不理徐氏的話，逕自對安清悠問道：「大侄女，四嬸問妳，妳想和四嬸出去走動走動嗎？」

藍氏直接無視徐氏，讓徐氏氣得七竅生煙，卻見安清悠微微停頓，輕聲答道：「若是我家夫人同去，那自是好的！」

這話連安德佑都不禁暗暗讚了一聲好。

這群女眷結伴出去，自然是要先論長房夫人，在外人面前，藍氏亦須顧及安家臉面，自無法再拿徐氏是侍妾扶正來擠兌人，到時候，長房的人脈自是又多了幾分，可是，安德佑這心思還未落地，卻又聽得徐氏氣鼓鼓地道：「不妥不妥！我自家府裡的事情還忙不過來，哪有功夫和四弟妹出去？況且宮裡頭選秀才是大事，我現在的時間精神頭啊，全放在這上面了。」

幾個妯娌聽她如此說，不禁一起搖頭，暗忖這徐氏實在分不清輕重緩急，能為長房多添些人脈，和那些家中的瑣碎閒事，哪個重要？再看她鬧脾氣的樣子，更是對她的涵養瞧不起了。

藍氏暗自竊喜，才挖了一個坑，徐氏便忙不迭跳了進去，沒打壓成長房的兒子，讓妳這夫人露了醜也是好的！

安德佑大怒，越想越覺得徐氏好不曉事，可是這等女眷的事情，他一個老爺在裡面說東說西，未免太丟面子，直只急得兩眼圓瞪，額頭上的青筋狂跳。

安老太爺原本漫不經心的，此刻卻忽然對安德佑道：「為父剛剛想起一事，你要送清悠這孩子進宮選秀，你倒是說說，這什麼是選秀？」

眾人都沒有想到老太爺會突然提出這樣的問題，安德佑也是一愣，不過既然老太爺問起，自是絲毫不敢怠慢。

他畢竟在禮部做官多年，這選秀二字還是說得清楚的，當下小心翼翼地回答道：「依大梁宮禮，選秀乃是選天下身家清白的秀女入宮侍奉，其要有三：一是選儀容才德俱佳的女子，充陛下之後宮；二是由宮中誕有皇子之嬪妃，指秀女為皇親之家室；三是取守禮耐勞之女而為宮女使役。此即為選秀之禮。」

安老太爺點點頭，卻又對著安德經和安德成兩人道：「德佑這是禮部官面上的回答，老二、老三，也說說你們的想法？」

這一問，安德峰登時變了臉色。

老太爺把二房、三房都點到了，唯獨沒有提他，顯然是對藍氏剛才的表現極不滿意。老爺子老神在在地坐在那裡，卻是什麼都看在眼裡，什麼都心中有數。

安德經先是說道：「大哥的回答並無錯處，正是按我大梁禮制所述，兒子並無補充更正。」

安老太爺知道二兒子讀書有些讀呆了，倒也不細究。

安德成是個頭腦清楚的，試探著問道：「父親的意思可是說選秀之事與如今的局面有關？」

安老太爺點點頭，似是想起什麼，又看了幾個兒子一眼，這才緩緩地道：「選秀之事，固然是為皇室挑選嬪妃，又何嘗不是古來帝王的御下之道？今上的年紀比我還大，於那女色之事早就看得淡了。我安家在朝堂上數十年，便衝著為父這張老臉，誰又好意思把咱們安家的女兒充作宮女僕役？這十有八九，便是指給哪一家的皇親了，可是，這皇上的親戚，就是那麼好當的嗎？」

帝王家事，自古最是禍福難料，眾人聽得安老太爺的一番話語，無不心頭一震。

安老太爺又道：「選秀既已向禮部報過，那便去選，只是這選得上未必是好事，選不上也未必是壞事。好比學規矩禮數自然是對的，可若是為了選秀而學，學了只是奔著選秀，那便是走歪了路子。清悠這孩子還小，不妨跟著她四嬸出去各府歷練歷練。如何讓各房真正多些實在根基，這才是大規矩大禮數！老大媳婦，妳說這話對嗎？」

徐氏臉上青一陣白一陣，連忙離座跪著回道：「老太爺教訓得是，媳婦自當銘記在心。」

「罷了罷了，我像你們這般歲數的時候，也曾動這念頭，可這麼多年來，又何曾拿你們的婚事出去做籌碼？這做官的事情啊，說到底還得有那做官的本事，若是沒這本事偏坐了這個位置，那是爬得越高，摔得越重！」

以安老太爺的做派，能說出如此話來，已是極重。

眾人皆離座起身，跪地應道：「謹記父親（老太爺）教誨！」

安清悠自然也在下跪眾人之列，餘光一瞥左右，見沈雲衣跪在不遠處，雖不是安家的人，那臉上的認真之色，卻比安家人更凝重幾分。

「唉，又不是上朝奏表，一家人在一起吃飯，弄得那麼正經兮兮做什麼？老頭子我說了話，怎麼個聽法卻在你們。」安老太爺忽然又變成了那個悠然的小老頭兒，促狹地對安清悠眨了眨眼睛道：「大孫女，祖父今兒個聞妳調的香聞順了，回頭多弄幾個香囊來，我要去幾個相熟的老頭子府上顯擺！」

安清悠抿嘴笑著答是，眾人哈哈一笑，這天聚宴直到深夜，方才散去。

轉過天來，安清悠起床的第一件事便是靜思這場聚宴，在那花廳之中，自己看的多說的少，反倒是長了不少見識。

安老太爺對選秀之事不置可否，這是極好的勢頭，說不定自己不用去宮裡周旋，便能解了這為徐氏做墊腳石之局。

正思忖間，青兒來報，說是安德佑二姨娘吳氏的貼身丫鬟采樺求見。

「吳姨娘那邊的人？」安清悠有些詫異，這些年安德佑新娶了幾房妾室，吳氏是其中之一。

徐氏將後宅的大權攥在手裡，無論是安清悠也好，那幾房姨娘也罷，都被壓得死死的。自己與那幾個姨娘平日裡也不曾走動，頗有老死不相往來的架勢，吳姨娘今日派了個丫鬟來，卻又是為何？

采樺進得門來，小心翼翼地行了禮，「奴婢采樺見過大小姐，大小姐萬安。」說著，遞上一張單子上來。

安清悠接過那單子，見上面寫的是「蜀錦一匹、紅綾光緞三十尺、鑲金繡架兩個、各色銀絲繡線十六套……」等等，皆是布料錦緞之類的物事，原來是一張禮票。

吳姨娘家裡本是開綢緞莊的，在大梁朝中商人著實沒什麼地位，她嫁進安家雖是只能做個妾室，這類綢緞布匹卻是從來不缺，只是今兒上趕著來送禮卻不知為何。

安清悠困惑道：「有勞吳姨娘了，不知送來這許多東西，又是何事？」

采樺恭敬地答道：「回大小姐話，姨奶奶說了，聽說大小姐要為老太爺和老爺做香囊，想是需要些布料綢緞做裹裡包面，便叫奴婢送來給大小姐。姨奶奶還說，聽聞大小姐調香技藝高超，想問大小姐什麼時候有空，姨奶奶想過來找大小姐說說話，順便討些調香的好法子回去。」

安清悠不禁莞爾，幾個香囊而已，哪用得了成尺成匹的綢緞布料？倒是那句「為老太爺和老爺做香囊」才是重點，想是那吳姨娘被徐氏壓得久了，知道自己昨日討了老太爺的喜，便巴巴地趕來交好了。

正要說什麼，青兒又來報，說是安德佑的三姨娘褚氏身邊的竇嬤嬤求見。

那竇嬤嬤是個會巴結的，進屋來行了禮請了安，便堆了一臉笑意說道：「早聽說大小姐生得花容月貌，老奴沒福，今兒才有幸拜見大小姐。嘖嘖嘖，大小姐當真是比旁人說的更美上三分……三姨奶奶說了，大小姐這段日子學規矩辛苦，又要為老太爺和老爺調香做香囊，身子骨要緊，便特地讓老奴送來這些個物事，讓大小姐進補！」

說話間亦是呈上一張禮票，送的卻是人參、鹿茸、當歸、首烏等諸般進補的藥材。

安清悠這才想起曾聽方嬤嬤說過，這褚姨娘有個娘家兄弟是在太醫院做藥品採購的管事，雖沒什麼官職，油水倒是多。

還沒等開口，青兒再次來報，說四姨娘陶氏那邊亦來了人，送來臘肉、羊腿、江魚、鮮筍等諸般吃食，雖不像前兩家那般精貴，卻勝在東西多、品種全，居然還有兩罈上好的陳年女兒紅。

安清悠抿嘴笑道：「多謝陶姨娘了，卻不知陶姨娘家中可是有親戚開酒樓的？」

那陶姨娘派來的僕婦是個老實的，聽得此話，目瞪口呆，心想，姨奶奶這般緊著大小姐果然是大有道理，姨奶奶娘家半個月前才開了一處酒樓，大小姐這便知道了，難不成真有未卜先知的本事？

接著，又有人來報，這次不是安德佑的姨太太們又送了什麼東西來，而是四老爺的夫人藍氏送來了帖子，說幾日後有一各府夫人的聚會，邀安清悠同去。

◉ ◉ ◉

「夫人，剛才吳姨娘的貼身丫鬟往大小姐屋裡去了，還帶了不少綾羅綢緞送去！」

「什麼？」徐氏驚怒而起，她掌管安府多年，各個院子有什麼風吹草動自然是瞞不過她的眼睛，此刻聽得安德佑的姨娘居然向安清悠示好，立時變了臉色。

「沒想到這大小姐在老太爺面前得了兩句誇獎，便有人上竄下跳了！吳姨娘啊吳姨娘，妳還是真夠急的！」徐氏冷笑一聲，在屋子裡走來走去，忽聽得又有人來報：「夫人，剛才褚姨娘的人也往大小姐屋裡去了，還送了不少藥材！」

「她也跟著添亂？」徐氏忍不住罵出了聲，可是話聲未落，第三個消息接踵而至。

「夫人，陶姨娘也派了人到大小姐的院子裡去，亦是送了不少東西……」

「反了反了，不過是在老太爺面前稍稍討了點喜，她們便一個賽一個的表示親近，若是真讓她出了頭，這府裡還不反了天去！」徐氏終於大聲嚷了出來。昨天她吃了一肚子氣，心思花了一堆，卻讓老太爺點著名字批了一頓，反倒是之前費盡心機不讓露面的安清悠討了好。若只是如此倒也罷了，那些被壓得死死的姨娘們竟然都去向安清悠示好，她覺得自己的權威受到了挑戰。

倒是柳嬤嬤心細，問了來報信的人道：「那大小姐把她們送來的東西收了沒有？」

「一樣不少，大小姐全收了！」

柳嬤嬤倒吸一口涼氣，大小姐真是心大了，這姨娘們送來的東西一收，豈不是明擺著不顧忌夫人如何想？

「問這個就是多餘，當然收了，她有什麼不敢收的？」徐氏咆哮道：「她願意收那幾個狐狸精送過去的東西，誰還能不讓她收不成？左右既是得了老太爺的誇獎，又在替老太爺和老爺做那勞什子的香囊，尾巴還不翹到了天上去？小人得志！十足的小人得志！來人，去大小姐的院子，把這個眼裡沒有我的賤丫頭和那幾個騷狐狸一起收拾了！」

徐氏盛怒之下，便要帶人去安清悠的院子裡大鬧一番，柳嬤嬤苦苦攔住，緊拽著徐氏的衣角道：「夫人切莫做那衝動事，這時候去大小姐院子裡發脾氣，各方面都極難挑出大小姐的毛病來，大小姐必不會服軟不說，那幾個做妾的會到老爺那裡怎麼說？老爺又會怎麼想？莫要到時候這口惡氣沒出來，反倒讓別人落了口實啊，夫人！」

提到老爺，徐氏遲疑了，跳著腳道：「這也不行，那也不行，妳倒是說說怎麼辦，難不成真是由著她這般坐大了？」

柳嬤嬤搖了搖頭，「夫人，瞧老太爺昨日的意思，對大小姐選秀的事情成與不成倒也不太看重，只是這選秀也好，將來另擇夫家也罷，大小姐總是要嫁人的，早晚總會出閣。為今之計，還是先敲打那幾個姨娘，大小姐那邊不如從長計議。無論如何，夫人總是正室，大小事情繞不過您去的。」

柳嬤嬤這一提醒，徐氏反倒分出了輕重緩急，正要說些什麼，下人來報，說是大小姐求見。

「她還敢來？」徐氏剛剛強壓下去的火氣又竄了上來，冷笑著道：「我還沒去找她，她倒自己送上門來了！」

安清悠進到徐氏屋子，徐氏自不會有什麼好臉色，兀自把臉一沉道：「聽說今日幾個院子裡的姨娘送了妳不少東西，昨日這一場家宴，大小姐收穫頗豐啊！」

安清悠臨來之時已是料到必有此類話題，這時候卻是不接她這招，只是說道：「夫人說笑了，幾位姨娘確是送了點東西，不過是家裡面大家互相走動罷了，和昨日的家宴沒什麼關係。倒是四嬸送了張帖子來，說是這幾日便有個聚會，邀請咱們長房的女眷同去呢！」

意識到這院子的事情繞不過徐氏的還有安清悠，她雖不至於不敢收其他姨娘的禮，可也知道凡事要低調謹慎，所以才親自來找徐氏。

讓安清悠和藍氏出去，這是安老太爺親口說過的事情，今日四房送了帖子來，徐氏便是再有怒氣，也不敢改了安老太爺點過頭的事，只是一想到家宴上老太爺的薄斥、安清悠被稱讚、藍氏的擠兌，她的心裡越是發酸，不由得冷笑道：「既是四房遞了帖子邀妳去，妳去了便是，我卻是沒空去理這勞什子事的。老太爺都說讓妳跟著去歷練了，還和我說這些做什麼？」

安清悠見徐氏酸溜溜的樣子，心裡好笑，卻是正色道：「夫人掌管長房內院諸事，清悠要與四嬸出去，自該向夫人報備。另外還有一事，四嬸既是請咱們長房的女眷同去，清悠尋思著這機會難得，不如讓青雲妹妹一同去，不知夫人意下如何？」

徐氏聽安清悠說到報備什麼的，心中稍稍舒服了些，再一聽這後半句，幾乎不敢相信自己的耳朵，脫口而出道：「妳說什麼？」

「機會難得，清悠說，不如讓青雲妹妹一同去，不知夫人意下如何？」

徐氏有些不認識般的盯了安清悠足足三秒鐘，猛然間高聲叫道：「來人！來人！快去請三小姐……不，柳嬤嬤，妳親自跑一趟，趕緊讓青雲那孩子來我房裡！」

這一年不僅僅是選秀之年，也是大考之年。每逢這時，各府女眷之間的聚會便是頻繁起來。無論四房的藍氏如何想，老太爺既然發了話，她自是不敢敷衍，接受邀請的場合，絕不會是三兩個夫人小聚的場所。

四老爺處事圓滑，夫人藍氏也是玲瓏剔透之人，交友甚廣，能在京城貴婦圈子打下基礎，結交的關係有多大的價值，徐氏如何不知？只是，她沒料到安清悠竟有如此胸懷，要帶著安青雲一同去。

驚愕呆滯，一瞬間徐氏有些失神，心道早知如此，自己去了也是未嘗不可，可惜之前的話說得太滿，安清悠這做晚輩的沒再求她，她反倒不好改口說想去了。不過，安清悠願意帶安青雲去，她自是一百個願意的。

過不多時，安青雲隨著柳嬤嬤到來。自從上次汙衊安清悠反倒挨了一頓狠批後，這段時間她便在嚴令之下學了一陣子的規矩，此刻進屋，倒是知道先向徐氏行禮了。

「女兒見過母親，母親福安！」安青雲向徐氏行了禮，便站到一邊，只是看到安清悠時，一雙眼睛流露出的盡是怨毒之意。

「雲兒，今兒一早妳四嬸送了帖子來，說是京裡各府的女眷們有個聚會，我的意思這也是個開眼界的機會，讓妳跟著大小姐同去，妳看如何？」

徐氏自顧自說著，話語中帶了幾分硬氣，完全不提安清悠主動來找自己之事。

然而，徐氏有意讓安青雲借坡下驢，順著竿子爬上來，可惜她這肚子裡生出的肉卻不爭氣，安青雲壓根兒兒沒看明白徐氏的臉色，聽到這話，當即撇開頭，狠狠地說道：「什麼聚會？我不去！」

徐氏驚愕，皺著眉頭問道：「為什麼不去？」

安青雲瞪著安清悠，卻閉嘴不肯說。徐氏有些下不了臺階，一時僵持住，不知道該怎麼做。

安清悠見安青雲斜眼望著自己，目光陰寒，知道她對自己有著極深的怨念，當下也不多言，逕自向徐氏告了退。走到門外，卻聽到徐氏勃然大怒的聲音飄了過來：「妳這個糊塗孩子，平日裡只知玩鬧也由得妳了，好不容易有這麼個拓展人脈的機會，妳居然還耍性子！這次的事情由不得妳，妳去也得去，不去也得去！」

門外的嬤嬤們看著安清悠，極為尷尬。柳嬤嬤走到門口，正好看見安清悠往外行去的背影。

這邊安清悠回了院子，那邊徐氏屋子裡登時不消停起來。

安青雲見房裡沒了旁人，便扔下那副勉強裝出來的規矩樣，一屁股坐到徐氏旁邊，氣鼓鼓地道：「出去見各府女眷那是老太爺發的話，四嬸要帶也是帶那個大小姐，我跟著去算是怎麼回事？

不過是做個陪襯！一個死了娘的破落戶而已，平時在府內，哪有她說話的份？要我去做她的陪襯，門都沒有！」

這話說中了徐氏的心病，可徐氏只是冷笑，「我的傻閨女，妳只想到陪襯，卻沒想到這府裡的大小事務還不是妳娘說了算？既然出得府去，那些個穿的、用的、戴的，還有隨行的丫鬟們的物件，哪一樣不是需要講究？到時候娘給妳一番好穿戴，卻給她些個不值錢的衣著物事，出了門去，還不是高下立判？」

「這做女人啊，三分靠的是自身相貌，七分靠的是穿著打扮。到時候妳一看便是大家閨秀，她一看倒似個小門小戶的女子，妳說在各府的夫人小姐面前，誰又給誰做了陪襯呢？」

徐氏這般說辭，無非也是從自個兒身上聯想，當初她能入得安德佑的眼，不僅僅是靠這一臉妖媚容貌，還是豔色過人，才讓他一眼就看中自己，可惜這等話徐氏只能悶在心裡，不能跟女兒說道。

安青雲聽了徐氏的話，當即大喜，一想到安清悠苦兮兮地給自己做陪襯，樂得嘴都合不攏。原本是不想去，如今倒變成誰不讓她去，她死活都不依了。

這邊安青雲興奮著，那邊安清悠已經回了自己的院子。

隨彭嬤嬤練了一陣規矩，用過了午飯，有人來報，說是徐氏身邊的柳嬤嬤來了。

柳嬤嬤進得屋來，滿臉笑容道：「老奴見過大小姐，大小姐福安。夫人想著大小姐出府參加聚會，便張羅著讓老奴送些衣裳首飾給大小姐，夫人對大小姐真是關心得緊呢！」

說話之間，柳嬤嬤朝著身後一揮手，與其同來的僕婦捧了些物事進屋。

安清悠拿眼看去，發現盡是些粗布、厚紗之類的緞子，至於首飾，最好的亦不過兩根半舊的釵子，還是雜銀粗製的……

徐氏……安清悠心底默默冷哼，皺眉道：「柳嬤嬤，這些物件平時隨便用用也就罷了，穿戴出府，會不會有不妥？」

柳嬤嬤早有準備，笑道：「大小姐不知道，夫人當家自有當家的難處，上次四房聚宴，銀錢花得不少，如今各處都緊張。這幾日不是有幾位姨娘往大小姐房裡送了不少東西嗎？夫人說了，大小姐若是不願用夫人送來的物事，自可用姨娘們送的物件自己做主打扮便是。」

這話一說，連旁邊聽著的彭嬤嬤都暗暗搖頭。

安清悠若要出府，代表的便是安家的臉面，長房便是手頭緊，也斷不至於湊不出幾套像樣的衣物來。姨娘們不過送了些布匹綢緞，倉促間做出的衣裳，又怎麼拿得出手？更別提能夠上檯面的首飾了。

柳嬤嬤說完了這些話，便在一邊笑而不語。她來之前就已經做了充分的準備，不管安清悠說什麼話，她自有十七八種回話在那裡等著，目的就是一個：要安清悠把這悶虧吃下來。

「既是如此，我也不讓夫人為難。柳嬤嬤這就回去告訴夫人，說我多謝她的好意，東西收下了，這事便如此吧！」

安清悠平平淡淡的一句話，卻讓柳嬤嬤張大了嘴。原本準備的說辭一句也沒用上，好比一個人蓄力良久，揮拳打出去的時候卻打在了空氣裡，頓時說不出的難受。

收了？就這麼收了？這也太痛快了吧？

柳嬤嬤極是憋悶，瞪著一雙老眼，回了徐氏院裡。

青兒憤憤地說道：「夫人太過分了，這些粗布料、雜釵子，哪裡是給小姐這樣的人用的？難道是打發僕婦不成？若說府裡頭銀錢緊，大夫人臨終之前早就給大小姐留下不少首飾，就是在這等場面上用的，如今卻又為什麼不讓小姐用？便是在這等講究安府臉面的時候，夫人仍要扣著不給嗎？」

安清悠皺起了眉，「青兒，我之前不是說過，母親留給我的嫁妝不許再提，現在不是時候！」

青兒不敢再說，卻噘起了嘴，一臉的不服氣，倒是彭嬤嬤說道：「無論如何，這府外不比家裡，夫人送來這些粗布雜釵自是不能用，可就算用姨娘們送來的，這兩三天也未必能準備得周正，大小姐打算怎麼辦？」

安清悠沉吟了片刻，才問道：「敢問嬤嬤，莫說這貴女聚會，便是在宮裡，什麼樣的好物件沒有？可是把那些製作花俏、費錢多的物事往身上堆，便一定能豔冠群芳，奪人目光嗎？」

彭嬤嬤聞言一愣，定定地看了安清悠半晌，忽然嘆了口氣道：「在我教過的女子之中，論頭腦、論天資，怕是沒人比妳更好，本還想賣個關子再教妳這法子，沒料到妳心裡早有定論了。很好很好，難怪妳剛才答應那柳嬤嬤如此痛快。」

安清悠微微一笑，「這等法子用來應付一次兩次還行，並非長久之道，日後這走動的時候怕是還會如此，清悠心裡倒是有個想法，想請嬤嬤看看。」

說著，拿起一枝筆在紙上勾了幾筆花紋，饒是見多識廣的彭嬤嬤，也低呼了一聲，眼睛緊緊盯住紙上所畫的樣子，不肯移開半分。

青兒納罕，想湊上去看，又拘著規矩，只等彭嬤嬤看完再上前。

安清悠看她那模樣，索性吩咐她去辦事：「青兒，也別在這兒沉著了，把夫人送來的那些粗布雜釵賞給院子裡的婆子僕婦們吧！」

那邊柳嬤嬤離了安清悠的院子，心中兀自忐忑不已。

大小姐一言不發就收下那些粗布土釵，未免太過簡單了？

自個兒的腦袋想不明白，柳嬤嬤連忙往回跑去，見了徐氏，把送東西的事情仔仔細細說了一遍，尤其著重提了自己的懷疑和擔心。

徐氏也是驚疑不定，柳嬤嬤便把這一路上想到的應對之策道了出來：「夫人也不用太過擔心，大小姐既收了那些粗布爛釵子，料來定有後招，夫人只要明日把大小姐和三小姐都叫來看看，看大小姐怎麼打扮，配了什麼東西，咱們給三小姐比照著樣子弄一份更好的便是了。」

柳嬤嬤的話，讓徐氏大喜，正說話間，有人來報，說是大小姐把那些粗布土釵盡數賞給了院子裡的婆子僕婦，下面的人喜氣洋洋，淨是說些大小姐的好話。

徐氏的笑容還未等綻放，就聽到了如此消息，當即大怒，「她自己不用，倒還學會拿這些東西收買人心了？讓她賞！我讓她賞！」

徐氏的臉色登時陰沉得如同暴風雨之前的烏雲，吩咐人去傳話：「去給大小姐傳個話，出府是大事，穿戴關係到我安家的臉面，明日一早讓她和三小姐都照著規矩打扮好，我要親自查驗！」

轉過天一早，徐氏房裡，不僅是徐氏這邊有經驗的婆子、僕婦們齊聚，更是連夜從外面請了幾個很有名望的繡娘、首飾婆子。一干人等如臨大敵般做好了準備，就等著研究安清悠的服飾穿戴了。

安青雲早早地打扮好了來到徐氏屋裡，身上的衣服，淨選那名貴高檔之物，頭上、手上的首飾物件，無不是十足真金加上精雕細刻之物，就連用的胭脂水粉亦是京城裡最貴的幾樣，往那裡一站，當真是珠光寶氣，炫目逼人。

「三小姐這一身著實是雍榮華貴，哪裡是尋常小姐能有的？」

「還有這碧霞雲紋連珠文錦衣，最主要的是三小姐人長得也漂亮……嘖嘖嘖，這才是大門大戶裡出來的小姐，莫說那大小姐了，便是放在京裡的貴女圈裡比較，也是一等一的！到底是夫人調教出來的，當真不凡啊！」

首飾婆子和繡娘看得眼花繚亂，言語裡卻沒忘了一邊誇著安青雲一邊向徐氏說著諂媚的話。

徐氏也甚是得意，這一身打扮不說別的，光是花銷二個字便足以將安清悠壓得死死的，更何況今天還有這麼多人來研究安清悠的打扮？

只是這些請來的都是京裡頗有本領名望之人，她的這份得意卻不好明說，但這不妨礙她擺足了夫人架子，嘴上慢悠悠地道：「話也不是這麼說的，大小姐畢竟是我們長房的嫡長女嘛！前些日子還得了老太爺的賞識，一些衣裳穿戴的規矩還是有的。今兒叫妳們來，也是讓妳們跟她好好學學。當然，既是出府，便不能輕忽，若是她身上有什麼穿著打扮不妥的地方，妳們也要給我狠狠地批，不用看我的面子。」

安青雲想不出安清悠能有什麼比自己更好的飾物，一聽徐氏的話，便惡狠狠地搶著道：「聽見沒有？狠狠地批，誰的面子也不用看！」

首飾婆子和繡娘對視一眼，心中了然，不約而同暗自腹誹，這安府的夫人果然厲害，那大小姐若打扮得好，便讓三小姐學了去，若是打扮得不好，少不得要遭夫人拾掇一番，大小姐那邊是左右沒個好了。

一時間，人人心裡雪亮，都眼巴巴瞅著，專等著這位大小姐到來了。

「大小姐求見！」

外面下人通報，徐氏頓時收斂神色，面上猶如罩了一層寒霜，正襟危坐，擺好了夫人的架子，這才沉聲說道：「讓她進來！」

一時間，屋內眾人屏氣凝神，都想著瞧瞧那大小姐是個怎般模樣的人兒。

門口的丫鬟撩起簾子，眾人沒聽到腳步聲，卻已見到纖纖細足邁過門檻，卻是安清悠到了。

不少人彼此對視一眼，行走之間，落地無聲，裙襬也沒晃動半分，這便是大家閨秀的風範。

「清悠見過夫人，夫人福安。」安清悠嫋嫋婷婷行了個禮，輕聲說道：「聽聞夫人今日要查驗出府的打扮，清悠不敢怠慢，今日緊著裝束過來，不知夫人見清悠這一身可還使得？」

徐氏愣了。

徐氏徹底地愣了。

今日安清悠穿了一襲白色長裙出來，若說太過素淡，她偏又加了一條淡紫色的綢子，柔柔順順地搭在兩肩上。一對淡青色的耳環配上一對淡青色的鐲子，雖是普通，卻有一種說不出來的舒服之感。

除此之外，再配上那恬靜淡雅的氣質，整個人就如不食人間煙火的仙子一般。

眾人面面相覷，忽然又聞到一股淡淡的香氣，若有若無，芳馨好聞。

這安家長房的大小姐莫不是花兒變的？這……這還用打扮嗎？

不少人不約而同轉過諸如此類的念頭，更有幾個婆子暗暗下定決心，此間事了，便是拚著得罪徐氏，也要向這位安大小姐討了這個香粉的方子來。

如此香氣莫說聞到，便是聽也沒聽說過。若是能要到自己手裡，那還不是財源滾滾？老婆子賣了半輩子脂粉，這一下卻是撞了大運了。

安清悠見眾人張口結舌，心裡暗暗好笑。

現代的流行資訊比古代門道可多了，幾乎只要是女人，都研究過怎麼打扮，論起色彩的搭配、飾物的選用、化妝的手法，不輸古人多少，更有不少新意，再加上自己擅長的調香，還怎麼鎮不住這些人？

見徐氏還在發愣，安清悠再次淡淡道：「夫人，清悠這身穿戴，可還使得嗎？」

徐氏回過神來，看著眼前的安清悠一身裝束，清秀淡雅，無半分俗氣，有心要挑毛病，可對方穿著打扮渾然天成，哪裡挑得出瑕疵來？

徐氏翕了翕嘴，再看看旁邊的安青雲，打扮得金貴是金貴了，可是和安清悠一比，渾身上下散發著銅臭氣，簡直就像個暴發戶一樣。那些重金購得的胭脂水粉打在臉上，原本覺得高貴萬分，現在卻怎麼看怎麼豔俗不堪。

不怕不識貨，就怕貨比貨！兩相比較，真是人比人得死，貨比貨得扔！

徐氏又看了半晌，實在挑不出什麼毛病來，只得從牙縫中擠出一個字來：「好！」

徐氏這一聲好字落下，房中安靜無聲。少頃，無數誇讚響起。

「老婆子做了半輩子繡娘，今日見了大小姐才知以前都是白活了，原來衣服還能這麼搭配！」

「走過那麼多大宅院，今兒才算開了眼，原來這首飾物件，未必全在一個貴字！」

「大小姐！求大小姐抬抬手，將您今日所用的香物傳授一二，小的在這裡給您磕頭了！」有人噗通一聲跪下，這卻是個研究香物胭脂成了癡的。

安青雲在旁邊瞧著，臉色早就開始泛紫，已是氣得肺都要炸了，再看一眼徐氏……

徐氏的臉已經綠了。

這一早把安清悠尋來，本是要「琢磨」她的衣著裝扮，只是雷聲大雨點小，卯足了勁，卻虎頭蛇尾。徐氏臉色綠了半晌，安青雲嘴唇都快咬出了血，安清悠淡然地回答了所有僕婦、繡娘、首飾婆子們的問題後，便看向徐氏，等候她的答覆。

徐氏滿肚子苦水只能往自個兒肚子裡嚥，挑不出半點毛病，只好草草說了幾句沒營養的話，便讓安清悠回自已的院子去。

安清悠一走，徐氏立時寒著臉，問起如何讓安青雲「借鑑」安清悠的著裝。

徐氏心中五味雜陳，話說得沒有底氣。

眾人你看看我，我看看你，都無從下手。再看看越發顯得俗氣的安青雲，心裡同時轉過一個念頭：壓根兒不是一路人，再怎麼學也學不像！三小姐本就是另一種材料，又哪裡是能說「借鑑」，便可「借鑑」的？

屋子裡冷了場，徐氏的臉上陰沉得快能磨墨了，忽然有個做脂粉的中年婦人走了出來，囁嚅地道：「夫人，我……我這裡倒是有個法子，不知合不合用……」

徐氏大喜過望，暗道這銀子果然沒有白花，請了這一眾好手來，到底有個能出主意的，當下大聲地道：「這位夫人但說無妨，既是有了心得，說出來大家一起參詳參詳也好！」

徐氏急病亂投醫，連禮數都忘了，也不顧對方不過是個做脂粉的婦人，竟連「夫人」二字都說了出來。

那婦人聽了，誠惶誠恐，連忙行了個禮道：「夫人言重了，小婦人萬萬當不得您這般稱呼。我只是想，剛才大小姐身上所用的香氣玄妙無比，料想夫人府中自是有用香的高手，他既能調出此等香料來，那配合著三小姐的氣質，亦能調出另一種濃厚的富貴之香……當然，小婦人雖然本領低微，也是可從旁做點事的，哪怕是只做個學徒打個下手，多少也是可以出上些力……」

那婦人越說聲音越小，徐氏卻越聽越不是滋味。

這是出主意嗎？怎麼越聽越像是繞著彎拜師來著？

安清悠那邊的香物可都是她自己調製的，難道要她低頭去求她幫自己的女兒做香囊出來？

再仔細一看，這婦人不就是剛才那個跪求詢問怎麼製香的？敢情這位還沒忘了這碴啊？

徐氏氣極，當下不再問了，把茶杯往桌上重重一放，怒道：「下去！統統給我下去！」

一干人等退了出去，徐氏屏退伺候的人，向著柳嬤嬤問道：「這群人真是不中用！柳嬤嬤看看，這大小姐今日的穿著打扮，能有什麼可用在雲兒身上的？」

柳嬤嬤暗暗叫苦，夫人啊，您還沒死心呀？

得其形容易，得其神最難，世間往來萬千，最難模仿的就是人的氣質。

安青雲本就缺了安清悠的內涵，強自去學人家的淡雅清新，只怕是畫虎不成反類犬。可是，這查驗安清悠的主意本就是柳嬤嬤出的，徐氏現在問起，她不能不答。

柳嬤嬤情急之下，腦子一轉，又想出個主意來：「夫人，大小姐和三小姐本就走的不是一個路子，今日雖無收穫，卻未必沒有啟發，我們只想著學樣子，為什麼不試試去找這事情的根子？」

「事情的根子？」徐氏眉頭緊蹙，不明所以。

柳嬤嬤見徐氏想不明白，引導著話題道：「夫人請想，那大小姐之前是個沒什麼脾氣的主兒，就好似肉包子一般，隨您捏圓捏扁。這些日子以來，她卻有這左一套右一套的手段，卻又是跟誰學來的？」

「妳是說……彭嬤嬤？」徐氏猛然醒悟，柳嬤嬤出的這主意，卻是讓她想到了另一件事，眼前的路似乎驟然開展起來。

「正是彭嬤嬤！」

大小姐這段時間裡忽然像變了一個人般，憑空出現了諸多變化，柳嬤嬤思前想後，總覺得太過怪異，大小姐平日大門不出二門不邁的，怎麼就和以前有了大大的不同？仔細琢磨起來，與以前不一樣的，就是多了一個彭嬤嬤。

柳嬤嬤冷笑道：「這位彭嬤嬤真是好手段，居然能在短短的時間內把大小姐調教成如此樣子。她既是夫人請來的，拿的是安府發的銀子，若能教出大小姐，又何嘗不能把三小姐教出個模樣來？更何況夫人能給三小姐的支持，又豈是那大小姐困守一間小小院子可比的？」

徐氏伸手在桌上猛地一拍，沉聲道：「請彭嬤嬤過來……不，我這就去找那彭嬤嬤！」

彭嬤嬤住在安清悠院子左近的一間廂房，徐氏一邊派人通知，一邊馬不停蹄帶了安青雲親自來到彭嬤嬤住處拜會。

「彭嬤嬤最近可住得習慣？有什麼缺的沒有？」徐氏見了彭嬤嬤，滿面笑容，還不等對方說話，自己先說上兩句熱乎話。

彭嬤嬤依舊是萬年不變的沉穩，退了兩步，行了個禮，這才答道：「有勞夫人掛懷，這段日子府裡的安排甚好，並無不妥之處。夫人今日親臨，不知有什麼指教？」

徐氏見這彭嬤嬤如此守禮，臉上的笑容更深，逕自坐在椅子上道：「哪裡談得上什麼指教？彭嬤嬤乃是教規矩的大行家，這段日子將大小姐調教得如此好，府裡上下沒有不讚您有本事的，我這不是尋思著把我那不成器的三女兒也託付給您，左右都是教，還得勞您辛苦，再多教上一個了。」說著，徐氏便將手指向站在旁邊的安青雲。

彭嬤嬤來安府許久，之前亦是見過安青雲。此時再上下打量，只見她小小年紀，身上那股煙視媚行之氣卻是太過濃烈。莫說是安府這等官宦人家，便是比起一般書香門第的姑娘們，也嫌太過輕浮了些……

想到此，彭嬤嬤皺起了眉頭，默然不語。

徐氏見彭嬤嬤不說話，連忙又道：「嬤嬤可是覺得有難處？若是說多教了個人要加教習銀子，嬤嬤說個數兒出來便是！啊，是了，難不成又要像當初教大小姐般要我答應三件事？嬤嬤只管放心，這次卻是不問事兒了，嬤嬤要我答應什麼，莫說是三件，便是三十件、三百件，我也統統依了嬤嬤！」

這邊徐氏口若懸河，彭嬤嬤卻是面色不改，她除了在宮裡供職多年之外，亦是大有來歷之人，擇人而教卻是眼光極高的。當日答應到安府做教習，也是相中了安清悠是個可造之材。此刻看這安青雲，倒有大半心思是不想接這個差事，只是徐氏畢竟是安府的夫人，她主動相求，著實不好推辭。

思忖半晌，彭嬤嬤又看了一眼安青雲，嘆了口氣道：「夫人既然看得起我，我也不敢推辭。要教三小姐也不用您答應三十件、三百件事，只要夫人給我一件物事便可。」

徐氏聽她肯教，心中大喜，張口便道：「嬤嬤要什麼我便給什麼，莫說這府裡有的，哪怕是府裡沒有的，只要我安家置辦得起，也去給嬤嬤備了來！」

彭嬤嬤搖了搖頭，「無須如此麻煩，我只向夫人要一樣物件。」

「何物？」徐氏焦急地問道。

「戒尺。」彭嬤嬤斬釘截鐵地說道：「打三小姐的戒尺，不知夫人能否答應？」

徐氏的笑容驟然凝在了臉上，當初教安清悠的時候，不過是立了三項規矩，怎麼教安青雲的時候，卻連戒尺都上來了？

安青雲是她的親生女兒，有個冷熱尚且擔心不已，又何況這是要打了？

徐氏臉上陰晴不定，彭嬤嬤淡淡道：「人與人自有不同，夫人若真要想三小姐學出個模樣來，就依了我這章程，否則任誰來教，這事卻也難辦。」

徐氏左思右想，看向安青雲，一咬牙，狠狠地道：「便依嬤嬤，這戒尺，我……我給了！」

安青雲在一邊聽得這話，登時花容失色，卻見徐氏咬著後槽牙，指著她道：「從今日起，我便把妳交給彭嬤嬤了，要打要罰，全憑嬤嬤一句話！妳若是學不出個模樣來，就不要出去丟人！」

不容安青雲反駁，徐氏立即離開了彭嬤嬤的院子。

彭嬤嬤本是雷厲風行之人，送走了徐氏，這便拾掇起了安青雲來。

這事情自是瞞不了人，那邊彭嬤嬤訓了安青雲半天，方嬤嬤便屁顛屁顛地來報了消息。

「嬌生慣養，終究是要還債的！早知如此，何必當初？」

安清悠正在練習小楷，聽方嬤嬤說了這事，手中運筆不輟，只是輕輕感嘆了一句。

如今安清悠的手段漸長，那方嬤嬤見了她寫字說話的樣子，越發多了幾分敬畏之意，正尋思著說些什麼拍馬屁的話，忽然聽到遠遠的叫喊聲傳進了屋裡：「姊！姊！妳在不在啊？弟弟看妳來啦！」

居然是安子良來了！

伍之章 乘機索討嫁妝

安子良依舊是那副一步三晃的不著調模樣。

此時已是夏季，安子良抖著一身肥肉晃晃悠悠地來到安清悠這裡時，早就滿身大汗，這邊還未坐下，就喊出了不知多少個熱字來。

安清悠見他這憨樣，也不禁莞爾，吩咐青兒取了冰敬籃子，又吩咐道：「取碗涼茶來給少爺，要冰過的。」

青兒很快取了涼茶歸來，安子良接過來一聞，淡淡的清香味撲鼻，當下也不客氣，一仰脖子，全灌了下去，「妙啊！」

安清悠不說話，就瞧著他笑。安子良雖是徐氏的兒子，但秉性不錯，至少比安青雲好得多。

安子良又討了一杯，灌下肚後，樂呵呵地道：「姊姊這裡果然是有好東西，不知道這東西叫做什麼？真是好喝！」

安清悠微微一笑，「不過是普通的涼茶而已，我放了些草葉香露罷了。說起來，還得謝謝弟弟，你那院子裡花草甚多，姊姊採了不少好原料來。但不知你這烈日當頭還巴巴地來我這院子，是有什麼事？」

安子良一拍腦門，嘿嘿地笑道：「瞧我光顧著喝姊姊的涼茶，竟連正經事都差點忘了。」說著，居然有了幾分忸怩之色。

安清悠瞧著好奇，卻是故作不知，安子良不由得心道：大姊旁日裡聰穎過人，怎麼今兒就差實話出口她都還不明白？

安清悠如何不知？其實就是安子良身體肥胖，一到夏天就汗如雨下，這男人汗出得多了，身上的味道自然不是那麼好聞。尤其古時又不像現代清潔用品一大堆，哪能清洗得那麼乾淨？

安子良上次在各房聚宴中耍了次寶，雖然眾人沒法挑毛病，安德佑卻是心知肚明，這幾日下令要他在書房裡和沈雲衣好好地下功夫讀書，不許他再糊弄，可沈雲衣是個規矩人，縱是大熱天的亦是儒衫長巾穿戴齊整。他這樣做了，安子良便不好意思光個膀子弄個「坦誠相見」出來。

只是，每天這樣捂著，那一身汗味免不了被沈雲衣奚落。

安清悠忍不住偷樂，看著安子良坦言相告，只是抿嘴而笑。

安子良滿臉通紅，苦著臉道：「大姊還笑？弟弟這幾天雖然不被沈兄擠兌文章了，可是這一身臭汗莫說被他埋怨，連我自己……唉，居然連姊姊做的香囊也不靈了！」

說著，便將之前安清悠做的那個香囊拿出來，只見短短幾日，好端端的一個香囊，竟已布滿了油膩，敢情這位安公子竟拿香囊當作擦身子的濕巾了？

安清悠搖了搖頭，這真是茉莉花餵牛，嚼不出個香臭了。

安清悠當下笑道：「罷了，大姊重新幫你做個祛汗散味的便是。只是香囊這東西本是隨身攜帶之物，可莫要再拿它到處蹭身上了。」

安子良臉上一紅，連忙恭恭敬敬地答應。

安清悠起身將香料一字排開，動作如行雲流水，諸般材料看也不看，一抓便準，轉瞬之間已將十幾種材料調和完畢，再用火輕輕一烤，旁邊青兒已將做好的空香囊拿了過來。絲繩一繫，祛汗除味的香囊便大功告成。

安子良瞧得目瞪口呆，張大了嘴，半晌才道：「這……這真是神乎其技，大姊這本事，今日真叫弟弟開了眼了！」

安清悠微微嘆氣，在另一個時空裡，這識別材料與拿捏分量的功夫，幾乎是每個專業的調香師必備的技能，如今卻被人稱道神乎其技，她是該笑？還是該嘆？

安子良接過香囊一聞，只覺得香味變了一種路子，不似之前那般清新入腦。醇厚的香氣，轉瞬之間，便將那一身汗意盡數壓了下去。

安子良大喜，「多謝大姊，多謝大姊，以後調香需要什麼材料，弟弟我全包了，便是我那院子裡沒有的，定也幫妳尋來！還有，上次的聚宴，大姊出的那個『誇朝廷，誇皇上』的法子，弟弟還沒道謝呢！」

安清悠正色道：「那等法子不過投機取巧罷了，不能多用。弟弟是咱們長房的男丁，以後還要多多用功才是正道。」

安子良唯唯諾諾地應了，出得院來，卻見一人探頭探腦地迎了上來，笑嘻嘻地道：「安公子，今兒可是來找大小姐要香囊？求您跟小的說說，大小姐平日裡都喜歡些什麼？聽說她這幾日要出府？不知是要去哪家府上？」

安子良定睛一瞧，來人卻是沈雲衣的書僮侍墨。

安子良笑罵道：「你這小鬼頭，不去伺候你家公子，蹲在這裡打聽這些事情做什麼？」

沈雲衣自那日再見安清悠之後，心中對這位安府的大小姐嘖嘖稱奇。侍墨這小書僮天生愛八卦，一門心思認定自家公子對安大小姐確有想法，這幾日便經常在安清悠的院子附近打轉，收集各種小道消息。

兩人正說話間，一陣哭號聲傳來……

安子良眉頭一皺，不耐煩地道：「這大熱天的就讓人夠煩的了，是誰又在這裡哭哭啼啼？大白天的，家裡發喪啊？」

侍墨消息果然靈通，當即回話道：「安公子，您沒聽出來？這是三小姐的聲音啊！三小姐也歸到了彭嬤嬤那邊管教，聽說彭嬤嬤還特地向夫人討了戒尺，這哭聲啊，怕是她正挨彭嬤嬤的訓呢！」

安子良讀書向來不用功，挨過先生的戒尺不說，就是安德佑的家法板子也沒少領教。此時聽侍墨說起安青雲被彭嬤嬤斥責，自知插不上手，又想起自己挨戒尺的時候，忍不住打了個哆嗦。

侍墨卻說道：「安公子，您剛才說家裡發喪……」

安子良登時臉色發黑，一把捂住侍墨的嘴，緊張地說道：「莫亂講，莫亂講，會挨老爺的家法的！大不了，你要打聽我大姊的什麼事，我都說給你聽便是！」

侍墨小詭計得逞，洋洋得意。

一連串八卦問題問了出來，安子良答著答著，心裡也不禁暗暗納悶，以前可不知道自己這位大姊有如此多的手藝，只知道她幼年時極是老實，大門不出，二門不邁。這段日子以來，卻好似變了個人一樣，難道真是長大了以後自有不同？那自己再過兩年，會不會也一下子突然變成個猛人什麼的？

安清悠正在屋中寫字讀書，安青雲哭號亂叫，有一陣沒一陣地飄到了耳邊，忽然打了個噴嚏，也不知是誰在念叨自己？

侍墨將把安良子說的事情用心記下，和安子良分開後，便一路小跑，奔向沈雲衣的住處，對著沈雲衣說道：「公子，我可是探聽了許多重要的消息回來，有賞沒有？」

沈雲衣自是知道侍墨是什麼樣子，不由得笑道：「你又有什麼重要消息了？還不是哪裡又聽了一耳朵閒話？有事便說，否則公子我可是要讀書了！」

侍墨急道：「公子，小的在幫您琢磨終身大事啊！小的可是費了好大的力氣，才從安公子那裡得到了安家大小姐的消息。」

沈雲衣微微一愣，安家大小姐的消息？

一個高挑的倩影彷彿慢慢在眼前浮現，自那日二人鬥過詩詞後，沈雲衣對安清悠格外好奇，只是讓他要書僮去詢問女子的私事，他拉不下臉來，當即板著臉訓斥道：「你家公子的終身大事自有父母之命，媒妁之言，你跟著添什麼亂？擅自打聽人家女眷的事情，極為失禮，那個……好了，我又沒有要罰你……你都打聽到了什麼？」

侍墨噗哧一笑，說了半天，敢情自家公子還是想聽？

侍墨笑嘻嘻地將從安子良那裡打聽來的諸多事情加油添醋地說了，沈雲衣越聽越奇，心道這世上難道有一夕之間脫胎換骨的事情？

正說話間，僕人送來一封信，是沈家在京城另一個相交頗深的人家送來的帖子，另有書信言道大考臨近，戶部王侍郎家有一場聚會，亦可前往云云。

科舉拚的不只是文才經綸，人脈、名聲也很重要。

沈雲衣不敢怠慢，正要吩咐侍墨準備前往的一干物事，冷不防侍墨伸著腦袋偷瞧見了這帖子，便大叫道：「咦？這後日王侍郎家的晚宴，那安家大小姐不是也要去嗎？」

她也要去？

沈雲衣心中一動，那纖細的倩影又浮現眼前。

安府既是有人要前往，索性和安府的人同行？

沈雲衣猶豫半晌，最終沒下得了決心，縱是同行又如何？還能和人家女眷廝混在一處不成？沒得自尋煩惱！

沈雲衣輕輕嘆了口氣，在屋裡踱步幾圈後，卻是向著老爺安德佑的書房走去。

既是不同行，便明白告知安府主人，也省得自己擅自出訪，到時候王侍郎家的聚會上碰見了，徒惹人家多心。

沈雲衣去了安德佑的書房說得此事，安德佑並未多心，只是勉勵他科考之日臨近，既有這等機會，當好好把握云云。

沈雲衣恭敬應下，忽聽得下人來報，說是大小姐求見老爺。

沈雲衣微微苦笑，真是人生何處不相逢，居然這樣也能遇見！可是，內心深處，卻又隱隱有那麼一點說不出的期待，似乎是早盼著見她一面。

「見過父親，父親萬安！」安清悠依舊一派淡然的優雅，行步無聲，行禮自然，「父親，祖父那日讓我再做上幾個香囊，女兒已是備妥，卻不知如何送到祖父那裡？」

那日安老太爺讓安清悠做幾個香囊給他去老友面前顯擺，或許是兒戲之言，可安清悠卻覺得這未嘗不是改變自己命運的一個切入點。

香囊雖小，可以撬動的事情卻多，好比父親安德佑，現在就缺乏這麼一個由頭。

安老太爺本就瞧不上安德佑這個兒子，如今安德佑有個機會去送香囊，便能趁機與老太爺拉近父子關係。安德佑暗喜，轉念一想，卻又感嘆，折騰了這麼久，竟是女兒為自己掙了機會來。

「難得妳有這心思，老太爺既是歡喜妳，倒不如為父帶妳去向老太爺請安，嗯……擇日不如撞日，雲衣也同去如何？」

安德佑心裡想的是，這女兒在老太爺面前討喜，不如帶了她去，讓父親對自己多幾分好顏色，沈雲衣亦是老太爺看重之人，裡外都都是給自己加分的。

沈雲衣對安老太爺頗為景仰，自是當場應下，安清悠卻沒有馬上答應。

前日各房聚宴自己已是得了彩頭，此時再隨父親去向老太爺請安，有邀功之嫌，老太爺眼光何等毒辣，若是對自己印象不好，影響了自己出府，反倒不好。再加上之前安青雲汙衊自己與沈雲衣有染，讓她更不想與沈雲衣接近。

安清悠遲疑了一下，輕聲回道：「多謝父親厚愛，只是後日四嬸便要帶女兒去王侍郎府上，女兒自幼大門不出二門不邁，頭一次出府，女兒想抓緊時間多做些準備，您說可好？」

這王侍郎家的聚會在安德佑眼裡亦是重要之事，當下言道：「既是如此，妳不用去了，我帶雲衣前去便是。」

安清悠退了出去，剛出了書門的門，忽聽得身後有人叫道：「安姑娘請留步。」

說話的不是沈雲衣卻又是誰？

怕什麼來什麼，安清悠福身道：「沈公子，不知有何指教？」

沈雲衣只是想見見安清悠，今日又聽侍墨說了半晌她的事，便不由自主叫住了她，並非真的有什麼想說的事。

猶豫半天，沈雲衣作揖道：「小姐才氣過人，之前已有所領教，這指教二字，沈某萬萬不敢當，只是……沈某有些不明白，小姐的文采極佳，為何放著大道不走，獨愛調香這等微末小技？」

這話一出，沈雲衣自己都有想抽自己一個耳光的衝動。

本是想找個由頭搭上兩句閒話，怎麼話一出口卻變了樣？似是自己在指責她不務正業，專尋那奇技淫巧來取悅別人一般。

沈雲衣家教嚴謹，甚少有與女子打交道的機會，搭訕的水準自是極差。何況就算是現代，情竇初開的少年，面對自己說不清是喜歡還是不喜歡的女生時，也會犯渾，只是沈雲衣卻不該犯到安清悠頭上。

安清悠眉頭微皺，這調香本就是她的喜好，自家長輩都沒有不喜，怎麼輪得到沈雲衣一個外人對自己指手畫腳？

安清悠心中不爽，當下淡淡道：「大考之日將近，沈公子不專心讀書，倒關心起我們這女兒家的事情來，不知又是何故？」

沈雲衣登時語塞，漲紅了臉，越急越是說不出話來，憋了半天，卻蹦出來幾句：「在下也是好心，詩書之道方為傳家之本，想姑娘日後出閣之後，難道便用這調香之術去相夫教子？須知萬般皆下品，唯有讀書高……」

他這般絮絮叨叨地說著，安清悠卻為之氣結。

你這小男人居然管到我頭上了？

我自調我的香，過我的日子，用得著你在這裡說什麼聖人之道！

還相夫教子？還唯有讀書高？我看你沈雲衣讀了十幾年的詩云子曰，也沒高明到哪裡去！

想到這裡，安清悠也沒給沈雲衣什麼好臉色看，冷冷地道：「小女子將來如何，不敢勞沈公子操心。我便是嫁，也未必會嫁給迂腐的酸相公！沈公子飽讀詩書，竊不聞古人有云『讀書未必真君子，縱情每多大丈夫』？公子還是多想想自己的功課，才是正道！沈公子若是沒有別的事，我這便回自己的院子了！」

沈雲衣臉上紅一陣白一陣，原本是想閒聊兩句，怎麼反倒變成安大小姐教訓自己不務正業？想再說些什麼，安清悠卻沒給他這個機會，冷哼一聲，逕自轉身離去。

沈雲衣懊惱不已，看著安清悠的背影，卻不好強攔女眷，直覺得渾身不知爬了多少隻螞蟻般難受，垂頭喪氣地往自己的屋子走，卻見安子良正拿著一個香囊，得意洋洋地在侍墨面前顯擺。

「沈兄？你瞅瞅，這是我大姊做給我的新香囊，掛在身上祛汗除味。不信你聞聞，我身上現在是半點汗味也沒有了吧？全被這香囊的味道壓了下去……」

安子良笑嘻嘻地炫耀，沈雲衣卻是望著那個安清悠親手做的香囊發怔。

便在此時，下人來報：「老爺問沈公子的衣服換好了沒有，若是好了，這便和他同去老太爺府上，車馬已在正門外候著了！」

沈雲衣猛地一驚，科舉、功名、京城、人脈……無數念頭剎那間湧入腦海，諸般念頭此起彼伏，他狠狠一掌拍在了桌子上，自言自語地道：「沈雲衣啊沈雲衣，你身為沈家男兒，怎麼能為了這點小事魂不守舍？功名才是大事，莫要辜負了家中人對你的期待和教導！」

咒罵了自己兩句，沈雲衣大聲叫過侍墨道：「侍墨，服侍我更衣！」

沈雲衣換好衣服，頭也不回地向外奔去，安子良在旁邊看得張大了嘴，沈兄這氣勢甚是威猛，只是……不過是去見我祖父而已，至於這麼神色凜然，義無反顧嗎？

安德佑帶著沈雲衣去見老太爺，這一去足足待了許久，直至深夜才回來。

回來之時，安德佑一臉笑容，卻不知在老太爺那裡得了什麼好話來。只是沈雲衣越發沉默，也不與別人多言，說了幾句客套話，便回自己的書房中埋頭苦讀起來。

第二天又有人來訪，來人正是四房的夫人藍氏。

眼看著王侍郎家的聚會將至，帶安清悠出去見識一番是老太爺發了話的，藍氏不敢怠慢，可是昨日卻接到長房的信兒，說是不只是安清悠，還要多帶一個安青雲出去。

藍氏想了半天，這才想起那日安青雲的樣子來。可這一想起，心裡就有些七上八下。安青雲那輕佻的做派自己可是見過的，如今要去貴女圈兜轉，實在讓人放不下心。故而，藍氏一早便來了長房府上，想要看看她們如何裝扮，徐氏的品味，她絕對不敢苟同。

安德佑和徐氏夫婦在廳中相迎，徐氏堆起笑容問道：「四弟妹今日來訪，不知有什麼事情？」

藍氏看了看徐氏，心中先有了三分鄙夷，臉上笑意卻比徐氏還多，但話裡帶上幾分辛辣之意：「明日王侍郎家裡擺酒，京裡各府的老爺、少爺來了許多不說，便是我們這些做女眷的，少不得也要熱鬧一番。既是要出去，一舉一動都是咱們安家的面子，人又是我帶的，長房的孩子們準備得如何，我這做嬸娘的多少也要看上一眼，這才好放下這顆心來不是？」

徐氏的笑容登時有些僵硬，緩過一口氣才說道：「四弟妹這是說笑了，我家的女兒既要出去，那不僅是代表咱們安家的臉面，亦是我長房的臉面，我這做母親哪有不好好把關的道理？四弟妹這般說，豈不是擔心我這大嫂連這點事情都辦不好？」

藍氏面無表情地搖了搖頭，許久沒再答話，竟是來了個默認。

徐氏見狀，哪有不怒的？可惜藍氏不是她那些婆子僕婦，如今四房勢頭正好，平日裡更是明裡暗裡想壓過長房一頭，徐氏對下人縱有千般威風，對上這位四弟妹卻沒什麼辦法，正要再說些什麼頂回去，卻聽藍氏悠悠地道：「長房的晚輩自然是極好的，我看清悠這孩子就不錯，連老太爺也是讚譽有加。唉，說起來這趙尚書家的夫人就是與一般女子不同，生了個女兒都是如此有禮。只是聽說嫂子所出的三小姐也要同去，我可是放不下心了。養女兒這種事情，誰又能說得準呢？」

話音未落，徐氏心裡已是無名火三千丈，藍氏一大早跑過來看長房的兩個晚輩，那已是說擔心自己帶出來的女兒上不得大場面，說得再重些，便是擺明了罵自己這個長房夫人沒有管家教女的本事。

話沒說兩句，卻又提出了什麼安清悠是前夫人所生的有規矩，安青雲是自己所出的卻教得帶不出去的話來，這讓人如何忍得？

徐氏本就沒城府，藍氏話裡話外又說起她出身這等最不願被提起的傷疤，徐氏哪裡能冷靜，恨不得即刻把此事攪黃了。

徐氏心裡窩囊著，當下怒道：「我長房的孩子，還不用四夫人妳來提點，妳若是覺得孩子們有什麼不妥，那這王侍郎府上的聚會不去也罷！左右我們家裡也沒有那要鑽營的，更省得四夫人還要裡外照顧，勞神費心！」

這話卻是誅心之論，就差指著鼻子罵藍氏專走投機鑽營的路子了。

藍氏臉上的笑容瞬間就變成了寒意，冷冷地道：「這話可是您說的，長房的孩子們去與不去，我倒是沒甚大礙，您可是想好了？」

「便是不去卻又如何？」徐氏怒歸怒，卻也不完全是個沒腦子的女人，否則又如何能扶正？如何能掌管長房內宅十幾年？試探著發了兩句火，見一旁的老爺居然沒什麼表示，心中大喜。

長房和四房本就不睦，藍氏居然在長房的府裡欺到了頭上，自家老爺顯然也是動了火氣。

徐氏本就不願給安清悠出頭的機會，眼見著藍氏褒安清悠，貶安青雲，又對自己狠加擠兌，索性有了這一拍兩散的心思。

殊不知，藍氏等的也是這一刻。

藍氏在京城女眷圈子裡混跡多年，正是四老爺安德峰的得力內助。若論見多識廣，手腕圓熟，比徐氏不知高出了多少。徐氏發怒之餘雖說還有理智，但這小小的衝動對她來說已是足夠。

藍氏早將自家人脈視作四房的東西，哪裡肯給長房結交的可能？

來的路上，她便早早地想好，今日前來固然是驗看小輩們別出漏子，但徐氏是個易被撩撥的，若是能擠兌得她自己說不去，那才是真的好。

此時此刻，藍氏在心裡冷笑：這不去可是妳說的，日後就算老太爺問起，自己也有了說辭。

徐氏這裡起了一拍兩散的心思，卻不知那邊藍氏想要一拍兩散的念頭勝她百倍。

藍氏這邊剛要借坡下驢，一直沒說話的安德佑開口言道：「都是安家自己人，這麼一點小事有什麼可吵的？四弟妹也是一番好意，她想幫著檢視下孩子們，依她便是。四弟妹，這事就有勞妳費心了。」

安德佑到底是正經的長房老爺，他開了口，這分量和徐氏比起來自是不同。

藍氏心裡一凜，知道此時若真的一走了之，便成了自己的不是，只是心裡暗暗奇怪，這位大伯本是極好面子之人，今天自己這番挑撥，他怎麼反倒和起稀泥來？

徐氏更是愕然，卻不敢違背老爺的意思，當下命人喚安清悠與安青雲過來。

未過多時，二女俱至。

「見過四嬸，四嬸安好！」安清悠依舊是清淡的打扮，先與安德佑及徐氏見了禮，這才來到藍氏面前。

「好一個標致的人兒！」就連藍氏也不得不承認，安清悠這一舉一動，讓人挑不出半點毛病來，如此清新脫俗的模樣，當真是我見猶憐。

再看安青雲，又是另一副光景。

話說安青雲之前被徐氏找人教了一段時日的規矩，此番又被彭嬤嬤狠狠管教了兩天，倒是比以前好上了那麼一點，可終究時間太短，這多年攢下的輕浮勁兒早已滲透到她的骨子裡。雖然跟著安清悠請安行禮，但是動作太過生硬，一看就知道是刻意做出來的，比不上安清悠那般渾然天成。

徐氏卻是鬆了一口氣，雖然自己的女兒表現得比安清悠相差何止好幾個檔次，但好歹總算是全了規矩。水準二字不敢說，可該做的多多少少都做了。

藍氏要挑毛病自然不難，但要說有什麼致命之處，卻又未必。

倒是這番情景落在安德佑眼裡，又是另一種心情。

昨日見了老太爺，安德佑本是抱著多和父親走動的心思去的，沒料想老太爺卻是誇獎了他幾句，道他這幾年有些進境，幾個兒女中，安清悠落落大方，這才是安府下一代的風範，而安子良雖是不著調，但也有些小聰明，猶有可教化之處。

安德佑身為長房嫡子，跟著父親最久，一聽這話，便知道這是要開始考校自己，不由得大喜過望。他宦海浮沉，到了四十歲始終沒有什麼進益，對功名利祿的渴望卻是不減反增。老太爺坐在左都御史的位置上幾十年，若能得他老人家提攜，那才是真正有了再進一步的可能。

也正是因為如此，安德佑今天在藍氏與徐氏對峙之時，才會放下了那死要面子的身段。讓藍氏帶著安清悠出府，本是老太爺發了話的，此事不容有失。適才藍氏擠兌徐氏，他都狠心捏著鼻子認了。他甚至隱隱盼著藍氏能在自己女兒身上挑出些問題來，畢竟在自己家裡多嚴苛一分，明日在外面的表現便多了一分把握。

藍氏眉頭緊皺，她算計良久，卻沒想到弄出了這麼個僵持的局面來。

她看看兩個侄女，安清悠這邊滴水不漏，很難挑出毛病，倒是安青雲那邊雖有了個大致的架子，卻破綻頗多，未必不能從這裡下手，挑起些長房的事來。

想到這裡，藍氏把心一橫，正要說幾句更加刻薄辛辣的話語，卻見安清悠走了過來，規規矩矩地行了一禮，慢慢地道：「四嬸，青雲妹妹年紀還小，有些事情尚待錘鍊，侄女有個不情之請，還望四嬸帶青雲妹妹同去。」

藍氏一愣，這安大小姐小小年紀，插話的時機居然掌握得如此老道，她原本憋了一肚子挑安青雲毛病的話，被這麼突然打岔，還怎麼往下說？

這丫頭好利的眼睛！

藍氏再次仔細打量安清悠，只見她溫柔婉約地站在那裡，低頭頷首，很難跟剛才那犀利的模樣聯想在一起。

或許只是湊巧？

藍氏腦筋急轉，想要說些什麼擾亂這個局面的話，卻聽到安清悠趕在她前面說道：「四嬸，侄女知道您最是寬厚，就連祖父也是誇讚的，您就依了侄女這一次吧！」

安清悠輕輕搖著藍氏的衣角，狀似小女孩撒嬌一般。

只是這話一說，連安德佑都不禁莞爾。

藍氏精明幹練，她那潑辣難纏的性子更是有名，老太爺為此還狠狠說過自己那四弟幾次，大女兒竟誇她寬厚？不批她尖酸刻薄已是好的了！

安清悠這話聽在藍氏耳中，卻是另一番滋味。

長房這段日子很討老太爺的喜，聽說昨日大伯便帶著那位沈家公子在老太爺府上留到很晚，安清悠這個侄女也頗得老太爺歡心，上次老太爺得了個什麼香囊，還說要拿去送給老友。

天知道這丫頭會不會有機會在老太爺面前說上什麼話？若是在老太爺耳邊吹風，說自己刁難晚輩，那就麻煩了……

罷了，帶她們去便是，左右到了王侍郎府上還是要我帶著，總不怕她們翻了天去！

藍氏打定了主意，索性把戲做足，拉著安清悠的手，笑道：「大侄女說的是什麼話，四嬸哪是那雞蛋裡挑骨頭的？好吧，妳們姐兒倆四嬸都帶去。我們也是從姑娘過來的，誰還不知道那規矩是一點一點學出來的？妳妹妹年紀小又當什麼事，多長幾次見識不就成了，左右都是咱們安家的人，四嬸不幫著妳們姊妹，又幫著誰去？」

這幾句話藍氏說得著實漂亮，安德佑拈著長鬚，面上亦有幾分自得之色，卻不知是覺得女兒掙了臉，還是覺得自己這爺們兒發話當真管用。倒是徐氏的水準終究差了一層，兀自在那裡驚疑不定，這大小姐似乎是在幫青雲說話，可又似乎是在莫名其妙誇獎藍氏，怎麼這「倚小賣小」地撒了一頓嬌，這難纏出名的藍氏就變了笑臉？

安德佑不痛不癢地對安清悠斥道：「不懂事的孩子，大人說話，哪有妳插嘴的份？沒得讓妳四嬸說妳不懂規矩，還不退下？」

安青雲固然可惡，但藍氏擠兌長房的做派更讓人不喜，安清悠見事情已經回到自己所想的軌道上，當下也不糾結，輕聲告罪，退到了一旁。

藍氏有些啼笑皆非，心說自己這位大伯真是的，這還叫不規矩？那京城大戶人家裡未出閣的女子們豈不是有一大半都該撞牆去了？

自己若是出去說安家的大小姐規矩不夠好，怕是連自家的老太爺都不信。

不過，搖頭歸搖頭，藍氏心裡卻犯起了嘀咕。聽說長房這位大小姐受到徐氏壓制，今日怎麼替徐氏生的女兒說起話來？這位大侄女究竟是又精明又懂得藏拙的厲害女子？或者不過是個運氣好又愛撒嬌的小姑娘，本性其實是沒心眼的規矩老實？

安清悠本本分分地站在下首，眼觀鼻，鼻觀心，要多老實有多老實，看得安青雲又是後悔又是不服氣，不就是插話撒嬌鬧個事兒嗎？我也會！不過是一不留神，讓妳搶了先而已，有什麼了不起？

安清悠能做的事情，安青雲究竟能不能做，這些事情先放在一邊，此時安德佑、徐氏和藍氏倒是笑著寒暄開來，好像剛才的事情沒有發生過一般。安家的長房和四房，出現了一種從未有過的和諧。

家大業大情轉淡，事高位高性自薄。

安清悠看著幾人的笑臉，腦海中忽然浮上兩句古詩，心下輕輕一嘆。

眾人又東拉西扯了一陣，正要作別之時，外面下人通傳，說是三老爺的夫人趙氏來了。

幾個人都覺得奇怪，明日便是王侍郎府上擺宴的日子，藍氏前來倒也罷了，趙氏怎麼也來了？

安德佑卻是沒覺得有什麼不妥，長房和三房素來交好，三老爺安德成更是與他一母所生，可以說是兄弟裡面關係最穩妥的。

安德佑當下把手一揮，頗有氣勢地說道：「快請！」

三房一脈，自三老爺安德成以下，都有著剛正忠善之風。

趙氏進得廳來，先向安德佑認認真真行了個福禮，「見過大哥、大嫂！大哥、大嫂安好！」

「免了免了，都是自家人，莫要如此多禮！」

安德佑笑呵呵的，與藍氏來時的親熱勁兒自有不同，便是徐氏亦覺著熱乎，她從妾室扶正，安家四房中，唯有三房的趙氏肯甘心叫她一聲大嫂。

長房與三房親熱，倒顯出藍氏那邊有些冷清。

藍氏是在京城各府走慣了的，對此也只作不見，反正長房和三房交好，與四房不睦，這是安家眾人心知肚明的事情，她藍氏才不賣這個面子給長房、三房呢！

只是藍氏忽然發現有一雙眼睛正直勾勾盯著自己，目光之清澈，表情之清純，不是安清悠，卻又是誰？

安清悠就這麼看著藍氏，好似不明白這四嬸口口聲聲說要查我們規矩如何，眼下三嬸來了，四嬸怎麼不按規矩去見禮？

藍氏：「……」

安清悠老實地看著藍氏。

藍氏：「……」

安清悠無辜地看著藍氏。

藍氏：「……」

安清悠堅持不懈地看著藍氏。

藍氏：「……」

安清悠始終不渝地看著藍氏。

藍氏繃不住了。

「三嫂來啦！三嫂安好！」

藍氏終究沒能招架得住安清悠那純潔又清澈的目光，心說要命了要命了，大侄女不知道是老實到了家，還是老道到了家，今兒怎麼就碰見這麼個主兒？心裡雖然彆扭，到底是過去跟趙氏見了禮。

趙氏略感詫異，印象中，自從四老爺得了鹽運司的肥差後，好像就沒見過藍氏這般見禮，難道是上次被老太爺批了一通，這性子竟是轉了？

趙氏不明所以，卻是按規矩還禮。

徐氏在一旁看了，直恨得牙根癢，覺得藍氏又是在刻意影射自己這姨娘扶正的出身了。

安德佑笑呵呵地問道：「三弟妹今日來我府上，不知是有何事？」

趙氏感嘆一聲，看了一眼安清悠，隨即道：「也沒什麼要緊的事，只是昨日收拾家裡，意外發現了一套首飾。我尋思著明日王侍郎府上擺宴，清悠這孩子也要跟著去見見世面，這打扮物件多一些總歸沒錯。那套首飾是昔日清悠她娘送給我的，索性就給了她吧。」又指著安清悠道：「昔日我和大嫂最是親密，那套首飾雖是舊物，今日就借這個由頭給了清悠這孩子，也算是物歸原主了。」

趙氏口中的「大嫂」，自然不是徐氏，而是安清悠的生母，昔日趙尚書家的嫡女。三夫人與安清悠的生母雖無親戚關係，但從小便是閨中密友，又同樣姓趙，關係好得如同親姊妹。如今想著安清悠要出府，便趕著來送首飾。

趙氏說得動容，安德佑也有些默然，下面自有人將趙氏帶來的首飾送進來。

一套從上到下完整的首飾，頭釵、耳墜、項鏈、掛飾，無一不全。

陽光斜斜地窗戶照了進來，那首飾盒裡面的紅藍珠寶因著反光格外刺眼，隨便一個物件，都不知比安清悠髮髻上的銀釵高了多少個檔次。

徐氏看著那些珠寶首飾，猛然想起一件讓她冷汗直冒的事情來，連手腳都有些慌了，不由得高聲推辭道：「三弟妹，這……這怎麼成？清悠所需的物件，我自會幫她準備……」

「女兒，戴上！」

打斷了徐氏說話的人居然是安德佑，這位長房老爺沉默良久，竟是以一種不容置疑的口氣緩緩地道：「戴上．為父想看看！」

安清悠點了點頭，退下去將趙氏送來的首飾逐一佩戴好，待再次出現在廳中時，一旁伺候的婆子僕婦們紛紛低呼出聲。

只不過多加了幾件首飾，人還是那個人，衣服還是那套素淡的衣服，湊在一起那麼一看……當真是雍容華貴！

伴著那斜射進來的陽光，安清悠一步一步朝正廳中走來，一支鑲著大紅寶石的金釵，在陽光的照射下折射著紅光，耀眼奪目。安清悠原本的淡雅清秀，並不曾因這些珠寶首飾而減損半點，反而令她增添了幾分動人的明媚。

安清悠就這麼款款地又走到安德佑面前，盈盈拜了下去。

安德佑怔怔地發著呆，不知道在想些什麼，趙氏卻已經紅了眼眶。

「嘖嘖，趙尚書家裡出來的物事就是不一樣，大侄女生得如此標致，這麼一打扮，我還當是當年的大嫂又回來了，可惜啊！當年大嫂的娘家可是不得了，該是給孩子留了不少首飾吧？怎麼眼瞅著這麼好的閨女要到外府去亮相，長房倒是不見給穿戴了？」

有些話挑明了便會破壞氣氛，偏那藍氏就是個專門破壞氣氛的人。

藍氏見到有這麼好的機會，哪能不挑撥的？說了這話還嫌不夠似的，又加了幾句道：「既是如此，大侄女乾脆把當年大嫂留下來的東西盡數穿戴起來，也讓我們這些做弟妹的開開眼。說不定，咱們幫著出出主意，還能讓大侄女在王侍郎府宴中來個豔驚四座呢！」

藍氏一邊說著，一邊往徐氏身上瞟去。徐氏聽了這話，身子竟不由自主一軟，幾欲暈厥。

她固然不想老爺回想起那位亡故的夫人，但人死了便是死了，這麼多年過去，便是回想起來又如何？但她之前欺壓安清悠，把當年元配夫人留給女兒的嫁妝盡數收入自己私房，這事情若是翻了出來，那麻煩就大了。

一時間，徐氏連藍氏擠兌自己的用意都顧不上了，慌得不知如何是好。

再看周圍，安德佑默然不語，似還沒從遙想中回過神來，而趙氏竟似有些期待，就差出聲附和了。至於安清悠，她雖不是貪戀財物之人，卻也不是那種讓人隨便騎在頭上的軟柿子。她一直在等，一直在隱忍，等的便是有這麼個合適的機會奪回原本屬於自己的東西。

這段日子裡，安清悠不單將自己院子裡的下人收拾得服服貼貼，更在練字之時，根據幼時的記憶，把生母留給自己的物事好好記錄下來，便是那幾個當年從趙尚書府上帶過來的老人，也讓她藉著採集調香材料的名義一一找到，並且多方梳理下，把徐氏強占自己的物事調查得清清楚楚。

眼下藍氏擠兌挑撥的一句話，成了最好的契機，若還抓不住，那安清悠就不是安清悠了。

當下不再遲疑，安清悠從袖口裡抽出一張單子，遞給徐氏道：「四嬸這話確是有理，這些日子清悠也考慮了些打扮之事，只是母親留下來的東西我許久沒用了，真是有些生疏。夫人不如幫清悠看看，若是出府，戴上哪些東西才好？」

徐氏接過單子一看，只見上面密密麻麻，將她強占安清悠生母的嫁妝盡數列在了上面，登時臉色煞白，連嘴角都有些抽搐了。

機會從來都是留給有準備的人，安清悠梳理這張單子出來後，隨身帶了多日，這時拿出來，便是有力的一擊。

徐氏有些亂了方寸，良久才強笑著道：「這……這些東西都在府中庫裡，若要翻找，一時間有些倉促……」

這話一說，連旁邊的趙氏都不禁搖頭，貴重的首飾即便不是常常穿戴，收在首飾匣子裡，哪需要特別翻找？

藍氏更是牙尖嘴利地擠兌道：「呵呵，趙尚書家出來的東西都能塞到庫中存著，真不知道長房那邊備了什麼好東西，能連這般珍品都棄之不用？」

說著，藍氏指著最初安清悠戴的那銀簪髮釵，與安清悠現在戴的物件簡直是天壤之別。

如若這都看不出端倪來，安德佑就是個睜眼瞎子了。

徐氏臉色發青，安清悠微微搖了搖頭，這位四嬸顯然是看出了什麼來，這般說話，便是要將徐氏往死裡逼，想藉這事讓長房出醜。

正所謂覆巢之下焉有完卵，自己好歹是長房的人，便是內宅鬥得再厲害，也不能讓全家變成四房的踏腳石。

安清悠這般尋思，當下輕聲道：「四嬸哪來的話？母親過世之時，清悠年紀尚小，故而夫人將母親的遺物打包封存未曾開啟，卻是要等到清悠出嫁時再當作嫁妝的。四嬸這般說話，卻是有些想左了，夫人，您說是不是？」

「啊？」藍氏一呆，原本是把長房攪亂的大好時機，千算萬算，卻沒算到安清悠會在這時說出這等話來。

如此一來，徐氏倒有些回過神來。安清悠這話裡分明是給了她一個臺階下，只要她老老實實把之前強占的東西吐出來，這一頁便算揭過了。

可是，安清悠的生母是前吏部尚書的嫡長女，昔日趙家全盛之時，門生故吏遍布天下，安家能結上這門親事都算是高攀，前夫人帶過來的嫁妝著實貴重，徐氏把這些東西霸占多年，就這麼吐出來，簡直要她的命。

徐氏此刻的心就猶如有刀子在剜肉一般的痛，支支吾吾地說不出話來。

安清悠大嘆，這徐氏真是死不悔改！

今日自己若想把事做絕，只須當著眾人的面把徐氏強占自己母親遺物多年的事情說出來便是。依父親的性格，如何能在三房、四房的人面前落這個臉？到時候徐氏不僅要把東西吐出來，十有八九還會得到休書一封。

看著徐氏那天人交戰的樣子，安清悠無奈地轉頭對著安德佑輕聲道：「咱們長房上慈下孝，一貫如此，是吧，父親？」

安德佑一直在出神，不知在想些什麼，忽聽得女兒喚自己，茫然道：「嗯……什麼？」

安清悠上前欲再道：「剛才女兒和夫人說……」

「老爺！」一聲媚叫從徐氏口中發出，這徐娘半老的女人，此時說話卻如少女般嬌嗔，莫說是安清悠和三房、四房的兩位夫人，就連旁邊伺候的婆子僕婦們都起了一身雞皮疙瘩。

那邊徐氏臉上已經笑成了一朵花，說話語速極快，不給其他人半點插嘴的機會，「妾身剛才和大小姐說，當年姊姊故去之時，留下不少從她娘家帶來的東西，都是好物事，妾身都打了包封存完好，這麼多年來未曾開啟過的，眼瞅著大小姐年紀大了，什麼時候出嫁，就都作為嫁妝隨了她出門！」

「啊……啊……怎麼回事？」

安德佑剛回神不久，徐氏說話的速度又快，他根本沒聽清楚。

徐氏只覺得渾身上下的血液都湧到了頭上，狠狠地咬著後槽牙，用盡全身力氣叫道：「妾身剛才和大小姐說，當年姊姊故去之時，留下不少從她娘家帶來的東西，都是好物事，妾身都打了包封存完好，這麼多年來未曾開啟過的，眼瞅著大小姐年紀大了，什麼時候出嫁，就都作為嫁妝隨了她出門！」

徐氏重複地大叫，幾句話的功夫，她的一口牙已咬得腫疼。

安德佑點了點頭，「本當如此，應當應分的啊！不只是這些東西，將來清悠出嫁的時候，府裡還要再多備上一些……只是，夫人妳剛才叫那麼大聲做什麼？震得為夫耳朵都要聾了，有兩位弟妹在這裡，沒得叫人家笑話……唉，夫人，妳怎麼哭了？」

徐氏哽咽著，卻是昧著良心說客套話：「嗚嗚……老爺，妾身是看大小姐如今出落得亭亭玉立，著實……著實欣慰啊，嗚嗚嗚！這些物件妾身替大小姐保管了十幾年，終於要……終於要物歸原主了，蒼天……這蒼天怎麼就這麼有眼啊？妾身這實在是喜極……嗚嗚嗚……喜極而泣啊！」

徐氏在那裡咬著後槽牙，淚中帶笑，安清悠卻是鬆了一口氣，徐氏到底是把母親留給自己的東西吐了出來，自己長時間的隱忍不發沒有白費。

只是徐氏這番又哭又笑，那邊卻是有人暗呼可惜，這人便是藍氏。

藍氏亦是大家出身，這等內宅的爭鬥自幼便是看得多了，後來嫁給安家的四老爺安德峰，掌管四房內院多年。見到眼前的場面，自是將內情猜了個八九不離十。

當是繼母背著老爺私占嫡長女的財物，如今嫡長女借勢討要。

前任大夫人留下的東西再好，卻和藍氏沒什麼關係，她才不在意這些東西究竟是被徐氏占了，還是被安清悠討回。原本若是能翻出長房夫人私占嫡女財物的事情，長房鬧翻天不說，肯定也會在老太爺心中大大的減分，誰料到弄來弄去，最後卻變成了這樣的結果。

藍氏不甘心就此罷手，原本說要走，此刻也不忙著走了，盤算了一下，很快又想到了一個手段，便裝作隨意般，對安德佑說道：「這一趟看了兩個孩子，我也該回去了，只是有一事卻是剛剛想起，兩個侄女畢竟是第一次參加這種聚會，家中規矩練得再好，到時候會有什麼紕漏卻也難說，不如讓她們今晚去我那裡住下，到時候一同出門便是。既省得分開行動麻煩，我今兒晚上也能幫著孩子們再練練規矩，大哥，您看如何？」

藍氏心中算計停當，弄了安清悠二人回去，晚上不「教」規矩教得她們精疲力竭才怪。明日到了王侍郎府上，她們昏昏欲睡，狀態全無，長房便再別想交什麼人脈。

到了自家府裡，還不是自己說了算？還能好好摸摸這從小到大一直沒怎麼露面的長房大小姐的底細。至於安青雲……這小丫頭既沒本事又缺規矩，還有著自以為是的驕縱脾氣，極好對付，隨便挑撥一下她和安清悠之間的關係，說不準又會生出什麼事來，萬一鬧大了，更可以順理成章拒絕帶她們出府。

藍氏的算盤打得當當響，卻有個聲音說道：「侄女有一事掛在心裡許久，還望四嬸指點。」說話的卻是安清悠，這藍氏左一個絆子，右一下挖坑，招數一個接著一個，盡是把長房的人往溝裡帶。直到此時還在出陰招，當真可厭。

安清悠將這古代的規矩練得再純熟，骨子裡也是現代人，一味的妥協，絕對不是她的作風，更不可能任由四嬸頻頻使壞，當下便出言打岔。

「大侄女有什麼事，但說無妨。」藍氏故作慈愛地笑著答道。

安清悠淡淡笑道：「各家規矩不盡相同，比如明日王侍郎府上的宴會，京城各府皆有人來，卻不知哪家的規矩禮法才是最佳？」

饒是藍氏善於交際，也難以回答這個問題，但她反應奇快，順水推舟地答道：「各家規矩自是不同，多學一些也是好的，我讓妳們姊妹今日去我那裡住下，便是要多跟妳們講一講各府規矩的不同之處，省得到時候失了禮數。」

安清悠嘆道：「四嬸，我們這些做女子的從小便開始學習規矩，可是這學來學去，究竟是我們掌握了規矩，還是規矩掌握了我們？」

藍氏瞠目結舌，饒是她精明了這麼多年，也沒想過這個問題。

這大小姐小小年紀，怎麼說起話來比那看破生死的老僧人還要滄桑？

藍氏一時無言，只好答道：「明日這宴會上，比我們安家門第更高的大有人在，行了人家的規矩自是好的……」

「這話侄女卻是不敢苟同！」安清悠斬釘截鐵地頂了回去，正色道：「所謂禮法，縱是千變萬化，亦無外乎由人而行，若是那人本心極正，什麼規矩加上去都是錦上添花，若是那人的本心有虧，便是多加什麼規矩亦是無用。各府禮法不盡相同，卻無高下之判，那侄女便只將自家規矩練好即可，明日赴宴，侄女只是我安家長房之女！」

安清悠說完，不忘補上一句：「我就是我！」

這一句「我就是我」說得堂堂正正，古人講究規矩禮節，卻更注重諸如「本心」、「守道」這類勸人堅持原則的道理。若是安老太爺這等大家在此，怕是少不得也要誇安清悠一個好字。

藍氏再伶牙俐齒，此刻也說不出半句反駁的話來。

一時間，廳中安靜，便是安德佑也忍不住動容。

適才安清悠穿戴起了生母昔日的首飾，舉手投足間自有雍容華貴的氣度，兩人容貌又是極像，安德佑恍惚間想到了那位亡故了的元配趙氏。

那時候安老太爺還不是那個縱橫朝野的左都御史，自己亦是個剛中了科舉沒多久的年輕人，日子雖過得遠不如現在，可是夫妻二人一個勤奮上進，一個秀外慧中，家中美滿和睦，便是那笑聲，又比現在多了不知多少？

我就是我？好！好一個我就是我！

曾經的那個我到哪裡去了？是在宦海沉浮的渴望之中？是在送往迎來的人際周旋裡？還是在那些匆匆忙忙的奔波之中？

嘿！我就是我！

「悠兒，嘿嘿……好一個悠兒！為父有多少年沒叫過妳悠兒了？枉費我讀了這麼多年聖賢書，慚愧！當真慚愧！」

長笑聲中，安德佑猛然起身，朗聲道：「明日四弟妹自來我府中接了兩個孩子便是，至於其他的事情……我自會安排！」

藍氏愕然，安德佑這位大伯平日瞻前顧後，原本只要自己多說些理由來，總能打動他，不料這次只是剛開了個頭，便被封得死死的，這一家子怎麼都不一樣了？

今日前來，幾番算計盡皆落空，這……這還是自己熟悉的那個長房？

藍氏知道再說下去，也只有吃虧的份，當下知難而退，不再刁難，而趙氏對安清悠更為喜愛，拉著她的手噓寒問暖，又告知她有事可來尋她，她會為其做主。

大房與四房的爭鬥以四房完敗告終，藍氏寒暄兩句便告退，趙氏也沒久留，安清悠將她一直送出院門口才返回自己的院子。

安青雲也跟著告退，倒是徐氏見事情過去，鬆了一口氣，反倒纏著安德佑道：「老爺，您忙了一上午也累了，左右快到晌午，不如妾身為您弄幾個小菜，午後便在妾身房裡歇息一下。」

這徐氏雖已是徐娘半老，卻是風韻猶存，這時刻意撒嬌，另有一番熟女的動人媚態。

她本是侍妾，對於男女之事下了功夫研究，這麼多年來每次遇到麻煩，只要把老爺哄進自己房中好好「伺候」一番，便能風平浪靜。

只是，這次這招數未必靈驗，安德佑瞇著眼睛看了看天色，言道：「是啊，時間過得好快，不過說了幾句話，便是晌午了……」

徐氏剛要接話，猛然聽得安德佑喝道：「取紙筆來！」

堂下伺候的人飛快備好筆墨，只見安德佑抓了一枝沾滿墨汁的大狼毫，寫的既非當今皇上最愛的魏碑，亦非衙門中公文常見的小楷，更不是八股科考裡多用的行書。

筆走龍蛇之間，酣暢淋漓，竟是四個狂草大字：「持正本心！」

徐氏見了驚呼一聲，連忙笑道：「老爺這字寫得越發精妙了，只是這樣的字體，妾身跟了老爺這麼多年，竟是沒見老爺寫過。」

安德佑淡淡道：「為夫昔日也曾有那年少輕狂之時，這一手狂草，卻是快二十年沒再寫過了。我生平所書之字，當以此為最，這便贈與夫人，妳我夫妻共勉吧。明日我便回禮部銷了病假，做一日朝廷命官，當一日的盡心。要準備的事情很多，就不在夫人房中歇息了。」

徐氏臉色登時煞白，原本百試百靈的法子，第一次失了作用。望著那「持正本心」四個大字，嘴唇都有些發抖了。

安德佑緩緩邁步出了廳，心裡長嘆，他不是傻子，徐氏強占女兒私物之事如何看不出來？都說出身重要，當初若不是徐氏生有二子，他是絕不會讓其扶正的。讓這女人掌管長房內院十餘載，到底是不是個錯？

而此時，安清悠回到院子後，沉吟了許久，青兒在一旁嘟囔道：「今兒都說到那個分上了，老爺還看不出來！」

安清悠垂下眼簾，喃喃自語：「父親怎會看不出來？世家子弟，有哪一個是能被人輕易矇騙的？有的不是糊塗，而是情分。」

這晚，繁星綴滿蒼穹，弦月高升，夜幕籠罩了安家長房的府邸。

安清悠白天和徐氏、藍氏等人周旋了一個上午，此時很是疲累，雖是收益頗多，她卻沒有被沖昏了頭。

「這麼晚請嬤嬤過來，清悠失禮了，還請嬤嬤海涵！」

白天安清悠回到自己的院子後，又將明日要去王侍郎赴宴之事細細梳理了一番，雖無大的關礙，卻還真有一樁事略微不足，思來想去，還是請了彭嬤嬤過來商議。

彭嬤嬤道：「無妨，我既是大小姐的教習嬤嬤，這自是應當應分的，卻不知大小姐找了我來，所為何事？」

安清悠也不多寒暄，直接說道：「明日王侍郎府上擺宴，我要隨四嬸一同去，只是那宴會各府人等頗多，我身邊卻是沒有什麼合用之人。青兒這丫頭忠心自是有的，卻和我一樣沒出過安家的大門。而且，她年紀小，又心直口快，去這等場合不太合適。我想請嬤嬤與我同去，不知嬤嬤意下如何？」

安清悠想著，若能有彭嬤嬤這樣的行家在身邊，行事自然方便許多。

只是，彭嬤嬤思忖半晌，卻是搖了搖頭，「按說大小姐既然開了口，我便不該推辭，可我確是有不便之處，還望大小姐見諒。」

安清悠聽得這話，有些失望，但也知彭嬤嬤向來是一句話一個準，她說不去，便真的是不會去了，這可怎麼辦是好呢？

安清悠正躊躇間，彭嬤嬤又道：「大小姐既提了這事，倒讓我想起險些疏忽了一件事情。大小姐身邊只有一個青兒，莫說這孩子年紀小，本事還須慢慢調教，便是那用熟了的丫鬟，一個人也不能分身幾處。大小姐早晚要嫁人的，身邊需要再培養幾個貼心之人，將來不管嫁到哪裡去，才有可靠的幫手。」

安清悠還在適應這個時代的生活，乍聽到彭嬤嬤說些嫁人之後的事情，微微一怔，卻是笑著搖了搖頭，不過這培養心腹的事情還是暫時擱到心裡去了。

彭嬤嬤見她這樣，也不多言，只是眼睛一瞇，陡然間眸子裡精光四射，「大小姐的起坐站行這些基本功夫已練得極為扎實，便是我自己來做，也未必能做得更好。至於讀書寫字，那是細水長流的事情，需要時間慢慢磨。眼下既有王侍郎府上擺宴這類事的機會，大小姐不妨把之前所習所學盡數施展，順便……學學管人。」

「嬤嬤有以教我？」安清悠也不客氣，臨陣磨槍，不亮也光，如今能記多少是多少。

這一晚，彭嬤嬤和安清悠談了不少，彭嬤嬤也不藏私，萬事提點，尤其是御下之道，給安清悠好好地開了個頭。

兩人敘談至深夜彭嬤嬤才離去，第二日她要出府，不得不好生睡上一覺。

來這裡這麼久，明日終於可以見見安家以外的世界了。

安清悠躺在床上，閉上眼睛，很快便進入夢鄉，而這一晚，她夢到最多的人卻是自己那位「生母」，還有那酸腐到骨子裡的沈雲衣。

沈雲衣此時也在納悶，這一晚翻來覆去的睡不著，腦子裡滿是安清悠這位大小姐的影子，這是中了魔障不成？

第二日清晨，天清氣朗，安清悠起身沐浴更衣，依舊是那清素淡雅的裝扮，只是頭上多戴了那支三嬸所贈的紅寶石金釵。

青兒也是初次出府，換了一身嶄新的服飾，還梳了雙丫髻，樂滋滋地在安清悠身邊忙前忙後，快樂得不得了。

安德佑對這事也很上心，早早派人將兩個女兒叫來，不過，他的目光中，檢視規矩的意味少了很多，反倒多了幾分父親看女兒出去玩時那種慈愛之色。

安青雲今日不再是暴發戶的樣子，也學著扮起了素淡。雖說裝扮仿得維妙維肖，可內涵氣質卻比安清悠差得不止一點，再怎麼素淡，都帶著股不順眼的感覺。

藍氏來了之後，安清悠帶著安青雲上了藍氏的馬車，安德佑只囑咐了一句：「好好玩！」

藍氏驚訝地看著安德佑，似是不明白大伯怎麼一夜之間轉了性子。

安清悠卻是抿嘴微笑，有些話不說不明，理不講不透，沙鍋不打它一輩子不漏，可某層窗紙一旦捅破了，便會有人及時醒悟。比如安德佑，人還是那個人，只是眼光行事的層次已是上了一個境界。

自從四老爺安德峰謀了戶部鹽運司的肥差，藍氏便學會了享受，馬車弄得寬大舒適，安清悠坐在裡面極是舒適。行得一會兒，終究忍不住好奇心，伸手掀起簾子一角，悄悄向外看去。

大梁國的京城雖不如現代大城市的高樓林立，卻是此時天下的繁華所在。

商賈雲集，行人如織，再加上古樸的傳統建築林立，自有一番古色古香的景象。

安清悠慢慢看著這些從未見過的風景，自得其樂，臉上也多了幾分不掩蓋的新奇來。

「第一次出府？」藍氏順勢問道。

從上車開始，藍氏就在仔細觀察著安清悠的一舉一動。

這個之前未曾顯山露水的安大小姐實在讓她捉摸不透，此刻見安清悠對京城中的一切興致勃勃，正好藉著這個機會率先挑起了話頭。

安清悠也不做作，輕笑道：「讓四嬸見笑了，侄女自幼大門不出二門不邁，從沒出過府呢！說起來，這還是託了老太爺和四嬸的福氣，侄女多謝四嬸了！」

旁邊的安青雲見狀，輕輕冷哼一聲，低聲嘟囔道：「真沒見識……」

安青雲這句話讓藍氏不禁哂然，安青雲那樣子倒似是經常出府的，可是要說這位長房大小姐少見識，怕是連藍氏都不信。

昨日廳中安清悠的一言一行、一舉一動，無不拿捏得恰到好處，這哪裡是缺了見識的人？她若真是頭一次出府，那些老練的手段又是從哪裡來的？有些事情必須經過歷練，否則再有名師也是枉然，便如安青雲，就算出過府又如何？在藍氏眼裡，這才是真正沒見識的小丫頭。

藍氏昨日挑事不成，反而堵了一肚子氣，今日卻不同，等會兒便要到王侍郎府上，來往皆權貴，若是鬧出什麼不好的事來，無論是安家還是藍氏，臉面都不好看，她少不得要囑咐幾句：「今日宴中，有幾家的小姐和夫人要留意，那戶部的王侍郎如今聖眷正濃，這次擺宴又是借他家老夫人六十大壽的名義辦的，對他的家眷要小心應對。內閣李學士是三朝元老，王侍郎是他的門生，這次也親臨此宴，他的夫人雖有品誥命，但不難相處……」

昨日安清悠一句「我就是我」，封死了藍氏的一系列後招，更是讓安德佑心有所悟。藍氏回到府中還是不服氣，什麼我就是我，在這京城裡往來應酬，哪是那麼容易的？

這一路上，藍氏抖擻賣弄，將參加宴會的人大大點評了一番，眼睛卻是緊緊盯著安清悠不放，心中只想著跟妳論規矩妳抗拒，若擺出來這些炙手可熱的人物妳又待如何？

妳父親安德佑做了十幾年的禮部散官，今日碰上這些人，就看妳是不是會上趕著巴結，是不是還搞那些什麼「我就是我」的廢話！

只可惜安清悠多了一份現代人的見識，上輩子什麼時尚酒會去過不少，知道越是有身分的人，越是瞧不起那等阿諛諂媚之輩，反倒是不卑不亢更易和這等人物來往。於是，那藍氏說什麼，安清悠便唯唯諾諾用心記憶，面上則如秋日靜水，更無一點漣漪。

藍氏說得口乾舌燥，卻被安清悠的淡然吃得死死的，半點脾氣也無，倒是旁邊的安青雲見在馬車裡說話隨便，便插起嘴來。

藍氏一見之下，心裡另生一計，倒把話頭掉轉向安青雲道：「……還有那禮部議評司的執事郎中趙大人，雖然官位不過六品，卻是此次大考的監場之一，一會兒見了他家小姐，要先上去行禮才是……」

安青雲極愛品評各府之人，這時話說得多了，不知不覺又露出了驕縱脾氣，噘著嘴道：「一個六品官罷了，還要先向他的女兒見禮？我安家無論是父親還是叔父，哪一個不是五品之上，她為什麼不先跟我見禮？」

藍氏見成功挑起了安青雲的脾氣，心中一樂，又在火上澆上了一瓢油，轉頭對著安清悠道：「對了，那大理寺的斷刑推丞周大人也要來。這周大人素來剛硬，連他那女兒都是個火爆難處的脾氣。不過，這倒無妨，他周家倒是與妳生母趙家有些關係……」

安青雲此時最嫉妒的，就是有人說安清悠出身如何，待藍氏說得幾句，她冷不防插嘴道：「難處就難處，這宴上各府之人這麼多，憑什麼就非得和他家的人來往？不過是個斷刑推丞，我安家的老太爺還是左都御史呢！」

藍氏成功點起了火頭，正要再說什麼，外面車夫稟報道：「夫人，王侍郎府上到了！」

幾人下了車，安清悠拿眼一掃周圍，暗暗心驚：當真是好大的場面！

戶部的王侍郎本名王大慶，人如其名，當今皇帝登基二十年那年開了恩科，這王大慶便是在這一屆中了榜眼。

他是當今首輔李大學士的得意門生，行事又得皇上賞識，一路升遷極快，四十歲不到便已官至戶部左侍郎，更是當今太子的東宮侍讀之一。很多人都說，他是皇上為下一任皇帝留下的儲相之一。

這麼一位人物為母親操辦六十大壽，自然是賓客雲集。而王侍郎似乎也有意借題發揮，熙來攘往的賓客不是官員便是名士豪商，最令安清悠覺得特別的，是那各府女眷的車馬隊伍。

按大梁國制，官員出行的儀仗皆有定例，能用幾匹馬拉車、車輛的長寬、高矮，乃至材料和顏色都有規矩。好比天子的行車座駕，講究的是白玉九駿，即九匹毫無雜色的白馬作為拉車腳力。若是誰用的馬匹比皇帝還多，便是逾制

至於女眷，這方面的要求倒是模糊，雖說無論誥命有無與否一概都是兩馬一車，但這車輛的設計、裝飾，則自行定奪。

大梁國這些年來沒什麼動盪，京城裡倒是多了許多奢華風氣，許多官宦人家把這女眷的車馬變成了講排場的比較所在。誰家女眷的車馬若是太過寒磣，該府的老爺也面上無光。時間久了，居然漸漸形成了一股風氣。

因此，像王侍郎擺宴的這種場合，各府女眷的車馬不約而同帶上了一絲角力的意味。

藍氏的馬車已頗為豪華，但在這裡一比，不過是中等水準罷了。其中不乏鑲寶帶玉的，至於什麼江南精繡做的車幔、八香烏檀做的車廂更是隨處可見，不光是花錢，還得有文化，有品味。有家富商家眷的車夫提了根金絲編成的馬鞭，就遭到了周圍人的鄙視。

瞧瞧旁邊那輛車，所有的東西都貌不驚人，偏偏拉車的馬兒用上了兩匹市面上千金難買的大宛名駒五花鬃，這才叫夠低調，才是真正的香車寶馬。

安清悠看得目不暇給，眼花繚亂。

藍氏看她這副東張西望的樣子，微微一笑，帶著些揶揄意味地說道：「這就把眼看花了？一會兒進去才有得看呢！不過，像這等宴會，長幼之分極嚴，等會兒隨四嬸進去拜見了壽星，四嬸要與各府夫人攀談，妳們這些做小輩的倒是輕鬆，可以去後面院看戲，妳那三妹便由妳領著，可要看顧好了。」

安清悠眉頭微皺，千小心萬小心，還是讓藍氏算計了一道。

藍氏在剛才來的路上，說了這麼多各府的八卦，長幼分開的事情卻是故意不談，還將安青雲撩撥得跟個火藥桶似的，到時候萬一出了事，藍氏一句分身乏術，不在場，便可推脫乾淨，所有的錯到頭來還是落在安清悠姊妹身上。

誰讓妳是安家長房的嫡長女，又要帶著安青雲同來？

這事換作是誰，都會認定是安清悠的錯……

不過，事到臨頭懊悔不是安清悠的作風，聽了藍氏的話，安清悠當下點頭，「多謝四嬸告知，一會兒進了府中，我們與四嬸各自行事便是。」

藍氏見安清悠只微微變色，便恢復了那面沉如水的神態，暗暗心驚。

這安清悠才多大年紀，怎麼有如許的養氣功夫？

再細細思忖一遍，又覺得自己的安排算計並無失誤，無論如何，安清悠頂多能和那些各府晚輩碰面而已，與各府的夫人頂多是見個禮說上兩句閒話，搭不上什麼線。至於安青雲？本來她就和安清悠不對盤，由著她鬧去。

幾人各有各的盤算，表面上卻是一團融洽地慢慢走進王侍郎府內。

一路上，藍氏遇見不少相熟的女眷，她本是與周旋慣了，此刻更是左右逢迎，見人就笑。有搭話的來者不拒，還不時引見安清悠姊妹，表面功夫做得十足。

等到大門前，藍氏便和四老爺安德峰聚首。

此次擺宴，亦是給安老太爺發了帖子，只是老太爺不喜這等場合，安德峰又主動熱切，且那王侍郎是他在戶部的頂頭上司，他便巴巴地趕來賀壽，還備上了一份厚禮。

進得廳中，安德峰自與各府大人一處，安清悠則是隨著藍氏來到女眷所在。

「這是翰林院陳翰林家的夫人和大小姐！」

「這位是丁夫人，她家的老爺是工部的丁郎中丁大人……」

「這是禮部提督同會館衛大人家的夫人，那衛大人的妹妹嫁到了江南織造府，有個一等一的好妹夫……哎喲，衛夫人，我這可不就是在說您嗎？瞧瞧您衣服這料子，這做工，這針腳，京裡可是有錢都買不到……大侄女，快過來向衛夫人見禮！」

藍氏臉上帶笑，口中不停地一邊跟女眷們打招呼，一邊為安清悠和安青雲介紹，左右周旋，遊刃有餘。安清悠看了也不禁暗暗點頭，藍氏號稱是安家夫人裡最會交際的，果真是頗有本事。

既是坐了一桌，少不得各自見禮，只是藍氏介紹了在座的女眷們之後，卻不再有什麼點撥。

這一桌的女眷裡既有家裡是肥缺實差的，亦有身分清貴的，更有家裡男人混得不怎麼樣的，倒要看看安清悠自己怎麼應對了。

安清悠也不多言，兵來將擋，水來土掩，該見禮的見禮，該說話的說話。

來往沒有高低貴賤之分，便是身分官位不如安家的，安清悠也是笑顏以對，對那家中有人實權在握的，亦不主動巴結，只把該盡的禮數盡到。跟著教習嬤嬤所學的規矩，倒是發揮了作用。站、立、坐、行……這些事情雖然細小難察，但是一連串的動作做下來，卻又讓人感覺渾然天成，如行雲流水般天成。

許多夫人眼前一亮，自家閨女媳婦雖的行動雖亦是合乎禮數，但和這孩子一比，卻低了一籌，再加上那清淡如水的氣質，真真就是大家閨秀的典範。當下便有人拉著安清悠說話，結果沒說得兩句，卻是有人識得安清悠的生母娘家。

提起這位逝去的夫人，其他人也是唏噓不已。

偶有人問起安清悠如今在安家的生活，她也隨意說上一二，卻閉口不提繼母苛待自己之事。

安清悠行事周全，保全了安家長房的體面，便是藍氏在旁，也不免暗道這孩子識大體。只是如此一來，安清悠這個從未出現在貴女圈中的安家嫡長孫女反倒成了這桌的焦點。

安清悠討人喜歡，在她旁邊坐著的安青雲卻是冷了場。

安青雲的氣質打扮，比安清悠差了好幾個檔次，舉止言行又有些生硬造作，其他人便只當她是個小孩子，沒什麼人搭理。

安青雲說不上話，耳邊卻偏偏響著她最討厭的誇獎安清悠和說前夫人的事情，又氣又惱又妒忌之下，索性對著桌上的水果發起了狠，埋頭狂吃。

旁人不禁愕然，同是在一個屋簷下生活的閨女，怎麼差異就這麼大？這安家大小姐知書達禮，三小姐卻是這麼粗俗。

按說安德佑好歹也是官至五品，安老太爺更任左都御史十幾年，家裡不至於淪落到連水果都沒見過的地步吧？

這丫頭還真來了個「我就是我」，與各人都是一般模樣的應對！

藍氏在一旁看到安清悠的做派，心中暗暗吃驚。

沒想到這大侄女說到做到，偏偏其他人也沒覺得這樣不好，這也行？

旁日裡她對人曲意逢迎，熬了許久才打入這個圈子，如今安清悠卻無聲無息地就融了進來，還沒有人對她不喜，甚至上趕著與其敘話，這種狀況讓藍氏除卻嫉妒，還是嫉妒。

藍氏不禁有些懷疑，自己這次帶安清悠來，究竟是對還是錯？

眼看著安清悠一派溫和，不知不覺便和眾人打成了一片，可莫要八十老娘倒蹦孩兒，真讓這死丫頭搭上了什麼貴人！

藍氏既有了這般擔心，登時便活動起了別樣的心思，可是此時安清悠正和一桌子夫人小姐們談得正歡，哪裡輕易調得開她去？

便在此時，門外有人高聲唱道：「內宮司禮監副事田令昌田公公到——」

這一聲高唱響罷，登時起了一陣小小的騷動。

陸之章　花園掌摑結怨

按大梁國制，宮內宦官擅自結交外臣可是砍頭的大罪，這般場面上有了宮裡的太監來到，唯一的解釋只有一個，那就是皇上有恩旨賞賜來了。

王侍郎府上中門大開，此刻更是禮炮齊鳴，王侍郎激動地親自迎到門外，拱手道：「王某何德何能，今日不過是老母過壽，竟勞得田公公親臨，著實讓王某惶恐不已，惶恐不已啊！」

田公是宮中司禮監的第二把交椅，傳旨的事情做得多了，知道王侍郎不過是客氣話，當下笑道：「王大人這是哪裡話，咱家不過是個跑腿的，宮裡頭有了天家的旨意下來，您還是趕緊擺開香案接旨吧！」

這話一出，王侍郎當即擺手，王家似是早有準備，黃紙香案一應俱全。

田公公微微一笑，尖著嗓子高聲叫道：「奉天承運，皇帝詔曰：茲有王大慶者，為國勞苦二十餘載，其任戶部侍郎至今，猶可忠於王事，有辛勤而不懈怠，知勞苦唯行方正……賞雙鶴金服一件、白璧兩雙、明珠六斛。其母王馮氏，不唯撫兒育養之功，復有弘化教親之效，賢良淑德，堪為表率……欽賜誥封，以淑人為憑，欽此！」

這聖旨一宣，廳中賀壽的氣氛越發熱烈。

王侍郎如今紅得發紫，他的母親得誥命亦是意料中之事。只是，聖旨裡那句「以淑人為憑」那是給了一個三品的誥命，按照王侍郎如今的身分已是極致。何況皇上專門選在這壽宴之日，眾目睽睽之下上了一道恩旨，王侍郎聖眷之隆，可見一斑。

「微臣王大慶攜母領旨謝恩，吾皇萬歲萬歲萬萬歲！」

王侍郎領了聖旨後，又向母親磕了三個響頭，口中道：「娘，幼時您教兒子識字啟蒙，那時兒子便立下誓言，今生今世必要替母親掙個誥命回來，今日得償所願，兒子給您磕頭了！」

王老夫人老淚縱橫，一把抱住王侍郎，大呼我的兒啊！

場面甚是感人，旁邊王侍郎的座師，如今的內閣首輔李大學士，也是拈鬚長嘆，言道這母慈子孝，可傳為一段佳話。

不少女眷更是感動得淚眼汪汪，倒是藍氏心思動得快，掉了幾滴眼淚之後，拉著安清悠與安青雲姊妹，快步向著王老夫人祝壽而去。

到得近前，卻見那聰明人不止藍氏一個，王侍郎早被一群前來賀壽的官員團團圍住，王老夫人也被很多女眷包圍，排了好一陣，才輪到藍氏，她趕緊堆起笑容道：「王老夫人福安，晚輩是鹽運司安德峰之妻，今日王老夫人壽辰，晚輩祝您老人家福如東海，壽比南山！您老人家可真是好福氣，我們這些各府裡做媳婦的，做夢都想像老夫人您一般呢……」

好不容易等到搭話的機會，自是要多尋幾個話題，指不定那壽星老太太一高興，討得人家歡心，這條人脈也就搭上了。

若是不行，也要想方設法在對方面前留下深刻印象，將來自家男人有什麼事情不好放在檯面上說，做女眷的也能有個由頭到後宅走動。至不濟，也得多說兩句占些時間。好比眼前這位王老夫人，年事已高，精神能好到哪去，不把握時間不行。

各府前來賀壽的女眷如此之多，她可沒精力挨個見上一面說上些話，藍氏多說一刻，其他人就少了一分接觸王老夫人的機會。

藍氏口才本就好，此番前來又是做了充分的準備，這時候口若懸河，吉祥話裹著馬屁話如流水般說了出來，只是王老夫人卻不是一般人物，對這等往來應酬之事比藍氏還熟得許多，當下微笑著說道：「是安老大人家的四兒媳婦吧？替老身問妳家老太爺好，就說咱們兩家都在京裡，沒事不妨多走動走動，也請安老大人有閒暇時，多指點指點我這不成器的兒子！」

安清悠在一邊聽得佩服至極，那王大慶四十歲不到便做了戶部侍郎，又在皇帝和太子面前兩處掛了號，這樣的兒子還不成器，文武百官之中有一多半便要抹脖子了。

再者，王老夫人話裡話外只說安老太爺如何，隻字不提四老爺安德峰，短短幾句話中既有自謙之語，又有通誼之意，且截住了藍氏的話頭，又不讓旁人覺得太著痕跡，這才是真正的滴水不漏啊！

藍氏暗暗苦笑，這王老夫人果然是人老成精，這麼一句給老太爺帶話，自己哪能說個不字？原本一肚子的說辭硬生生憋了回去，好歹還是讓王老夫人識得了自己，到底也不算太失敗。

藍氏當下微微側身，讓安清悠姊妹過來見禮。

安清悠本就沒有要巴結王侍郎家的心思，但適才王老夫人與兒子之間真情流露，倒是讓她有所觸動。再加上剛才看那王老夫人的行事舉止，也確是有些欽佩。

於是，安清悠走上前來，便是真心誠意地行了福禮，輕聲道：「王老夫人福安，安府長房孫女祝老夫人福壽康泰，闔家遐齡。」

王老夫人看人的眼光老辣得很，安清悠不帶功利之意的祝福，她如何看不出來？當下便先有了三分喜歡，不由得多看上兩眼。

打量安清悠時，見她打扮清秀淡雅，不同於其他女眷的錦衣華服或金玉綢緞，再看她行禮說話，行雲流水之間，不帶一絲矯揉造作。一氣呵成不說，又讓人看著舒服無比。饒是王老夫人這把年紀了，也起了好奇心。

當下越看越覺得有趣，便對著左右陪著的人笑道：「這孩子看著倒是不錯，是安老太爺的大孫女？起來起來，陪我這老太婆說說話吧。」

安清悠道了聲「是」，隨即邁著小碎步走上前。

旁邊無數道嫉妒的目光齊刷刷盯在了她身上，這安大小姐不知怎麼的，居然入了王老夫人的法眼？藍氏在旁邊，連弄塊豆腐來一頭撞死的心都有了。

心說這安大小姐莫不是天生背著個討喜的運氣，自己籌畫了這麼久，也不過得了個給老太爺帶話的結果，安清悠什麼事也沒做，怎麼就討了個陪著說話的好差使？

「孩子，妳閨名叫做什麼呀？」

「回老夫人話，叫安清悠。」

「清悠？呵呵，好名字，好名字……我看妳規矩做得不錯，誰教的啊？」

「小時候父母教過一些，後來從宮裡請了一位嬤嬤姓彭，這段日子裡又練了一陣子……」

王老夫人拉著安清悠說了幾句閒話，安清悠知道在這等人物前耍技巧無異於班門弄斧，便知無不言，言無不盡。

讀書、識字、請宮裡面的嬤嬤來教規矩，這都是京城千金常見之事。在場的女眷裡十個有七八個都是如此，卻並非都如安清悠這般做得自然。

王老夫人旁敲側擊，始終問不出什麼特殊之處來，心裡暗暗稱奇，這安家大小姐能做到如此地步，難道真是天賦不成？

好奇歸好奇，王老夫人也知如此場合下，不好只拉著一家的晚輩問東問西，後面還有一堆不知道是哪府的女眷等著向她賀壽呢。

只是，她這把年紀，大風大浪不知經歷過多少，眼見安清悠出眾，倒起了結善緣的心思。

王老夫人伸手在袖中掏摸著，笑著道：「好孩子，今日讓妳陪我這老太婆嘮嗑了一陣閒話，即是妳我有緣，我這做壽星的也不能太小氣了，來，這就當是我這老太婆給妳的見面禮，拿著吧！」說著，掏出了一件物事來，一把便塞到了安清悠手裡，卻是一對刻得極精緻的小玉蝶。

安清悠推辭不過，只得收下，行禮道：「長者賜，不敢辭……」

這一連串的事情下來，周圍早已一片竊竊私語。

這個世界上時候八卦傳得最快？

一堆女人聚在一起的時候。

如何傳得更快？

一堆伶牙俐齒、各懷心思而又專程來交際應酬的女人聚在一起的時候。

能來到這等場合向王老夫人賀壽的官宦女眷，有誰是缺了心眼的？沒幾個是省油的燈。

王老夫人這番作態，下面早已小話滿天飛。

「王老夫人怎麼留個小姑娘陪她說話？這穿著素淡，又不像是丫鬟，卻是哪家小姐不成？」

「這個妳就有所不知了，她是左都御史安老大人家的嫡長孫女，剛在門口我們遇見過，安家四房的夫人領著來的！」

「安家有這麼個大小姐？以前倒是未曾聽說過啊！哎，王老夫人送了她什麼？好像是一對兒小玉蝶？妳說，這送玉蝶又是什麼個講究？」

「這送玉蝶的講究還真是不知，不過妳看那玉蝶一送便是一對兒……我倒聽說王老夫人膝下有個嫡孫，莫不是動了和安老大人家結親的念頭？」

「怎麼可能？那王家的嫡孫年方九歲，可妳看這安家小姐的裝扮，分明已是過了及笄之齡，哪能結得成親？」

「哎喲，您也是大家夫人，這王家和安家若要結親，那歲數也能算是個事兒？」

正所謂有人的地方便有八卦。

別人怎麼想，安清悠沒法管也管不來，剛剛向王老夫人行禮告退，便有幾家女眷過來搭訕，又是攀關係又是給見面禮，彷彿和安家早就熟稔似的。

安清悠不卑不亢，既不對人過分熱情，又不曾失了禮數，等到回了原本坐的那張桌子，情況又有不同。原來不鹹不淡的幾家女眷，本著近水樓臺先得月的心理，爆發了異乎尋常的熱情，也不知哪裡找了那麼多有的沒的話題，連見面禮也比旁人貴重不少，甚至那位之前說認識安清悠生母的夫人，更是信誓旦旦地強調，她和安清悠的生母是至交，好到能合穿一條裙子。

安清悠對這樣的熱情有些無奈，偷空回頭一看，卻見王老夫人狡黠地對自己眨了眨眼，像是在說：丫頭，老婆子這份見面禮如何？

安清悠炙手可熱，旁邊的藍氏卻是坐如針氈，她在貴女圈中交遊廣闊，不時有熟人過來搭話，只是說不到兩句，便來一句：「喲！這便是妳家長房的大侄女吧？好俊的姑娘……」接著沒說兩句，話題便轉到了安清悠身上。

藍氏本是帶隊的人，此刻卻變成專門給安清悠提點介紹的迎客婆子，偏偏又發作不得，簡直是度日如年。好不容易，終於熬到身為壽星的王老夫人倦了，在幾個丫鬟僕婦的攙扶下，回了自家後院。

王侍郎站起來團團一揖，向著眾人高聲告罪道：「今日家母做壽，承蒙諸位賞光，王某感激不盡。只是家母年事已高，精力不濟，只得早些回房休息。若有不周，還請諸位多多海涵，王某在這裡向諸位賠個不是了！」

「無妨無妨！」

「應該的應該的！」

「王大人純孝，令人佩服！」

王侍郎又行了一禮，朗聲道：「諸位厚愛，王某汗顏！今日廳中備了薄酒淡菜，還請大家隨意享用，敝府後花園中另有戲臺，若有雅興，不妨前往一觀，今日無歡不歸！」

眾人轟然叫好，藍氏卻是從椅子上一躍而起，衝著安清悠急急笑道：「大侄女，這做壽的正禮已過，接下來是大人們喝酒談事，枯燥乏味得緊，妳們這些孩子性子活潑，沒得跟著我們閒嗑，都到花園裡看戲去吧！」

接下來便是官場之間的串聯走動，安清悠對這些事情興趣不大，當下點頭，行禮道：「四嬸、各位長輩，侄女今晚多飲了兩杯水酒，此刻不勝酒力，再坐下去倒要出醜了。這便帶著妹妹去後花園看看戲透透風，還請四嬸及各位長輩見諒。」

安清悠整個晚上滴酒未沾，但眾人都知這不過客套之詞，倒是紛紛關懷一番，說了些酒這東西還是少飲為妙的廢話，便由著安清悠姊妹退了席。

安清悠從容地從廳裡退了出來，自有王侍郎家的婆子僕婦上前接待，引著她們向後花園而去。只是，沒走兩步，卻聽得身後哎喲一聲輕叫，卻是青兒。

安清悠回過頭來，就見青兒跟在自己後面，可憐兮兮地抱著一堆東西，一臉尷尬地低聲說道：「小姐，實在對不住，這見面禮收得太多，奴婢拿得太過吃力……這手、手抽筋了……」

安清悠抿嘴一笑，想起之前彭嬤嬤說過的培養幾個得力之人，便吩咐身邊的人折回廳裡向藍氏借兩個四房的僕婦，又讓青兒帶著她們把那些收來的見面禮放回馬車上。

就這麼來回一耽擱，等安清悠帶著安青雲、青兒和那兩個僕婦等一干人等再到後花園裡時，戲臺上的好戲早已開鑼。

官員的府邸大小、房間屋數皆有章可循，對於後花園卻無明確的規制，一時間，京城中的殷實之家修園子的風氣極盛。

王侍郎府上的後花園反比府邸正院大了數倍，不論亭臺樓榭、長廊軒閣，還是假山怪石、香花綠草，一應俱全。

園子正中有個小湖般的人工池塘，池心處有個三角形的小島，沿著小島三邊各搭了木頭戲臺，上面一齣文戲、一齣武戲，另一個戲臺卻是雜耍班子在搞些吞火耍球變戲法等的戲碼。

一條長廊蜿蜒曲折，剛好環繞這地塘一圈。長廊中，每隔幾十步便有一處歇腳的亭子，亭中有石桌石凳，上面早就備了各色瓜果點心，任由賓客取用。

如此布置，保證賓客有得逛、有得看、有得吃、有得歇，這王侍郎當真好會享受。

院子裡則三五成群，不少年紀不大的小輩們各自聚團，說話聊天，比起剛才在廳中賀壽的一本正經，此時卻是放鬆了許多，更不時有少年少女們的笑聲傳來。

「這不是安家的妹妹嗎？怎麼一個人在這裡，不去同大家熱鬧熱鬧？」

安清悠轉頭看去，卻是適才在廳中見過的一位少婦，似乎是蔣宋氏，只是具體是哪家的人，已記不清了。

蔣宋氏雖做了小媳婦，但因是晚輩，便也不摻和廳中之事，只在園子裡閒逛，倒是意外碰到了安清悠。

安清悠微微一笑，行了個平輩禮，這才說道：「蔣家嫂子請了，小妹平日裡甚少出門，這等場合也是頭一次來，沒有什麼熟人，便獨自逛逛，倒不是有意和人疏遠。」

蔣宋氏見安清悠還記得自己，先有三分高興，安清悠在廳中的宴席上頗為搶眼，此刻更讓蔣宋氏有意結交，當下拉著安清悠的手道：「這些勞什子的聚宴，誰又是一生下來就參加過的？來來來，我倒帶妳尋些熱鬧去！」

說話間，蔣宋氏拉著安清悠直奔一個亭子，人還未到，已衝著亭子裡的女孩們叫道：「姊妹們，看看我把誰拉來了？」

安清悠在出了風頭，一干女眷中倒有大半知道她是何人，聽得蔣宋氏說話，齊齊望來，登時便有人接話道：「我當是誰，原來是蔣家嫂子把安家的姊姊拉了來，甚好甚好！安家姊姊是神仙般的清秀人物，我們早就想認識認識了！」

亭中多是些與安清悠年齡相仿或年幼的千金，少數幾位已是小媳婦兒，眾人年紀都不大，很快聊得其樂融融，安清悠頗有些偷得浮生半日閒的感覺。

提及平日愛好，安清悠答說自己旁日裡愛讀書寫字，尤其喜歡調香。

這些大家閨秀，讀書寫字少不了，早就說膩了，安清悠一提調香，這本是女兒家喜愛的物事，眾人紛紛來了興趣，更有人拿出自己的香囊香盒，品評起各府的香物來。

說了一通，輪到安清悠，蔣宋氏道：「清悠剛剛提了調香，卻不知妳可有物件帶來讓我們見識一番？」

安清悠隨即吩咐青兒道：「把咱們帶的香囊拿來。」

安清悠早有準備，各式香物準備得不少。此時信手拈來，那外向活潑的，便送些濃郁的香粉；那性子內向不愛說話的，則送些氣味平和安寧的香盒。又見一個小媳婦頂著兩個黑眼圈，睡眠不足的樣子，安清悠便送了她安神的香囊。

各府的香物雖也是上乘，但此刻安清悠送出去的，卻是結合現代調香技法和古時純天然動植物精華提煉的材料製作出來的。女眷中不乏識貨之人，當即便有人圍著安清悠問個不停。

安清悠隨口點撥幾句，就將這些大小姐、小媳婦們說得目瞪口呆，一群人的聲音漸漸小了下去，到了最後，變成了安清悠在亭中指點，其他人圍在一邊聽學。

「……像這種闊葉草，看似不起眼，京中的人都拿它當裝飾，可是，只要曬乾之後用微火稍稍烘烤……」安清悠隨手尋了亭邊的一株小草講解一些最簡單的香料製法，卻聽見身邊有人冷聲叫道：「大姊，我要去看戲臺那邊看戲！」

說話的人正是安青雲。

安青雲本就不想來這王侍郎的府宴，之前為此事學習規矩禮法吃了不少苦頭，在來的路上，又被藍氏撩起了一團火氣，再加上安清悠之前搶了風采，藍氏在旁邊監視著，她才一直沒有什麼動作。

如今出得大廳，跟著安清悠來到後花園，安青雲想要玩鬧，沒想到其他人不知怎麼的，說起調香之事，她完全插不上話，安清悠越受歡迎，她看著越彆扭，心裡越憋氣。

就在此時，在不遠處的另一條長廊裡，有幾個白衣書生沿著池邊的長廊向另一側的戲臺走去，安青雲眼睛一亮，一眼之看見了其中的一個人。

「大姊，我去那邊看戲，有什麼事稍候再說！」

安青雲按捺不住，也不等安清悠回答，便急匆匆離去。

安清悠眉頭緊皺，當初帶安青雲出來的時候，心裡已有了準備，估計這個驕縱的三小姐會弄出點什麼不靠譜的事情，還思考了諸多應對之策。兼且藍氏在路途中的挑撥，更讓她擔心安青雲會做出什麼有損顏面的事。

果然，安青雲竟然不管不顧地逕自跑走了。

安清悠啊安清悠，妳真是太不小心了，明知藍氏挖了個坑，那安青雲更是不定時炸彈，怎麼還是老毛病又犯了，一跟人家說起調香就什麼都忘了！

安清悠在心裡罵了自己幾句，可惜眼下被各府的小姐們圍住，一時脫不開身，只得伸手召來那從藍氏身邊借來的兩個僕婦，下令道：「去跟著三小姐！若是三小姐有什麼事，唯妳們是問！」

兩個僕婦先是一愣，見大小姐的目光如刀子般逼視而來，當下不敢怠慢，匆匆跟了過去。

只是憋悶了一整天的安青雲，一放開性子，腳步走得極快，不多時便追上了那幾位正在閒逛看戲的書生，得意洋洋地一把抓住了其中一個男子的胳膊，高聲喚道：「沈家哥哥！」

那被抱住了胳膊的男子正是沈雲衣。

沈家也是得了王侍郎府上的帖子的，大考之前，沈雲衣也沒敢忽視這些人情交際，沒想到忽然遇上了這麼一檔事，鬧得手忙腳亂，「快快放手，大庭廣眾之下，這……這成何體統！」

沈雲衣臊得滿臉通紅，想把手臂從安青雲的拉扯中拿開，只是安青雲這一抱卻是用足了力氣，並沒被扯動，反倒更添尷尬。

那幾個和沈雲衣一同遊園的書生哄然大笑。

「沈賢弟，這卻是何人？」

「沈兄是才子，那才子嘛，本是要有佳人相伴的，今兒花好月圓，佳人便也過來了！」

「是極是極！眼下這後花園中三台戲班子，都不如沈兄這裡精彩，若是再弄上一齣私定終身的戲碼，那才叫有才有貌有美人，自演自樂自風流了！」

不少學子把王侍郎的府宴當成拓展人脈的場合，許多舉子巴不得在壽宴上露上一手，若能博些文名，便能打開名氣，對科舉有極大的助益。

沈雲衣本就是有真才實學的，一篇賀壽賦作下來，登時搏了個滿堂彩。

他的父親是江南一大府城的知府，官聲頗佳，據說今年吏部的考評下來便要高升，祖父更是一省巡撫的封疆大吏，便是王侍郎也未敢輕視。見沈雲衣文章好，言語中著實勉勵提點了一番。

沈雲衣大出風頭，有人便眼熱起來，眼見安青雲鬧出這麼一齣，不由得幸災樂禍，擠兌他的話層出不窮。

男人毒舌起來，不輸女人，幾個士子話語中夾槍帶棒，直讓沈雲衣又窘又急。

大考臨近，若被人傳出不守禮、不自愛的流言，極是不利，急切間，沈雲衣狠狠一甩手臂，大怒道：「三小姐，妳這是做什麼？男女有別，三小姐亦是學過禮法的，還請自重！」

沈雲衣感於借住安府之義，對安青雲的糾纏總是找藉口避開，此時疾言厲色，直斥安青雲，甚至將她甩了個趔趄。安青雲又驚又懼，只覺得天上地下，處處都在和自己作對，今日出府，竟是無一人一事順著自己。

一時間，刁蠻脾氣發作，安青雲衝著沈雲衣叫道：「沈哥哥，你這是幹什麼？人家只是和你開個玩笑而已！你不陪人家玩也就罷了，幹什麼還對我這麼大聲說話？」

這話一出，沈雲衣身邊的幾個士子又是一陣大笑，什麼「沈哥哥」、「陪人家玩」自成了他們口中的調笑之詞。那說出來的擠兌話語，甚是陰損。

沈雲衣心中氣苦，這安三小姐如此糾纏不清，自己又怎生才能說個明白？

正著急時，卻見兩個僕婦來到安青雲身邊，不遠處又有幾個女子趕了過來，領頭的正是安家的大小姐安清悠。

安清悠聽得安青雲惹事，匆匆趕了過來，心裡飛快盤算著應對之策，腦海裡不經意浮現彭嬤嬤對自己提點過的話：事到臨頭，當斷則斷！

安清悠告誡自己，萬不能失了分寸。若是不能快刀斬亂麻，安家和沈家後患無窮，只是這當斷則斷，又哪裡是那麼簡單的？

安清悠先且不理安青雲，逕自向沈雲衣和幾個士子行禮，輕聲道：「小女子安氏，見過沈家公子和諸位相公。」

這一行禮，大有講究，並非女子間的見禮，而是道道地地官宦人家在正經場面上所用的見面禮。依足了禮數，扎扎實實地一揖，半福半躬身。動作嚴謹，舉止穩重。

一般男子私下如何不得而知，在他人面前卻是極好面子。幾個書生見安清悠規規矩矩行禮，只得暫且止住擠兌沈雲衣和安青雲的調笑之言，依禮數還禮。

安清悠鬆了一口氣，得了個好的開場，便不再管那些人，逕自轉頭對安青雲說道：「三妹，兒戲之言少說，快跟我回去！」

那安青雲若是稍有半點腦子，也知該借坡下驢，可是她善妒的脾氣尤勝母親徐氏，今日憋屈了一天，對安清悠眼紅不已，又被沈雲衣當眾斥責，怒氣已經到了臨界點，此刻見安清悠喝止自己，當下不管不顧地大吼道：「妳憑什麼管我！」

安青雲性子發作，什麼規矩禮法全拋到了腦後，滿心只想著都是眼前這死了娘的安清悠的不是，是她的錯，是她的不好！

旁人見安青雲這撒潑的模樣，無不變了臉色。

這安家三小姐竟然如此不知輕重，這裡可不是妳家，而是在王侍郎府上。妳這等行徑，讓人如何去看待妳這位三小姐，如何去看待安家？

只是，安青雲早就沒了理智，一連串惡毒話語竟是連珠炮般罵了出來：「妳憑什麼管我？不過是比我大了幾歲而已，我自找沈家哥哥玩耍，哪輪得到妳來說三道四！妳是看我和沈家哥哥走得近，起了爭風吃醋的心不成？也不想想自己是誰，做幾個香囊在老太爺和父親面前討了點喜，就真覺得自己是個人物了？我呸！在安府裡我娘才是夫人，妳不過是個死了親娘的……」

安青雲此刻哪有半點大家閨秀的樣子，倒是和那潑婦罵街相差彷彿。

只是她這話還沒說完，卻聽啪的一聲，安清悠把手一揚，一記耳光結結實實抽在了她臉上。

「妳……妳敢打我？」

安青雲驚愕地捂著自己的臉，一時間嫉妒、怒氣、驚恐、不敢相信等種種情緒全湧了上來，不由得傻在了當場，好不容易憋出一句「妳敢打我」，便哇的一聲大哭了起來。

「帶三小姐回去！」

安清悠衝兩個僕婦下令，同時俯下身湊到安青雲耳邊，用小得只有她才能聽見的聲音冷冷地說道：「妳再敢哭叫半聲，再敢胡言亂語半句，我便領著這兩個僕婦把妳帶到無人處，狠狠抽妳一百記耳光，妳信是不信？三小姐，這一下可疼嗎？」

安青雲的哭聲戛然而止，瞬間變成了壓抑的小聲抽泣。

安青雲自幼有徐氏這樣嬌慣女兒的母親罩著，她安家長房裡向來是橫著走，何曾嘗過如此連打帶嚇的狠厲手段？疼痛之間，猛地想起彭嬤嬤的戒尺來。

安清悠可是那板著死人臉的彭嬤嬤教出來的，說不得真會抽她一百個耳光，當下不敢再撒潑。

安清悠皺了皺眉頭，指著一旁的僕婦道：「帶著三小姐下去淨臉！」

僕婦們見大小姐動了怒，不敢有半分耽擱，連忙帶著安青雲離去。

安清悠見得終於控制住場面，立時又向幾名書生規規矩矩行了禮，慢慢地道：「沈公子家教甚嚴，沈老太爺更是位居高位，而我安家亦是書香門第，祖父忝為左都御史。舍妹年幼，雖說方才言語之中有失禮之處，卻與男女之事無涉。小女子已按家規罰了她，這裡便向沈公子與諸位公子求個情，還望諸位見諒。」

這話短短幾句話，卻是大有講究。

安青雲這事可大可小，往小了說，那是小輩們開玩笑胡鬧，往大了講，沈雲衣和安青雲的清白名聲就此毀了不說，安沈兩家的聲譽亦是大損。

安清悠搶先把事情定位在小孩子胡鬧上，把傷害減到最低。

沈雲衣不過是被安青雲鬧了個措手不及，此刻回過神來，登時明白了安清悠的用意，當下連聲附和著安清悠道：「無妨無妨，我本借住貴府，三小姐還小，這類玩笑常開，大小姐不用太過在意。區區一點戲謔之舉，當什麼緊？」

旁邊的幾個士子你看看我，我看看你，安清悠的意圖明明白白，他們焉能不知？而且人家一個女子都這般明著求了，自己又有什麼好說的？更何況，安沈兩家，一邊是左都御史，一邊是一省巡撫，無人願意得罪。

更有人認出了安清悠便是剛才王老夫人給了見面禮那個女孩，不由得暗自盤算，這位安家大小姐是不是與王侍郎府上有關係？

罷罷罷，就算搞臭了沈雲衣對自己也沒什麼好處，今日左右已是狠狠擠兌了他一番，接下來倒不如賣個人情，於是便有人說道：「安大小姐言重了，我們剛才不過和沈兄開個玩笑，哪有什麼事……」

有人開了頭，其他幾個士子也都紛紛稱是。

安清悠長長出了一口氣，知道這事總算是揭了過去。

出了這事，沈雲衣也不想再與那幾個士子同行，望著他們向另一處長廊走去，便逕自走到安清悠面前低聲道：「今日之事，多謝大小姐了。」

安清悠聽他如此說，有些不喜，心說這種事情大家心照不宣，能不提便不提最好，怎麼又非得拘泥於什麼道謝不道謝的禮數？可見此人果然是個小男人！

安清悠面無表情地道：「謝什麼？今日本來就什麼事都沒有，何來這謝字一說？」

沈雲衣一怔，隨即醒悟過來，連忙道：「對對對，安大小姐說的對。」

這話說完，沈雲衣就像是初涉世事的傻子，滿臉尷尬。

之前在安府中與安清悠鬥嘴後，氣得回去閉門讀書，大有從此不見安清悠之意，只是人這種生物著實奇怪，明明狠下心再不理會誰，可真見了面，卻是莫名其妙想要多說起幾句話，又不知從何說起。

兩人相對無言，氣氛極其怪異。

安清悠心裡更有幾分彆扭，索性對沈雲衣道：「沈公子可還有事？若是無事，沈公子自便，小女子要去看看舍妹了。」

這是明著趕人了！

沈雲衣不知為何，心中一急，竟是口不擇言地道：「這……那我也去看看，那個……妳打了三小姐一巴掌，會不會太狠了？這時候送她回去未必就妥當，要不要我也跟去解釋一下？」

少男少女情竇初開，行為最是難懂，所謂「冤家」二字，多半由此而來。沈大公子學富五車，每每碰上安清悠，卻總是會搞出些岔子。箇中緣由，怕是連他自己也說不清楚。

此時的安清悠，終於是怒了。

她瞪了一眼沈雲衣，這事情好不容易才揭過，你居然還要去找安青雲，這是要繼續挑事不成？居然還說我那一巴掌太狠，你這沈小男人是不是不知好歹啊！

惱怒之餘，安清悠對著沈雲衣當然沒什麼好臉色，只冷冷地道：「想不到沈公子對我三妹那麼上心，還指摘清悠這巴掌打得太狠！我要送她回去你倒著急了？卻不知道沈公子是我安家的什麼人？難道是姑爺不成？要不，我這就把三妹交給你，我自去聽戲遊園，如何？」

沈雲衣大窘，正要說話，卻聽得不遠處傳來一陣男子的大笑聲。

安清悠和沈雲衣皆是大驚，好不容易才將那幾個起鬨的士子打發了，這裡居然還有其他人？

就長廊旁的樹叢間窸窸窣窣一陣響動，兩個男子一前一後走了出來，其中一人笑罵著說道：「蕭賢弟啊蕭賢弟，你倒是害人不淺，還說什麼萬軍之中亦可伏草潛行，結果自己倒先笑出聲來，讓別人看我二人笑話了！」

這說話之人一現身，沈雲衣心中大定，因為此人不是別人，正是王侍郎的長子王朝松。此人比自己大上幾歲，乃是上一屆科舉的探花郎，與自己有些交情。

王朝松持身甚正，不是那種亂傳話之人。

沈雲衣當即苦笑道：「王兄，您今日怎麼有此雅興，做起這等竊壁偷聽的事情來？小弟這的窘態，可是全被您看個通透了！」

王朝松本就豁達，見沈雲衣話中有不快之意也不著惱，反倒正經八百向沈雲衣行禮賠不是，這才笑著道：「沈賢弟莫怪，為兄這也是一時好奇。說到底，還是受了這廝的蠱惑。來來來，我給你介紹一下，這位姓蕭名羽字洛辰，是陛下身邊的虎賁都尉，都是自己人，平日不妨多多親近。」

沈雲衣大驚，「可是那位『金戈鐵馬我為羽，天子門生不讀書』的蕭洛辰？在下沈雲衣，久聞大名，今日得以相見，甚幸！」

蕭洛辰亦是個剛過二十歲的年輕人，笑呵呵地抱拳回禮道：「不敢，正是在下。今日本是遊逛到了此處，沒想到看到了一齣好戲，一時好奇，並非有意窺探沈兄弟。他日有閒再聚，必定自罰三杯。」

沈雲衣連稱不敢，想解釋剛才之事，蕭洛辰卻彷彿猜到他想說什麼，伸手做了個推回去的姿勢道：「莫解釋，這種事越描越黑。今日是王老夫人壽辰，我等只是遊園看戲，這裡什麼都沒發生過。」

沈雲衣唯唯諾諾地應了，倒是安清悠在旁邊小心翼翼地見了個禮。

她見對方舉止有度，那蕭洛辰又說了這裡什麼都沒發生過，心中鎮定了不少。正巧帶開安青雲的僕婦回來尋她，說是三小姐已經上了馬車。安清悠心中記掛，不願久留，當下告了罪，匆匆離去。

沈雲衣見安清悠走了，不知為何，長長出了一口氣。

倒是那蕭洛辰呵呵一笑，搖頭道：「本尋思碰上個趣事，孰料主角卻走了，無趣無趣！」

藍氏還在前廳與人寒暄，安清悠卻無心再在院子裡與人閒聊，逕自回了馬車上。

安青雲見到安清悠，便即嚷道：「我要到母親那裡狠狠地告狀！別以為妳最近走了好運就能如何，我就不信妳動手打了我，便能善了！我告訴妳，這次便是誰也護妳不得，安、清、悠！」

安青雲的目光之中滿是怨毒，被架回馬車裡晾著時，她反倒冷靜了不少，也醒悟什麼掌嘴一百不過是嚇唬自己的話。她正愁沒由頭整治安清悠，這一回自己挨了打，定然要讓安清悠吃不了兜著走。

安青雲氣勢洶洶，志得意滿，連怎麼擠兌對方的話都想好了，安清悠卻對她那番警告甚是不屑，「妳想到夫人那裡告狀，那也由得妳。只是今兒妳做的這些事，瞧見的人不少，莫說四嬸那邊的兩個僕婦，沈家公子更是當事人，人證自是不缺的。我也正尋思著回去之後把這事對父親講明，讓父親評個理，看看妳究竟該不該打。」

事出有因，若是讓這等笑話鬧開了，才真正是捅了大婁子。

安青雲張大了嘴，一時之間，不知道該怎麼接話。

便在此時，車門簾子一掀，卻是藍氏那邊應酬完畢，準備打道回府了。

藍氏進得馬車不禁一愣，沒想到安清悠姊妹早就在裡面了。她看氣氛不對，安青雲又沉著臉，登時猜到這兩姊妹之間必是出了什麼事。

對於藍氏來說，長房越亂她越樂見其成。眼珠一轉，笑著問道：「我當今日如此熱鬧，妳們兩個孩子定是要好好玩上一番的，不料卻比我還早回來，難道去後花園看戲時出了什麼事不成？」

安清悠打了個哈欠，淡淡道：「有勞四嬸掛念，不過是幾處戲班子雜耍罷了。侄女不愛熱鬧，又不善交際，只覺得待在那裡甚是無趣，便帶著妹妹早早回來了。」

安大小姐的手段，藍氏今日早有領教，原也沒指望能從安清悠嘴裡套出什麼話來，便轉頭便笑著問安青雲道：「青雲，妳呢？妳大姊覺得聽戲遊園無趣，妳也是如此覺得？」

這話一說，隱隱有幾分挑撥之意。

安青雲憋得滿臉通紅，腦海裡盡是安清悠的警告之詞，便狠狠地說道：「無趣！當真無趣！侄女從小到大，當真是再沒有遇過比今日更無趣的場合了，早知道便不來了！」

安青雲這話說得當真是咬牙切齒，藍氏目瞪口呆，卻又沒法再問，只好打定主意回去細細盤問那兩個被安清悠借去的兩個僕婦了。

等回到了長房府上，安德佑和徐氏問起今日情形，藍氏卻是偷瞧了徐氏半天，心道若是講了安清悠今日如何規矩、如何得了那王老夫人的見面禮一干事來，只怕自己當場就會被長房擠兌死，當下便遮遮掩掩，不肯多說半句。

安德佑急了，催促著藍氏道：「四弟妹，咱們一家人有什麼事情不好明說？到底那王侍郎家的壽宴上如何？可是我這兩個不懂事的女兒鬧出了什麼麻煩來？」

藍氏面露尷尬，支支吾吾地道：「麻煩倒是沒有，這個……那個……我府裡還有些事情要做，大哥去問問兩個侄女吧！」說著，胡亂找了個由頭，先行離去。

徐氏卻是個只信自家女兒的，看了一眼安清悠，卻是向著安青雲問道：「女兒，這王侍郎家的壽宴如何？妳們惹出了什麼麻煩沒有？」

安青雲看了一眼坐在徐氏旁邊的安德佑，鐵青著臉，咬牙切齒，狠狠地把剛才在馬車裡的話又說了一遍：「什麼麻煩事也沒有……無趣！當真無趣！女兒從小到大，當真是再沒有遇到過比今天再無趣的場合了……」

安德佑卻是覺得有些不對勁，叫過安清悠道：「清悠，妳說！」
安清悠餘光掃了一下安青雲，見她緊張得一顆心快跳出來，終於嘆了一口氣，一本正經地道：「妹妹說的沒錯，今日這壽宴，當真無趣得緊。」
「果真無趣？」安德佑略有不信。
安清悠點頭，「就是無趣。」
徐氏與安德佑對視一眼，也知今兒是問不出什麼話來，早知道便不巴巴地等著這倆丫頭回來，便吩咐安清悠與安青雲退下。
轉過天來，安清悠第一時間找到了彭嬤嬤。
王侍郎府上一行，值得研究的地方太多，有彭嬤嬤這等明白人在府裡，自是要好好請教。
彭嬤嬤聽完昨日之事，才就事論事地說道：「照大小姐如此說，三小姐這邊恐怕還有些事需要收尾。知女莫如母，縱是她嘴上說無趣，夫人豈是完全看不出來？早晚裡還是會說的，不過此事道理全在大小姐這邊，倒是無妨。」
「這事我倒不擔憂，只是當時想起嬤嬤曾教過的事，我還是欠缺經驗。」安清悠在自我尋找不足之處，「隱忍如此之久，卻在那種場合出了事，若那些人不是士子，卻是不好辦了。說到底，這件事算得上是運氣。」
「大小姐能如此自省，讓嬤嬤甚是欣慰，倒是妳剛剛說與沈公子敘話之時，從後花園裡跳出來兩個人，其中一個是王侍郎的大公子，上一科的探花郎，另外一人又是何人？」
安清悠昨日來去匆忙，許多事情尚模糊，此時聽彭嬤嬤問起，她想了一想，才肯定地道：「應該是叫什麼……蕭洛辰。」
彭嬤嬤陡然變了臉色，愕然道：「是他！」

自進安府以來，彭嬤嬤始終是鎮靜自若的模樣，眼下一聽蕭洛辰的名字，卻是失了態。

安清悠不由得好奇地問道：「蕭洛辰又如何？這人是很有名氣？還是有權有勢？」

彭嬤嬤搖頭苦笑，半晌才對安清悠道：「大小姐，妳在府裡住著，外面的事情聽得太少。這蕭洛辰有權有勢倒不見得，可若說是有名氣，卻又是太有名氣了，根本是咱們大梁國天字一號的混世魔王！」

蕭洛辰的名頭，在京城可是響噹噹的。

當今天子雖然善權謀，統御大梁數十年，可是初登大寶時，這皇帝的位置卻坐得不是那麼穩當。上有太后垂簾聽政，下有幾個兄弟覬覦皇位，他老人家在幾番慘烈的宮廷鬥爭之中，得到皇后的母家蕭氏協助。

蕭家一門此後數十年來榮華富貴，便是由此而來。

皇后蕭氏有一兄弟，名叫蕭正綱。蕭正綱雖是皇上的妻弟，正經的嫡系國舅爺，卻始終不肯沾蕭家和姊姊的光，自己跑去北胡的邊境上戍邊，在死人堆裡一刀一槍拚出軍功來。

九年前被調回京城後，被皇帝委以為左將軍的重任，兼領皇城侍衛內統領一職，手握重權。

蕭洛辰便是蕭正綱最小，也是唯一的嫡子，更是當今皇后的親侄子。

蕭正綱妻妾子嗣雖多，正室卻一直到了三十八歲才有了身孕，生了蕭洛辰這麼個寶貝嫡子。到這時候，幾個庶出兄長之中都有跟著蕭正綱領兵出征的了。

大梁國文貴武賤，無論皇后蕭氏，還是蕭正綱自己，都認為參加科舉，入閣拜相，才是正道。而蕭洛辰自幼聰穎，讀書更是有過目不忘之才，五歲時已能提筆作詩，七歲時更是當著皇后的面作了一篇八股出來，當真是被整個蕭家寄予厚望。

未料到，蕭洛辰的老爹蕭正綱本已是蕭家的異數，這蕭洛辰更是個異數中的怪胎。

蕭洛辰七歲那年，不知道怎麼的，對習武之事起了興趣，此後便棄文習武。後來，蕭正綱奉旨回京，進了家門，見到年方十一歲的兒子拿著一桿丈二鐵槍舞得虎虎生風，氣得臉都綠了。戒尺、家法能用的全用了，蕭洛辰被打完之後，又偷偷跑去練武。

蕭正綱拿這寶貝兒子沒轍，索性把他安排進了天子親軍金吾衛。

金吾衛是由京中的貴族子弟組成，卻專管禮儀執仗之類的面子事，上前線卻是輪不上的。可蕭洛辰進了金吾衛還不安生，不但把各家貴胄子弟打了個遍不說，更在他十五歲那年，搞出了一件大事來。

那一年，北胡諸部實力正盛，大梁不得已行聯姻之策。

北胡單于之弟為使臣進京談判，卻在金殿上口出狂言，更說大梁的男人都如這金吾甲士一般是樣子貨。皇帝和群臣敢怒不敢言，蕭洛辰卻在眾目睽睽之下跳了出來，高叫一聲主辱臣死，將單于的弟弟痛揍一頓，登時滿殿譁然。

當下有臣子站出來說要治蕭洛辰死罪，皇帝卻有些猶豫，偏在此時北胡人說要按照草原上的規矩來，哪個部落的人吃了虧，便由哪個部落的勇士討回公道。

皇帝無奈，答應讓蕭洛辰和北胡的勇士比武。

這等比武在北胡人的規矩裡是生死不論，那單于的弟弟挨了揍，便吩咐手下要叫蕭洛辰死得淒慘無比才解恨。

誰知蕭洛辰一桿銀槍使得出神入化，連勝北胡一十三人不說，更將那草原上的第一勇士，單于弟弟的貼身侍衛長阿布俄一槍挑殺於馬下。

這一戰當真鼓舞士氣，且這比武的法子是北胡人提出來的，便是吃了虧，也沒法再說什麼。

皇上看得龍心大悅，可這蕭洛辰偏又搞出事來，挑翻了人家的勇士也就罷了，居然在比武最後翻身一箭，把單于弟弟的帽子釘到了牆上。

這一下，北胡人徹底撕破了臉皮，單于的弟弟當即便威脅要再啟戰端。

結果，蕭洛辰橫槍立馬，在眾人之前冷冷地道：「別在那胡吹牛皮了！你北胡若真有把握勝我大梁，早揮軍京城之下了，還在這裡談什麼談？」

後來的事情確如其言，大梁送出了公主錢帛搞，聯姻議和，北胡也沒下戰書，雙方馬馬虎虎地簽了約。蕭洛辰卻因拿國事當兒戲，失禮於朝廷，被判了死罪，入了天牢。

彭嬤嬤講了半天，安清悠覺得這個人挺有意思的，便笑著說道：「這蕭洛辰還算有些本領，他既是皇后的侄兒，陛下怎麼捨得殺了他，後來應是被陛下放了出來，成了萬眾矚目的少年英雄吧？」

彭嬤嬤卻是搖了搖頭，發了一會兒呆，不知在想些什麼，沉默良久，才苦笑著繼續說道：「若真是這般，反倒簡單了。後來，陛下愛才，尋個由頭赦免了他，將他帶在身邊親自教導，成為天子門生，成為炙手可熱的人物。」

「可這蕭洛辰恃寵而驕，居然大罵四書五經無用，連聖人都敢誹謗。多少朝臣上摺子參他，全靠陛下保了他下來，他卻洋洋得意，說什麼『金戈鐵馬我為羽，天子門生不讀書』，終日宣揚什麼國無武而不強的怪論，還發誓終生不入科舉。」

「不僅如此，這蕭洛辰還經常在京城裡尋釁滋事，將滿城權貴得罪了個遍，可有陛下和皇后聯手保他，旁人也拿他無可奈何。有的人敬他為咱們大梁爭了一口氣，有的人罵他仗勢欺人，一來二去，他倒是得了個天字一號混世魔王的綽號來。」

安清悠越聽越覺得新奇，原本以為是朝廷立出來的一個英武好少年，沒想到竟是這麼個毀譽參半的話題人物。卻不知那蕭洛辰究竟是個本就放浪形骸的狂妄小子？還是個被富貴恩寵捧殺了的夭折天才呢？

此時卻不是想這個的時候，彭嬤嬤先前所言不差，她在王侍郎府上收拾了安青雲一頓，依她那安三小姐的脾氣，這一巴掌之仇的樑子結大了。

人前固然沒法聲張，但她若向徐氏加油添醋地哭訴，徐氏豈會善罷甘休？

彭嬤嬤有意試安清悠，微笑著道：「這事雖說妳占著道理，那邊卻是有人不肯罷手。眼下倒有個法子，我料夫人雖看出些端倪，三小姐卻必不肯主動提起這般醜事。趁著事情還沒抖露出來，妳主動去和夫人把這一切說清楚，再說些軟話求情，縱是挨得些罵，亦不難將這頁揭過，妳看如何？」

安清悠思忖一番，卻是搖頭苦笑，「嬤嬤好壞，竟拿這般話來試探我！既是清悠這裡占著理，何必去做那苦苦哀求之事？弄得倒似我這邊虧心一般。如此做法縱是揭過了這一頁，可這例子若是開了，以後又該怎麼辦？」

彭嬤嬤笑吟吟地道：「好好好，大小姐倒是不肯服軟的，那依妳之意，又當如何？」

安清悠正色道：「嬤嬤這話卻是說得差了，非是清悠不肯服軟，只是這既無愧於心，那便又有什麼服軟不服軟的分別？嬤嬤教我行正途才是正道，如今夫人要如何對我，卻未必不是我的一個機會，我還要想法子催她快來呢！」

彭嬤嬤眨眨眼，「那妳要如何做？」

「調香！」

「調香？」

安清悠微微一笑，這種事總壓制著不好，自己畢竟是安家長房的嫡長女，便要把嫡字做出個模樣來，該硬氣的時候，腰板也該挺直。

「說吧，到底是怎麼回事？」安清悠和彭嬤嬤說話的時候，徐氏正在自己的房裡皺著眉頭，緊緊地盯著安青雲，「別再跟我說什麼壽宴無趣的廢話，那番說辭瞞得了別人，卻瞞不了妳娘我。到底怎麼一回事，這就給我老老實實地說清楚。妳是娘身上掉下來的肉，縱是有什麼麻煩，娘還能胳膊肘往外拐不成？」

昨晚一番作態，到底沒逃過徐氏的眼睛。

此刻，她屏退了旁人，只留柳嬤嬤在旁，立時向安青雲問起昨日王侍郎府上的事來。

安青雲一見沒有外人在場，哭嚎一聲，叫道：「母親，您要為女兒做主啊！」

安青雲一把鼻涕一把眼淚，哭哭啼啼地將昨日之事說了出來，只是並非徐氏要求的原原本本，而是偏向自己這邊，尤其是那一巴掌，更是把安清悠形容得霸道無比。

徐氏本是有著心理準備的，安青雲這般編瞎話的水準，被聽被她出了許多漏洞，只是在聽到安青雲居然被狠抽了一巴掌時，這把火無論如何捺奈不住，狠狠把一個花瓶摔在地上，「反了反了，她居然連妳都敢打，眼裡還有我這夫人嗎？便是妳有什麼錯處，也輪不到她來管教！她以為她自己是誰？擺嫡長大小姐的派頭擺到我頭上來了不成？」

「就是就是！」安青雲一下子蹦高了起來，「她眼裡就是沒有母親！咱們這就找她去，這一次定要給她好看！」

說著，安青雲便要向外走去，背後卻聽見徐氏黑著臉問道：「慢著，在妳們起衝突之前，是妳先主動去找沈公子的吧？」

安青雲原本已邁出門檻的一條腿登時停在了半空中，回頭望向徐氏，卻是張大了嘴，半天說不出話來。

「我就知道必是如此，別給我加油添醋，也別給我含糊其辭，當時到底是怎麼一個情況，妳剛才說的都有哪些不實之處？」

徐氏氣歸氣，終究保留了兩分理智。自己這個女兒是什麼德性，沒人比她更清楚，能如實相告那是見了鬼。

安清悠的晦氣是一定要找的，只是在此之前，須把事情搞清楚才行。

上次安青雲栽贓安清悠勾引沈雲衣，鬧了個大烏龍，這次徐氏不肯重蹈覆轍。

安青雲愣住不肯說話，徐氏連珠炮般追問道：「當時妳和沈公子之間到底發生了什麼事？他到底說了什麼？老實說吧，不要讓娘去找他問！」

「當時還有誰在場……什麼？四夫人派過來的兩個下人？沈公子亦有同伴？」

「她打妳那一巴掌之前，妳到底說了些什麼？給我一五一十說出來……」

「後來呢？後來回了馬車上，妳們兩個又是怎麼說的？」

徐氏細細盤問此中細節，柳嬤嬤在一旁查漏補缺，安青雲哪裡還能編排得了？只得一點一點，既害怕又氣惱地將當時的情況照實說了。

只是，安青雲每說得一處，徐氏的臉色就黑上一分。

待得問清所有情況之後，徐氏臉上的神色，已變成了另一番模樣。

「就這些？沒有了？」徐氏的臉上陰得像黑鍋底一樣。

「沒有了，這一次是真的沒有了，該說的我都說了！」安青雲尷尬地道：「母親，您看……」

「過來！」

安青雲心裡發虛地走了過去，卻見徐氏揚起手來，一巴掌打在了安青雲臉上。

這巴掌比安清悠打的那一記更狠，安青雲原本還算白皙的臉上登時出現五條紅指印，徐氏暴跳如雷，「教了妳多少次？多少次？那沈公子便是再好，也是官宦之家出來的男人！」

「妳一個女兒家便是喜歡他，想親近他，也不能逾越禮數！妳在府裡黏著他我睜一隻眼閉一隻眼，現在倒好，居然還到外面的眾目睽睽之下和他拉拉扯扯，規矩都白學了！男女授受不親，妳懂不懂？那男人的性子，妳越這般，他越瞧不起妳！」

「還有四房的下人在場，這等話出去說，丟的可是妳母親的臉，是整個長房的臉！若讓四夫人知道了，還不得戳妳娘的脊樑骨……」

徐氏強壓著的怒氣，在這一刻全都爆發了。

情緒代替了理智，話都說得語無倫次起來，越說越氣，又伸手要去打安青雲。

柳嬤嬤見事不好，撲了上來，一把抱住徐氏的胳膊，拚命勸著：「夫人！夫人！三小姐便有錯處，終歸是您的親生女兒！俗話說母女連心，這又是何必，莫要再打了，莫要再打了！」

柳嬤嬤這不勸還好，安青雲挨了一巴掌，本已嚇傻，此時一聽柳嬤嬤話裡這親生女兒四個字，不知怎麼的，忽然瘋了一般，撲上來撕扯著，哭喊叫罵道：「親生女兒！我可是妳的親生女兒啊！當初還不是妳說沈家如何有前途，沈公子如何有才華，我才喜歡上了妳？妳不說幫我出氣，去尋安清悠的晦氣，卻在這裡和自家女兒抖什麼威風？怕了她得了父親的喜是不是？怕了她得了老太爺的喜是不是？打啊！妳倒是再打啊！今天妳不把我這女兒打死，妳便不是我的親娘！」

徐氏本已被柳嬤嬤勸住，可安青雲撲了上來，登時又讓事情亂成了一鍋粥。

只聽嘶的一聲，徐氏的袖子被安青雲撕裂了一道口子。

這下誰也拉不住了，徐氏眼睛泛紅，狂罵道：「小畜生，也不看看是誰生養了妳？如今在外面犯事丟了人不說，還學會跟妳親娘動手了！妳長本事了是吧？我怎麼就生了妳這麼個不孝的混帳東西？早知道就餓死妳，我……我今天就打死妳！」

場面一陣混亂，一時間，咒罵聲、哭喊聲混成一片。

柳嬤嬤試圖拉開兩人，卻連自己也繞了進去，右邊臉上莫名其妙挨了徐氏一記耳光，左邊臉上不知何時被安青雲抓出了兩道血痕，惶急之下，放聲大叫道：「門外伺候的人在哪兒？夫人房裡出事了，趕緊進來幫忙啊！」

門外幾個伺候的婆子僕婦早被屋裡的動靜驚動，只是沒得號令，不敢進屋。此刻聽得屋內召喚，忙不迭趕了進去。只是，一踏進去，人人張大了嘴，說不出話來。屋裡一片狼藉，徐氏、安青雲和柳嬤嬤三人扭成一團，一個個頭髮散亂，面孔猙獰，哪裡還有半點平日高高在上的樣子。

柳嬤嬤瞧著眾人呆傻的模樣，嚷道：「還在那裡傻站著做什麼？趕緊把夫人和小姐拉開！」眾人這才如夢初醒，七手八腳上前幫忙，只是沒什麼人真敢去硬拉徐氏，倒是一擁而上，全奔著安青雲下手。

安青雲掙扎幾下，終於被兩個有力氣的婆子拉了開去，那邊自有柳嬤嬤去勸慰徐氏不提。

徐氏喘息了一會兒，腦子清醒了不少，當下對一干僕婦婆子說道：「今日之事全都給我把嘴閉緊了，誰也不許出去亂嚼舌根，若是讓本夫人聽到一點風聲，妳們所有人立即杖斃，一個不留！」

眾人唯唯諾諾地應了，徐氏這才指著安青雲道：「關起來！給我把這不孝的東西關起來！關到她院子裡，一個月不許她出門，什麼人也不許見！對外便說是三小姐得了病症不能見人，怕會傳染！」

安青雲又要哭鬧，卻被徐氏搶先截住了話頭：「我知道妳想說什麼，那死妮子我自會安排，她打了妳一巴掌，我這次若是不收拾她，她眼裡哪還有我這個夫人的存在？罷了，在把妳關起來之前，也讓妳看著出一口氣！柳嬤嬤，派人去大小姐的院子叫她過來！」

柳嬤嬤應了一聲是，只是還沒等安排人手，卻見外面一個原本安排盯著安清悠院子的婆子趕了回來。那婆子進了屋，見了屋裡狀況不禁一愣，小心翼翼地磕了頭，這才稟報道：「夫人，大小姐帶著丫鬟出了院子，老奴按照夫人吩咐，一路跟著，卻見她……她去了老爺書房了！」

「什麼？」

徐氏顧不得衣衫不整，像被人踩了尾巴一樣跳了起來，臉色煞白，驚駭不已。

這時候安清悠去老爺的書房做什麼？

徐氏和柳嬤嬤對視一眼，卻見彼此眼中都是恐懼。

這兩人心裡明白，安青雲在王侍郎府上做的事不在理，她們如今是不敢賭，也賭不起。

「夫人，此刻什麼要緊的事都先放下，當務之急要先去老爺書房。縱使大小姐要和老爺說些什麼，有夫人在場，她也不能太過分，夫人亦可從中周旋一二，不至於讓此事不能收場。」薑還是老的辣，柳嬤嬤到底鎮靜多了，急忙勸道。

都這時候了，哪裡還能有半分猶豫？

徐氏當即讓人把安青雲關回自己的院子，抬腳便要向外走，只是這腳還沒邁過門檻，又收了回來。她剛才跟安青雲撕扯了半天，頭髮散亂不說，一隻袖子還裂著一個大口子呢！

徐氏少不了又罵了一頓安青雲，當下只能迅速更衣換妝，好不容易到了安德佑的書房時，安清悠已是在裡面許久了。

柒之章 調教天兵丫鬟

安德佑正四平八穩地半躺在一張軟椅上，半閉著眼，偶爾向自己兩個肩膀指點兩下。安清悠在躺椅之後站立伺候著，依著父親的指示，時不時地幫忙捏捏肩膀。

父女二人均未說話，這副光景落在徐氏眼中，卻是忍不住心驚肉跳。

難道是自己來得晚，大小姐已把事情都跟老爺說了？

倒是安清悠見到徐氏，卻俯下了身子，在安德佑耳邊輕聲說道：「父親，夫人來了！」

徐氏惶然間竟然有一種錯覺，好像站在軟椅後面向安德佑小聲遞話的人應該是自己才對。許多年前，她還未做夫人之時便是如此，只是這做了夫人之後，卻又有多少年沒這麼幫老爺捏過肩膀了？

安德佑陡然睜眼，卻不知怎麼的，精神頭十足，一見徐氏便道：「夫人來了？也好，我正要派人去尋妳……」

徐氏身形猛地一晃，尋自己做什麼？難道……完了完了！以老爺這性子脾氣，雲兒死定了！恐怕連她這做娘的也討不到好！

不知道那幾個姨娘會不會藉機發難？她們前陣子拚命討好大小姐，難不成已經聯手了？

徐氏越想越亂，腦中好像一團漿糊，走到安德佑面前時，腿都有些軟，差點摔倒在地。

便在此時，手肘處忽然被人一托，有人扶了自己一把。抬眼看去，那人竟是安清悠。

安清悠鬆開了扶著徐氏的手臂，聲音一如既往的平靜：「這幾天著實炎熱，便是我們這些晚輩有時候被熱浪一逼，也有些昏昏的，夫人，您可要多注意身體了。」

安德佑點點頭，「對對，這身體定是要顧好！悠兒剛剛新做了幾個香囊給我，我這裡聞著不錯，正要派人去尋妳也來試試，沒想到妳就來了。」

徐氏睜大了眼睛，怎麼？派人去尋她來，不是要說雲兒在王侍郎府上的事情？看眼前這架勢，竟是和自己擔心的事情一點關係也沒有嗎？

剎那之間，徐氏只覺得全身的力氣都被抽走，扶著椅子軟軟地坐了下來。驚恐之後驟然放鬆，眼淚莫名其妙流了下來。

安德佑不明所以，皺著眉頭說道：「夫人，妳這是怎麼了？悠兒大了，越發懂事了，知道孝順我這當爹的，我笑都來不及，妳又在那裡哭什麼？」

徐氏渾身上下一點力氣都沒有，老爺問話又不能不答，心亂如麻之間，勉強擠出苦澀的笑容，「老爺說的是，妾身見大小姐越發懂事，不由得想起她那幾個弟弟妹妹來，都是安家的骨肉，若是這幾個孩子也能像大小姐一樣，該有多好？」

抬頭再看老爺身後時，卻見安清悠微微一笑，卻是幾不可察地點了點頭。

徐氏心中稍定，猛聽得安德佑似乎是在自言自語，又似乎是在對徐氏道：「夫人這話說得對極，悠兒那幾個弟弟妹妹們年紀雖小，但古人云，少時不檢，成人難正，教他們好好做人卻是要從眼下開始，莫等到出了什麼婁子，讓咱們長房跟著栽了跟頭，那才是悔之晚矣！」

徐氏的心登時又提到了嗓子眼兒，老爺說的雖是道理，並未講明具體事，可她卻聯想到了昨日在王侍郎府上壽宴之事。難道安清悠還是把事情告訴老爺了？那她剛才對自己點頭，到底是什麼意思？

安德佑不是傻子，昨日藍氏和安青雲等人的異狀都看在眼裡，徐氏既覺得不妥，他又何嘗沒有猜出些一二？都是自己的女兒，平日裡再懶得管，也不是瞎子聾子。

安清悠穩重守禮，這卻是不擔心的，十有八九是青雲捅了什麼婁子。

今日大女兒送來新的香囊，安德佑旁敲側擊問了兩句，只是大女兒口風甚嚴，硬是轉到為父親調香的話題上。安德佑也沒再深問，此時見了徐氏，卻免不了要敲打上兩句了。

徐氏臉上青一陣白一陣，安德佑更篤定了自己的推斷，想到大女兒堅決不提，心裡更覺得這女兒仁厚，再想想自己之前這麼多年來待她如何，不由得愧色更多了幾分。

「悠兒，這選秀之事雖重，卻也不用太過在意。妳祖父說的對，選上了如何？不選上又如何？有為父在此，定當為妳尋一門好親事來，讓我女兒嫁個如意郎君！」安德佑心裡下了決心，要好好補償大女兒。

安清悠恭恭敬敬地行了禮，「女兒謝過父親！」

安清悠並不像古代女人一樣，把命運寄託在男人身上，但安德佑真情流露，她如何看不出來？

那邊徐氏聽到老爺忽然提起選秀之事，心裡叫苦。

有老爺這番表態，之前那讓安清悠去做墊腳石的謀畫更難了，只是眼下那王侍郎府上之事如一把利劍懸在她頭頂，若是再提選秀一事，天曉得安清悠會做出什麼反應來。

一時之間，徐氏只好見縫插針，在安清悠和老爺閒聊時，插上一兩句，有意無意警告安清悠哪些話當講、哪些話不當講。安清悠卻是當作聽不懂，甚至順口說起在王侍郎府上認識了哪家女眷，把徐氏驚出一身冷汗來。

如此說得一會兒話，安德佑有些倦了，安清悠見狀，和徐氏一起告辭出來，正要回自己院子，卻聽身後徐氏喚道：「大小姐此時可是有空？若是別無他事，不妨去我那裡坐坐？」

安清悠轉過頭來，只見徐氏面無表情地看著自己，當下微微一笑道：「過幾日又還要為父親換香囊，老太爺那邊亦送新東西去，院子裡的人正按我說的調香方子忙著，清悠須瞅上一眼才能安心。夫人要是想一起說說話兒，不如去我那裡坐坐？」

炎炎夏日，知了正死命叫著，婆子拿著黏竿想把牠黏下來，牠卻飛到另一棵樹上繼續哼著自己的調子。

安府的某間屋裡，安清悠與徐氏相對而坐，兩人都沉默不語，像是在等對方先開口。

在一邊遞茶伺候的方嬤嬤看著這副光景，暗暗吃驚。

夫人以前不是沒來過小姐的院子，只是那時不是氣勢洶洶地板著臉罵人，便是大叫大嚷地來鬧事，何曾有這等安靜的時候？

難道大小姐如今真的不同往日，便是夫人和她說話，也不能再向以前那樣盛氣凌人了？

方嬤嬤想出了神，一不留神把熱茶倒在自己手上，燙得她齜牙咧嘴，卻又不敢叫出聲來。

只是在場的兩人到底注意到了，徐氏皺著眉頭，厭惡地看了方嬤嬤一眼，語氣煩躁：「下去吧，這裡用不著妳伺候了！」

方嬤嬤不甘願地應聲告退。在她心裡，有一千一萬個理由想要知道夫人和大小姐今天究竟會說什麼，可是眼前這兩位不動聲色，她只好低眉順眼地退了出去。

接下來，又是一陣令人令人窒息的沉默。

「今日妳一早就去向老爺請安，都聊了些什麼？」

徐氏終究沒能死扛到底，心裡惦記著王侍郎府上的事情，率先打破了這份安靜。

安清悠看了一眼徐氏，淡淡道：「還能聊什麼？不過是說說父親的身體，還有就是上次為父親做的醒腦香囊氣味淡了，這次做了幾個新的送去……夫人以為清悠該與父親聊些什麼？」

徐氏語塞，沒來由得一陣煩躁，努力平復了半天，才又旁敲側擊地說道：「昨晚王侍郎府上的戲聽得有趣吧，這也沒和老爺說說？」

安清悠依舊是不帶任何情緒的口吻，冷淡回道：「父親和夫人昨晚不是都已經問過了嗎？清悠也答了，那王侍郎府上的戲著實無趣，我們沒聽幾齣便早早回來了，難道夫人就那麼肯定昨天王侍郎府上的戲很有趣？」

徐氏再度語塞，她在執掌中饋多年，早已養成高高在上的習慣。此刻能耐著性子左一句右一句地試探，不過是因為擔心安清悠向安德佑說了什麼，沒想到安清悠不但不上鉤，反將她噎得連話都說不出來。

徐氏惱羞成怒，在桌上重重一拍，叫嚷了起來：「別以為我什麼都不知道！雲兒早把昨天晚上的事情跟我說了！說，是誰給妳的膽子，居然敢打府裡的小姐來了？」

方嬤嬤正在門外裝模作樣地站著聽傳，聽得隱隱有叫罵聲傳來，心道果不其然，夫人這又是罵起來了。

安清悠卻不吃徐氏這套，伸手理了一下髮鬢，這才不卑不亢地回道：「夫人這話說得倒是奇了，青雲是府裡的小姐，難道我就不是？我還是比她大了那麼幾歲呢！《女禮》之中有云：『母不在側，長姊代行女眷領管之實。』昨晚那局面，我若不代夫人管上一管，夫人今日又焉能有這份閒心在這裡對我拍桌子？既然夫人已向青雲妹妹問清了昨日之事，我倒想請問夫人，若是夫人遇到昨晚那般事情，又該怎麼辦？」

安清悠句句在理，徐氏便是再想發作，也無可奈何，卻又不甘心就這樣憋回去，兀自強撐道：「怎麼辦？自然是講道理說事情啊！青雲那孩子一向懂事，有什麼說不明白的？」

這話一說，徐氏腦海裡不禁浮現安青雲對自己撕扯哭罵的事情來，再想起自家女兒在府裡府外的名聲，更是氣餒，話語裡帶了三分心虛。不過，轉念間，又理直氣壯地補上了一句：「再怎麼樣也不能打人啊！她怎麼說也是妳妹妹，總要念個手足親情不是？」

徐氏祭出這話，立時趾高氣揚起來，怎麼都覺得是安清悠理虧。

孰料這話不說還好，一說之下，就見安清悠柳眉倒豎，臉上猶如罩了一層寒霜，「夫人這是罵我不顧手足之情不成？青雲妹妹究竟如何，想是夫人比我清楚！清悠身在府中這麼多年來，她又何嘗有一天把我當成過她的姊姊？昨晚她口出惡言，更是辱及我那去世的母親，究竟誰才是不顧手足之情？我本想著這又不是什麼光彩的事情，在父親便守口如瓶，若是夫人非要雞蛋裡挑骨頭，那今日便好好地說道說道，左右有父親在，有老太爺在，我就不信還能沒了個說理的地方！」

安清悠這一席話說的速度極快，全然沒有以往那溫順之色，徐氏驚愕之餘，指著她嚷道：「膽子大了啊！妳少拿老爺和老太爺來壓我，妳給我聽好了，我是安家的夫人，便是老爺那裡……」

徐氏喋喋不休，安清悠霍然起身，逕自向門口走去，「既是夫人覺得清悠有錯，我這便去向父親請罪，順便讓他說一說究竟是我不顧手足之情，還是青雲這事做得該打！」

徐氏逞強了半天，原本還想著安清悠沒向老爺明說是有所顧忌，便要拿夫人的身分硬壓她一個錯處出來，沒想到這大小姐雖有忍讓之心，卻是個寧折不彎的性子。

徐氏一下子慌了手腳，連忙上前抓住安清悠的胳膊，「妳這是要去何處？」

「剛剛不是說了，去尋父親說個清楚，請父親定奪！」安清悠冷冷地說道，好像只要徐氏放手，她抬腳就走。

徐氏見不得她那淡然自若的樣子，雖有心再與她爭執幾句，卻又怕安清悠真的去尋老爺說道，那她豈不是要被老爺打死？

安清悠晃了晃胳膊，徐氏就是不放手，兩人這般僵持了許久，還是徐氏先妥協。她忍住氣，將臉上的憤恨全都收起，硬是擠出一絲諂媚的笑來，「別這樣啊……左右都是一家人，咱們娘兒倆有什麼事情是說不開的？妳剛才說的對，這又不是什麼不光彩的事，動不動就鬧到老爺那裡去，我這做夫人的固然是管教不嚴，妳這當姊姊的臉上也不好看不是？來來來，從長計議，我們從長計議……」

安清悠心裡鬆了一口氣，這是她第一次和徐氏正面交鋒，之前僵了那麼久，此時才是真真正正贏了這一場，那一巴掌到底是結結實實打在了安青雲臉上，此刻見徐氏服軟，她便也不將其逼得太過。

思忖片刻，安清悠才輕聲道：「夫人說的極是，左右都是一家人，有什麼事情是說不開的？這又不是什麼不光彩的事，動不動就鬧到老爺那裡去，夫人固然是管教不嚴，我這當姊姊的臉上也不好看！此事還須從長計議，從長計議……」

徐氏恨得牙癢癢的，卻還不得不給安清悠借坡下驢的機會，強撐著笑道：「是極是極！我就知道大小姐最是懂事，最是明理，最是心胸廣闊，我們都是一家人，都是一家人啊……」

安清悠見徐氏咬牙切齒地隱忍，全也不放過打壓她的機會，便猶猶豫豫地道：「夫人言重了，清悠愧不敢當！剛才和夫人說話的時候，清悠在言辭上有些激烈，這事父親恐怕……」

「哎喲，這說得是什麼見外的話！我如今雖是夫人，可也是從做姑娘的時候過來的，誰還沒有個年少氣盛的時候？這算個什麼事兒？」徐氏咬著牙把這事搪塞過去，只盼著安清悠別再提起老爺。

安清悠又故作愧疚地道：「我還對青雲妹妹動了手……這事，父親……」

徐氏跳起來道：「別再提這個了，再提我跟妳急啊！青雲這丫頭就是讓我慣得太不知天高地厚，這缺了規矩的事也能做出來？豈止是該打，簡直……簡直就是該打！誰要是說她這事情做得不該打，我這當娘的第一個不答應！」

兩人你一句，我一句，氣氛極是融洽。

這一頁便這麼黑不提白不提地揭了過去。又說了幾句閒話，安清悠忽然道：「夫人，我這院子裡婆子僕婦雖是不少，但終究粗使的人居多，我身邊只有青兒一個，有時候還真是忙活不開。這便想問一問夫人，府中可有年輕伶俐的小丫鬟，能不能調幾個來陪我讀書寫字？若是沒有，重新找幾個我自己調教也行。」

徐氏做了半天笑臉，不過是表面功夫罷了，肚皮裡早把安清悠恨得牙癢癢的，此時聽她說要增加丫鬟，下意識想說個不字，轉念一想，又是大喜。

死丫頭，妳在這府裡想做什麼事，終究還是繞不過我這做夫人的去。正愁沒由頭扳過這一局來，這一次且看妳家夫人的手段，絕對整死了妳！

這時候大戶人家的小姐身邊誰沒幾個俏生生的丫鬟跟著？遠的不說，那安青雲院子裡的跟班侍婢就有四個，更別說那些將要出閣的小姐們，更是會把隨行丫鬟、通房丫鬟之類的一干人等準備好。

之前安清悠一直被徐氏刻意打壓，身邊的貼身丫鬟只有青兒一人，後來雖然加派了幾個婆子僕婦，卻不過是粗使之人罷了。

徐氏覺得安清悠想加人，在意料之中。想來是安清悠出去見了世面，認為自己身邊寒磣了。不管猜得對或不對，徐氏也不太在意，反正只要知道這添人加口之事，繞不過自己這個夫人去就好，而且她還能藉這事整治安清悠。

當下徐氏笑吟吟地道：「大小姐這身邊也該是多幾個人了。這陣子忙裡忙外的，居然疏忽了這事兒，說起來是我這做夫人的不是了。只不過，大小姐妳也知道，最近這陣子家裡事多，人手一直不夠，還是靠著我從娘家帶來的幾個老人撐著。我看她們做事麻利，但年紀太大，難免不合大小姐的意，倒是讓人為難了，要不，大小姐先等一陣子再說？」

安清悠怎會不知這是徐氏有意刁難，所謂等一陣子，不過是拖延的藉口，接下來只怕這一等就沒完沒了，弄得她終日要去求徐氏，徐氏便可由著她的心情隨意給自己臉色看了。

不過，安清悠既敢提此事，心中自是有幾分計較。

這新進的丫鬟本就是自己要能用得的，莫說徐氏推脫無人，便是有人，她也不願意用徐氏從府裡挑出來的，那豈不是自己給自己身邊安了幾個徐氏的眼線？

安清悠當下點點頭道：「若是如此，也不須夫人如此為難，從府外新進些身家清白的年輕女孩便是，若能識兩個字最好。我自己帶在身邊慢慢調教，也不用夫人多操心了。」

徐氏才不會被這番話打動，臉上笑容更盛，卻是嘆了口氣道：「原說這也是個法子，可是，大小姐，妳不當家不知柴米貴。前段日子裡，老爺身體不好，單這藥材補品兩項，就花了不少錢去。老爺這歇了一陣，剛回衙門復差，那邊官場往來亦是要用錢，總是要支持著老爺往上爬一爬不是？再加上前幾日府裡大辦各房聚會，銀子更是流水一般花了出去，現在帳上剩下的都是一堆爛窟窿！」

「唉，莫說是添人進口，這段時間，便是我自己省吃儉用攢下的幾個體己銀子都貼了進去。多進一個人便是多加一張嘴，更何況跟著大小姐的，自然又不能太過虧待了，穿的用的月錢賞錢，哪裡又能省得了？如今這府裡實在沒錢進人，要不大小姐先忍些日子，等秋天田莊上的佃租收上來，我再幫大小姐想法子可好？」

長房財務狀況不佳，安清悠也有耳聞一二，可不至於連添幾個人的銀子都拿不出來。

安清悠心裡明白是徐氏變著法在難為自己，不禁皺眉道：「這也不行，那也不行，我身邊沒幾個可用之人，行事著實不便，夫人可有法子能把這事盡快辦了？」

徐氏心下大樂，她此時最想看到的，便是安清悠被自己擠兌的樣子。但心中樂，面上自不能如此，於是，搖頭晃腦想了半天，這才裝模作樣地嘆氣道：「大小姐急著用人，我確是想了個法子，只是不知道成與不成……」

「夫人但說無妨！」

徐氏卻是故意賣起了關子，掰著指頭算道：「如今這年月什麼都貴，大小姐身邊的貼身使喚，自是不能雇那等短工，最好能買幾個簽死契的進來，將來管著也是方便。只是，那肯簽死契的人家，哪一個又不是急著等錢用或死要錢的？隨便買一個粗使丫頭便要三兩，若是身家清白，最少便要八兩，模樣還須周正，最少便要十五兩，再加上大小姐想要識字的，那怕是二十兩也緊巴巴……」

按大梁律法，所謂短工，便是花錢雇人做事，到時候結帳走人；所謂死契，便是賣身到了某一家裡，主人若是不喜，一頓板子打死了亦是合理合法。

安清悠不是古代人，對這等買賣人口之事頗為反感，只是這社會便是如此，她一個小小的女子能改變什麼？倒是大梁國銀貴錢賤，五兩銀子已夠普通農戶半年之用，這還真是一筆花銷了。

徐氏見自己越說，安清悠越是皺眉，更是興高采烈起來，只是面上故作替人著想的樣子，幽幽嘆了口氣道：「唉，算了這麼多又能怎麼樣？我也知道大小姐月例銀子不過二兩，這錢若是要大小姐出，倒是難為人了！」

原來是要自己出錢！

不過自己身邊的人由自己簽下契約來，未必是一件壞事……

安清悠沉吟道：「既是如此，這錢我出了倒也沒什麼，只是按夫人所說，這所需花銷……卻是當真不少！」

徐氏登時便用看白癡的目光看著安清悠。

這到底是沒掌過家的丫頭，本夫人剛剛挖了一個坑，妳就自己上趕著往裡頭跳，這可是妳這小妮子自找的，怨不得我來！

當下徐氏笑著說道：「誰說不是呢！真要是從大小姐月例銀子裡出，不知道要哪年才攢得出來！我倒是想，大小姐不還有些嫁妝存在我那裡，若是急等錢用，不如先典當上幾件，日後有了錢再慢慢贖回……」

徐氏所說的嫁妝，便是當年安清悠的生母趙氏留下的那一批。

當初雖被安清悠藉著三夫人送東西的時機，用手段討回來了個說法，卻還一直存在府裡保管。如今徐氏見安清悠用人心切，便輕輕巧巧地拐了個彎，打起這批東西的主意來。

當年先夫人趙氏所留下的東西皆是貴重之物，那批首飾嫁妝的價值卻是遠非買幾個丫鬟可比的，只要這個口子一開，日後自有各種名目說什麼給大小姐花銷銀錢，化整為零就把這些珠寶盡入自己囊中。更何況，買丫鬟的錢亦可從府中出入的帳目上做些手腳，花的又不是她徐氏的私房。

說到這裡，徐氏卻是閉口不言了，坐在那裡擺出笑臉看著安清悠，她心裡算得清楚，若是此刻安清悠點了頭，那批珠寶首飾便歸了自己；若是不點頭，接下來連拖日子帶拿捏，擠兌擺臉給安清悠看，亦是一樁樂事。

徐氏這算盤打得響，安清悠卻是微微一笑，「我當是什麼難處，說到底，還是幾個銀錢的事情。那批東西是母親留給我的嫁妝，此刻倒是不忙動用，這買丫鬟的錢，我出了！」說著，便從袖口處的小囊包裡掏出一把金裸子來，隨手往桌上一放，登時金光四射。

徐氏的笑容瞬間凝固在臉上，長房的銀錢是她掌管的，安清悠能有多少銀子她最是清楚不過，每月月例不過二兩，可現在隨手一掏，竟然拿出了金子？

「這……大小姐是從哪裡來的銀……金錢？」

桌上這一把金裸子，別看個頭都不大，但這整整一把，少說也有個幾十兩銀子的通兌，雖說在外十兩銀兌一兩金，可在富貴人家來說，這金子可比銀子值錢多了。

徐氏面容有些扭曲，臉上的肌肉一跳一跳的。

安清悠懶洋洋地嘆了一口氣，「唉，昨日去王侍郎家的壽宴，遇見了長輩，許是清悠還算對她們的脾氣，有不少長輩出手大方，給了見面禮。我雖是推辭，她們卻硬是要給。夫人，您也知道，長者賜，不可辭。咱們安家總是書香門第，在外面亦不能失了禮數……」

安清悠隨口和徐氏聊起自己昨日的收穫來，什麼工部趙郎官夫人給的玉鐲子，什麼大理寺張少卿家夫人給的翡翠掛墜兒，至於這給小金裸子這等物件的人太多，那倒真是記不清楚了。

安清悠邊說還邊嘆氣，說是收來的見面禮太多太重，青兒捧得手都抽筋了，要不是這樣，自己又怎麼會想起要多買幾個丫鬟？

「夫人，您說，我一個沒出閣的女孩兒家，要那麼多黃白銀錢的俗物做什麼？看著也是沒意思，倒不如那些細軟物件還能把玩呢！索性有什麼該花的，那就花吧！本是想先拿去與父親看一看的，如若父親再問起，我只說給了夫人為我買丫鬟就是了！」

徐氏的臉頓時又綠了……

顯擺！這是明晃晃的顯擺！

偏生這等顯擺，自己還只有聽著的份。

徐氏這一會兒急怒攻心，幾欲暈厥。

安清悠看著徐氏這模樣，心裡暗笑：剛才還裝模作樣地做出為她打算的面孔，此刻見著她有了錢，妳這位夫人還擠得出笑臉來嗎？

徐氏這會兒心裡就像是長了荒草，不知道該如何才好。

早上她詢問安青雲時，雖是聽她說安清悠收了不少見面禮，卻是想不到竟到了這個地步。徐氏恨不得把安青雲抓過來再抽兩巴掌，這麼重要的事她也不說清楚，這腦子是怎麼長的？

可這事倒不能全怪安青雲，她本就不是細心的人，安清悠收的見面禮如此之多，連她自己都沒法記清楚，安青雲又只顧生悶氣，怎麼記得清楚？

徐氏越聽越是來氣，沒想到安清悠還有後招，她慢慢地從袖口裡拿出一對玉蝶來，問徐氏道：

「這對玉蝶我卻是極喜歡的，夫人幫我看看這成色如何？」

「不錯不錯！這等成色自是上品，這又是昨天收的見面禮？」

「嗯，昨天去見了壽星，王侍郎家的老夫人給的……」

徐氏本就恨極，安清悠這話一說出來，心裡更是猛地一震。

那王老夫人她雖沒見過，但也知道是誰，此時此刻，她的心裡也跟其他人一樣困惑：這大小姐到底是討了王老夫人什麼喜？還是另有隱情？

再看安清悠，見她只是高深莫測地微微一笑，又收回了玉蝶，坐在那裡不說話了。

安清悠這番做派當然不是只為了顯擺，而給徐氏提個醒，便是教徐氏摸不清自己到底在壽宴上做了什麼事、聯繫上了什麼人，若能讓徐氏以後做事心有顧忌，那就更好了。可是，連安清悠自己都沒想到，這對玉蝶拿出來，哪裡是給徐氏提個醒，簡直是在她心裡種下了一顆種子。

曾經有人想過的問題徐氏想了，那些人沒想過的問題徐氏也想了。

這死妮子的成長速度實在是太快了！

這才多少時間？莫說連討了老爺、老太爺的喜，如今不過出府了一次，居然連那位深居簡出的王老夫人都搭上了線！

徐氏一邊心驚，一邊暗道還好，虧著自己在這個時候反應了過來，否則任由這位大小姐發展下去，有朝一日，她羽翼豐滿，翅膀硬了，那才真是難以收拾了。

「夫人要不就拿了這玉蝶去？回頭父親問起，我也可有個說辭，這麼貴重的物件放在我這兒，倒是有些心裡不安了。」安清悠其實不願再與徐氏周旋下去，要丫鬟這事，她反正繞不過徐氏，何必這般浪費口舌？

徐氏瞧著那玉蝶就是一哆嗦，連忙擠出笑來道：「這怎能讓大小姐自個兒花銀子，剛剛那一番抱怨也不過是想大小姐能勤儉些許，這買丫鬟用銀子的事還是由我來操持，即便府中過得再清減，也不能委屈了大小姐……」

徐氏嘴上如此說，心裡卻是在想這事絕不能讓老爺知道，否則老爺定會雷霆大怒，連帶著雲兒挨打之事也會揭出，那才是偷雞不著蝕把米，她母女二人甭想有好日子過了。

安清悠本是打算自個兒挑丫鬟，但徐氏這話說出，她倒不好這時候就有動作。

徐氏這邊放緩了怒氣，打起了精神，冷靜下來，反倒有了主意。陪著安清悠說了一會兒閒話，便說要替大小姐去張羅進人的事，匆匆回去了。

安清悠默默看著徐氏遠走的身影，回到自己屋裡繼續讀書調香。

這一次，再與徐氏交鋒，雖然浪費了點兒唾沫星子，其餘的卻半分沒花費，但她知道，徐氏既然已經有了動作，下一步自己便該低調些了，暫時靜觀其變。

徐氏卻忙著加丫鬟進人這種事情。

「大小姐要找丫鬟！進了咱們府裡的，須得身家清白！」

「這些女孩子可是貼身伺候大小姐的，模樣自然是要周正的！」

「最好是要識得字，沒看這所需的錢大小姐都備下了？」

徐氏正一樣一樣地說著安清悠的要求，身邊的柳嬤嬤聽著、記著，心裡卻是和徐氏同樣的感覺，大小姐果然是沒自己調教過人，這貼身丫鬟的要求只這麼幾條就夠了？

「不管是什麼人，一定要給我好好地挑，好好地選，性子要活潑，否則她的院子豈不是太過沉悶了？」徐氏這話，旁人興許聽不懂，柳嬤嬤卻心知肚明，堅定地道：「老奴親自去辦！」

兩天後，當柳嬤嬤帶著幾個新買來的丫鬟站在院子裡時，徐氏心裡大為感慨，還是柳嬤嬤這用得多年的老人妥貼，自己不過提個開頭，剩下的事情能有人心神領會的感覺真好……

柳嬤嬤這次尋來的四個丫鬟，從出身和家世來看，都能合得上安清悠的要求，如若細細問起，那便不得而知了……

徐氏這邊穩穩做好，柳嬤嬤便挨個叫上來給她過目。

第一個領上來的丫頭白白淨淨的，是身家清白的小戶人家出來的，據說是為了給家裡親娘治病才把自己賣了當丫鬟，只是性格好像內向了些，幾根棍子打不出半句話，還愁眉苦臉，像是隨時想尋短見的模樣。

如果安清悠在這裡，腦子裡肯定會浮現另一個世界裡的名詞：輕度自閉憂鬱症。

第二個領上來的丫頭倒是不那麼不說話，恰恰相反的是，這不但是一個愛說話的，還是一個大嘴巴。

徐氏倒是中意，有野心，偏又是個嘴上缺了門把的話癆，這等人既適合到處說大小姐的私密事，又容易惹是生非，是極好的人選。

第三個丫頭看著似有受過教養，往那裡一站，下巴仰得極高，身上那驕傲勁兒，只怕比安青雲還要多上幾分。

徐氏看不出個所以然來，柳嬤嬤偷偷向徐氏稟告：「這是個破落官宦出來的小姐，祖上原也是大戶人家，只是他爹是個賭鬼，外面欠了賭債，便把女兒賣了抵債。賣到人牙子手裡八天，已經逃跑了三次，什麼事都不會幹，逼她學點丫鬟該幹的事情，她就尋死覓活地想撞牆。」

「好！這個最好！」

徐氏連聲叫好，她掌管內院多年，知道這種女子最難拾掇。

大小姐這段日子不是越發硬氣了嗎？想調教人就讓她調教去！

這種寧折不彎的女子最容易整出事來，若是逃跑了，便是安清悠連個丫鬟都管不住。嗯，這丫鬟受逼不過尋了短見才好，什麼事情都不如鬧出人命大。

最後的第四個丫鬟，卻是一副快手快腳的樣子，會幹的事情不少，也識得幾個字，還頗有幾分精明算計的眼色。

徐氏看了半天，微微皺眉，這丫鬟若調教一番，倒是個能做事的，給了安清悠，難道是要她身邊再添一個好使喚的得力下人不成？倒是柳嬤嬤在身邊輕輕一句話便替徐氏打消了顧慮。

「這孩子其實是夫人娘家的家生奴才，他爹是老奴的本家侄子，夫人忘了？便是夫人娘家莊子裡的那個戶頭，一家子都在夫人手裡捏著，又怎麼可能不替夫人出死力？」

徐氏登時轉疑為喜，好臥底！根紅苗正啊！

這四個各有不同的丫鬟，當真是越看越開心，越看越覺得有趣。柳嬤嬤自是領了賞不提，這邊徐氏卻是連聲催促道：「快領過去，讓大小姐給這幾個丫鬟起個名字，若是她留下，以後就是大小姐院子裡的人了！」

◉ ◉ ◉

「大小姐，您院子裡進人本就是該府裡掏錢的，夫人居然還想要小姐拿自己的銀錢貼補？」

「如今這拿銀子的事被大小姐搪塞過去，但這身邊的人就是離小姐最近的人，可夫人逕自去辦，壓根兒不讓小姐選上一選，這不是等著看她給小姐使壞下絆子嗎？便說是院子裡添人進口繞不過夫人去，咱們也可……」

安清悠的院子裡，青兒正一臉擔心地絮叨著。

安清悠身邊要加人，她倒是最直接受影響，若換了普通人家的丫鬟，少不得以後要琢磨著自家小姐身邊人多了，自己的地位會不會受波及，可青兒本就忠心，又是和安清悠從小一起長大的，此刻所想所說，卻是替安清悠打算得更多了些。

安清悠有些感動，青兒雖說直線條了點，話多了點，但這份忠誠卻是最難得的。當然，若能不那麼聒噪，就更好了。

安清悠覺得耳朵發癢，只得道：「青兒，昨日教妳寫的字怎麼樣了？三十個大字都學會了嗎？今日的功課做得如何了？」

青兒立時便苦了臉，以她和安清悠之間的熟悉，自是知道小姐這時候檢查功課是不願她再提院子裡進人之事。低頭看著那些橫豎撇捺的大字，只覺得頭暈眼花，竟是比繡花還難。

當下青兒便道：「小姐，要不，您還是教我調香好了，回頭還能在小姐調香的時候打個下手。這讀書寫字的事情，小姐會了便是，我就是跟著小姐……」

安清悠嘆了一口氣，擱下了手中的紙筆，正色道：「調香要學，讀書寫字更是要學。夫人給我這院子裡加的人怕是這半天就該到了，妳若不能識字，將來又怎能替我盯住她們？更別說將來妳也是要嫁人的，若是這字都認不全，將來又有什麼人家肯高看妳一眼？」

青兒一聽嫁人這類的話，登時滿臉通紅，「青兒一生一世只做伺候小姐的小丫鬟，才不要想嫁人的事。」

安清悠苦笑搖頭，這丫頭只把心思放在嫁人上，卻沒留意自己讓她盯著那些新來的丫鬟才是重點。既是由徐氏去辦這買丫鬟的事，那種種的挖坑下絆子，便在她的意料之中。

只是，說起嫁人，安清悠卻也是注意到了。

上一次赴王侍郎府宴之後，安清悠突然發現自己之前忽略了一個重要的問題，那就是，她已經及笄了！

按照大梁國例，女子過了十五歲，行了及笄之禮，便到了談婚論嫁的年齡，家裡該張羅著給她找婆家了。

安老太爺既是發了話，所謂的選秀，不過是走個過場，斷不會讓自己真的進宮，十有八九選秀之後便是要給自己找個夫家。前不久父親說要好好補償她，即是說要為她找一門好親事。

二十歲不嫁人便成了老姑娘，父母引以為恥不說，人人都會瞧不起的。

一想到那般光景，安清悠便有些不寒而慄。

而且，父母之命，媒妁之言，婚姻大事根本輪不到自己做主。

這也罷了，這安家怎麼說也是官宦人家，自己若真是嫁了出去，自然是要做正房夫人。

彭嬤嬤說的不錯，小了管一房，大了管一府，身邊沒幾個能帶出去的人還真是不行。可是，徐氏又怎麼會真的替自己找來既忠誠又堪用之人？

與其等到出閣時再被徐氏弄得措手不及，不如趁著現在早做準備。

她不是那種想要一輩子做老姑娘的，更不害怕嫁人，只是，就算要嫁，也要按照自己的心意嫁。那麼，為了做到這一點，便須先在長房立起自己的位置來，否則處處受制於徐氏，就算父親有心庇護，也有照顧不到的地方。

徐氏已掌管府中事務多年，府裡絕大多數人是她的人，縱有一兩個像方嬤嬤這樣的牆頭早，也只能用來做些無關緊要的事情，不可能推心置腹。

這貼身之人，安清悠不想從府裡面選，府外各色人等都有，選擇極多，更何況，她對自己身邊人的要求不同，她想依自己的想法去調教得用的丫鬟。

「大小姐可在？老奴給您請安來了！」

安清悠正一邊督促著青兒寫字一邊想心事，聽得有人叫喚，便知是柳嬤嬤帶著新入府的丫鬟來了，真是說曹操，曹操就到。

安清悠出得房門，柳嬤嬤滿臉笑容說道：「大小姐安好。大小姐，這是夫人為您物色來的幾個丫鬟。夫人說了，請大小姐看看這新選的丫鬟合不合用，若是合用，不妨給起個名字留下，不然便再尋其他的。」

「有勞柳嬤嬤了。」

安清悠點了點頭，掃了一眼站在廊下的四個丫頭，問了問情況，見她們模樣周正，出身也清白，當下不再多言，將這四人留了下來，分別起名為茶香、紅苕、芋草、白芷。

那柳嬤嬤聽安清悠取的淨是與香料有關的名字，心想這大小姐還真是喜歡調香，連丫鬟也取了這般名字。

再看安清悠讓四人都進了自己的院子，又暗自冷笑，這四人各有各的問題，大小姐既然收下，以後便有得妳頭疼的了！

遣走了柳嬤嬤，安清悠也不多言，讓青兒領著四個新人去安頓下來，卻是沒給她們安排任何事情，只是囑咐青兒把她們盯緊了……

這一日，安清悠一如往常，在屋裡讀書寫字調香兼練規矩，院子裡甚是平靜，只是，入夜後喚了青兒來問，才發現那新來的四人竟是如此不安生。

「茶香進了屋子，也不跟人說話，一個人坐在那裡發呆。沒人理她，她卻不知想到些什麼，自己哭了起來。」青兒拿手比劃了一下道：「她是不是有些毛病？」

安清悠微微點頭，又道：「其他人呢？」

「那個芋草，一路上東張西望，我怎麼看，怎麼覺得她是在探查如何逃跑。」青兒皺著眉頭想了想，忍不住發了牢騷道：「小姐，夫人送來的人哪裡是那麼好用的？這些人定是有問題的！」

安清悠卻是搖了搖頭道：「妳接著說，另外兩個呢？」

「另外兩個倒還好，紅苕是個活潑的，說話說個不停。還有白芷，不但熱情，還到處去幫著其他人做事……」

青兒把這一天看到的事情講了一遍，大意便是，茶香和芋草兩人看著就有問題，紅苕、白芷兩人尚可一用。

徐氏送來的四個新人，若沒摻沙子那才有鬼。該留在身邊的自是要留，該棄的她也不會手軟。按著青兒報來的情況細細想了一遍，安清悠對青兒道：「青兒，我們都知道夫人送來的人有問題，若我今晚要單獨先見其中一個，妳說是先見哪個？」

這一問卻問住了青兒，她苦苦思索了好一會兒才道：「小姐，妳這是問我？這……這可難住我啦！要不……從那兩個看著還能做事的人裡選一個？」

安清悠搖了搖頭，「那兩個既是主動找妳說話做事，現在便見，怕也問不出什麼來。今兒晚上要見，便先見那個想逃跑的。」

青兒愕然，安清悠點名的芋草，是她第一印象最差的，沒想到小姐想要先見此人，不由得瞠目結舌地道：「她？」

◎ ◎ ◎

「見過大小姐！」

芋草來到安清悠房中，卻不自稱奴婢，盈盈一拜亦是平輩禮，更沒有什麼請安的意思。

「大膽，見了大小姐還敢如此放肆！」青兒在一邊看得柳眉倒豎，當下喝斥道。

安清悠擺手制止了她，細細打量這芋草時，越看越覺得有趣。

這丫頭不過十四五歲年紀，站在那里昂著頭，挺腰平肩，目不斜視，眼裡滿滿的倔強之色。對這丫頭的舉止做派，安清悠倒是頗熟悉，她跟著彭嬤嬤學了這許久的規矩，早已成了這方面的行家。她上下打量了這丫頭一番，笑道：「以前做過哪家的小姐吧？官宦人家出來的？」

芋草微感驚訝，隨即釋然，心想著既是把我買來，那人牙子又豈能不告訴她們自己的出身？當下昂然地又行了一個平輩禮道：「家父欽天監司員周恆禮周大人，嫡女周氏見過大小姐。」

「還是嫡女？」安清悠有些詫異，接著問道：「妳父親既是有俸祿的司員，妳又是身家清白的，卻又如何簽死契進了我安家做丫鬟？」

芋草臉上登時出現憤憤之色，那欽天監本就是京官中最清水的幾個衙門之一，當今聖上一不求黃老仙術，二最煩星象天學，這欽天監便更是沒有什麼油水可撈。偶有天災需要些地理勘測之事，朝廷撥銀卻大半被掌事的幾個頭頭過了手去。

她父親不過是個沒有品級的小小司員，每月的薪俸還沒安清悠的月例銀子多，卻染上個嗜賭的毛病，負債累累之下，債主逼上門來，便將她和妹妹賣了抵債。

這事本身安清悠無關，但一般人卻未必肯真的面對自己乃至自家的問題，便如芋草，認定了安清悠什麼都知道，不過是在折辱自己，當下咬牙道：「大小姐既將我買入府中，又何苦問我？家父在外面欠了人家銀錢，便將我賣了抵債，為什麼簽死契？死契賣的價錢更高，大小姐當真不知道嗎？」

安清悠見芋草憤恨淒然之色中有一股決然之意，心中了然。

雖不知她父親究竟是為什麼欠了銀錢，但看她這樣子，用腳趾頭也能猜出十有八九不是什麼好事，當下嘆了口氣道：「妳的事情我確是不知，不過妳那父親竟然會將親生女兒賣掉……哼！這種人妳還叫他父親？」

芋草面色一變，逞強地說道：「天倫有常，禮法有矩，我身為女兒，便是父親將我賣了也是人倫大道。大小姐如此說，眼中可是還有禮法嗎？」

安清悠苦笑地搖了搖頭，這又是一個被封建禮法燒壞了腦子的，竟在這裡指摘起自己不懂禮法來了。安清悠也不和她爭辯，只把適才青兒所報的事情說與她聽道：「我聽說妳在下午來到我這院子的時候，便在四處查探路徑，可是存著逃跑的心思？要知道，按大梁律法，簽了死契之人若是逃跑，一概以逃奴論，官府抓住了亦是送回主家，輕則拾掇得妳死去活來，重則一頓家法直接打死了事，妳不怕嗎？」

安清悠說得淡然，芋草卻是聽得瞳孔一縮，冷冷地道：「不是說存著逃跑的心思，而是我一定要跑，絕對要跑！今日跑不得便明日跑，明日跑不得便後日跑！我雖是身不由主被父親賣了，卻是死也不肯做那為奴為婢的事情，大小姐，妳若是覺得小女子太過不堪，不妨此刻便將我一頓板子打死，倒也乾淨！」

哀莫大於心死……

看著芋草絕望而淡漠的眼神，安清悠忽然有了一種奇特的感覺，或許眼前這個女孩逃跑的目的之一，就是渴望被打死？安清悠看著這個夾在禮教與渴望自由之間的倔強孩子，不禁有些替她難過。

只是和這女孩說什麼不能輕言放棄人生的大道理也是白搭，安清悠瞇著眼睛微一思忖，緩緩地說道：「倒還真是個看開了生死的！也罷，妳剛才和我講禮法，我就跟妳講禮法。既是安府買了妳，無論妳願不願意做我的丫鬟，此刻的身分便是我安府的下人。見我的面卻不請安可是無禮？妳不願為奴這份倔強我是欣賞，可既有官府文書身契在此，妳背主而逃可是不忠？我好生與妳說話，妳卻這般冷眼相對，如此對主家可是不義？如此種種，妳如何解釋？」

芋草的身子猛地一顫，一時間，思緒混亂。

她自幼讀聖賢書，家裡雖然清貧，但從小便是以守禮法有骨氣的忠烈女子為目標。此刻安清悠隨隨便便幾句話，卻是將她原本偽裝的堅強打得粉碎。

見芋草臉色大變，安清悠嘆了一口氣，卻又添上了一把火，逕自對青兒道：「青兒，去把她的賣身契拿來。」

芋草一聽這話，神色越發慘然，通常主家要行家法的時候，便會出示身契。

這大小姐雖然和顏悅色，可看她行事一板一眼，肯定是要杖斃自己給那幾個新來的看。

不料，青兒取來那死契，安清悠卻是把這張薄紙隨手往她懷裡一塞，輕聲道：「我要的是在身邊伺候的貼心之人，妳既有骨氣，寧死也不願為奴，我便把身契還給妳。妳若還是要走，便可正正經經從我安府走出去，莫要再行那背主而逃之事了。」

頓了一頓，安清悠卻是又道：「只是我對妳尚有一勸，走是容易，妳可曾想好了究竟要去哪？莫要回家讓妳父親再賣了一次才是。」

芋草呆呆地捧著那死契，不敢相信這位安家大小姐竟然就這麼放自己走，卻也不知道自己這麼做到底是對是錯。而安清悠最後那句話，更像是晴空霹靂直穿進了心窩。

原本是一門心思的只想著要麼逃跑要麼被打死，可是這自由瞬間來到之時，更多的卻是一種茫然不知所措。

安大小姐說的沒錯，那個只剩下賭鬼父親的家無論如何不能再回去了，可真要走出了安府，天下雖大，自己一個弱女子又該到哪裡去？

原本比天還大的一份死契，竟在轉瞬之間變得無足輕重起來。芋草攥著那張薄薄的紙片，感覺到渾身的力氣在一點一點流逝，雙腿一軟，竟是一屁股坐在了地上，小聲抽泣起來。

安清悠嘆了口氣，「今日天色已晚，妳一個女孩兒家隻身出門也不安全，左右這院子裡還有一個住處，今晚不妨好好想想，若是真是要走，明天一早再走也不遲。」

當下喚過一個門外伺候的僕婦，帶了芋草下去。

之所以先選擇這芋草，主要原因便是她是所有人裡最不穩定的一個，無法預測的事情是最可怕的，若是她今晚便行那逃跑之事，後患無窮。

正嗟嘆間，卻見青兒拍手笑道：「小姐的手段果是越來越厲害了！我看那芋草既寧死不為奴，倒是個有品行的，如今您對她有恩，她也沒地方去，說不得還是要留在這院子裡，如此一來，必是會對小姐死心塌地了！」

安清悠苦笑道：「青兒，這段日子以來，連妳也變得世故了。妳這麼說，莫不是在取笑妳家小姐收買人心不成？」

青兒吐了吐舌頭，「奴婢可不敢這麼說，只是彭嬤嬤曾經教過，小姐持家須有手段，手段便是手段……」

「傻丫頭！」青兒這話極合此時的情勢，安清悠若有所悟，輕笑一笑，卻是直接打斷了青兒要說的話，笑罵道：「妳只記得彭嬤嬤教的手段，卻忘了妳家小姐常跟妳說的『我就是我』不成？我找新人進院子裡固然是用了些手段，卻更是憑本心在做事。這芋草明日便是真要離去，我亦不會再攔她。」

「啊？您真要放她走？」青兒試探地問道：「您是說，芋草這件事，您……您其實沒把握？」

「半點也沒有！」安清悠難得地調笑，轉而又說道：「不過，另一件事我卻是很有把握，有個叫青兒的姑娘，她的死契早在很久之前就被我給燒了。妳這嘴快的妮子，我又何嘗真把妳當過丫鬟看待？」

青兒登時呆住，傻傻地發昏了半天，猛地哭著撲進安清悠的懷裡叫道：「小姐，青兒這輩子最有福氣的一件事，便是跟了小姐您！」

◉ ◉ ◉

「芋草見過小姐，小姐福安。」

芋草到底是沒有離開，她回去哭了一夜，驚得那個有自閉抑鬱症狀的丫鬟都有些不知所措。轉過天來，又獨自坐了一上午，不知道在想些什麼。

等到了午飯之時，卻是自己去尋青兒，換上了丫鬟的衣服，逕自來到安清悠房中。

芋草這次倒是禮數周全，只是安清悠笑咪咪地點了點頭，口中卻說道：「福安福安，以後只有妳、我和青兒在場的時候，無須如此多禮，我也沒打算拿妳當丫鬟看。」

芋草不像安清悠那樣有現代人的觀念，也沒有安清悠那般要把身邊人調教得豈止是丫鬟的古怪念頭，聞得此言，微微一愣：不當丫鬟看，卻又當什麼看？

芋草心裡疑惑，但既已下定決心留在安府，也不好再明著問，她將昨日安清悠扔回給她的賣身契遞給了青兒，「這物件我留著無用。」

青兒當即便將這物件拿在手中，安清悠則是直接岔開了話題，看向芋草，笑著說道：「芋草來幫我看看這些東西，這段日子裡有人送了這許多請柬，我和青兒有些看不過來了。」

芋草走近一看，見桌上一張連著一張，淨是些官宦人家的女眷相約之事。前不久在王侍郎府上，安清悠收了不少見面禮，亦送出去大批的香囊，一來一往，這「一面之緣」的朋友多了不少。

安清悠送出去的香囊頗受夫人小姐們的愛戴，有人送帖子邀約，卻是天經地義的事。

雖說這些請帖只是女眷間的聚會，無關官場，安清悠卻覺得這一張張請柬便是一扇門，能夠讓自己通向外面的世界。只是，請柬這種東西單收其中一張容易，同時收到很多張卻是讓人頭疼。別的不說，單是選日子排順序便是大問題。哪家先去、哪家後去，先去了哪家，會不會得罪另一家，裡頭大有門道。

「受不了了，這樣太費勁了！青兒，妳來讀！芋草，妳來寫！咱們來做一張行程統計表！」安清悠終於在一堆請柬中爆發了。

「行程統計表？」青兒和芋草面面相覷，這名詞她二人從未聽過。不過，很快的，安清悠就指揮她們在一張大紙一個一個做統計欄列，列出姓名、地點、聚會日期、家族情況……

安清悠無比懷念現代的電腦和手機，現在只能改成全人工毛筆手寫模式，好在三人一起動手，一會兒功夫便將各項資料盡數抄寫進了表格之中。

完成之後，青兒和芋草看得目瞪口呆，原來事情還是可以這麼做！

不過是把那些請柬重新抄寫了一遍，轉眼竟是清清楚楚，一目了然，比起在那一大堆請柬中翻檢，不知輕鬆了多少。

只是她倆在這裡驚詫，安大小姐卻還不滿意，兀自嘟囔道：「要是有個自動檢索的功能，就能做日期排序了……」

解決了請柬，另一樁事情卻又擺在了眼前。

安清悠只去過王侍郎府上，泛泛地知道了點資訊，對京城中各府的情況還是兩眼抹黑，更不知道這些聚會到底意味著什麼，究竟要去哪家成了大大的難題。

好在安家住著一個明白人，安清悠略一思忖，直接把統計表一捲，招呼青兒和芋草道：「走，咱們找彭嬤嬤去！」

幾人來到彭嬤嬤的住處，彭嬤嬤仔細打量了幾眼芋草，這才對安清悠點了點頭道：「這可是院子裡新進來的丫鬟？大小姐眼光倒是不錯！」

安清悠微微一笑，沒在這個話題上糾纏，逕自攤開了手上的那張大紙道：「前幾日去了王侍郎府上的壽宴，認識了一些幾個官家女眷，有不少人下了帖子，說要邀清悠去聚一聚。只是，這邀請的人多了，想請嬤嬤參詳參詳，究竟是去哪家才好？」

饒是彭嬤嬤見多識廣，乍看到這張日程統計表的時候，也是微感詫異，「這……這做法倒是有些意思，確實一目了然，這可是大小姐的手筆？」

安清悠笑著點了點頭，彭嬤嬤不再多言，看了一遍那些邀約的各府情況，便細細分說起自己所知的情況來：「……這孫翰林在翰林院裡待了二十幾年，卻一直未曾外放出京做什麼實缺的地方官，也就是個尋常散官。倒是他家有個兒子，聽說八股文章做得極好，今年亦要參加科舉。孫家夫人這張帖子只怕是更想請那些與大考相關的官員女眷，給小姐的帖子怕不過是應個景兒多尋些人來。」

「那工部都水清吏司崔郎中家的少奶奶本是番邦女子，雖然不通文墨，但她娘家卻是受過咱們大梁國冊封的，家境殷實，平日裡辦些聚會，最愛吃酒聽戲擺些熱鬧。若是去她府上聚會，便是玩樂居多，用物亦是一等一的，倒是不用擔心和其他官員有什麼瓜葛。」

「這位劉學士家小姐的請柬卻又不同，當朝四輔，李王劉張。這劉大小姐出身名門，自己亦是有名的才女，最愛搞這些女眷之間的詩詞文會，幾乎是每個月都有那麼兩次。小姐若是想在京城的女眷圈子裡掙些文采美名，倒是可以去她家的聚會上轉悠……」

彭嬤嬤針對各請柬的主人做了細細的點評，安清悠不問由來，只用心誦記，旁邊的芋草卻越聽越是混亂，心道這大小姐到底是什麼樣的人？十六七歲的女子便有如此沉穩的氣質不說，便連身邊一個管教嬤嬤也對京城各家如數家珍，不由得對安清悠多了幾分好奇和敬畏之心。

彭嬤嬤一口氣說完了這許多家的情況，喝了口茶潤了潤嗓子，才又笑道：「我所知的情況便是如此，只是究竟去哪家、不去哪家，卻是不好做大小姐的主了。更何況，這各府宅院之事向來最是難講，便是我所知的這些事情也難說一定就是對的。大小姐既是第一次獨自出府赴宴，不如多找幾個人商量再做決定，如此更加穩妥。」

安清悠本有此意，聽得彭嬤嬤這麼說，輕輕點了點頭，心裡想起了一個人來：三嬸趙氏。

翌日一早，安清悠自去向父親稟報想出府去見三嬸的事。

本以為說一聲能順利出去，卻遇到徐氏正在安德佑的書房內獻殷勤。

安清悠向二人請了安，隨即說明來意：「……三嬸待我寬厚，臨去王侍郎府上向王老夫人賀壽之前，還特意來送首飾，女兒尚未正式拜謝，怕再等遲些會不合規矩，今日便想前去致意。」

安清悠這般說辭，徐氏卻是不樂意。

她今兒一早便先來了安德佑的書房，好生巴結著，獻媚也好，柔順也罷，總之，不能光顧著內宅的事，就忽略了安府的主人。

安德佑是何脾性徐氏最是知道，誰在他眼前多一些，他便對誰樂的多一些。故而，徐氏早早登門，沏茶端水、揉肩捶背，這等事全都做完，剛想說上兩句孩子們的事，安清悠卻來了。

自個兒的事讓她攪和了不說，她還想出門去找趙氏？

她怎能答應？

徐氏不等安德佑說話，當即開口道：「妳三嬸如今也是忙著，她既疼愛妳，又怎麼會為這等事怪罪於妳？如若她有空，自會來探，妳別過去叨擾她了。」

安清悠不理徐氏，只看著安德佑。

安德佑也在尋思，他覺得這事兒可大可小，不必浪費口舌。

「妳既有這心思，那便去一趟，只是不知她今日是否有空閒，去之前還是先尋個人去通報一聲才好。」

安德佑這麼一說，讓徐氏噎住，當下便要派柳嬤嬤去幫安清悠問話，安清悠卻不允她動：「夫人身邊離不開柳嬤嬤，何況她一把年紀了，還是莫奔走了。」安清悠不容徐氏反駁，立即到門口吩咐青兒道：「去三嬸那裡問上一問，她今兒可有空。」

青兒聽了，拔腿便往外跑。

徐氏也知這時候她再阻攔，定會被老爺斥責小題大作，只得將這股氣憋了回去。

安清悠也不理徐氏，逕自上前與父親敘話，談詩論詞，說些文章之事。徐氏半句也聽不懂，只覺得兩耳嗡嗡作響。

過了半晌，青兒匆匆回來，告知三夫人已經在院子裡等著了。

安清悠這才向安德佑行了禮，出府去了。

徐氏眼睜睜看著安清悠出了門，心裡將她痛罵了個遍，而安德佑與大女兒談了半晌的詩書，心有所感，想趁著勁頭提筆行文，便讓徐氏退下。

安清悠帶著青兒和芋草前去見三夫人，到了三房府上，趙氏親自迎了出來。

「侄女見過三嬸，三嬸福安！」

三房和長房的關係素來極好，趙氏又和安清悠的生母做姑娘時是至交好友，此刻不等安清悠行完禮，便一把拉住她的手，親親熱熱地說道：「幾天不見，妳這孩子出落得越發標致了！走走走，到三嬸院子裡說話去！」

進了趙氏屋子，安清悠比在自家裡更舒坦了幾分，僕婦流水般送來點心蜜餞等一干果物。

趙氏說得兩句閒話後，話題自然而然轉到了安清悠生母上來。

「那時候，妳母親是京城裡有名的美人，華貴雍容，溫柔賢淑自不用說，妳外公更是身為六部之首的吏部尚書，門生故吏遍天下，娘家可是一等一的顯貴。我和妳母親都是姓趙，無話不談，好得如同親姊妹，便是我和三老爺的婚事，也是她從中大力撮合才有今天，想不到妳都長成了大姑娘，妳母親卻是不在了……」

趙氏本是真性情的女子，此時見安清悠如見其母，眼圈不知不覺地紅了。說得多了，眼淚更是如斷了線的珠子，止不住地滾落下來。

安清悠見趙氏真情流露，忍不住也有些難過。

兩人黯然相對良久，才收起了傷感的情緒。

趙氏慈愛地撫著安清悠的臉頰道：「都是三嬸不好，淨說些讓人難過的事，把妳這孩子也招得哭了……」

安清悠心裡一陣溫暖，想起生母娘家，不由得問道：「三嬸，我母親雖已不在，卻不知外公家如今又是如何？可有舅舅、姨母他們的消息？」

趙氏思忖了一陣，這才搖頭道：「妳外公後來告老還鄉，早些年便已病逝了，倒是妳那兩個舅舅，聽說一個去了西川，一個去了江南，都是外放了做官，後來也都搬離了京城。這路途遙遠，消息也就淡了，也不知他們到了今天卻又如何……罷了罷了，不提這些陳年往事，今日既來了三嬸府上，咱們便多說些高興的。」

安清悠有些遺憾，古代不像現代資訊發達，很難即時與想見之人聯繫，當下拿出了自己做的日程統計表來，對著趙氏道：「三嬸請看。前幾日侄女去了王侍郎府上一趟，託四嬸的福，結識了不少女眷，如今人家送了請柬來邀我去聚聚，想請三嬸幫著侄女拿些主意，看是去哪家才好？」

趙氏看著安清悠手裡這張大紙，先是「咦」了一聲，隨即笑道：「這把請帖抄成這個模樣的法子還真是有意思，看著像帳本般一目了然，安排起時間來也方便。回頭我也照著做上一個，省得有應酬扎堆的時候琢磨起來頭疼。這是妳做的？」

安清悠笑著點了點頭，趙氏自是少不得又誇獎一番。

趙氏雖不像藍氏那般整天在貴女圈的聚會中打轉，但她亦是出身世家，又是一府的正經夫人，平時所去的應酬場合也不少。

因著真心實意幫著安清悠打算，這說出的話來，便藏了不少內涵：「我看這太僕寺卿錢老大人家二少奶奶的聚會可以去，錢老大人府上雖是和朝中官員少有來往，但這位二少奶奶的母親卻是當年誠老郡王家最小的一個女兒，沒出閣那會兒便在宮裡跑慣了的，很討後宮諸位貴人的歡心，之前還聽說皇后娘娘要收她當乾女兒來著……」

「說起來，這誠老郡王和妳祖父當年的關係也不錯，與她多交往些沒壞處。妳既是已在司儀監那邊報上了選秀的名字，無論這選秀是不是要走個過場，到時候有個人能多替妳說句話總是好的。」

安清悠見趙氏轉瞬之間便從那一大堆邀約的名錄中說出了名堂來，不禁暗暗咋舌。

這位三嬸平日裡不顯山露水，卻原來是個精明厲害的角色。

選秀之事自己雖知是個過場，卻有些太掉以輕心了，當下自是將其中的門道記在了心上。

聊了些選秀和出府應酬的事情，安清悠又奉上了幾個香囊，趙氏甚是喜歡。

等到回了府中，安清悠逕自向徐氏院子而去。既是定下了要去赴宴的人家，還是要按規矩去掌管後宅的徐氏處報備。不料進了徐氏房中，卻意外遇見了安青雲。

自上次王侍郎府上遊園之事後，安青雲便被徐氏關了起來，原本說是要關上一個月，禁足思過，奈何徐氏寵愛女兒，架不住安青雲的哭號哀求，沒關幾日便將她放了出來。

此時二人相見，分外眼紅，安青雲早已認定自己挨打被關都是拜安清悠所賜，自是無比怨毒地盯著安清悠。

安清悠倒也不理她，向徐氏行禮後道：「夫人，上次去王侍郎府上，清悠認識了些女眷。這幾日，有人發了請柬相邀，我尋思著左右也是無事，不如過去看看，特來向夫人報備求允，不知夫人以為如何？」

這事不提還好，一提之下，讓安青雲又回想起那夜的一巴掌之恨來，登時咬牙切齒起來。

徐氏臉上雖帶著笑，心裡卻是一百個不願意。出去一趟便又是收見面禮，又和王老夫人搭上線，若再出去幾次還得了？

只是，如今的安清悠不同往日，不但別人邀約，與老爺更是相處得極好，便是自己不允，她也可以找老爺求情。來硬的不行，得要找個冠冕堂皇的藉口阻住她。

徐氏思忖了一陣，想到了一個合適的由頭，搖了搖頭道：「按說有人相約，我自該讓大小姐前去，只是這選秀之日轉眼將至，老太爺雖說了無所謂，可無論如何大小姐總要去走上一遭，到時候在宮裡的皇親貴胄面前，那一言一行可都關係著咱們安家的臉面。大小姐還是在家裡多準備準備，這些聚會應酬，將來總有去的機會。」

對於徐氏這等阻撓的理由，安清悠早在意料之中，正要答話，冷不防安青雲插嘴道：「就是就是，那些夫人小姐間的聚會有什麼意思，不過是吃吃酒看看戲罷了！那日從王侍郎府上回來，大姊不也說無聊得緊？這選秀才是正經事，大姊不如多在家裡好好準備吧！」

安青雲自上次吃了一巴掌，回來又被徐氏關了幾天，多少也懂了點人事。此刻見徐氏阻撓，便拿著上次安清悠為她遮掩之語來說事。

徐氏看了女兒一眼，暗暗點頭：不錯不錯，有了長進！

安清悠見她母女二人在這裡一唱一和，倒也不和她們爭辯，逕自把那錢老大人家二少奶奶的請柬往徐氏手中一遞，微笑著說道：「今日去了一趟三嬸家，得三嬸提點，又多知曉了些這類聚會的事情，我想去這家轉轉，夫人幫我看看如何？」

徐氏知道安清悠得了許多請柬，只是那請柬太多，沒法一張張留意。如今她早已對安清悠留了心，又聽這是得三夫人趙氏提點的，便接過了請柬細細看來。只是，越看越覺得請柬上面寫的人名有些熟悉，這錢老大人家的二少奶奶是什麼人？

徐氏知道安清悠不會平白無故給她看這請柬，但她並非出身大家，對京城裡各府女眷的熟悉程度遠不及其他幾房的夫人，皺起眉頭苦苦思索，就是想不起這送請柬的究竟是什麼人來。

安清悠見徐氏冥思苦想，除卻鄙視之外，故意有意無意嘟囔道：「聽三嬸說，這位二少奶奶便是誠老郡王家最小的一房外孫女，自幼便在宮裡跑大的那個……」

「啊，是她！」徐氏猛地反應過來，卻是一把拉住了安清悠道：「這次聚會……這次聚會再帶著妳妹妹去可好？」

徐氏這話一出，簡直是石破天驚一般。

安清悠納罕之際，卻見安青雲張大了嘴，一副不可置信的模樣，半天才反應過來道：「母親，妳瘋了！」

安青雲的話讓徐氏如石碑一般僵在原地，安青雲卻是不管不顧，狠狠地把門簾一掀，逕自往自己院子裡跑去。

徐氏瞧著她跑出去才反應過來，可再去追也無用了，「這這這……」

徐氏心中最想的，便是能和宮裡拉上些關係，對選秀之事還抱著些僥倖。眼見有這麼個事關選秀的機會，自己的女兒卻沉不住氣，鬧了這麼一齣來。

徐氏心急火燎，想馬上去追安青雲，臨走之時，倒也沒忘記對安清悠道：「去去去，既有這等機會，為什麼不去？青雲這孩子不過是太小，有些鬧脾氣罷了，妳等著我和她好好說說……沒事沒事，別往心裡去啊！」

安清悠淡淡地望著安青雲遠去的方向，對著徐氏苦笑著搖了搖頭，「夫人但請去說，只是三妹這樣子，若要我再帶著她出去，怕是要夫人允我隨時隨地都能再抽她一巴掌才行……」

徐氏此時腦中只有「選秀」二字，哪裡還有抽巴掌的印象？隨口應下便往外走，轉瞬之間就沒了影兒了。

安清悠瞧著這母女二人的做派，無喜、無厭，就好似平時生活中一塊扔不掉的抹布，雖是粗陋，卻還是得擱在那裡。

她想起現代人常說的話：「最大的蔑視便是不予理睬。」如今，她對待徐氏和安青雲這母女倆便是如此，她既然沒本事將她們趕出安府，就這般瞧她們的樂子，也能打發無聊的時間。

徐氏追去安青雲的院子裡，硬是逼著她跟隨安清悠到錢府做客。

如若是平時，安青雲興許會去，可這剛被安清悠那一巴掌打完沒多久，還被自己的親娘禁足，她這苦頭可是吃夠了，再也不想與安清悠沾染半分關係，同桌吃飯都不想，更別說一起出門。

徐氏好說歹說，安青雲死活不從，甚至放出狠話，如若徐氏再逼她，她就去死。

徐氏聽了這話，一巴掌又抽到安青雲臉上，母女兩人撕扯半晌，最後不了了之。

三天後，安清悠一人帶著青兒、芋草兩個丫鬟，去了太僕寺錢老大人的府上。

「安家妹妹，幾日不見，妳更漂亮了！嘖嘖嘖，這麼標致的人兒，讓我這做姊姊的都自慚形穢了！」

上一次在王侍郎府上時，這錢家二奶奶便和安清悠甚是投緣，這錢二奶奶本就是個既熱情又會來事兒的，此時再度見面，倒是頗有熟人重聚的架勢。

安清悠與其見了禮，笑著道：「二奶奶又在調侃我，來到您府上，我可是特意準備許久，生怕打扮得不周到，入不得您的眼。」

「這話如若是從旁人口中說出，我定要啐她一臉，可從妳這妙人嘴裡說出，我倒覺得心裡舒坦，連安家妹妹都對我如此高看，我這得有多榮幸？」錢二奶奶笑著去拉安清悠的手，安清悠也不扭捏，任由她這般親熱地拽著往裡走。

這次聚宴和之前的不同，算得上是安清悠第一次在沒人帶著的情況下，以賓客的身分來到這種場合。放眼看去，上一次在王侍郎府上閒聊過的，一個不落，剩下的倒都是與自己年紀差不多的千金小姐。

眾女子年齡相當，一群人在一起說說笑笑，氣氛比那次在王侍郎府宴上輕鬆許多。

安清悠又拿出香囊來散了一圈，引起了小小的騷動。

少女們本就喜愛香物，安清悠調香手法又是這時代少見，頓時招來一堆人圍繞。

錢二奶奶看得這般情形，嬌笑道：「安家妹妹這調香的手藝啊，我瞧著倒是京城裡頭一份兒，便是宮裡製香的那幾位老師傅也趕不上。妳們這些想學手藝的，拿了拜師禮沒有？可不能白學了！要不，擇日咱們合夥開個香粉店面，搶了那些京城裡香鋪子的生意去！」

眾人哄然嬉笑，大梁國中商人最沒地位，哪一家的少奶奶不是出身官家世族，怎能去做那拋頭露面的行商之事？當然，也有人覺得安清悠調製之香雖好，卻也未必趕得上皇宮大內之物，臉上倒是帶出了不信之色。

錢二奶奶見狀卻是不依，只道：「妳們不信？我從小便在後宮裡跑慣了的，大內中的諸般香物有哪一種沒用過？聽說安家妹妹也在這次的選秀裡報上了名字？嘖嘖，要我說啊，單是這調香手藝，便足以在宮裡獨樹一幟，妳們哪一個不信的，咱們便等著瞧！」

調香之事固能引人興趣，入宮選秀，卻更是招人關注，此番到了錢府來的女眷們，十個倒有九個是奔著此事來的，當下便有另個年紀較大的夫人指著自己的侄女道：「二少奶奶那是在後宮裡跑慣了的，妳說安家妹妹這調香的手藝好，我們又有哪一個不信？只是說起這選秀，唉，我這不爭氣的侄女也是報了名字的，要不就請二少奶奶提點兩句？」

當下那夫人身旁有一個年輕女孩兒轉了出來，羞答答地向錢二奶奶行了個禮。

這選秀是事關自身的大事，一時間，四下寂靜無聲，眾人均屏息以待。

錢二奶奶卻是見慣了此等場面的，每到選秀之時，便有不少人到她這裡問東問西，不由得笑道：「來了不是？來了不是？就知道妳們今日定要問這選秀的事情，這選秀卻又有什麼可說的？不過是皇室選一些身家清白、相貌出眾的女子進宮，考察的便是德、言、容、功這四項，外加九種教諭，這都是多少年的老說辭了，妳們又有哪個不知……」

這個話題既是開了頭，自是難以收住，當下便有那和錢二奶奶平日裡極熟稔的一個官家小姐道：「我的好姊姊，妳就別再這裡賣關子了，誰不知道這次的選秀是萬歲爺說了要給年輕一輩指婚的？妳和宮裡面那幾位都是熟得不能再熟的關係，就給我們透點兒風吧！」

當今聖上年邁，對這女色之事興致缺缺，此次的選秀，倒有大半是為了年輕一代的皇親重臣子弟指婚之意，眾女子又開始熱烈討論起來。

錢二奶奶架不住群雌圍攻，連忙說道：「算是怕了妳們了，只是這選秀之事據說宮裡面也還沒有個定案，我也是道聽塗說知道了那麼一耳朵，要是說錯了什麼，妳們可不許怨我！」

「這是自然，誰會辜負了二少奶奶的好意，那豈不是好心成了驢肝肺了？」

錢二奶奶擺了擺手，收起嬉笑的樣子，正色道：「這次選秀，據說要指的青年子弟當真不少，首輔李大學士家的長孫李文明不日便要參加科舉，以他的才學家世，便是不中個進士也難，若說狀元、探花亦未嘗不可能。聽說陛下已許了李大學士，那李文明若是能夠位列前三，便在放榜之日給他湊個雙喜臨門。慶嬪娘娘所生的皇子自幼體弱多病，但這次聽說也求了恩典，要選一家好親事來沖沖喜。還有那位皇上最喜歡的六皇孫，那可是皇后娘娘的嫡親孫兒……」

這錢二奶奶知道的內幕當真不少，她每說一個名字，一票女子便竊竊私語一番。

有那聽了自己早就傾慕的青年才俊要被指婚的，當下面色泛紅，心中猶如小鹿亂撞般；也有那聽說某個素有惡感的重臣子弟亦在其中，便心裡念叨著自己千萬不要被指給此人；更有那和宮裡有些瓜葛的，在琢磨著怎麼才能託路子找關係，求上一門富貴親事。

錢二奶奶一口氣把所知情況說完，又答了幾個關係好的人一些細節，見眾人神色各異，忍不住指著眾女笑罵道：「一個一個小妮子都思春了，這事兒宮裡還沒最後定下來要給哪家後生指婚，妳們卻是在這裡急著想男人做什麼？罷了罷了，左右我知道的已經告訴了妳們，可以開席聽戲了吧？」

「哎喲，姊姊，妳好壞！妳自己是早早地嫁了出去不愁，如今卻在這裡取笑人家！那選秀的事情豈是鬧著玩的？萬一妹妹被指了個沒出息的男人，那可怎麼辦？姊姊，妳到時候可是要幫我說說話！」

「就是就是，二奶奶嫁得好，也不能忘了這裡還有這麼多沒嫁的黃花大閨女！這男怕選錯行，女怕嫁錯郎，我家這侄女可就交給妳了！我就這麼一個親侄女，二奶奶，妳可要幫她參詳一門好親事！」

「不行不行，她家的侄女託付給了二奶奶，我家的堂妹又是怎麼說？二奶奶，妳這一碗水可要端平啊……」

幾個和錢二奶奶最為熟稔的少婦、小姐帶頭，半是託關係半是起鬨，卻見錢二奶奶笑著應答了幾句，一拍腦門，倒是又想起一個人來，便笑著說道：「還真有一個差點忘了講，咱們皇后娘娘的那位親侄子，京城裡面的頭號混世魔王蕭洛辰蕭大公子，聽說也在此次之列，妳們哪一個對他有興趣啊？」

適才說到那些要被指婚的青年男子的時候，眾女子不過是竊竊私語外加臉色變幻，可此時說到這蕭洛辰，場面倒是火熱了起來。

安清悠對選秀之事本來就興趣不大，又對京城裡各府青年男子一無所知，錢二奶奶剛剛說起了那諸多名字，她一個都沒記住，倒是和這蕭洛辰有過一面之緣。

此刻，聽錢二奶奶一提這人的名字，倒想起那張桀驁不馴的臉龐來。

再看眾女子熱烈討論的模樣，不禁輕輕搖了搖頭。

這蕭洛辰還真是一個話題人物……

捌之章 巧設連環詭計

提及蕭洛辰，安清悠不再像剛剛那般隨意，而是多了幾分關注，可臉上依舊沒半分變化，可周圍的小姐們卻嘰嘰喳喳地議論開來。

「阿彌陀佛，小女子自幼念佛行善，平日裡便是連螞蟻都不肯踩死半隻，求救苦救難的觀世音菩薩保佑，千萬不要讓小女子被指給蕭洛辰那般不堪的男人，小女子定當誦經千遍以報菩薩的大恩大德……」安清悠身旁的一個女孩子念念有詞，好似被指給蕭洛辰便是萬劫不復一般。

安清悠剛覺得有趣，有一個女孩子卻不樂意了，她哼了一聲道：「蕭洛辰有什麼不好？蕭洛辰招妳惹妳了？怎麼就不堪了？妳就把心放在肚子裡吧，就妳這模樣，想嫁給蕭洛辰還沒這份福氣呢！我也求神拜佛，求菩薩賜給我一個像蕭洛辰那樣的如意郎君……」

那先前求自己不要被指給蕭洛辰的女孩子陡然被人指摘，一時愕然，這位顯然是個不肯吃虧的，當下反唇相譏道：「哎，妳這人怎麼如此說話？那蕭洛辰不學無術，仗著陛下的寵信，連聖人都敢罵，不是大逆不道之徒又是什麼？妳再看看他在這京城裡又幹了些什麼？有多少世家子弟被他打傷過？這等恃強凌弱的之人，早晚沒得好下場……妳想嫁？好啊，妳就拜菩薩讓妳嫁了他才好，到時候誰倒楣誰難受，誰自然心裡明白！」

「哼！蕭洛辰能連敗北胡十三名勇士，這才叫真英雄真男兒！打傷幾個世家子弟又怎麼了？妳去問問他打傷的都是什麼人，那幾個被他收拾的才是真正的恃強凌弱之徒，仗著家裡有點勢力便欺負百姓的二世祖！妳又哪隻眼睛看見蕭洛辰恃強凌弱了？」

兩人鬥嘴鬥得激烈，安清悠笑著搖了搖頭。

原來這蕭洛辰還有仰慕者！

這邊女孩子們吵著鬧著，錢二奶奶也知這時再怎麼勸都是白搭，立即吩咐那邊府裡的婆子僕婦上來撤去茶水點心，擺上了佳餚水酒，正經開了席。

那邊當當一陣鑼響，卻是戲班子粉墨登臺了。

這一回的宴會，讓安清悠見識到了另一種風格。

錢二奶奶在下午的飲茶談笑時間裡，便將那入宮選秀、各府往來的所謂正事說完，到了晚上真開席的時候，就只談各府的家長裡短。偶有人提起宮中之事，她笑著三兩句話帶過，倒是讓眾人一點壓力都沒有，其樂融融。

錢二奶奶不提，不見得旁人就甘休，有人覺得戲無趣而湊到安清悠跟前，小聲地道：「安家姊姊，今日一聚，覺得姊姊十分健談，改日不如到我那裡小聚一番，也好向姊姊請教點調香的事情。」

安清悠定睛一看，原來是那位一門心思想嫁蕭洛辰的小姐。

安清悠只覺頭疼，敷衍道：「近日家中事情繁雜，待得無事，我定當前去。」

「那就這麼說定了，最好能叫上我哥哥，讓他請來蕭洛辰……」

最後的一句嘀咕，讓安清悠哆嗦了一下，目光連忙轉至戲臺之上，那個跋扈的人，就這般招人喜歡嗎？

這場聚宴盡興而散，身為主人的錢二奶奶卻是尋了個由頭與安清悠私聊，有意請她幫忙再做幾個香囊。

「上次的香囊被我我婆婆要去，如今我兩手空空，盼星星盼月亮也沒用了，只好盼著安家妹妹再送幾個，姊姊厚顏，妳可別笑話了！」

「二奶奶這話便是外道了，旁的不敢應，但做幾個香囊乃舉手之勞。」安清悠笑著答應，這才發現眾人已經都離去，她是最後一個。

錢二奶奶送她到門口，臨至安清悠上馬車之際，她才陡然問上一句：「安家妹妹好像對入宮選秀之事興趣不大？」

安清悠冷不丁被這麼一問，不禁微微一怔，隨即恢復正常，搖了搖頭笑道：「這入宮選秀之事雖大，但選上了如何？選不上又如何？清悠所盼的如意郎君，定是要我能看得上的，我的婚事我自做主。他日選秀之時，若是有麻煩，還望姊姊代為周旋一二了。」

錢二奶奶在半天的閒話裡便已看出這位安大小姐對入宮選秀之事可有可無的態度，卻又想起之前曾有王侍郎家的老夫人看中安清悠的小道消息來，沒料到這劈頭一問，本是想藉機探探底，卻問出這麼一番話來。

我的婚事我自做主？那父母之命，媒妁之言，又當如何？更別說宮裡頭指婚了，自己做主哪有那麼容易的？

錢二奶奶有心勸一勸這貌似不懂事的安家妹妹，可見她禮法規矩嫻熟，言談舉止極有教養，當下明白安清悠未必真的不知其中難處，嘆了口氣，最終什麼都沒說。

安清悠向錢二奶奶又行了一禮，上了馬車，逕自回府了。

夜漸漸地深了，待得行到安府門口，卻見燈火通明，一輛馬車停在門口。再往正門裡走了幾步，一隊家丁穿戴整齊，說話間便要往府外出來。

安清悠見這些家丁一個個摩拳擦掌，暗暗心驚，難道是家裡出了什麼事情？正擔心間，忽然聽得有人高叫：「大姊大姊，妳回來啦！那錢二奶奶家的聚宴可好？若有什麼好玩的事，可要講給我聽聽！」

這叫嚷之人，原來是安子良。

安清悠見他依舊是那副沒心沒肺的模樣，心裡稍安，當下便問道：「二弟，三更半夜的，這又是在做什麼？你帶了這麼多家丁，莫不是和別人起了衝突？」

安子良哈哈大笑，「大姊哪裡來的話？妳這些日子除了調香、學規矩，便是出去與那些女眷小姐們相聚，卻忘了今天是什麼日子？大考開始了，我和四叔父家的堂弟去送沈兄啦！」

說話間，沈雲衣和四房安德峰的兒子安子基連袂走了出來。安子基在上次各房聚宴時見過，當下向安清悠施了一禮道：「見過大姊。」

安清悠這才想起，自己這些日子忙這忙那，全然沒留意到今年的秋闈大考開始了。

沈雲衣走了出來，目光複雜地望了安清悠半晌，這才拱手道：「安大小姐，許久不見，沈某這段日子忙著備考，不意與小姐再見竟是今日，小姐近來可好？」

眾人各自見了禮，安清悠此時也放下了心。只是，明日才是考試第一天，他們這時就去？

安清悠有些好奇，又不願當面相問，便拽過安子良偷偷問道：「二弟，這考試難道是半夜開門不成？怎麼你們這個時辰就往考場去？」

安子良哈哈大笑，挺胸凸肚，抖著一身肥肉，難得地顯擺了一把道：「大姊有所不知，這大考雖不是半夜開門，但按咱們大梁國的慣例，這秋闈向來是太陽照到貢院房檐那一刻才開始放人。雖是太陽初升之時，可是此前驗明正身、查驗夾帶、點人頭、分考房，哪一樣不需要時間？更別說這院試要好幾年才輪上一次，若是去得稍晚一些，只怕連排隊都會費勁得要死！」

「每年都有因為去得晚了而進不去考場門的舉子，那可就慘了，需要多等好幾年不說，之前所做的準備花的功夫，乃至那些託人情、找路子的錢財提點全都作廢，便是下一屆再考，人家也都當你是個不守時的人，又有誰肯再幫襯你？還有人因為這等事情想不開，尋了短見呢！我們現在去可不算早，還有頭一天中午便帶著乾糧在貢院門口等著的呢！大姊，妳在這事情上卻是愚鈍，愚鈍了，哈哈哈哈哈！」

安清悠知道自己鬧了個烏龍，又羞又急，伸手在安子良肩膀上輕輕捶了一記，啐道：「就你在這裡顯擺，什麼時候自己能去貢院考個前程下來，那才叫真本事！我記得你好像還是個童生吧？什麼時候這秀才舉人的一路考上去，也學學人家沈公子去搏個進士吧，要不要我到父親那裡去幫你說項，再給你尋一個嚴厲的教習先生來嚴加督促呢？」

安子良原本洋洋得意的臉，一下子哭喪起來，哀求道：「大姊，我錯了，我錯了還不行嗎？說起讀書來，我真不是那塊料，妳還要去讓父親給我尋什麼厲害的教習先生，大姊，妳這不是要弟弟的命嗎？」

安清悠瞪了安子良一眼，見他一臉憨態，忍不住噗哧笑了出來。

不再搭理安子良，安清悠逕自走到沈雲衣面前行了個福禮，輕聲道：「此次沈公子赴考，這可是事關前程的大事。有道是，十年寒窗無人問，一舉成名天下知。小女子在這裡祝沈公子此去馬到成功，名揚四海，日後鵬程萬里，前途無量。」

沈雲衣抱拳謝過，安清悠又隨手送給他一個香囊，「雖說沈公子覺得小女子只會調香這等雕蟲小技，但旁的物件我也送不起，這香囊最是能提神醒腦，在考場裡極是合用，公子拿著吧。」

沈雲衣伸手接過，卻覺得安清悠又在諷刺自己了，待要反駁，卻又知她給自己香囊是一番好意，猶猶豫豫，憋了半天，最後作揖沉聲道：「多謝小姐的香囊，此番若能承小姐吉言，在這萬千舉子中搏個功名出來，沈某定當再行酬謝！」

安清悠微微一笑，「若是考不中那就不謝了？罷了罷了，沈公子再不走，這時辰便要耽誤了，門外車馬已備，還是快些起程才是。」

說罷，逕自回了自己的院子，留下沈雲衣在原地怔怔的說不出話來。

安子良在一邊見了，笑嘻嘻地道：「沈兄，時辰不早了，要想看我大姊以後有的是機會，再不上馬車，這大事可是要耽誤了！」

沈雲衣臉上一紅，口中說著：「賢弟，你胡說些什麼？」卻是逃一般的上了馬車。

眾人到了考場，雖是半夜，各地前來應考的舉子早已在貢院門前擠成一片。

萬頭攢動之中，驗名、查身、點人頭、分考房，果然鬧騰到了天將擦亮之時。

安清悠所贈的香囊，卻讓沈雲衣在查身之時鬧了點麻煩。

查驗夾帶的貢院小吏怕這裡面有古怪，非要打開不可，冷不防這香囊一開，清香四溢，那小吏目瞪口呆，兀自說了句「有錢人家的公子哥兒好會享受」之類的話，便放行了。

沈雲衣也不與那小吏爭辯，逕自將那香囊放在口鼻邊上深深一嗅，只覺得香氣入腦，神清氣爽，當下狠狠攥了攥拳頭，大踏步走進貢院朱紅色的大門。

陽光明晃晃地照在了安家的後院，沈雲衣在考場振筆疾書的時候，安清悠剛剛睡醒，正在自己院子裡懶洋洋地曬著太陽。只可惜這難得的寧靜時光，很快就被人打破了。

芋草一路小跑地來到安清悠面前，問道：「小姐，今天要做些什麼？」

安清悠愣了一下，看著自己這個不算大的院子，忽然沒頭沒腦地說了一句：「芋草，咱們這院子是不是還沒有名字？」

這卻是問住了芋草，她有些尷尬地道：「小姐，我入府才幾天，這事還真是把我問住了……」

安清悠搖了搖頭，自嘲地一笑，「也是，這事問妳倒是有些過了，咱們這院子倒還真是連個名字都沒有。芋草，取大筆和油墨來。」

芋草立時取來筆墨，只是她不僅剛入府沒幾天，做丫鬟也同樣是沒幾天，主僕二人到了院子門口，發現一沒梯子二沒空白的門口閣子，便是有了這大筆和油墨，又往哪裡寫去？

芋草手足無措地站在那裡，倒是安清悠笑了一笑，隨手取過那枝大筆，在門口的石牆上，畫了一個大大的鏤空五芒星。

這等圖形在古時極少見，這是起名字，還是畫符？

芋草看了半天，也沒看出什麼門道，不由得好奇地問道：「小姐，這圖畫卻是要做什麼？驅難辟邪嗎？」

安清悠搖了搖頭，沒有說明，只是心道：閒得牙疼行不行啊……

出府幾趟，安清悠的眼界早已不局限這一間小小的院子，甚至放眼安府之外。

那顆為了生存而強行適應環境的現代人之心，不知何時又悄然復活了。

大門不出，二門不邁，固是大家閨秀應守的禮數，她卻也不想被禁錮在這小小的院子裡。她不想像古代的女子一樣，等著被說親，嫁給從未謀面的男人，生一堆孩子到老……還得生個男孩兒，不然到老了都沒個依靠。

既然自己在安府長房的地位有了改善，徐氏不敢再小覷自己，那她就不想再按別人的想法過活，至少也要自己選擇如意郎君，選擇談戀愛的對象……

這個時候，青兒從遠處跑來，氣鼓鼓地對安清悠道：「小姐，夫人送來的那幾個丫鬟實在是……實在是……太不像話了！」

有些事情註定是要發生的，躲也躲不掉。

徐氏送來的幾個丫鬟，若是真能安生，那才叫怪事。

這本就在安清悠的算計之中，可是，沒想到自己才剛收服了一個芋草，另外幾個這麼快就鬧出了動靜來。

「小姐，茶香、紅茗兩人，今日一早不知為何吵鬧起來。待我趕去時，院子裡的方嬤嬤等人已是把兩人拉開，我問她們出了什麼事，茶香只會哭，紅茗倒是肯說，卻說是茶香自己做事不用心，還總是給她們幾個添麻煩。我又問了方嬤嬤等人，大家都是這麼說。這茶香剛來院子裡幾天啊，不肯做事也就罷了，還鬧出這等事來……」

「這裡面怎麼還有方嬤嬤的事？新來的幾個丫鬟折騰也就罷了，怎麼連院子裡的老人也攪和了進去？」安清悠皺著眉頭想了想，又問道：「青兒，那茶香究竟是怎麼給另外幹活的幾個亂添麻煩了？」

「這……這個我卻是沒問。」青兒本是急性子，見院子裡鬧成了一鍋粥，便隨意問了幾句，就火燒火燎地來趕來報信。

安清悠搖了搖頭，「青兒，妳可還記得我那次生病之前的時候？那時候妳我但凡有了些事，莫說院子裡，便是整個府中，又有誰肯為我們說上半句話？縱是被人冤枉了，還不是得自己忍著苦著？今兒既是那茶香出了事，怎麼不先弄清楚再來和我說？」

「小姐的意思是……」

「眼見尚且不一定為實，耳聽更是難免為虛，這世上的事情，原本就難說得很！」

安清悠嘆了口氣，外面的世界固然精彩，卻是先要把自己的院子裡收拾得妥當才是，當下收拾好心情，從軟椅上慢慢坐起了身來說道：「去把茶香、紅苕以及方嬤嬤等人全都叫來。」

青兒領命而去，不多時，相關人等統統到了安清悠的屋子裡。

「見過大小姐，大小姐安好！」

一群人進屋第一件事便是行禮請安，這段日子以來，安清悠地位氣勢已不同以往，無論是婆子丫鬟，還是僕婦粗使，都對她畢恭畢敬。

「都起來吧！」安清悠坐在主位上擺了擺手，淡淡問道：「今兒一早兒我剛起來，別的事情還沒等做，卻聽說院子裡鬧出些動靜來，到底是怎麼一會事，說吧？」

方嬤嬤第一個跳出來，堆著一臉討好的笑容躬身道：「大小姐這話問起，真叫我們這些做下人的無地自容。今天早上的事情本是那茶香和紅苕兩人……」

「停！」安清悠揮手打斷方嬤嬤的話，正色道：「方嬤嬤，我只問妳，今天早上攪出事情來的人是不是妳？」

大小姐的手段，方嬤嬤何止嘗過一次，此時見安清悠問話，登時打了一個哆嗦，兩手亂搖著道：「沒有沒有，老奴一向是為大小姐忠心做事，向來本本分分，一門心思就知道幹活，和今天早上的事情半點關係也沒有，老奴不過恰巧遇到了而已……」

「不是妳搞出來的就好。」安清悠冷冷地看了方嬤嬤一眼，又一次打斷她的絮叨，沉聲道：「既是和妳沒關係，就少在我這裡多嘴！」說著，一指茶香和紅苕兩人道：「讓她們兩個人說！」

茶香、紅苕兩女一聽，立時跪了下來。

茶香本就一臉愁容，此時聽安清悠說得嚴厲，忍不住抽抽噎噎地哭了起來。

紅苕斜眼看著她那樣子，眼中的鄙夷之色一閃而過，可抬起頭來對著安清悠答話時，討好的笑容卻是比方嬤嬤更甚幾分。

「回大小姐的話，奴婢這幾日一直依著青兒姊姊的吩咐在院子裡做事，幹活從來不敢偷懶，原只想把自己的事情做好，誰想這茶香自己做事不用心也就罷了，還總是給我們添亂，故而有了早上的……早上的小小衝突，此事方嬤嬤也是知道的，求大小姐明察！」

這紅苕倒是生了一張能說會道的嘴，話裡話外一邊撇清自己，一邊數落著茶香的不是。

茶香聽她如此說也沒還嘴，只是哭得更厲害了。

青兒聽著哭聲聽得心煩，狠狠地瞪了茶香一眼，警告意味極濃。

茶香嚇了一跳，不敢再哭出聲來，只是閉著嘴抽泣，一張小臉憋得通紅。

安清悠倒也不打斷紅苕，由著她說了半天，忽然慢慢地插了一句道：「妳來我這院子裡三天了吧？昨天和前天都做了些什麼？」

那紅苕一愣，似乎不明白安清悠為什麼會問起與早上無關的事，但還是小心地回答道：「回大小姐的話，奴婢昨日和前日都按照青兒姊姊的吩咐，幫小姐整理那些調香用的物料。」

安清悠點點頭，「嗯……茶香也是如此嗎？」

「回大小姐的話，茶香亦是如此。」

「這麼說，妳和茶香做的是相同的事情了？青兒，把她們兩個準備的調香物料拿給我看，妳親自去，勿要假手旁人。」

青兒應下去了，心中倒是奇怪，小姐這次怎麼不問茶香究竟是如何給另外幹活的幾個添麻煩？卻不知安清悠見那紅苕嘴上能說，茶香又是個悶葫蘆，便是問了只怕也是片面之詞，這番所為倒是另有打算。

不多時，兩人準備的物料分別取到，安清悠細細驗看，見茶香所做的東西，第一天略有粗糙，第二天則是精細了許多，紅苕則正好相反，第一天精細，第二天所備的物料雖然能用，卻比前一天略微退步。

驗看一番後，安清悠心中略有定數，只是為求穩妥，還是向紅苕多問了一句：「妳昨日所拾掇的這些物料，花了多少時間？」

紅苕心裡一驚，卻知這等事只怕瞞不過旁人，當下硬著頭皮說道：「回大小姐的話，青兒姊姊憐惜奴婢是個新來的，這事情分配得倒是不重，奴婢花了一個多時辰便做完了。」

安清悠點點頭，慢慢地道：「妳這腦子倒是不慢，這小小的整理物料之事自是難不住妳。做完了自己的事情之後，妳又去做了些什麼？」

「回大小姐的話，大小姐體恤下人，青兒姊姊亦是對我們這些新來的頗多照顧，可是奴婢哪能不知道感恩？昨天和前天，自己的事情做完後，奴婢又去幫院子裡的方嬤嬤和其他人做了些事，一刻也不敢鬆懈。」

安清悠聽她如此回答，心中更是有數，只是臉上卻不動聲色，「嗯，妳能幫著別人做事，倒是個有心的。既是如此，打今兒起，準備調香物料這些尋常事倒是不用妳做了，讓方嬤嬤給妳安排其他事情。能者多勞，妳把事情做好了，我自也不會虧待妳。只是平日裡記得多要謹慎些，莫要亂了規矩才是。」

紅苕微微一愣，安排她做事的一向是青兒，這下子怎麼改成了方嬤嬤？

只是她剛進院子不久，也不知道這位大小姐究竟是怎麼樣一個用人的習慣，又聽安清悠說些讓她多做好事情的話語，倒也鬆了一口氣。

安清悠站起來對眾人說道：「妳們幾個也聽清楚了，平日裡做事便是做事，少摻和些有的沒的進來，今天早上這事情我也不想深究，各自回去先把各自的事情做好才是正理。今兒就先這樣，各自退了吧。」

一干婆子僕婦齊聲稱是，各自退下。那邊青兒卻是心裡納悶，怎麼問了一通就這麼不了了之？這不是小姐的風格啊！

正疑惑間，卻聽安清悠冷不防又說了一句：「方嬤嬤，妳先留一下，我有話要跟妳說。」

方嬤嬤這段日子裡一直在琢磨著怎麼才能在安清悠面前討些喜，聽得這話，大為興奮。大小姐讓眾人退下，獨獨留下自己，莫不是有什麼事情要單獨交代？機會來了！

當下一張老臉笑得諂媚，湊到安清悠面前，恭恭敬敬地道：「大小姐有什麼吩咐？」

安清悠卻是不答，待眾人退盡，只剩下青兒和芋草時，陡然變了臉色，在桌上重重一拍，冷冷地道：「方嬤嬤，妳好大的膽子！這些時日可是敲打得妳少了？竟然聯合新來的丫鬟，連我都敢欺瞞糊弄？」

安清悠這話，把方嬤嬤嚇得不輕，登時跪在地上，顫抖著說道：「大小姐明鑒，老奴一向忠心耿耿，哪裡敢做什麼欺瞞大小姐的事情？這……請大小姐明察，明察啊！」

安清悠冷聲言道：「哼！忠心耿耿？我看只怕不見得吧？今天早上那兩個新來的丫鬟到底是出了什麼事？妳給我從實招來！」

方嬤嬤這一驚非同小可，心虛地小聲說道：「大小姐，這……這事情不是都說明白了嗎……怎麼又……」

安清悠怒道：「還想狡辯？真當我這段日子裡沒問院子裡的事情，便真是撒手不管了？」說話間，又讓青兒去取了茶香和紅苕所備的兩份調香物料來，伸手指著道：「茶香雖然不怎麼說話，但妳看她第一天所備的物料尚粗糙，顯然是因為不熟悉，到了第二天越做越熟練，自是精細了許多，可見她心思還是放在這做事之上。紅苕腦子倒是夠用，第一天便上了手，可是第二天所備的調香物料反倒比前一天退步，這卻又是什麼緣由？這是心思不在這裡之故。我為什麼不讓她再碰這些備料之事，便是怕她壞了我的東西！」

方嬤嬤額頭上冷汗涔涔而下，安清悠鄙夷地看了她一眼，臉上宛如罩了一層寒霜，聲音雖慢，一字一句卻像剛從冰窖中拿出來似的，就這麼盯著她冷冷地道：「方嬤嬤啊方嬤嬤，我看妳是這院子裡的老人，方才留了三分餘地。眼下我再給妳最後一次機會，那紅苕究竟到妳那裡做了些什麼，說了些什麼，妳自己又是做了些什麼事，今天早上到底是怎麼一個內情……妳當妳便是不說，我便沒法子查出來嗎？」

方嬤嬤渾身抖如篩糠，後背的衣裳都被冷汗濕透了。

當初安清悠尚在沒人看重、沒地位的時候，都能將她吃得死死的，如今的安清悠，連徐氏都沒法子硬來，又哪裡是她一個管事婆子所能抗衡的？

方嬤嬤臉色劇變之下，猛一咬牙，連連向安清悠磕頭道：「大小姐開恩！大小姐開恩啊！老奴這一次欺瞞大小姐，實不是對大小姐有什麼壞心，只是那紅苕……那紅苕……她可當真不是個東西！」

方嬤嬤本是這院子裡的管事婆子，這段時間以來，更是整天琢磨著怎麼能搭上安清悠的順風車，有朝一日安清悠嫁人變成少奶奶時，好跟著去新府裡當陪嫁嬤嬤。

幾日前，院子裡新進了四個丫鬟，聽說大小姐是要從裡面帶出身邊的貼身丫鬟的，她便動上了心思。青兒是跟著安清悠同甘共苦一起患難過來的，方嬤嬤不敢去招惹；芋草是剛進了院子就被安清悠以快刀斬亂麻的手段收拾妥貼帶在身邊的，亦是躲過了一劫。

方嬤嬤想來想去，便把主意打到了另外兩人身上。

大小姐身邊的貼身丫鬟是什麼人？那是大小姐身邊最近之人，說不定哪天大小姐一高興再提個通房什麼的，沒準兒便一步步爬成了姨娘主子。

方嬤嬤身為管事婆子，在之前自然是院子裡的下人之首，有了青兒和芋草兩個，對方嬤嬤這一門心思想陪嫁後仍當管事婆子的她來說，已是重大打擊，若是再多幾個，那還了得？

這內院後宅之中，資歷老的人欺壓新來之人向為慣例，青兒雖是受了安清悠之命盯著那幾個新來的丫鬟，終究有看顧不到的時候，方嬤嬤有心算無心之下，終是找了一個青兒不在的時候竄到了那幾個新來的丫鬟處。

這方嬤嬤想得明白，安清悠既是要進新人自己調教，這等事情卻不是她一個管事婆子能攔得住的。方嬤嬤便在那幾個丫鬟面前抖威風，大談自己是這院子裡的管事云云，又裝模作樣，假裝對幾個新人噓寒問暖，盤算著若是那幾個新人中有人能討了大小姐的喜升上去，自也能提前拉好關係，反之亦是讓這幾個新人怕了自己，以後也能將她們捏圓搓扁，方便拾掇。

只是這方嬤嬤算盤打得雖響，卻沒想到這幾個新來的丫鬟中居然有這麼一個紅苕。

那紅苕雖是小戶人家出身，又簽了死契做了丫鬟，卻是野心勃勃，進了安府之後只有一個念頭，那就是怎麼向上爬。恰逢方嬤嬤在那裡顯擺自己是管事，便曲意奉承，刻意交好。

她本是個嘴上能說的，一輪又一輪的馬屁拍上來，讓方嬤嬤笑得合不攏嘴。

一來二去之間，這一對各有算計之人倒是達成了共識。方嬤嬤助那紅苕在新進院子的丫鬟們中脫穎而出，而紅苕若能討了安清悠的喜，做了貼身丫鬟，自也會回過頭來對方嬤嬤予以關照。

一個相互勾結而又相互利用的聯盟就這麼達成了。

有了謀劃，自然便會有了行動。紅苕要往上爬，便要把另外幾個新進的丫鬟踩在腳下，芋草是得了先機的，她不敢去碰，就把主意打到了茶香身上。

柿子先撿軟的捏，這茶香整日哭哭啼啼，又不愛說話，自然是下手的好對象。

今日一早，紅苕卻是有意欺負茶香，硬是要把自己該做的那份事逼著茶香做。茶香哭著不依，紅苕便借題發作了起來。更有方嬤嬤帶著幾個相熟的婆子僕婦趕來拉偏架做偽證，生生捏造出了一齣茶香犯錯的鬧劇來。

方嬤嬤哆哆嗦嗦說了許多，安清悠先前便猜出了個八九不離十，倒也不覺得什麼，倒是青兒和芋草兩個在一邊聽得目瞪口呆。

芋草是短了見識，只覺這人性之壞怎能到了如此地步，好端端的把一個無辜的可憐女子陷害至此。青兒則是因為被鑽了空子，受了蒙蔽，又羞又氣又惱又慚愧。若不是小姐正在問話，只怕她當場便要喝斥怒罵起來。

方嬤嬤見了青兒這般模樣，連忙撲到安清悠座前，抱著安清悠的腿，一把鼻涕一把眼淚地說道：「大小姐，都是老奴糊塗，老奴該死，老奴瞎了眼，可是老奴真的沒有對小姐動壞心思啊！這……這所有的主意都是紅苕出的，這小蹄子小小年紀，心腸卻是歹毒……」說著也不等安清悠吩咐，左一個右一個的抽起自己耳光來。

安清悠略嫌厭惡地看了方嬤嬤一眼，等她多掌了幾記嘴巴，這才冷冷地道：「起來吧，真要收拾妳，剛才就不會在眾人面前放妳一馬。這巴掌數我先給妳記下，回頭還有事情吩咐妳去辦，臉都抽腫了，莫要叫旁人看了再多有什麼想法！」

「無妨無妨，老奴便說是因在大小姐面前失了規矩這才受罰，保證不讓旁人看出破綻來！」那方嬤嬤聽得安清悠說先饒了自己，如蒙大赦，飛快找了個理由出來，又狠狠地再抽了自己幾下，這才帶著一臉的諂媚笑容爬了起來。

「不知道大小姐有什麼事情吩咐老奴去辦？大小姐請放心，只要是您吩咐下來的，老奴便是上刀山下油鍋，赴湯蹈火也在所不辭！」

安清悠皺眉道：「倒也不用妳要死要活，我只問妳，之前我在眾人面前已是吩咐這幾日紅苕要做什麼事由妳分派，妳可想好了要如何分派她差使？」

一提這話，方嬤嬤登時來了精神，連叫帶罵地道：「這個黑了心肝的小蹄子，連大小姐都敢欺瞞糊弄，老奴又哪裡會給她什麼好活計？當然是最髒最苦最累就讓她做了！不不不，這還不夠，就是她做了那也是做得不對做得犯了錯！大小姐，您瞧好吧，這一次老奴不整死她，一個馬桶不讓她刷上二十遍我就不姓方……」

「這都什麼跟什麼啊……」安清悠皺著眉頭，擺了擺手道：「她怎麼說還是夫人送到我院子裡的丫鬟，又不是做粗使的，妳這般弄法倒是給我添亂。下去安排的時候，不但不要搞那些有的沒的雞蛋裡挑骨頭的事，還要按著規矩來。就讓她做些我身邊丫鬟該做的事情，別人做多少，給她分配一樣的工作量便是。」

「啊？」方嬤嬤一時間不明所以，斟酌了半天，才試探著問道：「大小姐的意思是……」

「晾著她！」安清悠兩根指頭在桌上輕輕一彈，淡淡道：「我欲擒之，必先縱之。只是這一次妳把她給我盯緊了，要是再有什麼異動的話，隨時來向我稟報。真到了該請出家法的時候，妳以為我會狠不下一頓板子的心來不成？」

安清悠這話一說，嚇出了方嬤嬤一身的冷汗。

這位大小姐可越發不好惹了，板子？這恐怕不是她做不出來，而是不屑做，大小姐她可著實的惹不起啊！

這般思忖，方嬤嬤當即跪地，口中道：「老奴就遵著大小姐之意做事，若有半分虛假之意，您……您板子抽了我身上都成！啊，老奴明白了，大小姐這是要放長線釣……」

話說到一半，卻見安清悠兩道冷冰冰的目光像刀子一樣射了過來，方嬤嬤嚇得不敢再說，又狠狠抽了自己兩巴掌道：「老奴該死，大小姐既然吩咐做事，我又在這裡亂猜個什麼？大小姐，您放心，老奴這就給您盯著那兩個新來的丫鬟去！」

方嬤嬤戰戰兢兢地爬起來，退到了門外，只覺得自己的兩條腿都在打顫。

她長長地出了一口氣，朝著下人們居住的地方走去，一路上苦思冥想，大小姐要自己盯住那紅苕究竟是要做什麼，想了半天不得要領，卻忽然想起這件事大小姐為什麼別人都不吩咐，單單把自己自己一個留下？可見大小姐對自己還是在意的，是看重的，是認為能做事的！走著走著不禁得意起來。

「方嬤嬤這種人，妳要是認為她會忠心，轉臉她就會把妳給賣了。有好處就是主子，有奶便是娘，說的就是她這種人！」

「而那紅苕本就是個野心勃勃的，她剛進府中，雖然對院子裡的事情不甚熟悉，妳也同樣不熟悉她，被這樣兩個人聯手唬了一次，也算不得什麼大事，只是這以後要注意，很多時候不要看她們或是旁人怎麼說，要從她們做過的事情中多看些細節。」

屋裡，安清悠正一邊點評著方嬤嬤，一邊指點著青兒。

這次青兒經驗不足，出了紕漏，她正好藉這個機會點撥一下。這孩子的忠心自然沒話說，就是脾氣太直，甚至說是有點愣。

青兒漲紅了臉，心裡又是氣自己不細心，又是覺得不好意思，對於安清悠這番話，倒是聽進去了大半，用力地點了點頭，卻又有些疑惑地問道：「小姐，青兒有一事不明，那方嬤嬤也不是什麼好人，這盯著紅苕的事情，怎麼又交給了她？」

安清悠微微一笑，手指在青兒額頭上輕輕一點，「傻妮子，妳和芋草經常要在我身邊做事，哪裡來得這功夫去盯著她們？再說，人家也不傻，見了妳們自然又表現出另一番做派。那方嬤嬤雖然油滑，但想搭我這趟便車的心思卻是極重。她在府裡打滾了這麼多年，肚子裡陰招多了去了，用來對付紅苕再合適不過。我倒想手下都是忠心的，可這世間哪裡來的那麼多每個人都和妳一條心？什麼樣的人都能用，那才叫手段！」

「那……幹麼要還要讓紅苕做事有閒？索性把她退回夫人那裡去，豈不是乾淨？」

「因為還沒到時候！」安清悠搖了搖頭，另外有些算計卻是沒必要此時便和青兒交代。她笑了笑，心想：這家法板子，估計總有人省不下的了……

安清悠點撥青兒，芋草也在一邊也聽了不少。

待得吃了午飯，聽得有人來報，說是四夫人藍氏來了府上，點名要請大小姐過去相見。

安清悠有些自嘲地微微一笑，這真是計畫趕不上變化，本想著先把自家院子整頓好，再想著怎麼能到府外生活，卻有人上趕著來見。
安清悠帶著兩個丫鬟到了前廳，安德佑卻是去了禮部衙門做事，只有徐氏一個人在那裡應酬。
「侄女見過四嬸，四嬸福安！」
自從和這位四夫人打過幾次交道後，安清悠對藍氏著實沒有什麼好感，只是禮不可廢，該行的禮，該做的規矩，還是不能輕忽，於是依禮數福了福身。
「嘖嘖嘖，什麼時候見到大侄女，都是這麼讓人瞧著既舒服又規矩，到底是正經的嫡長女，看著就是不一樣！」
藍氏依舊保持著見人三分笑的風格，安清悠剛行完禮，就被她拉住了手，話裡也沒忘記順便擠兌一下徐氏，弄得坐在一邊的徐氏很不自在。
安清悠只作不知，隨意客套了兩句，便直奔主題，問著藍氏的來意：「四嬸這陣子似乎有空閒，卻不知這次來找侄女，有什麼指教提點？」
藍氏本就是無事不登三寶殿的主兒，索性笑著說道：「四嬸倒是羨慕那有閑的日子，莫說我那府裡每天大大小小的破事，單是幫著妳三叔父裡裡外外地張羅，便是終日奔波。這幾日本要去拜訪一位貴人，送點什麼物件卻是犯了難。人家什麼都有了，這事直把妳四嬸我急得團團轉，今兒吃了午飯，倒是想起咱們安家有妳這麼一個調香調得獨樹一幟的大侄女！這不？四嬸我是腳不沾地的搬救兵來了！」
誰也沒想到藍氏來到長房府裡，竟是為了找安清悠給她調香。
安清悠幾不可見地皺了皺眉，幫藍氏調香，她極不願意。
最近四房上下活動得正歡，藍氏又是個善交際的，沒理由自己勞心費力做出來的東西讓她拿出去賣好，甚至說不定賣了什麼好，卻反過來踩自己的父親一腳，當下便搖了搖頭，輕聲道：「四嬸這卻是說笑了，侄女喜歡這調香之道，不過是憋在院子裡閒得無聊，沒事自己琢磨著玩的，說什麼獨樹一幟，那可是折殺我了。獻醜不如藏拙，侄女可真不敢接著這差事，沒得拿出去讓人家笑話。」

安清悠這婉拒之意極為明顯，藍氏卻不肯死心，滿臉笑容地說道：「哎喲，大侄女妳到了外面謙虛那叫守禮懂規矩，在家裡難道還和妳四嬸客套不成？我可是聽說了，昨日在太僕寺卿錢老大人家裡的那場聚會，妳拿出來的香囊又把在場的夫人小姐們震了一下，便是那錢家二奶奶也誇妳調的這香物京城裡沒有一個人做得出來，即便是比之宮中大內也不遜色……」

「那錢家的二奶奶是什麼人，那可是誠老郡王的外孫女，自幼在宮裡頭跑慣了的，連她都說大侄女這香調得好，那大侄女的手藝還能差得了？一家人不說兩家話，大侄女要是不幫這一次，我這做嬸嬸的可不依啊！」

安清悠心中一凜，沒想到藍氏這麼快就得知昨日之事，這消息還真是靈通。當下心中更是防備，再要想些別的推脫之詞時，身邊有人冷不防開了口。

這插話之人正是徐氏。

安家四房中，藍氏最是瞧不起她這個姨娘扶正的，每次見面少不得一番擠兌，只是她雖然也恨這藍氏，卻更覺得安清悠的勢頭不打壓不行。此刻見藍氏上門要安清悠調香，心裡有了另一番算計。

四老爺做的是肥缺，家裡銀子自是不缺，如今連藍氏都找上門來求援，可見得要調之香必非尋常物事。適才藍氏也說了，要送禮的對象可是個什麼都不缺的，這種人眼光自是極高，若是這香調出了一堆毛病來，那豈不是安清悠連帶著藍氏都要丟臉？

更何況，安清悠的院子裡剛剛進了新的丫鬟，裡面有自己的眼線，想要搗亂調香之事，那可真是容易得很。

思及此，徐氏插話道：「大小姐，長房和四房一筆寫不出兩個安字，都是自家人，就不要見外了。今日既是妳四嬸讓妳幫忙，又哪裡有推脫的道理？四弟妹，妳且放心，清悠這孩子調香的本事不凡，妳這檔事，我這做夫人的代她給妳應了！」

藍氏微微一愣，似是沒想到徐氏竟然會幫著自己說話，還一說就擺出了夫人的身分代為應下。她反應極快，當下順水推舟笑著道：「嫂子這話說得就是貼心，長房和四房一筆寫不出兩個安字，都是自家人，自是沒什麼好見外的。大侄女，這調香的事情就拜託妳了。四嬸要送禮的那位貴人什麼都不缺，就少些新鮮玩意兒，大侄女若能調出一種京城裡尋不到的香來，那真是給咱們安家掙足了臉面。」

徐氏已經代表長房應下這樁事來，她又怎能不順竿往上爬？話裡話外，又把對安清悠調香的要求提高了一層，她這聲嫂子，叫得當真實惠。

徐氏臉上頗有幾分自得之色，藍氏平日最愛擠兌自己，今日她終於開口叫了自己一聲嫂子。至於安清悠能不能調出什麼好香來……反正做好了是自己這當家夫人應的好，做不好則是她這位大小姐搞砸了事情，與自己何干？

安清悠暗自嘆息，那調香的事情倒是不難，只是這徐氏為了給自己下絆子，竟連這種事情也搶著應下來，她那心眼究竟有多小尚且不論，眼下四房正一門心思想壓過長房，這豈不成了拿自家的力量去援助對手？

做又不妥，不做又不妥；做好了不妥，做壞了更是不妥，這可當真為難了。

「這事就這麼定了，大侄女多多偏勞了。到時候若是缺了什麼原料用具，儘管讓人到四房來取。我這府裡別的不敢說，有妳四叔父在戶部任職，要尋些什麼東西還真是容易得緊。」

藍氏心下高興，沒忘了打鐵趁熱，將此事敲定在了安清悠身上，還順便顯擺自家一記。

徐氏在旁邊看得眼紅，四老爺的位置肥得流油，說起銀錢來，安家諸房裡真沒什麼人能和藍氏一較長短。

安清悠正感棘手，陡然聽到藍氏炫富，心裡猛地一動。

自從來到這裡，自己固然憑著現代的見識與知識在調香之事遊刃有餘，但在府中能籌集到的材料有限，有很多需要的器具更是沒地方尋，不方便她對更高一級的香料進行調試，如今藍氏提出了這事情，未嘗不是一個機會。

「四嬸且慢，侄女尚有一事要和四嬸商議。」

藍氏停住腳步，這位安大小姐在她心裡可比徐氏難對付多了，臉上笑容雖然不減，心中卻是一陣警惕，「大侄女還有何事？儘管說來聽一聽。」

安清悠嘆了口氣，「四嬸今日既是上門，夫人又是一口應下此事，侄女這裡自然不敢推脫，只是四嬸既說要送給貴人，還要侄女做這京城裡從未見過的上好香物，這器具原料便要另外採買一番了。」

安清悠說話之間，把「夫人又是一口便應下此事」這幾個字咬得極重，徐氏登時臉色就有些尷尬，翕了翕嘴，卻不知如何開口，只得悶在一旁不作聲。

倒是藍氏以為安清悠要藉故推脫，此時卻是鬆了一口氣，心道：妳只要應了此事便好，至於什麼原料器具，說到底，不就是多花兩個銀子？

藍氏本就將此次送禮之事看得極重，著實不想再旁生枝節，聽了安清悠的要求，索性當場應下，笑著道：「這器具、原料倒是不妨事，只要大侄女說出來，定給妳備齊了就是，可這些四嬸卻是不懂的，不知大侄女都要些個什麼物件？」

眼見著藍氏擺出一副快刀斬亂麻的架勢，安清悠倒也不急，不緊不慢地道：「說起來這原料倒也不難，不過是些烏木粉、沉香、白麝、龍涎……等等諸般物事，再加上各色花露便可。」

「至於調香所用的器具，需要一個三尺高的銅甕，兩段各通上一根彎曲的銅管，每個銅管之後要再接兩個銅壺。銅壺嘴口要比壺身高，再各自分出兩支細銅管來各接一個瓷瓶。銅壺之外要有兩個罈子，銅管之間要密封，半點也漏不出水汽……」

安清悠每說一樣東西，藍氏的面色就難看一分，之前說的那些原料雖然不乏貴重之物，但說到底，京城大商家多，總有能買到的地方，只是說到後面那些器具，卻讓藍氏張大了嘴巴，這……這豈止是她從未見過的？簡直是匪夷所思，連聽都未曾聽過。

「這個這個……這些材料倒還好說，只是大侄女所要的器具，這……這個真是聞所未聞，要不，四嬸出銀子，請嫂子代為尋人採買打製可好？」

藍氏聽得頭大如斗，好在有幾分急智，瞥了一眼剛被安清悠刺了一記的徐氏，想出將此事轉嫁回長房的主意來。

徐氏怦然心動，這些物件聽起來製作繁瑣，但是四房一來有銀子，二來做事起來更是出了名的鋪張浪費，這東西越是難做，反倒越可以多要銀子。此等錢財過手的事情，她為什麼不碰？

只是，還沒等徐氏答腔，安清悠已經把話說在了前頭：「四嬸哪裡來的話？想要調出京城無人見過的好香，調香的器具便是極為重要。若有半點紕漏，那卻是當不得用的，故而還得四嬸親自採買把關才是。」

話說到這裡，徐氏便是再笨也聽明白了一二，這打造器具之事若是自己領了，做得好壞要給藍氏一個交代自不用說，那東西做出來能不能用，到底還是要自家這位大小姐點了頭才能算數。

白花花的銀子固然好，可若是因此弄出什麼麻煩來，那可就得不償失了。

徐氏微微閉眼，腦海裡浮現自己監製的東西被安清悠挑著毛病的樣子，外帶著藍氏一邊擠兌一邊討還銀子的情景，忍不住打了一個寒顫，這事兒還真不能胡亂應下。

徐氏想明白了，自然不會再讓藍氏得逞，看著藍氏在一旁等著她回話，當下笑著說道：「這事兒四弟妹也莫看我了，我對這些調香之類的事情是大外行，硬接下來反倒給妳添亂。清悠這孩子說的極是，這事還真得由四弟妹親自把關才是。方才四弟妹不也說了，四老爺在戶部任職，自然是有錢有路子，要尋些什麼東西，還真是容易得緊不是？」

藍氏大為愕然，沒想到徐氏居然沒像之前那般見好就上，還反過來擠兌了自己兩句。

藍氏猶豫之間，又聽安清悠語氣越發強硬地道：「這次的調香既是要送給貴人的，自是要小心謹慎。香料做出來後會不會對人有什麼反應，讓人有些什麼不妥之處，這也需要想清楚。四嬸不妨將所需物料盡數備齊，侄女當著您的面調香，那才叫一個明明白白。若非如此，清悠卻是實在不敢動手，四嬸，您看這樣可好？」

這話說得隱晦，藍氏卻是聽得明白。

自古後宅之中多有勾心鬥角之事，小小香料未必不能成傷人的利器，更不用說各人體質不同，若知道某人對某物過敏而將其加在香中使用，輕則讓人身有病疾，重則要了性命。

藍氏暗暗心驚，安清悠這孩子才多大？怎地心思竟如此縝密，竟連這些事情都能想到？不過，藍氏這次要去結交的貴人是她費盡心思才搭上線的，不願就此去脫了開手，沉吟了一會兒，點了點頭道：「如此便是這般，大侄女，咱們可就說定了！」

藍氏腦子不慢，發現這話題越說下去，安清悠提出來的問題越多，當下快刀斬亂麻，只想著將變數減得越少越好。

安清悠這一試之下，察覺到了藍氏無論如何不肯斷了這調香之事的心思，心中大定，當下笑吟吟地道：「四嬸放心，只是要製出好香，免不了要多些人手幫忙，還要那對調香略懂一些的，最好是熟手。我這院子裡的人手不足，不知道四嬸能不能幫忙想想法子？」

「這個倒是好辦，京城裡香粉鋪子極多，不過是找些熟手，大侄女不用擔心，包在四嬸身上，多出幾個銀子罷了，這等人手還怕沒有？」

「可是……可是我一個沒掌過家的大閨女，要帶著那些外人幹活，我怕做不來……」

「哎……怕什麼，誰不是從無到有？這時候好好練練，將來嫁了人也有些經驗不是？四嬸幫妳選些老實本分的調香婆子，若是有誰敢搗亂，莫說妳不依，妳四嬸頭一個饒不過她。到時候四嬸再在妳這邊多放個幾十兩銀子，妳看著誰做得好賞了便是，哪裡還有人不肯用心做的？」

「如此便多謝四嬸了。」

「嘖嘖嘖，說遠了不是？剛咱們娘兒幾個還說呢，一筆寫不出兩個安字……」

安清悠與藍氏好似兩個奸商一樣地勾搭，讓在一旁看著的徐氏目瞪口呆。

徐氏從廳裡回來後，絮絮叨叨地和柳嬤嬤談起最近之事。安清悠的名字自然是被提起最多的，徐氏想著這次藍氏居然點名找她，心裡更是憋悶。

柳嬤嬤慢聽完徐氏的話，忽然了笑起，喜氣洋洋地說道：「恭喜夫人，賀喜夫人，今日之事若是像適才說的那樣，倒是夫人的機會來了！」

徐氏愕然，自己這心裡正彆扭著，當下搖頭問道：「喜從何來？我這邊卻是來了什麼機會？」

柳嬤嬤斟酌著這件事情的前因後果，慢慢說道：「夫人今日沒接四夫人所提的採買之事，這是應當之舉。依老奴之見，到時候大小姐幫四房調香之事，夫人不但不需用動什麼手腳，還要做出關心的姿態來。」

徐氏越聽越不明白，「我……我幫那妮子？我都快要壓制不了她了，嬤嬤居然還要我幫她？」

柳嬤嬤笑容滿面地解釋道：「夫人可曾想過，大小姐那邊雖然有了些勢頭，但是為了些什麼？說到底，還不是因為老爺那邊看重。」

薑還是老的辣，這話猛地一擊，讓徐氏忍不住渾身一震，喃喃自語地道：「老爺……」

柳嬤嬤點了點頭，「如今的大小姐已經不是以前的大小姐了，既是老爺又重新看重了她，夫人就算一時半刻想再做什麼動作也難。老爺最關心的事情，不是夫人和大小姐孰高孰低，而是咱們整個長房如何。好比這一次，四夫人既是求到了咱們頭上，大小姐若能得了好，夫人也榮光。夫人若是能在這件事情上做得漂亮，豈非是顯得既有容人之度，又有居中調度之功？老爺那裡又如何不會更看重夫人幾分？」

徐氏忍不住心動，只是要讓她去幫安清悠，無論如何接受不下了。

柳嬤嬤看了看徐氏猶疑的臉色，卻是微微一笑道：「夫人可當真是當局者迷了，只說是擺個幫大小姐張羅的架勢，又不是真要去幫她，如何不可？」

徐氏登時醒悟，正要再說什麼話，門外有人來報，說是老爺剛剛回府，正奔著夫人房裡來了。這一下可真是意外之喜，說起來，老爺最近一段時間裡對徐氏頗為不喜，可是好些日子沒上徐氏的院子裡來了。

徐氏顧不得再與柳嬤嬤聊安清悠的事，連忙梳妝打扮，把自己拾掇利索，而那邊老爺已經進了屋子……

「妾身見過老爺，老爺福安！」徐氏行了個福禮。

「免了免了！」安德佑隨意地揮了揮手，掃了一眼徐氏，直奔主題道：「今日辦完了部裡公務本要回家，老太爺那邊卻是打發了人來叫我過去。到他老人家府上一看，兄弟幾個居然都在。父親把人湊齊了，和我們說了說這過壽之事。」

安德佑這麼一說，徐氏倒是想了起來，老太爺的壽誕之日便在下月，往年裡這壽宴向來是各房爭著辦的，這些年安德佑在仕途上並無寸進，長房也跟著勢衰，已是好幾年沒辦上這壽宴了。今日老太爺忽然把各房的兒子們聚到了一起，難道是又出了什麼事情不成？

徐氏笑道：「老太爺過壽自然是大事，只是把老爺兄弟幾個叫了來，難不成是出了什麼新的章程不成？」

安德佑點點頭道，「的確如此。往年各房搶著為父親辦壽宴，倒成了在父親面前爭寵一般，弄到最後，還是要等父親來點名讓某一房籌辦。這一次，父親的意思是誰也不要爭了，各房出一人來籌畫此事，大夥兒一起辦吧。」

徐氏奇道：「大夥兒一起辦？那各房的幾位老爺又是怎麼說的？」

安德佑嘿了一聲道：「還能怎麼說？老太爺都發話了，我們這幾個做兒子的又有誰敢說半個不字？當然是大家都說好啊，父親他老人家也是樂呵，說那你們商量怎麼辦，他這老頭子就只等著坐享其成了。」

安德佑在這裡逕自說著辦壽之事，卻不知徐氏在一邊心裡已經如翻江倒海一般。

她雖是長房夫人，但做姨娘的出身卻是眾人皆知，且不論像藍氏那樣有事沒事就就對她一頓擠兌，便是平常之時，亦從未有過和幾房夫人平起平坐的時候。老爺說起這各房各出一人籌辦做壽的話，徐氏腦子裡便只有一個念頭：出頭的一天到了！

徐氏從不認為自己的手段本領比其他幾房夫人差，既是每房各出一人，那大家做好做壞全憑老太爺評判，與出身低不低無關。

這時候不出頭，還等何時？

徐氏當下便下了決心，一定要在這一次比拚做壽之事上好好掙一把臉，絕對不能再叫那幾房夫人小覷了自己。

這般心思篤定，徐氏當下興沖沖地說道：「老爺，既是這每房各出一人，那咱們長房想來定是妾身來做這操持之人了。老爺但請放心，妾身這次定要將這做壽之事辦得妥妥當當，說不得要將那其他幾房比下去，給老爺、給咱們長房好好地掙一掙臉！」

安德佑已有多年未能操辦過父親的壽宴，此刻也是心裡憋著口氣，只是面上卻只點點頭道：「這事兒還在商議，究竟各府讓誰來辦，父親說要由他點頭才行，真不知咱們家這位老太爺到底是有什麼想法，回頭還得問一問。對了，今日老太爺倒是提起了清悠那孩子，說是上一次清悠送的香囊他的老朋友很喜歡，這一次咱們長房的壽禮就讓清悠贈這物件。回頭妳告訴清悠一聲，讓她精心多備些香囊便是了。」

徐氏原本正喜盈盈地為安德佑端茶倒水，心裡還在琢磨著老爺久未來自己的院子，趁著今兒有事要講，怎生找個由頭讓老爺在自己房裡安歇了才好，不料卻聽到老太爺居然念念不忘安清悠送的那幾個香囊，一時驚詫，心思大亂。

安德佑到底是沒在徐氏的房裡歇息。

前腳送走了安德佑，徐氏後腳便急匆匆找了柳嬤嬤來商議。

「柳嬤嬤，妳說這老太爺念念不忘大小姐那幾個香囊，又說什麼各府拿出來操辦做壽之人要由他點頭才行……妳說這老太爺不會心喜之餘，讓那妮子代表大房去為他辦壽宴？如若老太爺提起，那二、三、四房的人，定是等著看笑話，這可怎麼辦才好？」

徐氏皺著眉頭，好不容易弄了個掙面子的事情，是不是由她來做卻又心裡沒底。

柳嬤嬤低頭想了半天，這才勸慰徐氏道：「夫人既是有這份擔心，那大小姐這邊倒也不可不防。老太爺做壽是在下月，可離大小姐選秀不也就差那麼不到幾十天了？這段日子有各府帖子來請她去參加聚會，夫人不如由著她到處串門。如此大小姐沒了空閒，又要幫四夫人做那種難搞的香料，哪裡還能騰出功夫來插手老太爺壽宴之事？」

徐氏拍手讚妙，只是讚完了之後卻又覺得不妥，放任安清悠到處串門，焉知她會在這些聚會裡遇上個什麼人，搭上個什麼線，到時候在外面攢了一堆人脈，反而更難對付。

不過，柳嬤嬤這麼一說，卻讓她有了個主意，她陰陰地一笑道：「要讓那妮子沒了空閒時間，倒也未必就得讓她出府去串門子，若是她那院子裡鬧騰起來，豈不是更好？柳嬤嬤，妳本家侄子的那個女兒既是進了那妮子的院子，現在便到了用上的時候，讓她該動的時候就要動一動，事情若是做得好了，她爹也不用再當領著長工做事的小管事了，咱們娘家東城外的莊子裡還缺個莊頭，能不能讓她爹去當，就看這孩子的造化了！」

柳嬤嬤聽得這話，先是一愣，隨即大喜道：「多謝夫人！多謝夫人！夫人待人真是仁厚，老奴……老奴這就安排這事去！」

（未完待續）

漾小說 125

鬥芳華 ❶

國家圖書館出版品預行編目資料

鬥芳華 / 十二弦琴著. -- 初版. -- 臺北市：
麥田, 城邦文化出版：家庭傳媒城邦分公司發行,
2014.07
冊； 公分. --（漾小說；125）
ISBN 978-986-344-109-0（第1冊：平裝）

857.7 103009426

著作權所有・翻印必究
本書如有缺頁、破損、裝訂錯誤，請寄回更換
Printed in Taiwan.

城邦讀書花園
www.cite.com.tw

作者 十二弦琴
封面繪圖 畫措
責任編輯 施雅棠
副總編輯 林秀梅
編輯總監 劉麗真
總經理 陳逸瑛
發行人 凃玉雲
出版 麥田出版
城邦文化事業股份有限公司
104台北市中山區民生東路二段141號5樓
電話：（886）2-25007696 傳真：（886）2-25001966
發行 英屬蓋曼群島商家庭傳媒股份有限公司城邦分公司
104台北市中山區民生東路二段141號2樓
客服服務專線：（886）2-25007718；25007719
24小時傳真專線：（886）2-25001990；25001991
服務時間：週一至週五上午09:00~12:00；下午13:00~17:00
劃撥帳號：19863813；戶名：書虫股份有限公司
讀者服務信箱：service@readingclub.com.tw
麥田部落格 http://blog.pixnet.net/ryefield
香港發行所 城邦（香港）出版集團有限公司
香港灣仔駱克道193號東超商業中心1樓
電話：852-25086231 傳真：852-25789337
E-mail：hkcite@biznetvigator.com
馬新發行所 城邦（馬新）出版集團【Cite (M) Sdn Bhd】
41, Jalan Radin Anum, Bandar Baru Sri Petaling,
57000 Kuala Lumpur, Malaysia.
電話：(603) 90578822 傳真：(603) 90576622
Email：cite@cite.com.my
美術設計 洸譜創意設計股份有限公司
印刷 鴻霖印刷傳媒股份有限公司
初版一刷 2014年06月26日
定價 250元
ISBN 978-986-344-109-0